张炜中短篇小说年编

秋雨洗葡萄

张炜◎著

时代出版传媒股份有限公司
安徽文艺出版社

图书在版编目（CIP）数据

秋雨洗葡萄/张炜著. —合肥：安徽文艺出版社,2012.8
（张炜中短篇小说年编）
ISBN 978-7-5396-4322-9

Ⅰ. ①秋… Ⅱ. ①张… Ⅲ. ①短篇小说 – 小说集 – 中国 – 当代
Ⅳ. ①I247.7

中国版本图书馆 CIP 数据核字（2012）第 145148 号

总 策 划：朱寒冬　刘景琳　　　　　出版统筹：曾　冰
责任编辑：刘　哲　宋潇婧　　　　　封面设计：尚书堂
- -
出版发行：时代出版传媒股份有限公司　　www.press-mart.com
　　　　　安徽文艺出版社　www.awpub.com
地　　址：合肥市翡翠路 1118 号　邮政编码：230071
营 销 部：(0551) 3533889
印　　制：安徽新华印刷股份有限公司　　(0551)5859128
- -
开本：880×1230　1/32　印张：12.875　字数：260 千字
版次：2012 年 8 月第 1 版　2012 年 8 月第 1 次印刷
定价：29.80 元
- -

序

三辑

序

　　我在近四十年的写作生涯中，除了长篇小说和散文之外，共写了十三部中篇小说和一百多部短篇小说。

　　这是我十分钟爱的文体。我把许多宝贵的时间花在这些篇章之中，可以说为之殚精竭虑。

　　现在的七部"中短篇小说年编"，大致以写作时间为序编排。这成为一次盘点，一次回顾和总结：生命的痕迹、劳作的历史、艺术的变化、生活的记录……

　　时间匆匆而过，悉数消逝在渺茫无际的数字时代，好像离我们越来越远了。

　　不过，当重新展读这些篇章时，我却再度追上了漂流的时间，并且觉得一切都楚楚如新。

　　也许这就是文学的意义、写作的意义。

2012 年 1 月 12 日

一 辑

永远生活在绿树下

夏天来到了芦青河边。

大学放假了,苏葭想念她下乡时住过的地方,决定去那儿度过这个假期。她在河边果园生活了好几个年头,这儿使她留恋的东西太多了。

园子里,有的苹果已经成熟了,空气中散播着一股诱人的香味儿。小鸟喳喳叫,老野鸡不知藏在什么地方扯着嘶哑的嗓门。地上的小草绿茸茸的,很匀地铺开了一层。阳光从树隙射进来,落在地上、枝丫上……苏葭走在果园里,心里高兴得不知怎么才好。这儿好像是另一个世界:宁静得令人难以置信。

她在园子里遇到了过去最要好的两个伙伴:山丫、小穗。

山丫还是老样子:黑乎乎的脸庞,稍微有些发胖的身体……她背着修树的刀剪、小锯子,总显得急匆匆的样子。她见了苏葭,不像小穗那样,总有没完没了的话;她对伙伴的眷恋和亲热,都从那双紧紧拥抱着的胳膊、从那对深情的眼睛里流露出来……她告诉苏葭:她现在已经结婚了,并且有了一个娃娃。她邀请苏葭到家里去住,苏葭愉快地答应了……

小穗如今背上了漂亮的猎枪,整天巡视在果林里,是个护林员了。她个子变得比几年前更高,身腰显得十分苗条,那脸庞水蜜桃一般,水灵灵的;油黑的辫子平时默默垂着,一旦那双长腿奔跑起来,它们就在后背上跳……小穗确实变了,漂亮、爽朗,笑起来"咯咯"的。苏葭扶扶她的白框儿眼镜评价说:"让你看果子算找对了,你这么机灵,谁也别想偷去……"

小穗撇撇嘴:"我自己就'偷'了,看见了吗?"一边说一边从她的紫花小衣兜里掏出一个大红苹果,硬塞到苏葭手里……

半岛的十月多么美丽!海滩大平原上,一望无际的稼禾,密密匝匝的丛林,丛林中的果子、野花、小禽兽……在苏葭眼里,这一切都让她心里发烫!几年前,她差不多亲手抚摸过这里的一草一木……山丫和小穗都比她小,那时跟她喊着"姐姐",她们一起进芦青河摸鱼、上大海滩采野枣、躲在树丛后面看皮毛闪亮的草獾偷吃小香瓜……如今一看到当年的伙伴,这一切就立刻在记忆中闪现出来……踏上这块灼热的土地,人们都嚷:"小葭葭回来了!那个小葭葭回来了!"……

果园的负责人——大队长罗焕成听到苏葭回来的消息,特意赶来看她。他见到苏葭,老远就伸出那双多肉的大手,脸上挂满了笑容。苏葭应酬着,记起下乡时刚来果园那会儿,罗队长也是这样,老远就伸出一双大手,嘴里连连说着:"欢迎!欢迎……"她笑了。

罗队长高高大大的个儿,一说话震得满林子响,还不时发出

4

"哈哈"的大笑。他说:"苏葭呀,你这回来到果园,好好看看吧,变化可大哩———一切都跟过去不同喽!哈哈……没事儿就多到园子里转转……"

苏葭说:"您去忙吧罗队长,我随便玩玩……"她的语气淡淡的。虽然好多年没见了,但这会儿还是没有多少热情。她对他可算是熟悉的。记忆中的罗焕成是一个满腹心计,而表面上却总是装出一副豪爽模样的人。她对他总抱有三分警惕。

罗焕成挠挠头:"唉,我这个人你知道,整天瞎忙,坐不住!跑县城、去码头,找人……大小事儿我都要管,也管不到点子上。哈哈……"

他寒暄着,最后大笑着摇摇头,走了……

果园里,早熟的果子已经开始采收,按规定,这个阶段非工作人员是不准随便进园的。护林员小穗把苏葭带进了她的"势力范围",得意洋洋地走着。她在过去的伙伴面前处处显示着自己的"权威",身背闪亮的猎枪,见到闯进果园的过路年轻人就大声喝住,拧着秀美的眉毛问:

"你怎么进了园子?"

小伙子们通常总强调:"有路就得走!"

"路?这是我们的生产路,是让你随便走的吗?蹩什么鼻子——不快出去,惹火了我罚你'章程'!"……

这一来,一般的小伙子也就给吓跑了。

苏葭在没人时笑着问小穗:"'罚你章程'是什么意思?"小穗撇撇嘴巴:

"按章程罚款呗！连这个都不懂,还大学生呢……"

她说完笑着奔跑起来,一会儿又想起什么似的猛然站住,有几分严肃地问:"葭葭姐,大学里学些什么呢？也学'莫阿——马','勒阿——拉'吗?"

小穗由于家庭困难,只读了三年书。她显然在说小学里的汉语拼音。苏葭看着她点点头,说:"学的,在语音课里学……"

小穗听了立刻"哟"了一声,连连说:"早就学过的！早就学过的!"……她快活地大步向前走去,随手揪着身边的果叶儿,像撒花似的扬着,落了后面的苏葭一身……

她跑着,有些顽皮地张着手臂,仿佛要拥抱整个果园,一群群鸟儿不断给她惊飞起来,展开彩色的双翅,"喳喳"叫着落向林子深处——小穗总爱追在鸟群后面学一阵:"喳喳！喳喳喳!……"

苏葭望着她那愉快的样子,望着她身后那两根舞动的辫子,不出声地笑了……好不容易追上了她,她倚在一棵大梨树上站住了,两眼含笑望着苏葭。苏葭擦擦额上的汗珠说:"你也像只小鸟一样。"

小穗倚在树上,使劲把头仰着,和苏葭靠在一起。她的身子一动也不动,两只手却不愿闲着,摸摸这儿,弄弄那儿,还伸手摘下苏葭的眼镜拨弄。她眼望着天空说:"这几年你不走多好啊,咱们在一块儿多有意思……"

苏葭捏捏她的小辫梢笑笑:"还要上学呢……"

小穗歪歪头打断说:"果园里多好,我就永远不离开这儿!"

苏葭望着她天真的样子问:"真的吗?"

"真的。"

"上学不去吗?"

"不去!"

"进城不去吗?"

"不去!"

"出嫁也不去吗?"

"不去……"

最后的回答不如先前的响亮,两个字出了口,接上就紧跟着盯了苏葭两眼,然后猛地一甩辫子,把脸转向了一边……

苏葭笑了。她知道这里面大概有个秘密。

晚上,苏葭就住在山丫家里。

山丫的丈夫出海打鱼去了,她们,还有山丫那个不满周岁的小娃娃,一块儿躺在宽大的土炕上,十分惬意。山丫捏了捏苏葭的胳膊说:"挺结实的肌肉嘛——学校里还劳动吗?"苏葭说:"主要是体育锻炼——单杠、双杠……"停了会儿她问,"小穗常来玩吗?"

山丫怕冷似的用毛巾被围住了身子,说:"嗨! 她有工夫呀? 如今光罗焕成的门还跑不过来哩……"

苏葭吃了一惊:"小穗不是最讨厌罗队长吗?"

"她是'叛徒'……"山丫叹了一口气。

"哇……哇哇……"炕上,小娃娃突然哭了起来。山丫赶忙哄着,拍打着他。

"怎么回事呢?"苏葭又问。

山丫没有说话,坐起来,两手搂着膝盖,望着窗外的星星。停了一会儿，她问：

"还记得芦青河涨水吗？"

"记得——我是那一年考学走的。"

"对呀，就是那一年。因为上游一个地方要搞水利工程，有些农户搬迁到我们这儿来……有个叫连青青的小伙子，就是随搬迁户来的，也到果园里来了。他长得高高细细，很俊，蛮出眼，谁见了都要多瞅几下。你知道，果园里姑娘多，大家就天天连青青长呀短的。小穗喜欢新鲜人，第一天见了连青青就像对老熟人那样喊他的名字了。她干什么都爱和小连在一起……

"没有不知道小穗和连青青好的。小穗那几天又唱又跳的——人有了相好的就这样儿……第二年春天，有一次开大会，罗焕成突然宣布连青青'作风不好'，把他从果园里'驱逐'出去了，还提拔小穗做了护林组长，让她背上了崭新的猎枪……大家都惊得不得了，不知道这是怎么了，反正都觉得罗焕成肚子里鬼主意多，这事够蹊跷的了。住了半年多，大家才知道：原来那个连青青是个机警人，他有一次暗里查出罗队长私自往外倒卖苹果，到上边告过他的状呢！……"

山丫说到这儿又叹了口气，望一眼苏葭："连青青多好啊，小穗和他好得快，掰得也快，这不，转眼就不理他了，什么都听罗队长的。前几天她还让罗队长领着去相对象，人也看了，头也点了，说不定哪天早上就成了婆家的人了……"

"哇哇……哇哇！……"娃娃乱蹬着腿，又放声大哭起来。

苏葭想起小穗白天那副不自然的样子，这时什么都明白了。

她心里很沉。这个晚上,她好长时间没有睡去……

第二天,小穗一大早就约她到果园里去。

走在园子里,小穗就像昨天一样活跃,仿佛世上的一切不快都不跟她沾边一样。她唱着小时候学过,至今已是很陈旧的歌儿,扯着苏葭的手一甩一甩地走……苏葭却不像昨天那样畅快,一颗心怎么也不能给小穗撩拨起来,倒是望着她那张看上去十分聪敏而美丽的脸,想了很多。

她的眼前不知怎么总晃动着罗焕成那张笑眯眯的脸——这是怎样熟悉的脸哪!这个果园的主宰者,心眼比树叶儿还多。他以前因为有苹果,所以什么都有——招工指标、便宜木料、戏院的招待票,偶尔还能接到某机关领导人邀客的请柬……可更多的是明里暗里被人唾骂,姑娘们老跟他叫"血吸虫",说果园得了"血吸虫病"。小穗胆子最大,见罗队长从面前走过,常常就用那好听的姑娘嗓子猛地喊一声:"好大虫!"惹得旁边的人大笑一场……可是,如今的果园还是姓罗的说了算,他还给当年喊"好大虫"的姑娘成功地介绍了一个对象,她不久就要乖乖地走出果园了……苏葭想着想着有些忍不住,很想以姐姐的身份揪住她的小辫质问一番……她的脚步不由得放慢了。

"快走啊!你怎么站住了?"小穗转过身来,不高兴地嚷着。

苏葭站在树下,仔细地端量着小穗。

小穗撅着嘴巴:"什么呀!"

苏葭说:"我想问你件事——罗焕成还像过去那么鬼吗?"

小穗歪着头笑了,笑得肩膀直抖……

苏葭严厉地喝一声:"别笑!我在问你呢……"

小穗一惊,不笑了。她怔怔地、有些陌生地看着面前的伙伴。但只停了片刻,她又嬉笑起来,说:

"我知道了,你是怕他欺负我——是吧?放心吧,他才不敢哩,现在又不是过去,现在讲民主了……有的事他还让我们讨论呢。'让果园的主人们决定吧。'他总这样说。嘻嘻,大伙在一起讨论'行'还是'不行',真有趣!他现在看得起我们,我们也不找他的麻烦……"

小穗笑得像个胜利者,那样子就像突然年长了几岁。

苏葭哭笑不得,摇摇头,有些生气:"那要看他办的事对不对,什么'看得起'、'不找他的麻烦'呀!"

小穗扯起苏葭的手往前走,有些自豪:"怎么不对呢?都是对果园有好处的事我们才同意呢!"……

太阳升起很高了,强烈的光线透过树木枝叶射过来,变成一束一束的。小鸟儿在追逐、嬉闹,"喳喳"叫个不停。不远处传来一阵阵说笑声,那儿有人正忙着采收。苏葭走在小穗的身边,锃亮的枪管反射的光线常常映在她的脸上。小穗一手挎在猎枪的背带上,一手抄在衣兜里,一晃一晃地走。苏葭看了觉得好笑,就问:

"用枪打什么呢?"

"不打什么。"

"那还带它做啥!"

"带着上劲……"

苏葭笑着推她一下:"算了吧,用来唬人的!"

小穗翘起嘴巴正要说什么,却见前边的小路上走来了一个人,就一如既往地警惕起来,跨开大步奔了过去。但她刚绕过两棵树,仔细一端量,嘴里发出"啊"的一声,猛然止住了步子,那只紧握猎枪背带的手轻轻放了下来……

苏葭抬头望去,只见葡萄架下站着一个陌生的青年,此刻正一动不动地注视着对面的小穗。他穿了一件泛白的劳动布上装,两只手插在衣兜里;挺拔的身个,白净的面庞,头发乌黑、蓬乱;对于男性来说显得过于纤秀的眉毛下,闪动着一双又黑又亮、像儿童眸子般清澈的眼睛……此刻,这双眼睛一动不动地望着小穗,望着面前的女护林员,闪过一丝冷峻的、愤愤的光。

小穗终于说话了:"你怎么进果园来了?"

小伙子生硬地应一句:"找你!"

苏葭满以为接下去护林员照例要用"罚你章程"唬走小伙子,但停了一会儿,她却依旧一言不发……哦,苏葭突然明白了什么,轻轻转过身,无声地绕开几道茂密的葡萄架,一个人走开了……

她刚走出不远,身后突然传来了争吵声。听声音吵得很厉害,但吵什么却无法听清。苏葭想回去劝架,想了想,还是向前走去了。她尽量走远一点,在一个葡萄架下默默地坐下来。

大约停了半个小时,身边的落叶儿"沙沙"地响起——小穗轻轻地、像是胆怯似的踏着一地落叶走来了,然后无声地挨着她坐下。她的眼皮有些红肿——刚才哭过!

苏葭想不出用什么话来问。小穗一声不吭地低着头,掐弄着一节草梗,样子又懊丧又气闷……不知停了多长时间,她突然紧紧地搂住了苏葭,把脸颊靠在她的胳膊上……

苏葭惊讶地看着她,伸手抚摸着她的头发,轻轻抚摸着……她觉得眼前的小妹妹是这样可怜,就像从没人可怜她、爱抚过她一样……苏葭嘴里喃喃着:"我猜不错的,他就是连青青吧……你们刚才吵了……"

小穗"嗯"了一声,抬起了头,瞪着湿润的眼睛望着她,没有回答。停了一会儿,她突然问:

"苏葭姐,你说什么是'作风不好'?"

"你是问连青青吧?"

小穗点点头:"比如……我们晚上靠在一块儿站着,这算'作风不好'吗?"

她一句话说得断断续续,脸色通红,激动地望着苏葭。苏葭笑了,摇摇头。

"就是'作风不好'! 就是! ……"小穗站了起来,那神气是执拗的。

苏葭不知该怎样启迪这个又可爱又可气的小妹妹才好,只是进一步否定:

"那不是! 那怎么能算……"

"就算,罗队长也那样说的……"

"他怎么知道的?"苏葭吃惊地问。

小穗嗫嚅着:"……那天晚上,我和连青青靠着葡萄架站着,突然架子后面有人探出头来,吓得我推开连青青就跑了……第二天,罗队长突然找我谈话,说我们两人'作风不好',要开会批判——我这会儿才知道葡萄架后头的人就是罗焕成!"

苏葭吸了一口冷气。

小穗接上说:"他说还要告诉我们家里,我直央求他,他最后才答应不讲出去,只让我和小连'划清界限'……我哭着答应了……后来……后来他就把连青青赶出果园了……"

"你的心多硬啊——你害了连青青!"苏葭愤愤地说。

"山丫也这样说,还骂了我。那以后我就不愿理她了……"小穗咬咬嘴唇,歪歪脖子,"我不好,心硬,可谁让他'犯作风'呀,动不动就靠近我,还用手捧起我的脸……羞不羞死个人!……"小穗的声音越来越小,最后使劲低下了头。

幼稚的小穗呀,你该怎样才对得起你自己,对得起热恋着你的连青青! 苏葭恨不得揍她一顿巴掌才好,这时忍着气问:

"刚才你们就为这个吵吗?"

"不是。他告诉我,他要去镇上读业余大学了……除了晚上,每周有两个下午也上课……"

"他就为这个找你吗?"

小穗又摇摇头:"他是来告诉,罗队长又一次骗了我们……那是去年,镇上电机厂要低价拉走三车出口苹果,不知怎么走了风声,群众议论很多,指责果园里乱搞交易。罗队长一天晚上找到我,要我们护林小组讨论一下,说现在讲'民主'了,果园的事应该由果园的主人们决定;又说工农联盟,去年天旱他们还支援我们三台电机呢!……我们就讨论起来,一边吃苹果一边谈,最后是我这个小组长带头喊'同意'的……"

苏葭知道出口苹果是果品站监装的,当时果园还无权随便处理。她接上问:"后来呢?"

"后来电机厂的工人只分了一丁点儿,余下的不知都在哪儿处理了。不久前罗队长的两个'转非'指标,就是从那个厂弄来的。连青青被赶出果园,暗里还是盯着罗焕成,他最近不知怎么知道了这些事……"

"罗焕成用出口苹果换了指标——你还说他不鬼……"苏葭愤怒地站了起来。

小穗十分委屈地说:"连青青告诉我,村里人现在弄清了底细,都不算完了,可罗队长一下子全推在我们身上,说是群众做的主,他只不过讲了'民主'……"

苏葭没有做声。她在想山丫告诉她的一些话,想着那个葡萄架旁乌黑闪亮、像儿童的双眸一样清澈的眼睛——一双多好的眼睛啊!我们的生活中再多几双这样的眼睛,就会少几分黑暗,多几分光明!小穗呀,你聪明,你可爱,你像块玉石刻就的一般漂亮,可你就是缺少那样一双眼睛……

"刚才他骂了我,"小穗盯着眼前的葡萄架说,"他说罗焕成的胆子越来越大了——过去偷偷摸摸搞鬼,现在当着大伙的面搞鬼,说我还有脸当护林员,有脸背这猎枪!……"

"说得多好!"苏葭禁不住喊了一声。

小穗流泪了。眼泪无声地滑过她那水蜜桃一般的、水灵灵的面颊。

苏葭望着她,叹一口气。多少年了,世上的事儿变了多少,这片美丽的果园却至今还在患着"血吸虫病"！亲爱的伙伴呀,你生在果园里,长在绿树下,深爱着果园,发誓永远生活在这里,可你能做它可以信赖和依仗的真正主人,使它永不受辱吗？……苏葭扯起小穗的手,轻轻地搓揉着。这是一双农家女儿的手:皮肤黑黝黝的,略显粗糙,那皮下的筋脉一道道清晰可见。这手灵巧,也有力,可以捏细小的绣花针,也可以握粗重的气冲冲镢头……但那纤弱的手指根部和软软的、不够阔展的手掌心,却显出了它们的稚嫩。这也是一双极易被别人利用的手啊！……苏葭握紧了她的手问:

"小穗,告诉我,你爱罗队长给你介绍的对象吗？"

小穗瞪着充满泪水的眼睛:"我也不知道……我当时只想罗队长是不会看错人的……"

"瞧你这个果园的'主人'吧！你甚至连自己的婚姻都做不了主……"苏葭看着这个亭亭玉立,看样子分明是极为敏捷、极为灵巧的背枪姑娘,无比惋惜。她又试着问了句:

"还喜欢连青青吧？"

"……"

"以后有事,应该多去问问山丫……"

小穗摇摇头:"我不问她！你不知道,她怀了孩子那会儿,肚子挺得老大老大,丑死了,也瞧不起人,脸老往上仰……"

苏葭笑得差点儿趴下！她用手捶打着小穗的后背,骂着:"你个死东西,笑死我了……"

小穗撅着嘴,歪着脖子:"当然了——笑个什么！"

苏葭收起笑容说:"山丫比你成熟多了,你有事应该多和她商

15

量。她跟我说了,她真希望你能跟连青青再合起来——你是护林员,应该是果园名副其实的保卫者。在保卫它的这场斗争中,需要你和他站在一起……你应该主动去找他和解!……"

小穗望着她,紧紧缩着眉头,好像这个性情欢快的姑娘第一次遇到了这样棘手的事。最后她说:"让我想一想,想一想吧……"

苏葭信任地盯着她,伸出了手说:"那我们今天分手吧,想出结果来你会告诉我的!"

……

几天过去了。苏葭再也没有看到小穗的影子。

苏葭心里很着急,但她偏故意不去果园里找她。山丫也说:"由她吧,她不往好处走,我们也没有办法的。"

又是两天过去了。苏葭就要离开芦青河边了。

一天早上,罗焕成突然来了。他知道苏葭要走,特意提来一网兜苹果,说:"你看,我也没时间多和你一块谈谈,你要走了,这点苹果带上吧,算我的一片心意……"

苏葭接到手里,从中取出了一个,可刚送到嘴边,又放下来,说:"罗队长,这苹果有股邪味儿——你的手干净吗? 真的,有股邪味儿!……"

罗焕成哈哈大笑:"那是疑病,我的手什么也没沾!"

苏葭站起来:"不,恐怕不那么干净! 这苹果我真的不能带了……"

罗焕成无可奈何地望望山丫,坐在了炕沿上。他第一次显得这样尴尬。

……

最后一天小穗还是没有来。苏葭告别了山丫和乡亲们,带着一股说不出的失望、惋惜和忧虑上路了。可就在她走出村子的时候,后面却出现了一个揣枪姑娘的身影!

她喘息着站在苏葭面前。

苏葭淡淡地说:"不用了,不用你送了……"

小穗笑着伸出拳头捅了她一下:"什么呀! 你生气了! 你当我看不出来——告诉你,我已经想好了!"

苏葭的眼睛一亮,随即怀疑地摇头:"那你这几天哪去了?"

小穗把她抱住了:"告诉你吧,我找连青青和好去了! ……我还让他帮我,将来也考业余大学,他答应了。我还跟他去镇上看那个学校是什么样子呢……"

苏葭说不出有多么高兴。她紧紧地搂着天真可爱的小穗,真想在她的睫毛上吻一下。自己的眼睛也闪出了泪花。她望着不远处那茂密的、碧绿一片的园林,像是自语般地说:"好妹妹,你说得多好,永远生活在这儿,永远爱这果园! 是啊,我们的果园多美啊! 你瞧,它是浓浓的绿色——生命的颜色! 我们越聪慧、越勤奋,它的颜色就越浓! 一个人把保卫这片绿色作为自己的职责,那是再光荣也没有的……"

小穗"嗯嗯"地答应着,也许想起了自己所受的愚弄和欺骗,一颗颗豆大的泪珠滚落到胸脯上……她们这样依偎着,直呆了好长时间。最后终于要分手了,小穗擦擦眼泪,抬起头。

"笑啊,你一笑多好看!"

小穗揉一揉眼睛，笑了。

　　朝霞映在她的身上，周身被染上了一层橘红色。小穗两眼闪动着欢快的光波。就像随时准备来个跳跃似的，她站在那儿，两只脚跟不停地跷动，那苗条的、修挺的身子往上一耸一耸的……苏葭又一次拥抱了她，说："你已经是个漂亮的大姑娘了，瞧你，比我都高出一截儿了！"

　　小穗亲昵地把头偎在苏葭后脖那儿，声音发颤："我的个子长高了，可我的心还没有长大。我会从头好好过的，从头……"

　　苏葭点点头……

　　她们分手了。

　　苏葭踏过芦青河桥，再一次回头望去时，还看到小穗一动不动地站在那儿。她的身边，是一棵巨伞般的、浓绿浓绿的大树……

1980 年 12 月写于济南

黄　烟　地

　　靠近莱州湾的小平原出产黄烟，名气确实不小。实际上那里的烟叶也并非全是第一流的，只不过有个叫"柳埠"的地方有点特别。柳埠的烟叶揉碎了卷成喇叭筒，让懂行的人吸一口，他就会不无惊异地说有股香味，有股甜味，细品一下似乎还有点酒味。

　　具备了这"三味"，才算是真正的"柳埠烟"。

　　所以，在小平原村镇的黄烟市上，人们都嚷他卖的是"柳埠烟"。所以，不管那些推销冒牌货的卖主们怎样扯着嗓子喊，有经验的只需用烟锅哑几口，就一清二楚……这里的烟市上常常出现一个高高瘦瘦的老头儿。他双手背着，东瞧瞧，西走走，眼神儿发亮，脚步儿稳稳当当。从来没人见他买过烟，也没见他试着吸过。他随便在哪一个起劲叫卖的人跟前站着一笑，那个人就带几分殷勤弯弯腰，点点头，然后什么也不喊了。个别时候也会碰上只顾鼓着腮帮叫喊的，老头儿就会不客气地冷笑着扬起脸来，直瞅上一两分钟，直到那个人红了脸为止……当他不紧不慢转身离去时，旁边的人就会对卖烟的小声说一句："你说谎也不看地方——他是陈康

19

荣!"这时卖烟的立刻就会瞪大了眼睛,问一声:"是吗?!"然后直瞅着那老头儿的背影消逝在人流里……

七八月间,一方方的黄烟苗正在旺势上,站在远处一望,那无数片在微风里翻动的大绿叶儿搅得人心也醉!如果再仔细些看,就会发现有一方的叶儿特别大,颜色特别浓,烟棵儿特别壮、特别匀——这就是陈康荣的烟田!

多少人闲了就来这地边上瞅啊!陈康荣浇水了,马上都浇水;陈康荣施肥了,马上都施肥……样样做得都像,就是烟叶儿到头来长得不像。最奇的是他有一把细钢条儿,一端磨成斜角刀,一端捻成锥子尖,在黄烟去顶时能割出五六片顶叶来——别人最多只能割出三片顶叶。顶叶烟最值钱!

平时田边上围多了人,陈康荣一般不弯腰曲背干,而是大背着手在烟垄里来回走,像个阅兵的将军一样挺着胸脯,只偶尔伸手扳下个冒杈。他儿子老照儿却是汗流满面地忙活,汗水和烟汁总把头发粘成一团。陈康荣常常大仰着脸,无缘无故地把老照儿叫到跟前,拉着长声训斥:

"这儿,还有那儿,是该这么做吗?嗯?"

围看的人大气儿也不出。

邻地里的主人叫黄鲶婆,如果她正好也站在人群里,就会骂一句:

"呸!臭酸臭美……"

她的烟田和陈家的只隔一个三尺来宽的小土埝儿,烟棵儿却是又黄又矮,蔫蔫的,提不起神来。她每逢和陈康荣在小田埝上相遇,看到对方那一脸的讪笑,就恨恨地说一句:"等着瞧吧!"你又能怎样呢?陈康荣听了要笑出声来了。

知底细的人明白:陈康荣不会帮她的忙,他们有"宿仇"。

那是早几年的事。那时候有个怪规矩:不准柳埠人栽黄烟。柳埠人穷了,光棍汉偏多。工作较忙的是黄鲶婆,巫婆改行做了媒婆,一天能跑坐三个炕头,赚三壶上等黄酒。因为老照儿也不小了,所以陈康荣有事没事总想找黄鲶婆扯个家常。有一回黄鲶婆正和一堆人讲西家少男东家少女,陈康荣在一边插一句:

"老照儿身体好……"

人们仿佛什么也没有听到,只忙着附和黄鲶婆那尖尖的声音。陈康荣咳嗽一声,提着嗓门又补说:

"做活儿使得力气……"

黄鲶婆一拍手掌站起来,手要戳到他的鼻尖上:"你儿子好是你的,到这儿喊什么?"说着又扭头哼一句,"这样的人家也想娶媳妇呢,也不照照自己的模样!……"

陈康荣一惊、一愣,一跺脚走了。他给戳痛了,这显然是指他前些年摆弄黄烟被批的事——好你个黄鲶婆!你记着!……陈康荣气得回家也不思茶饭,只守着老婆吸闷烟。老婆陈家婶婶在男人一口接一口喷出的烟雾里不停地絮叨,两手在胸前拍打着:

"种垄儿烟有么个罪哟,现今的事你还有法数(说)?没法儿数!……"

她是老公公图个省钱,当年从远远的南山娶来的。她们当地口音总把"说"读成"数"。她就这么"数"了半天,一双害病的眼睛睁都懒得睁一下。

陈康荣瞅着她，想起她伴了自己一辈子，好饭食，好针线，真是个过庄稼日子的好手。他心里感激过世的老父亲啊！这时他不禁灵机一动：也给老照儿进山里娶个吧！

当男人默默下着决心的时候，女人的两手还在胸前拍打着，抬头瞅着焦黑的房梁咕哝着："……现今的事儿你还有法儿数吗？没法儿数……"

……

陈康荣先后跑了两次南山，都白搭了饭钱。如今的山里人也不像过去那样思念平原了：平原穷得跟他们差不多！但陈康荣还在心里记挂着父亲的老话：山里娃牢靠、妥帖，没见得大富贵，进门也准听话……他这样想着，准备为老照儿再跑几次南山。

可是不久，冷落了好多年的集市又热闹起来，响亮的叫卖声给人壮胆，还有人正往刚刚收获了麦子的疏松泥土上插烟苗呢！他又惊又喜，乐颠颠地转了一圈，回来就把老照儿的事抛到脑后了，马上吩咐：收拾铁耙、大锨，找上好的烟子……

陈康荣又重新成为柳埠的黄烟把势了。

老照儿身体好，又被陈康荣调教得话儿句句听。他和父亲一道，用一尺半长的大锨翻地，用特号的大桶担水。父亲让陈家姊姊做绿豆干饭给儿子吃，挥动着手掌说：

"吃！力气都是吃来的！能吃能干……"

老照儿长得粗粗黑黑，上眼皮有大拇指宽。可他心里透灵，黄烟地里学得了全部手艺，特别值得一提的是，他很快成了全村里第二个能割出五六片顶叶的人！只是他牢记父亲的话:不传,不传!

年轻的小伙子们常常手指老照儿的鼻梁:"你真保守!"

老照儿被说得心里起火,有时也在饭桌上说父亲:"你真保守!"

陈康荣最忌"保守"二字,使劲用筷子捣着饭桌说:

"'保守'？不'保守'能保庄稼日子吗？你就照这话回敬他们……"

他这样说时,眼前不禁又闪过黄鲶婆那嫉恨样子,心里为这个对手感到一阵好笑。她说"等着瞧吧"——你又能怎样？哼!哼!……

以后,也就是过了十来天的时候,邻地里出了个穿花衣服的二十岁大姑娘,戴着草帽儿站在黄鲶婆的烟地里做活儿。陈康荣乍一看还以为是作神弄鬼的黄鲶婆变的,险些吓了一跳。

细瞅,她是黄鲶婆在县城里念高中的女儿安兰。陈康荣在心里叫好:了得! 城里出息人,几年就出挑成这样,跟画里画的不差一二……正端量,安兰却甜笑着奔出烟地,叫了声"大伯",那么亲热,那么礼貌,头顶大草帽儿站在田埂上。

高高的田埂上,生出个水灵灵、白嫩嫩的大蘑菇。

"毕业了?"陈康荣应着招呼,心里却嘀咕:就便宜了你个黄鲶婆,变戏法儿一样生下这么好的姑娘!

大蘑菇点头:"毕业了。大伯以后可得多指教我呢!"

陈康荣笑着:"嘿嘿,庄稼活儿好鼓捣,好鼓捣……"

他嘴里这样说,心里却想:手按着白纸本本描字我不如你,可要在柳埠做黄烟状元，白想！他这会儿算弄明白了黄鲶婆的"等着瞧"是什么意思：让有文化的女儿来帮她莳弄烟，跟我比试高低！

他觉得毫不费力看穿了西洋镜儿，显得从来也没有这样高兴。

夜晚躺在炕上睡不着，他总爱想着黄鲶婆那个嫉恨的样子。"噢哟，你老东西原来是这么个意思。你有名的滑鲶想得美！你姑娘俊，眼眉像给演驴皮影的描过一样，还戴草帽儿干活，有高中文化，可这些能生出五六片顶叶吗？空想！空喜！……"他仰脸儿瞅着黑乎乎的屋顶，心里觉得又一阵好笑。

白天，他和老照儿去地里的时候，邻地里的安兰总愉快地跟这爷儿俩打招呼，嘴那么甜。等到她叫着"大伯"向这边请教什么时，陈康荣常常把身子拱在烟垄里扳冒杈，听不见。安兰像不知累似的，一边干还一边唱，都是在学校里学的新歌。陈康荣听歌做活，格外耐心扎实，细细地拔草松土，留神地找着冒杈，觉得像一边听着收音机似的。

可是有一件事慢慢引起了陈康荣的警觉：老照儿有大拇指宽的上眼皮一翻一翻，直往安兰那边瞅！

还有一回，他来得稍晚，一进烟地就看到老照儿和安兰对脸坐在田埂上说话，笑嘻嘻的！

陈康荣有些慌张地回家跟老婆说了。陈家婶婶惊喜地一拍膝盖："安兰可是个好姑娘！"

陈康荣冷笑着斜一眼老伴："你想得美！黄鲶婆滑着呢……"

他觉得以前实在是低估了黄鲶婆，这时想：你好心机，险哪！险！

第二天他在田埂上遇到了黄鲶婆,足足瞅了她两三分钟。黄鲶婆高兴得膀子直抖,身子一耸一耸地笑,嘲弄地用眼乜斜着他,一闪身进了黄烟地。他立刻觉得鲶鱼钻进泥水时就是这样儿。

　　他马上将老照儿从黄烟地里喊回来。老照儿站在父亲面前,显得真规矩。陈康荣觉得他瘦了,但是眼神儿亮了——就凭这一条也该追问!"安兰那天在田埂上跟你说什么咔?"

　　"说我……至少有一百五十多斤……"

　　"呔! 说这作甚?"

　　"说我壮,经得起大劳动。她要锻炼……"

　　"还有甚? 没问你种黄烟的事?"

　　"主要问这个。"

　　陈康荣很快抬头瞅一眼陈家婶婶:"你看! 我说她黄鲶滑嘛……"他接着问儿子,"你全讲了不是?!"

　　老照儿摇摇头:"不传,不传! ……"

　　陈康荣满意地笑了。他拍拍儿子的肩膀,最后进一步嘱咐:"要多个心眼,别被花粉味儿熏晕了头,她是装样儿套你家技术哩!"

　　为了更保险起见,他以后差不多不敢让老照儿一个人留在烟地旦。黄鲶婆有一次站在田埂上骂他:"老康荣你个死榆木脑瓜,只会得烟叶……"

　　陈康荣站在烟地当心,看穿一切风云烟雾似的一伸胳膊:"你算说对了,我想得的就是烟叶!"人生在世,怎么能没有点绝招儿呢?! 要不又凭什么让别人眼热呢?

他陶醉在胜利的喜悦里了。

但这喜悦并没有维持很久。

那是一个少有的热天。陈康荣由于高兴，一个人大背着手在集市上转了半天，直到中午才迈着不紧不慢的步子、顶着热辣辣的骄阳走回来。他来到黄烟地的时候，竟看到了安兰在弯腰割烟顶叶，不禁大吃一惊：女学生能割顶叶吗？你看，她能，并且……她手攥了把什么刀啊！她手里攥的正是那种用细钢条儿做成的小刀，一丝不差！他只觉得全身的血在往上涌，脚步儿也轻了，飘飘悠悠走到了紧靠田埂的烟垄里，直着眼儿瞅过去——

安兰用三根手指（就该是三根！）捏紧了刀子，先用锥尖照准烟顶蕊一戳、一转，然后掉过小角刀一抹、一弯、一挑……割完了（就该是这么简单！）。一棵顶叶割成了，安兰一个人冲着烟叶儿笑了，笑出了声。接着通红的嘴唇抿一抿，把脸靠近了烟顶蕊，不知是闻味儿还是说悄悄话，又伸手轻轻地推触它一下，在那肥胖绿叶儿的摇摆颤动里笑得更响了（瞧这浪劲儿！这点儿倒蛮像黄鲶婆！）……完完全全是陈家的割烟法儿，一丝一毫不差，陈家出了叛徒了！

他正呆坐在烟叶下，突然身后传来了脚步声，还没容他回头，膀头上就"啪"地挨了一巴掌——黄鲶婆在一旁怒目圆睁：

"陈康荣！你也是丢下五十往六十岁上数的人了，怎么就有脸偷瞅我家安兰……热天火辣的，一个黄花少女，穿那么单……"

陈康荣暴跳起来："我、我是看她怎样割烟，我还能……"他说着又看一眼对面的安兰，这才发现她热得早掀了草帽，一件薄薄的汗衫,胸前那块儿湿透了……他眼睛一眯,不知该辩驳什么才好,平伸出两个手指,横在对方的脑门上说:"好、好! 我算服你黄鲶婆了! ……"说完转身就走。

身后很快传来安兰埋怨母亲的声音,陈康荣只当没有听见。

他回家就找老照儿。陈家婶婶告诉儿子拉化肥去了,要等到天黑才回来。什么时候天才能黑呢? 陈康荣觉得这巴掌又热又麻,知道不早些打到老照儿身上它是不会好的。他把两个手掌对着搓了几下,还是有些难受,就不耐烦地抓起把锄头奔黄烟地了……他无精打采地做活,只想着女人真不是东西。他锄了一会儿地,然后就蹲下拔小草,这才发现了烟垄里有一些小号脚印。他两手按到地上,趴下身子细瞅,最后认准是安兰的!"原来老照儿瞅我不在把她引进来了……"陈康荣觉得两个手掌热麻得厉害,更有决心到晚上好好医治一下了。他顺着小脚印儿看下去,最后竟发现越来越多,有一处又密又乱,和老照儿的大憨脚印掺在一起,把烟垄儿都给踩塌了;四周的烟叶儿也遭了殃,断的断、折的折,真不成样子。尽管事后有人修理过,塌下的垄埂儿抚得细平,断下的烟叶也收走了,但这能瞒过陈康荣的眼吗?!

他坐在了地上。他抽了支烟。最后他扛上锄头回家了,领来了陈家婶婶。

陈家婶婶害病的眼一般是不圆睁的,这会儿在断烟叶的地方却瞪大了细瞅,然后一拍手掌说了句:"天哪! 他们搂抱唻……"

"搂抱唻?"

"搂抱唻!"

27

陈康荣的一双手又热又麻,他觉得这手是非要抓紧医治一下不可了。他扯扯不愿动弹的陈家婶婶:

"回家等老照儿!"……

老照儿是很晚才回来的。父亲劈头就问他吃不吃饭,他说吃过了面条。陈康荣说了声"面条儿好",然后用手牢牢地抓住了他的胳膊。

"这为什么?"老照儿英武不屈地一昂脖子。

陈康荣高高扬起手掌:"黄、烟、地!……"

老照儿蔫了!但他躲过第一掌之后立刻大嚷:"孩儿有话!……"

陈家婶婶一直在一边打抖,这时抱住了男人的胳膊。

老照儿铁了脸没有吱声,那频频翻动的大厚眼皮让人一看就有搞"阴谋诡计"的嫌疑。停了一瞬,他突然问:"技术,自家人兴不兴传?"

"自家人,兴。"

老照儿字字生硬:"安兰就是自家人!"

"哼!你小子被人耍弄得晕头了……"

老照儿一笑,随即又大胆又大方地坐在了全家唯一的一把宽扶手椅子上,朗声说:"一点也不晕头,不晕!我知道你害怕黄鲶婆用女儿诓走技术,这你甭怕!安兰和我是真心,在黄烟地里就该对你挑明……"

陈康荣看着儿子大拇指宽的上眼皮,连连摇头。心里想好事,嘴里就胡说,也许这一巴掌打上去会好。他举了举手,但觉得这巴掌不像刚才那样又热又麻得厉害了……如果是真的多好啊!

老照儿又说:"我们还常在一块儿商量大事……"

"什么大事?"

"我们以后要在一块儿,我嘴里说,她手里写,写一本种烟的大书!爸,你一肚子技术不记下多可惜,这么大岁数了……"

陈康荣望一眼陈家婶婶:"写成大书四下传,了得!"

"她还说,你该进大烟田当个技术员,她也去做徒弟……"

"教全部的人? 了得!"

老照儿从椅子上站了起来,盯着父亲的脸说:"我知道你又要说'不传!'……快出山吧!"

"什么出山!"陈康荣恼怒地说,"你知道个什么? 世道一时一变的!"

老照儿不服气:"你吃了亏吗?"

"我这辈子吃亏吃大了!"

"一亩黄烟卖八百块钱还说吃亏!"

"八百块靠技术——你小子倒要把技术往外扔!"

陈康荣望望老照儿的憨相,心想:啊呀,敢顶撞我了,啊呀!

老照儿的大眼闪出虎生生的光,两手扶住椅子说:"你不传,我传……"

陈康荣向前逼近一步:"你敢!"

老照儿侧过身子,先小步儿挪蹭着,最后夺门而去,一边跑一边回头嚷:"就是我不敢传,安兰也敢!……"

他跑走了,在远处把脱下的小褂儿攥在手里,一甩一甩地扇着风……陈康荣追出门去,直望着这个背影消逝在月色里,不知怎样才好。

"现今的事儿你还有法数吗?没法儿数!"陈家婶婶跟了出来。她仿佛把丈夫和儿子的吵闹全不放在眼里,只记住安兰是她的媳妇了,满脸笑容。

陈康荣斜了她一眼,没有说话。他坐在了一块石头上。他面临着一场新的威胁了。到底怎么办呢?他琢磨着儿子那番话,心里乱糟糟的……唉,难道就这样由他们去吗?他又想到了老父亲那张苍老、倔犟的脸孔,耳边仿佛又听到了他狠狠的指责:愚蠢哪!混账啊!绝招儿是自己挨日子的指望……他再也坐不住,狠狠地用烟锅敲了一下脚边的石头,站了起来。

回家的路上,他走得很慢,特意绕到了黄烟地里。今晚的月亮真亮啊。小南风儿尽情地吹,把烟叶浓浓的、稍带点辣味的香气全送了过来。陈康荣最愿闻这种味儿。大片的黄烟在月亮下边闪着光儿,那些肥厚的叶子攥一把准会"哗哗"出油!陈康荣偎在一个烟棵跟前,那叶片儿贴着他那皱纹密密的脸,摩擦着,摩擦着,就像一个娃儿的手掌……他一颗心颤颤地跳了两下。

他又来到和黄鲶婆交界的地埂上了,不由得想起了和她的这场智斗:你个滑鲶哟,你比我到底差远了!你那点小蛐蛐心眼还想算计我呢!我大不了交出技术,进大烟田,可我的老照儿得了一个媳妇——念过高中的!下田戴草帽儿的!我这叫"识时务者为俊杰",你巫婆出身,哪里懂什么世事。别看以后咱们是亲家了,可我永远瞧不起你! ……他想着走着,猛抬头看到了地里有一对人影,正是老照儿和安兰,离得很近很近……这倒使他记起了膀头上挨过的那一巴掌,立刻低头,转过身去。

"这对嫩苗儿,没经什么世事啊!"陈康荣最后远远地回头瞅了一眼,自语着,"刚喝了一口蜜水,就以为满世界都是甜的了……"他顺着地垄走着,看着那一片片肥厚的叶子在微风里扭动,透明的角质层泛着银光,心想:如果天气温和,庄稼长得倒也风快! 晚些下霜吧……这样想着,眼前却不知怎么又闪过了老父亲那张苍老的、倔犟的、对世道永不信任的脸孔……

一股怜悯从心头掠过,他闭了闭眼睛,呆在了田埂上。

1981 年 3—5 月写于济南

看 野 枣

一

夏末秋初,不冷不热。夜晚,年轻人站在街头上,让温柔的南风抚摸一会儿,就会放开嗓子歌唱起来。这和鸟儿爱在清晨里啼叫是一个道理。

"穿鞋要穿牛皮鞋,唱歌要唱新鲜歌。"这几年新鲜歌特别多,因此他们一唱开了头就不愿停歇。硬要停歇是很难受的。所以,这天晚上社员会开始的时候,大贞子她们几个姑娘还在黑影里哼小调儿,有人几次制止,她们才不做声儿。但只停了一小会儿,又嘻嘻哈哈笑了起来——织着毛衣笑,钩着花边笑,从地上捡个草梗捏弄着笑,手不闲嘴也不闲。年轻的队长三来火了:他让姑娘都分开坐,你坐这边,她坐那边。大贞子的粗嗓门最响,很像个领头的,就让她坐到父亲曲有振跟前吧。

曲有振一口口吐着烟,她一坐下就咕哝"呛死人了",伸手把老父亲那支咬在嘴里的烟锅往旁一拨……大伙儿看了都笑。别人一笑,大贞子就有些来劲,索性把那烟锅从他嘴里拔出来,放地上"咔咔"一磕,往老人脚边"叭"地一扔,扭着手掌大笑起来。

曲有振指着女儿对身旁的人说：

"看看,缺个心眼不是?"

三来甩着油亮的分头,拍着桌子说："还开会不开? 嗯?"

"谁不让你开来?"大贞子笑眯眯地说。

三来斜她一眼,无可奈何,只好提高嗓门往下讲。他说如今有件大事:海滩上嫁接的那些野枣棵结满了大枣,再没有人去看管就要丢光了。他说看枣的人夜里要住在那儿的小泥屋里,一天的工分合一天半,谁愿去现在就报名。

是个美差! 马上就有一个外号叫"老混混"的中年男子报了名。奇怪的是他一报名就冷了场,再也没人吱声了。

大贞子还在笑吟吟地扭着手掌玩儿,见众人突然沉默起来,立刻就不笑了。她四下里望望,这才弄明白是怎么回事儿,急急地站起来嚷："我去! 还有我哩……"

曲有振被身边这猛然一喊吓了一跳。野性啊,野性! 姑娘家能这么喊吗? 他揪住她的衣襟说："咱不,那不是姑娘家干的营生……"

大贞子使劲一甩,挣脱了说："怎么不是? 一天合一天半工分,跟玩跟耍差不多,还能得空织毛衣……"

她的粗嗓门使大家一齐笑了。不知为什么,她一说话就能引得别人笑。

曲有振有些难堪地望望四周,小声规劝,阐述她不能去的道理:大海滩地广人稀,光茅草就有半人高,完全不是姑娘家织毛衣

33

的地方……正讲着，那边的三来却要宣布散会了，最后说谁去看野枣得"研究研究"。曲有振一边随人退场一边摆手：

"我家的不用研究了……"

大约他的这句话三来没听见，因为后来确实连大贞子一块儿"研究"了，并且一"研究"就成了。第二天三来亲自登门通知：你大贞子上海滩看野枣去吧！

糟蹋人啊！寒酸人啊！一个姑娘家能去看野枣？曲有振弯着腰，手捏一盒"大前门"，在三来面前好说歹说，结果还是白搭。老头子送走了三来，回头就骂他，接着又骂大贞子，骂她二十多岁的大姑娘了还一脸"痴气"——有"痴气"的女孩儿，人家不欺负才怪！大贞子听了只是笑，坐在全家漆得最漂亮的一个机子凳上，恣悠悠地甩动腿脚，停了一会儿，也许是被父亲说得不耐烦了，才一纵身跳起来：

"会上就老混混一个人报名了，我不去就该他去了，你看不见怎么的?!"

曲有振一听，嘴巴马上闭了。

老混混是个又蛮又横的老光棍，全村里很少有不怕他的。早几年混乱，他拿队里的东西就像自己的一样；腰上常别着一把铁锈斑斑的韭菜刀子，虽然不一定能伤了人，但也没谁敢招惹他。三来也是个游手好闲的角色，常常借老混混的钱花，不但不敢管他，下雨天还爱凑一块儿喝两盅。队里有什么不出力的轻巧活儿，也从来都是老混混一个人包了……好家伙，这会若是老混混进了海滩，那里地广人稀，光茅草就有半人高，野枣不就任他糟蹋了？

曲有振想到这一层上，觉得向来看不上眼的女儿还通晓"大义"哩，于是也就不咕哝了，只恨恨地说："三来当队长，就便宜了他老混混！……南边几个庄去年腊月就民主选队长了，咱这边还没个动静！秋庄稼眼看要收了……"最近他一生气就咕哝这几句话，老盼着"民主选队长"。早几年"割尾巴"，就因为他把自留地里的青菜卖过几回，三来就做主"割"去了他五十块钱。他记到了心里去，老盼着有谁能站出来治治这小子。可惜他现在还只能生闷气，最后只得决定：白天大贞子去海滩看野枣，晚上由自己替她住泥屋。

大贞子欢欢喜喜说了声"好哩"，就去后院削了支五尺来长、胳膊粗的木棍儿，准备明天扛着上海滩——在大海滩上，就由它扳着荆棘和茅草走路，外加防身什么的。大贞子提着它走进屋来，嘴里还在哼着她最爱唱的一首歌："……亲爱的朋友们，美妙的春光属于谁？"曲有振可不管"属于谁"，只是看着白生生的木棍，还是有些不放心。他嘱咐：

"海滩上常有挖药材的，你不用跟他们说话！"

"属于我……"

"那些海边上拉网的人不规矩，你不用搭理他们！"

"属于你……"

……

晚上，大贞子一个人躺在炕上，被月光照着脸，睡不着。她只好睁着黑乎乎的大眼数窗格儿。这双眉眼是经得起推敲的，谁看了都得说一句："聪俊聪俊！"她的确也不丑，特别在十七八岁的时候，连身影儿也是细乔乔的。后来不知怎么就胖了起来，大脸盘通红闪光。有人说她能吃能睡，可不就胖怎的。有人说她太能笑了，哪有姑娘家这么爱笑的？不胖才怪！……队长三来总爱到姑娘们做活的地方"检查工作"，蹲在那儿一扯就是半天，常常说着说着下了正道儿，被姑娘们骂一顿，投着泥块儿砸一顿。大贞子能说能笑，有点蛮不在乎，三来对她的胆子就特别大些，有一次还明明白白提出要跟她"闹点儿恋爱"……

她从不把说笑的事记在脑子里，可唯独这件事忘不了。三来怪厌恶人的，可毕竟是个小伙子啊！小伙子要跟她"闹点儿恋爱"，还是第一遭经着。这会儿她躺在炕上睡不着，不知怎么又想到了这一节上，不禁红了脸，骂着：

"哪个瞎了眼的才跟三来'恋爱'呢！六（流）氓七氓……睡觉！睡觉！明天还得起早进海滩呢……"

她厌烦地在炕上翻了个身，把脸紧贴在枕头上，故意匀匀地喘着气。不一会儿，这屋里就鼾声大作了，那声音像个大汉……

二

大贞子进海滩了，并且雄赳赳地扛着一支木棍。

野枣熟了吗？快熟了。大海滩真像没有边沿似的，满是野草、野枣、花儿；花儿真香啊，紫乌乌的、红濡濡的、粉嘟嘟的；天空蓝得像海，云彩白得像棉。大贞子高兴极了，整天用粗咧咧的嗓门唱着"年轻的朋友来相会"，问着"美妙的春光属于谁"。她见到一大丛野藤儿，就试着撩开长腿蹦过去；见到一条花花绿绿的蛇顺着草棵儿跑，就学它那样儿把身子弄得一弯一扭，跟上走了老远……远处传来一阵阵号子,她跑过去一看,见那是海边上一排排拉鱼的人喊出的。天哪！他们光着身子干活儿……大贞子又赶紧往回跑了……她这样在枣棵里转了几天,只遇到一个挖药材的、两个赶海的。从来就喜欢热闹的她慢慢有点受不住了。她从家里取来了毛线,可刚试着织了一指长就腻烦了,干脆团一团用小手绢包了。再干点什么呢？四周一个人也没有,想说个话都不行了！大贞子开始尝到了孤独的滋味。

可过了不久,终于有个人进了海滩,他就是三来。大贞子见到了熟人,高兴得什么似的,老远就跑过去。三来脸上搽了粉,三步之外看着一点也不丑。可是他偏要凑到跟前来,龇着牙"呱啦呱啦"地说,把大贞子厌恶死了！她说着说着就没好气儿了：

"你老远地跑来做什么？"

"嘿嘿,"三来一笑,接着板起脸,很严肃地摇摇头,"随便转转,检查检查工作……"

"检查你娘个……"大贞子往地上吐了一口。

三来不恼,笑嘻嘻的："骂人吗？打是亲,骂是爱。"一边说一边蹲下,伸手揪了个枣子填到嘴里。当他再一次伸手摘时,被大贞子的木棍捅了一下。

三来赶紧收回了手,嚷：

"不让？"

"不让！"

他蹲在那儿,看着枣棵上一串串圆鼓鼓的枣子,嘴巴空空地咀嚼了几下。

大贞子心软，从枣棵底下拣出几个被虫子咬上洞眼的递过去：

"不是不让摘，是没熟透。先吃个带虫子眼的吧！"

三来吃过一些枣子，又玩了一会儿，靠近中午才很不情愿地转身离去。他临走时还细声细气地告诉："我为什么不派老混混，偏派你来海滩呢？是为你好哩！"大贞子也不糊涂，冲着他一摆手："我不领情！你那是为你好……"

大海滩平常只有大贞子一个人。每到天傍黑的时候父亲才来替换她。老头子总是埋怨说，都是为了她才跑这么远的路。大贞子不服气，蹙着鼻子：

"为我？你是为那一天半工分儿！……"

巧的是不久从矿区来了几个搞测绘的女同志，晚上要在小泥屋借宿。这下子大贞子可有了做伴的！她可以白天、晚上都在海滩上，就索性从家里搬来一些米面，自己做饭吃。有一次她做了几个包红糖的小面猫，夜晚硬让搞测绘的女同志吃，人家不吃，她一气给人家塞到了被窝里……

三来隔几天就要来检查一次工作，绝不嫌麻烦、不嫌天热。他现在已经变得很自觉了，只从地上捡着带虫眼的野枣吃，有滋有味地咀嚼，迈着碎步、一颠一颠跟在大贞子身后。大贞子倒也真希望身边有个人陪她说话，要不多闷人呀！她走累时，见到眼前是干净的、被太阳晒热的白沙子，就禁不住侧身躺下。热沙子炙得人真舒服呀，她嘴里不断地发出满意的"啊、啊"声……三来坐在一边，嚼着野枣，兴奋地咕哝些什么，很容易又下了"正道儿"。有一句真气着了大贞子，她实在忍不住，就麻利地捞过身边放着的木棍，"砰"

一声砸在他的拐肘上！三来痛得倏地蹦起，一边抚摸着拐肘，一边埋怨大贞子："你的思想还是不够解放！"

大贞子并不搭腔，只是紧紧握着木棍儿。三来痛得"啊嗬、啊嗬"嘘气儿，抚摸了一会儿拐肘，然后就抬步走了。

大贞子看着他的身影消逝在绿树丛里，立刻放开嗓子大笑了！她拿起白生生的木棍儿，一会儿盘转在腰上，一会儿又在两手里耍起了飞花儿，最后才满意地扛上肩膀……

三

三来以后好多天不来了。慢慢大贞子倒有些害怕：是否因为打坏了骨头，住进了医院？测量队的姑娘早出晚归，夜里她编了一套话儿问她们，说有个不认识的小伙子白天来偷枣儿，被她"砰"地打了一个拐肘，能打坏骨头吗？人家笑着摇摇头，她这才放了心……

日子过得真慢啊，枣子红得也真快，等到满海滩的枣子都快变红的时候，多少日子过去了啊！大贞子的父亲托测量队的人给她捎来一些米面，就再没到海滩上来；三来更没着面儿。大贞子想：肯定是队里忙秋到了节骨眼上！

有一次她在树丛里遇到了一堆晒蔫的鲜刺蓬——多好的喂猪菜啊，是谁撒这儿的呢？这儿离村子远些，因此这种猪菜又肥又多。她料定是哪个肯下力气的人来海滩上拔猪菜了。谁这么会过日子呢？

中午的太阳热辣辣的。树丛、枣棵都一动不动地挺在那儿，像是给晒蒙了。大贞子用木棍扳着荆棘、茅草往前走，突然又发现了一堆连一堆的鲜刺蓬儿菜！她瞪大了眼四处看，终于发现不远的树丛下边有个光着上身的背影。她喊了一声，那人影儿竟钻进了树丛里。大贞子生气地撩开长腿奔过去，盯住树丛里那个后背喊："你是谁?!"

那人慢慢转过身来:啊！是……三来！

大贞子简直有些不相信自己的眼睛了。往常那油亮的头发变得又脏又乱，沾满了土末子，一绺一绺被汗水贴在脸上；光着的膀子晒脱了皮，红一块、黑一块，那暴起的白皮屑儿花花点点缀在身上，豆粒大的汗珠儿就在其间滚动……大贞子大吃一惊，简直弄不清这是怎么回事，手里的木棍一下掉在了地上。

三来有些结巴："我是……来拔猪菜……"

"怎么不见你来检查工作了?"

三来的脸猛然涨红，说话更加结巴了："选下来了，我……不、不是了！"

大贞子瞪大了眼睛："不是队长了?"

"不是了。"

大贞子不吱声地站在那儿，直瞅了他一两分钟。她什么都明白了。早就听说要选了，可谁想到能这么快呀！她知道父亲在家里一准从心里高兴，全村的人也都一准从心里高兴:谁不厌恶这个三来啊，好吃懒做，好端端一个村子硬是让他给误了……她一想起他跟老混混缠在一起那样儿，心里就有气，这时有些解恨，不由得一阵痛快，突然拍了一下手，说道:

"不是了好啊！反正你压根儿就不配当，早晚得下来。你给大家办过什么好事？不是了好啊，哈哈……"

她从心里感到高兴，喊的话分外干脆，笑得也分外响亮。三来站在那儿默不作声，等她闭上嘴巴去看时立刻呆住了！

三来哭了，一颗豆大的泪珠挂在眼角上。

她大气也不出了，怔怔地瞅着。哎呀，哎呀呀，你怎么哭了？你难道还会哭吗？你不都是看别人哭吗？大贞子咬咬嘴唇，觉得又好气又好笑，心想：哭吧！哭吧！哼，你如今也知道这个滋味了，早几年你不该穿着小白褂儿，在大街上一抖一抖那个神气，活像县里来的大干部似的呀！

三来的泪珠一颗紧接一颗，顺着黄黄的脸颊流下来，像道小溪，流过鼻沟，流进嘴角，流到脚下白白的沙土上……好像这一流就将身上的水分挤干了似的，腰弯了，腿软了，最后一下跌坐在了地上。

大贞子还是第一次看到一个男子汉这样哭，心里有些颤颤地害怕了。她知道他是被自己刚才的高喉大嗓伤了，不由得有些后悔，心像被谁拧了一下。她瞅着对面这张脸：多瘦啊，颧骨也高起来，颜色那么暗，无精打采——漂荡惯了的人，一经点劳动就折腾成这样……她禁不住怜惜地"啧啧"两声，也坐在沙土上。等到三来抹去泪珠的时候，她才试着和他说起话来，说他这么多天没到海滩来，她连一个熟人也没看到……

三来垂着眼皮说："队里从种麦起实行责任制了，我不得空闲……"

41

大贞子一听到这儿又想起他和老混混过去那股神气劲儿,在心里想:责任制好! 以前除了你和老混混,谁得空闲? 要忙大伙都忙,也好各拿自己的一份工分! 虽这样想,但她终于没有说出来。

三来再也没有吱声。停了一会儿,他讲了落选的经过,说可怜巴巴只得了三票——老混混因为没能上海滩看野枣,记恨着,也没能投他一票……说到老混混,他骂道:"这个白眼狼! 我白天落选了,他夜间就逼我还他三百块钱……"

大贞子吃惊地叫了一声:"三百? 讹人吧?"

"我零花零借没有数,人家自己有账!"三来说完十分懊丧,弯下腰收拾猪菜去了,捆成了一个大方捆儿。

大贞子什么也不想问了。她帮他把菜捆放到肩膀上,然后看着他扛起来走了。啊呀,好大的一捆猪菜呀,挡去了他大半个身子,压得他踉踉跄跄。大贞子站在那儿,直盯着这个负了菜捆的身影一步步走去,在那草丛、树棵间摇晃。终于,这个身子摇了几摇,在远处重重地跌倒了! 她想过去扶他一下,可没由她走近,他自己就挣扎着起来了……

活脱脱的大小伙子能让一捆猪菜压得趴下,这都是游手好闲的好处呀! 小时候在一块儿,割草、摸鱼,谁干得过他? 数他野、数他能! 早几年谁油嘴滑舌谁吃香,三来留了分头,巧话儿一学就会,硬是叫那个年头给哄坏了! 看他现在这个狼狈样儿,也顾不得捡野枣吃了。大贞子后悔刚才没有摘些不带虫子眼的好枣子给他,心里不太好受。事儿要变也真快:前一回他还是检查工作的,这一会儿就是拔猪菜的了……她嘴里又难过地连着"啧啧"几声。

谁不说大贞子心软？在村里看电影的时候,电影上的好人遭一点磨难,她的泪珠就顺着通红的大脸盘子滚下来。村里谁不知道她心软哪!

第三天上,三来又来海滩上了。大贞子用木棍扳着枣棵,净找好枣子给他吃!像上次一样,也是她帮他将菜捆儿放到肩膀上的。

四

三来经常来海滩上了,而且都是趁着中午这段空闲时间。他如今干活倒也肯下力气,蹲在枣棵、野草间,任那汗水在脊背上滚动。草里的虫虫往身上粘扑,他只是不抬头,一会儿就拔好了一大堆鲜刺蓬儿……原来人逼到了数儿上都是做活的好手啊!他告诉大贞子说,他养上了两头小猪,开春一准喂肥它们!看他那样子,是很有些雄心壮志的。但他跟大贞子说话的时候不多,总爱一个人钻到深深的树棵里去忙。大贞子只要遇上他,总要帮他收拾一下猪菜,帮他把菜捆儿放到肩膀上……有一次他扛起了菜捆,刚走了几步却又站住了,回过头来,有些不好意思地笑着,脸憋得通红。大贞子以为他又要说什么不入耳的"下道话儿"了,正要走开,却听他嗫嚅道:"我……以前做队长时,对你家……不算太好!真是的……"

这比不入耳的话还让人受不住!她用木棍一触他肩上的菜捆,说:"快走吧!这捆菜不沉还是怎么的?……"

这天中午,当大贞子像往常那样帮三来收拾鲜刺蓬,帮他把菜捆儿放到肩上的时候,正好让赶来给女儿送米面的父亲看见了。

老头子正穿过大海滩赶来,满头是汗。他看到这个场景之后,先是一惊,接着狠狠抛掉了手里提的东西,大步跨到他们跟前。他大口地喘息着,敞着衣怀,那由于衰老而变得更加坚硬的胸脯起伏着……大贞子叫了声:"爸……"

"你有了力气干点什么不好?也不怕脏了手!啊呸!"

曲有振冲女儿吼了一声,那双愤怒的眼睛紧紧盯着她的脸,狠狠一踩脚。

三来刚刚扛着菜捆走出两步,在这吼声里,身子重重地踉跄了一下,险些跌倒。他的身子这时颤抖得那么厉害,只得伸出两只黝黑的、青筋凸起的手,使劲攀抓着就要滑下来的菜捆,一步一步吃力地走开了。

大贞子看着离去的三来,又看看暴怒的父亲,站在那儿。啊,父亲那皱纹密密的脸上,肌肉抖着,一双深陷的眼睛闪着可怕的光……她从来都不把父亲的发火当做一会事儿,闹个玩艺儿是她的拿手好戏。可她从来也没看到他像现在这样的严厉,心不禁"咚咚"跳了几下,又叫了一声:"爸……"

老头子又一踩脚:"你没脑性,一分钱也不值!你给我远点站着去!"他用手朝一边指了一下,蹲在了地上。

"我做了什么坏事啊?我到底怎么了啊?"大贞子拉着木棍儿站在一边,一颗晶莹透亮的泪珠滚到了胸脯上。

"你还有脸哭哩,"老人站起来,"香臭不分——他三来算个什么东西?早年得势那会儿还罚去咱五十块钱……这下子不用神气了,村里人没有一个瞧得起他!你倒好,还在这儿帮他弄菜捆儿,

44

啊啊呀呀说话儿!"

在父亲的斥责声里,大贞子的泪水流得更快了。她哭着,用胖胖的双手揉眼睛,哭出了声音。这泪珠儿颗颗都像草尖上的露水那样晶莹透明,打湿了花格儿衣衫。她哭得多伤心哪!突然,她狠狠抛了手里的木棍,火暴暴地冲到了父亲跟前,挺着高高的胸脯,甩着一脸泪花嚷起来:

"哎呀你呀!我还当你为了什么,你还记着那五十块钱哪!人家当队长,你就笑眯眯递烟卷儿,还是'大前门'的!人家落选了,就当面用鼻子哼人,说话比扎刀子还狠,你原来是个势利眼啊!哎呀你呀……"

她说话像放连珠炮,气得直喘,肩膀一耸一耸的。

曲有振站起来,看着女儿那一脸纵横流动的泪水、那双尖利利的眼睛,禁不住连连后退了几步,脸色赤红,一时说不出话来。

"我帮他弄菜捆怎么了?怎么了?人失脚掉到水沟里还不兴拉扯他一把呀?帮这点儿忙你都不让啊,哎呀你呀!"

大贞子哭着又喊了一句,扔下父亲,一个人往小泥屋跑了……

这个晚上,大贞子怎么也睡不着了。父亲那张愤怒的脸老在她眼前晃动。她想老人也是一时生气,过后会好的,如果心老那样狠,还算父亲哪?不过她还是为他难过!她最恨那些心狠的人,恨那些势利眼:见人得势,甜蜜蜜的巧话说不够;见人遭了难事,就随着大帮儿欺负他……父亲该不会是这样的人吧?一定不是的。想过了父亲,又想起了三来:他现在还不知怎么难过呢!他用什么法儿能还清老混混那三百块钱?她不自觉地在心里替他盘算:如果一年的工分能剩下二百,再养两头肥猪,一年就还清了!哎哟,那是三百呀,三来做什么花他三百?她想着想着有些躺不住,干脆走出了泥屋。

外面一点不冷,她找了块干净的白沙歪在上面。望着圆盘盘似的月亮,她伸展了一下身体,喘着粗气。今晚的心窝不知怎么了,老烦闷发急,怪难受的——记得一个小媳妇有一次没脸没皮地说,她前几年心窝就常常烦闷发急,后来找了个女婿,这病不医就好了!……大贞子想到这儿红着脸骂了一句,也不知骂谁——骂小媳妇吗?不,是骂三来!骂他不争气,让老混混催逼三百块钱……提起三来,她马上想到那个晒脱了皮的身子,心里暗暗叫着:你年轻轻弄坏了名誉,没人看得起,加上浪荡惯了,做不得重活儿,可怜不可怜死个人!

徐徐的北风吹着,吹来了一声声号子,那是海边的人们在拉夜网。

大贞子一听这号子就想起那一排排光着身子干活的人。那些大小伙子,身子都是枣红色,胳膊上的肉一楞一楞的,吓不吓死个人!她看了总是飞快地转过脸去跑开。可她只一眼就记准了那一楞一楞的肉——他们真有劲儿呀!三来也是个大小伙子,要是肯下力干,保准也会生那样的肉……你个三来哟,你还"检查工作"哩!你见了姑娘就抬不动腿,一身毛病!你年轻轻坏了名誉,可怜不可怜死个人!你以后会像扛菜捆儿那样,跌倒再爬起吗?

大贞子最后想:帮帮他才好——怎么帮?干脆我明天就帮他拔鲜刺蓬吧,这样他来了就能扛走,反正我闲着也没什么事儿,帮他吧！——要是父亲知道了不让帮呢？不让帮，哼，我就拔他嘴里的烟锅儿，往地上一摔一个响儿！她想到这里一阵轻松，一纵身跳起，像往常高兴时一样，"哈哈"地亮开粗嗓门笑了。然后她还不由自主地唱起了最喜欢的一首歌——《年轻的朋友来相会》。

海边的号子喊得更紧了，大约是上网了吧？号子哟，粗犷的声调里蕴含了热情，明快的节奏中透露出力量！号子哟，更响亮地喊起来吧。大贞子歌唱着，那声音正和远处的号子对应着：

 ……

 啊！

 亲爱的朋友们，

 美妙的春光属于谁？

 属于我，

 属于你……

 属于我们八十年代的新一辈！

当唱到"新一辈"的拖音时，她兴奋无比，不由得要做个动作。于是她两手举起了大木棍，像拿个矛枪那样，随着歌儿的节拍向前用力一捅！

多么可笑的动作啊！

回去睡觉吧，大贞子。

1981 年 4—6 月写于济南

天蓝色的木屐

　　村有村俗，乡有乡风。比如说芦青河边，姑娘个个爱穿木头拖鞋。那木底儿碰着地面，一路能发出"喀哒、喀哒"的声音，当地人就管它叫"喀哒板儿"。喀哒板儿从初夏穿起，直到秋尾。如果在夏夜里，又是个微风拂柳的月亮天色，那错落有致的"喀哒"声在远远近近的地方响起来，有"诗人"气质的听了心头就会荡起神韵。

　　穿喀哒板儿省鞋子，热天里穿了也较为凉爽舒适。可就是没人想到它有时还能护身——有一回几个姑娘去龙口街市买红绒线，回来的路上遇到两个乱动手脚的人，她们就麻利地弯腰取下喀哒板儿，一齐扑将上去。结果，那两个人头上带着几个大血包落荒而逃……

　　谁都会做喀哒板儿，用不着找木匠。通常取块粗梧桐根，劈劈锯锯，钉上块带子就成了。一年做一次，旧的填到灶里。

　　小能却从来不像她们那样马虎。她的新喀哒板儿总是用刨子刨得又平又滑，最后还要用天蓝色的油漆刷一遍，把后跟和前掌的截面染成红的；就连那块带子，也要选不软不硬的黄塑料皮来做！

姑娘们一路走着,听起来都是"喀哒、喀哒"的,可是仔细往脚底瞅一瞅就分出优劣高低了。怪不得王二力常在出工的路上对小能喊:"喂,把你的喀哒板儿借给咱穿穿!"

王二力是全村最早留起长头发的小伙子,同时又是在出工时唯一能把方格格衬衫掖到裤子里、用棕色人造革皮带勒腰的一个人……小能听到他的呼喊总是不出声地冲左右姑娘们笑笑,然后停住步子,轮换着把两只脚上的喀哒板儿甩到半空里(人们叫"甩飞高儿")。王二力接过来,很费力地套到脚上,"喀哒、喀哒"地摇晃着身子走了。

由于王二力经常穿小能的喀哒板儿,所以那些心里有数的人从来不当着他们其中的一个说另一个的闲话。因为有教训:一旦说了这一个,另一个马上就知道了,比无线电传得还快!王二力的爸爸在公社修配厂做采购员,在乡间也算个头面人物了。他吃得那个胖,手指头都比别人的粗一圈。也许是遗传的关系,王二力在青年中也是白白胖胖出了名的,谁要惹了他,他就用那支粗粗的指头在你脑门上点划。小能也很不简单,打起嘴仗来很有些姑娘家的特点。她总是迈着轻盈的步子在惹了她的那个人身边转,仰着脸儿,随着喀哒板儿踏出的节奏撩拨对方:"喀哒、喀哒——你不是人!""喀哒、喀哒——你没娘教的!""喀哒、喀哒——你年轻轻的没脸皮!"……

所以,河边上不少年轻人都多少有点怕他们。

有个叫大榕的小木匠最近时运不佳,他正在做一副乒乓球台,用那个具有神功鬼技的木刨子刨了一搭子木板,片片都滑溜溜的。

49

他把自己关在一个小屋里做活,进门插闩,出门上锁。可是有一回上厕所竟忘了这一手,回来的时候就发现有一片木板被人截走了二尺!更不幸的是他马上出门追寻,结果也就看到了夹着木板远远逃去的小能。不过他没有追得上(其实他根本就没敢追)。所以事后好多天他还生气,免不了就要说点什么。说点什么有何不可?不巧的是偏被王二力听见了。

于是当大榕第二天走上街头的时候,老觉得小能那喀哒板儿专为他才踩那么响。她穿了条紫花裙子(除了她谁还穿裙子!),腰儿扎得圆圆的,一只手就按在上面;步子迈得很细碎,白白的圆脸仰起来,一对弯弯的眉毛差不多和鼻尖处在了一个水平面上。她用不高不低的嗓门咕哝着:"说谁偷木板唻?谁用偷来的木板做喀哒板儿,穿上烂脚丫!真是瞎了眼,有个小木匠瞎了眼……"大榕头也不抬,直走开好远才瞅过去一眼,心里说:"全村里数你长得俊,也数你厉害!"他见她那白生生的双脚拖着喀哒板儿,很自然地想到了雪白的小猫蹄子,心里想:这样的脚丫丫也要烂掉吗?不可惜怎么的!

大榕跑进了他做活的小屋,照例在里面上了闩,然后才拾起刨子来。

刨子握在了一双包了厚茧的、结实而又灵巧的手里。它"刷刷"地向前冲去,那么勇敢,又那么迅猛,严厉地斩削一切不平……木花儿从刨子间隙里涌出来,绽开了各种瓣儿。满屋里都是一种节奏分明的刨子声。满屋里都是一种木料的香味。也只是一小会儿的时间,那么一堆儿木块该直的直了,该平的平了,带上了钩钩曲曲,生出了榫榫道道,马上就可以装成一件有用的器具了!这双握刨子的手真是神奇啊,是练就的,还是天生的?

是练就的,也是天生。大榕和当时的好多孩子一样,生下来就是有罪的。他是个地主(因为他爷爷是地主)。他不是地主,也不过才是这几年的事。那些年里,也许这样的人需要更多的本领才能得以生存,生活挤出一个个极端内向的性格和一双双多专多能的手。大榕是个好木匠,又是个钟表匠;打一手好乒乓,还能唱歌、拉二胡……他从不多言多语,不喜欢到人多的地方去,连走路也比别人步子迈得小、脚落得轻。这一切已经成了习惯,所以最近青年团组织青年上夜校,他总坐在灯光照不甚清楚的一个角落里。年轻人凑到一块儿总要添几分故事,这是合情合理的。姑娘们好像在比着劲儿穿花衣服,小伙子挺直的裤线像刀刃儿,差不多能用来切西瓜……有的甜生生地喊着姑娘的小名,让她"唱一段儿";有的不说"唱",而说"来一段儿";王二力却用压倒一切的嗓门喊:"小能,干脆,'甩'一段儿!"小能就像对方向她借喀哒板儿那样,先不出声地冲左右姑娘们笑笑,然后就"啊啦啊啦"唱了起来——她会唱最新的歌,开头就这么"啊啦啊啦"的……大榕在角落里默默地听着,有时想:真怪,唱歌怎么能叫"甩"呢?

大榕就是在给夜校做乒乓球台。那儿原来有一个台子,是他五年前出"义务工"用水泥抹的(这跟他顶着风雪扫街、在烈日下挑水担土一样,都是为了改造反动思想的),如今已经破得不能用了,谁不盼望有个崭新的木板球台啊!所以当这美好的愿望即将在他手里实现的时候,他要让每一刨子都下得准确精致,恨不得雕上朵莲花儿，所以他也就越发不能原谅小能了。"小能是个'盗贼'——'忍能对面为盗贼'!"大榕一个人在小屋里推着刨子，越想越气，不由得骂出声来，并且还套用了杜甫的一句诗……

经过几天的忙碌，乒乓球台子算是装起来了！大榕十分高兴，很快忘掉了那一天的不愉快，胡乱吃了几口晚饭就跑到了小屋子里，要赶着把它油漆一遍。

可是刚刚抹了几刷子，屋子外面就响起了"喀哒、喀哒"的声音。大榕立刻警觉地踱到了门旁，手里紧紧地攥着那把沾满了绿漆的刷子。

"咚！咚!"门板给踢响了。

大榕不出声地听着。

"开门！我都听见你喘气儿了……"一个姑娘——是小能！对着门缝儿嚷。

"骂不还口——你还要怎样?!"大榕忍无可忍地在屋里喊了一句。

"哈哈，你还记得那个事啊?"小能一边"咚咚"地踢着门板一边大笑，"开门！有好事儿……"

多么奇怪，上午刚刚踩着响板儿把人骂了一通，如今还指望别人会全忘了呢！大榕右手举着刷子，左手小心翼翼地去拉闩。好像如果不是"好事儿"，他就敢把姑娘油漆一遍似的。门开了，小能"喀哒、喀哒"进了屋里，嘴里还咀嚼着什么，这儿摸摸，那儿看看，拍拍新乒乓球台子，说了句"你真能"，然后就一跳坐了上去。

大榕莫名其妙地在一边看着她，这才发现她的头发新亮亮的，也许是刚刚洗过,用块手绢扎成一束垂在后背。虽然像根马尾巴一样,但大榕心里承认是好看的。小能见大榕直看她的头发,就高兴地甩着腿脚说:"我收工后去河里洗了个澡,真舒坦呀!回家吃了点饭,搽了点雪花膏,就来了……"

大榕马上闻到了一般浓浓的雪花膏味儿。

小能又说:"你知道找你为什么事吗?"

没等大榕吱声,她就从台子上跳下来:"是唱歌的事——夜校里要排男女声二重唱,女的我唱得最好,男的你唱得最好,团支部就让咱俩演这个节目了。我是来喊你去夜校的。走吧?"

小能那个能骂人的嗓子唱起歌来倒也非常好听。可大榕还是不想和她一起二重唱,只是心里一块石头落了地,开始动手刷起漆来。他推托说这个活儿非在今晚完工不可,不能去夜校了。

"不能去?"小能又飞身跳上了台子,"那我和谁唱去?"

大榕才不管你和谁唱呢,只一下下刷着油漆,并且瞅准小能又一次跳下台的时候,在她坐过的那块台面上使劲抹了两板刷。

小能到底还是不能把大榕从这个小屋里叫走。她最后干脆也不走了,说在这儿排练二重唱还不是一样!然后就脱下喀哒板儿坐在屁股下,两手抱着脚丫,"啊啦啊啦"地唱了起来。大榕只不做声地干着活,听她一个人唱。她一个人唱烦了,有时就故意扯着嗓子喊:

"哎呀,你抹的油漆呛坏我鼻子啦——"

有音乐细胞的人到底经不起撩拨,大榕在歌声里心头痒丝丝的,最后到底也跟着哼起来,并且还要给她纠正几处唱错的地方。

小能是从不认错的，说："哪个鬼孙子才净唱错歌哩！"话是这样讲，但她到底还是顺着大榕的腔调溜了……他们就这样唱着，直到两个球台全部油漆完毕。闲下来的时候需要找点别的话说，但小能今晚上兴劲特大，没有什么正经词儿，却巧嘴滑舌的，一开口就给大榕取了五六个外号。大榕郑重地指出："随便起外号是不礼貌的。"她哈哈笑着："这谁不知道！我不过喊着玩儿，不真往外叫的，'五讲四美'嘛！"

第二天晚上，一副崭新油亮的乒乓球台子放到了夜校里。由于它是新漆的，在灯下闪着亮，不少人还以为上面有层玻璃什么的，禁不住上前摸一下，还把触过台面的手指放到鼻子底下闻一闻……小能两手抱在胸前，"喀哒喀哒"地在新台子前边转着，说这个"外行"，那个"不懂"，倒好像这副新乒乓球台是她一手造的一样。

王二力来了。他今晚并没有用心打扮，但和别的青年站到一起，还是特别出眼。就说头发吧，谁的能有他亮？他身边照例跟着两三个矮矮瘦瘦的小伙子，都像他那样叼着一根过滤嘴儿香烟。他这时走到球台前面，很随便地掏出烟来往四周分发着，说："来一根吧，我爸爸新从南京捎回的……"然后自己燃上一支，伸出手指弹着球台面子说，"不错嘛！"

"真棒！"

"漂亮极了！"

"……"

你一言我一语地跟着夸起来，好像都是跟着王二力学的一样。

小能也凑了过来,于是不一会儿喀哒板儿就到了王二力脚上了。

夏夜的风不像秋天的风那么凉爽,也不像冬天的风那么严肃。只要看一看柳丝儿是怎么悠荡的,就知道那夏夜的风是多么柔软。这种柔软的风有时能吹开芦青河面上的水轮,有时也能吹醉年轻人的心……夜校像个大磁石,不断地吸引来年轻的小伙子和姑娘。喀哒板儿在通向这里的路上响着,远远近近,伴着口哨和歌声。

新乒乓球台子四周的年轻人越来越多了。由于夜校里新添了一件漂亮的体育器材,似乎每个人都比平常显得高兴一些,话也多了,台子四周吵吵嚷嚷的,热闹得很。有的姑娘往台子跟前凑一凑,试试它能不能映出自己的脸来,等抬起头来,就瞟一眼小伙子们;小伙子们本来是没有吃零食的习惯的,这个晚上却带了一裤兜儿炒玉米花,瞅空儿在暗中给这个姑娘一把,给那个姑娘一把,一会儿满场里都嚼得香喷喷的了。

嚼完了玉米花又要唱歌。姑娘唱,小伙子也唱,交织在一起,最终也不知唱的什么。就这么乱蓬蓬地唱了一会儿,小伙子们开始让好嗓子的姑娘独个儿唱了——这个说:"唱一段儿!"那个说:"来一段儿!"……王二力照例用最响亮的嗓门喊道:

"小能,'甩'一段儿!"

看来这个"甩"字儿只有他王二力配喊,也只用在小能一个人身上才合适。瞧人家小能,朝这个笑笑,朝那个挤挤眼,大大方方地把额上的头发往后一抿,就"啊啦啊啦"地唱了起来。她唱得怪响的,脆生生的词儿一串串蹦出来,可不就像"甩"的一样!可她刚唱了没有几句就嚷开了:

55

"大榕呢？——来呀,二重唱呀!"

没人应声。

"二重唱呀——唉,死大榕没来!"小能失望地一扭嘴巴,只好一个人唱下去了。她唱呀唱呀,慢慢高兴起来,那嗓门一会儿粗,一会儿细,一阵子高,一阵子低,有时还颤颤悠悠的,这么拐一个弯儿,那么拐一个弯儿,像不断头的小水流。她的脸儿随着歌声轻轻地转着,一双眼睛像蓄满了清水,鲜亮亮的,看看这个,看看那个,把满场的人都看遍了,把满场的人都乐透了。她唱得忘了神儿。

王二力看看四周那些直着眼神听歌的人,又看看小能,得意地斜着身子站在那儿,两手叉在腰上,一条腿随着歌儿的节拍颤悠抖动着,嘴里还"哼呀哼呀"地跟着溜起来。停了一会儿,他也许想起要打球,不知从哪儿变戏法儿般地取来了一副乒乓球拍子,一下下敲打着球台,用"当咯当咯"的声音给小能伴奏。

小能看着王二力,脸儿笑盈盈的,那水流般淌去的歌声越发动人了……

"小水流"正撒着欢流去的时候,突然有谁奇怪地大吼了一声。

这是怎么回事呢? 大家赶紧吃惊地把目光从小能脸上移开,四处观望着寻找,这才发现那吼声是从一个角落里发出的。

随着那声呼叫,一个人扑了过来。他热汗涔涔的,脸色憋得紫红,几步就跨到了王二力跟前,伸出粗楞楞的两只大手护住球台说:"快停、快停! 球台给你敲打毁了……别敲打了!"

原来是大榕! 他刚才一个人躲在角落里听歌啊。大家看他弓着腰护住球台的那个样子,觉得又惊奇又好笑。王二力开始不明白发生了什么事，等他醒悟过来的时候，嘴角马上挂上了一丝讥笑。

大榕把眼睛凑在台面上，手指在木板上移动着，嘴里连连咕哝："这儿，还有那儿，敲打出了痕子，啊呀！"

"不就是个破球台吗？有什么了不起的？"王二力斜着眼睛盯着大榕的脸，一边说，一边故意又敲打了几下，那响声谁听了都觉得特别沉重。

大榕一伸手抓住了拍子："这是新做的台子呀！……"

"哈哈哈哈哈……"王二力朝着左右笑了起来。

小能不管别的，这时只凑到跟前来，生气地问大榕："你怎么不和我二重唱呢？我还以为你没来哩！"

大榕的脸色更红了，有些口吃地说："没……没听见你喊我……"

"没听见？"小能"哈哈"地笑了，拍动着两片薄薄的手掌嚷，"怪事哟，人家说'没听见'哩。哈哈，'没听见'——你说不愿唱就是了呗！"

"这个不老实的家伙！"王二力开始用粗粗的手指头点划大榕，朝他身边那几个矮矮瘦瘦的小伙子笑着，又挤眼又点头。那几个小伙子也赶忙点一点头，还伸手跟他要了一支过滤嘴儿烟。王二力自己也燃上了一支，吐着烟圈儿，慢悠悠地朝大榕说：

"球台打坏了怕什么？你再出'义务工'做嘛……"

大榕听到"义务工"三个字，身子猛地一震。几年前扫街，顶着烈日、冒着雨雪担水担土的情景一下子涌到了眼前！啊，义务工，

义务工——一个大小伙子何尝没有力气去做啊,只要它不再和耻辱连在一起……大榕愤愤地扬起头说:

"不,这副球台不是出'义务工'做的,是拿工分的,一天合一个整劳力的工分的!"

他说得那么响亮、那么气势,四周的人不禁一愣,仔细一想,才明白大榕这是说给大伙儿听的。

小能不满地瞅了一眼王二力,又瞟了一眼大榕,这才发现大榕的双眼似乎在灯下闪着一层晶亮的光……

王二力撇撇嘴巴,轻蔑地咕哝了一句:"哼,'小地主'……"

这三个字发音是轻轻的,也只不过刚能听清,可在有人听来却无异于三声炸雷……大榕的两眼直盯着王二力,一动不动地盯着,这目光里似乎有几点火星闪了一下,又闪了一下……这个扬着的头颅终于慢慢低下了。他默默地转过身去,侧着膀头,唯恐碰着旁边站着的人,轻轻地从人群里走了出去……

"大榕!大榕……"小能冲着他的背影大声喊着。人群里有人气愤地议论着什么,有人安慰地叫着大榕。

可他没有应声,一个人走出很远,重新站在了一个角落里。

小能转身盯着王二力。王二力依旧还是满脸轻蔑的笑容。小能气恼地问他:"你怎么能骂他?"

"怎么了?你前天也骂他咪……"

"可我没骂那个话……"

"骂那个话又怎么?哼哼……"王二力使劲吸了一口烟。

小能盯着他,再没做声。突然,她喊了一声:"你真坏!"接着用手一指他的脚,"脱下我的喀哒板儿来!"

这喊声又响亮又突然,王二力一怔,看看四周的目光,本想装一装硬汉的角色,但一碰到小能那双愤恨的眼睛,只好乖乖地把两脚从那双天蓝色的喀哒板儿里退了出来。

小能不说话,只麻利地穿上,"喀哒、喀哒"地踩着走了……

过了不一会儿,夜校就开始上课了。这一夜讲的是"高粱杂交",什么"遗传"呀、"优势"呀,小能一概懒得听。她老往大榕那边瞅,心想他一定还在难过,也不会听得进的……烦人的课好不容易才结束,王二力马上缠了几个人打开了乒乓,招惹得几乎所有人全围在了球台边上,似乎都要试一试在这种崭亮的台子上打球是什么滋味。

小能喜欢热闹,从来都是哪里人多往哪里跑的。可她今晚偏偏离开人群,和大榕一块儿呆着。大榕催她:"你看球去吧!"她还是不动。但她也不说话,只是默默地站在那里,有时从头上的树枝揪片绿叶捏弄着。不远处明亮的灯光下,球赛进行得很激烈。王二力大显身手,连胜几局,这时正一手持拍,一手叉腰喊着:"哪个再来?"小能一直看着,这时抿了抿嘴角,突然推大榕一把:

"你去!"

"我? 不……"大榕连眼睛也不向球台那边转一下。

"你怎么不呢? 你怎么就不呢?"小能又急又气地在他跟前跺着脚,"就该着他压着你呀? 也真亏了你是个男子汉呀,大小伙子……"

大榕慢慢站了起来,看着小能,一对浓眉为难地绞拧着。小能

59

还在跺着脚。他往那灿烂的灯下望了一眼，咽了一口唾沫，然后迈开了步子……小能叫住了他，叮嘱一句："一准胜他才行！"

大榕没有做声，只是看了她一眼，走了。

小能却没有动。她故意把背向着灯光，直等了好一会儿，听到人们为大榕发出的喝彩声，才快步跑到了球台边上。哎呀，大榕哟，这才是真正的大榕呢！瞧他脱了布衣，只穿一件白白的背心，骄傲地晃着肌肉凸起的臂膀，有力、雄健而又优美地挥着拍子……王二力满头是汗，连连失分，那虚胖的、在大榕古铜色皮肤的比衬下越发显得苍白的手臂在打战，那有些发红的眼睛却不时恨恨地盯过去一眼，咬着牙，吃力地招架着……小能高兴得一蹦，又踩着响板儿围球台转了一圈，转到大榕身边就拖音拉嗓地唱了起来："唉啦多，来咪多，抽杀呀，杀他一个当头蒙……啦啦啦，哎呀你真行！……"

她又唱又蹦的，高兴得停住步子，那脚跟还一跷一跷的。王二力却在歌声里感到了绝望，这时突然做了个抽球的假动作，狠狠地抡出了手中的拍子……大榕毫无准备，躲闪不及，让飞来的拍子砸到了脸上，鼻子立刻淌下血来……

人群乱了，好几个人同时上来扶住了大榕。小能先是一惊，接着喊了一句什么，箭一般冲上前去。她在王二力跟前站住了，像不认识似的盯着他。她看呀看呀，这目光慢慢变得有些怕人了，胸脯起伏着，使劲咬着下唇。突然她退开一步，又退开一步，照准了王二力，猛地甩了一个"飞高儿"！那喀哒板儿冲劲十足地从脚下甩出，又在空中翻了个个儿，直飞上王二力的额头。

这真出乎所有人的意料！王二力的前额马上鼓起个红包,他伸手摸了一下,立刻像头恼怒的狮子一样冲了过来。人们赶紧扭扯着他,阻拦着他。小能却满不在乎地挤开人群走过去,从从容容弯腰从脚上取下另一只喀哒板儿,紧紧地握在手里,对王二力说:"我可不是大榕！你试试看,你!"

王二力倒被她这一下给镇住了！他竟然一动不动,木鸡似的呆立着。

小能的紫花裙子在微风里抖着,挺着胸,一手紧握喀哒板儿,好不威武！竟有人这时禁不住在人群里小声夸奖起来,说:"瞧她……"

她可算不得一个贤淑姑娘。听,她这会儿甚至还在骂人哩:"你他妈的真不是人！你以为别人就这么好欺负啊？你试试看……"她骂着,见对方直不做声,这才穿上喀哒板儿,转身扯过鼻子还在流血的大榕说:

"走,咱到河边洗鼻子去!"

大榕跟上她走了。

人们默不作声,只用饱含钦敬的目光注视着这一前一后的背影,直到看不见为止。

小河离夜校只有几步远。清清的、凉凉的河水撩在后脑上、前额上,一会儿那血就止住了。他们坐在了一丛芦苇边上。

小能愤愤地说:"……他敢动手,你就揍他,你保险揍得过他!"

"揍人犯法哩!"

"他打破了你鼻子就不犯法？你是熊包一个!"

大榕不做声了。小能又说："现在又不是过去，你哪里比不上大伙儿？你谁也不用怕……"

大榕仰脸望着嵌满星星的天空，久久地看着，那双出神的眼睛一动不动。也许触起了痛苦的回忆吧？他好久都没有吱声。停了一会儿，他伸手扶着脚旁折倒的芦苇，像自语似的说："你说的这些我都知道。可不知怎么的，这胆子老壮不起来。小能，你知道我多么怕啊！那时候，我看到别人畅怀大笑，就想：我什么时候也能这么高兴、这么舒畅地大笑啊！有时看见天上飞过一群鸟，心里也想：这天空这么大、这么蓝，可不光是哪一只鸟儿的，谁能飞多高就飞多高吧，自由自在地飞吧！那真是幻想。可这幻想如今成了真的，这一天终于来了。只可惜我这翅膀拘束惯了，一时还飞不起来，我焦急死了，有时真恨自己……"

小能不出声地听着，望着他，透过薄薄的夜色看到了他那湿润的眼睛。她第一次跟大榕坐这么近，也第一次听他说这么多，觉得今晚的大榕比过去要深厚好多。是啊，人都该有点欢乐，凭什么给人家夺走呢？夺走的就该还给人家，就该全还给，一点也不剩！蔚蓝的天空多么好啊，它就该属于所有的鸟儿！她喃喃地说：

"快了，你很快就会飞起来的！"

"会吗？"

"一定的！"

……

一阵凉爽的风吹来，苇叶儿发出一阵歌声。他们在这歌声里谈着，开始无拘无束了。小能坐在土坎上，花裙子伏在地上，似一片荷叶。大榕羡慕地看着,说:"你,总是穿这么好看……"小能撇撇嘴:"谁像你?土气邋遢的!看看人家王二力,方格衫儿扎在腰里……"她说到这里后悔得赶紧闭了嘴,厌恶地一蹙鼻子,接上说,"你用心打扮,比他强!以后能吧?"大榕一笑,但庄严地点了点头。

深夜时分,他们开始沿着河堤往回去了。小能走在前面,那喀哒板儿在深夜里响得特别清脆。大榕一听这声音就想到了它那美丽的天蓝色、它那精巧样子,心里想:小能多好啊,心好,手也这么巧。他禁不住夸了一句:

"你的喀哒板儿真好……"

小能不高兴了,大声制止:"咳!你就别提这个了!"

"怎么?"

"还怎么!这是偷你的板儿做的呀!"

……

夜空传来几声雁鸣。听声音,它大概飞在了很高很高的天上……

1981 年 5—7 月写于济南

63

两个姑娘和一个笑话

芦青河从不知多么遥远的地方流过来,穿过一片片田野和丛林,临近了大海,来到了一个极为偏僻而又极为美丽的村庄。

这里正是最好的季节。初秋的天气凉爽、润湿——这在夜间尤其明显。这儿的人都愿趁着这不冷不热的时候多做点事,通常午夜之前是不睡的。老婆婆打蒲草墩子,老爷爷拧艾草绳子;中年男子总爱踏着月色到河口去踩鱼。小伙子们白天做力气活流了一身汗,夜晚总显得很有功的样子,通常什么也不做,只把个白白的衬衫搭在肩膀上,挺着胸脯闲溜。说是"什么也不做",那只是从表面上看。其实他们之中不少人想趁这段时间去找个姑娘。

可以说百分之百的小伙子都有些恨银生老爷爷。

银生是全村里辈分最高的人,独一家住在离村子很远的河边林子里。那儿是个很幽静的地方。他算最有福分的一个老人了,用不着拧什么艾草绳子,吃过夜饭就领上两个孙女到大树底下歇凉了。老人身材高高,蓄着长长的白胡子。由于他一直对新式衣服没有好感,所以孝顺的儿媳入秋之后总给他做一身青大襟衣服。

他的银须飘洒在宽大的青衫上,稳稳地坐在树下,一手持拐,昂头远视;伴随他的除了两个孙女、一条青烟缭绕的艾草绳子,还有一杆尺把长的烟管。特别与众不同的是,他总随身携带一个四四方方的点心盒子,里面装了各色点心、糖果——也许就因为这个,他显得非常傲慢,坐在树下,见有人从身边走过,就用那口稀疏的牙齿费力地嚼响酥糖果子,还响亮地喊着两个孙女:"玉玉、水水,启(吃)呀……"

玉玉和水水是双胞胎。玉玉比水水早几分钟生下来,她们小时候倒也没有什么令人注意的地方,可慢慢长起来就有些不得了:并排往那儿一站,水灵灵的,眉毛、眼睛、头发,哪里都招人多看几眼。胆大一点的小伙子当面奉承:"像对天仙!"爱嫉妒的姑娘们却在背后嘀咕:"像俩女妖!"

两个"女妖"再有两年就二十岁整了。

多么美妙的年龄!通常那些极有兴味的故事总爱和十八岁的姑娘连在一起。这儿的小伙子没有一个不晓得流传在芦青河两岸的一个故事。那故事说一个十八岁的美丽姑娘去偷玉米,被一个看秋的小伙子抓住了。小伙子英俊洒脱,姑娘一眼就看中了。于是她提着玉米筐,忸忸怩怩说:"俺十八岁了……"小伙子严于职守,只是不懂爱情,严厉喝道:"十八偷玉米也是不行的!"……因此,通常河边上的小伙子们见了十八岁的姑娘,只是俏皮地说:"到了偷玉米的年纪了!"

水水和玉玉也"到了偷玉米的年纪了"。

然而她们都继承了老一辈诚实本分的遗风,还没人听说她们偷过什么。只是长得太漂亮了,常惹得小伙子们像失落了什么似的,有事没事在河边小屋这儿转。也不知银生出于戒备之心还是害怕孤独,每逢吃过夜饭出门时,总不忘叫上两个孙女。爷儿仨就坐在屋前的一棵大野椿树下,度过了一个又一个夜晚。不少人都替玉玉和水水惋惜——总跟个老头子坐那儿有什么意思啊,瞧这河水多凉多清、苇子多绿多密!不来洗澡儿、蹿苇丛子玩吗?玉玉啊水水,苦了! 苦了!

小伙子们恨银生老爷爷的同时,都对两个姑娘寄予了深深的同情。

奇怪的是大野椿树下常常发出一阵阵笑声。有什么可笑的?小伙子们远远听了,觉得有些奇怪,估摸不透,就去打听小全。

小全十七岁,生性不敏,初中毕业没有考上高中。他小时候生过一场病,那脸至今还瘦瘦的、黄黄的,说话含混不清,通常把"四"读成"系"。可他不知怎么却受到了银生老爷爷的特别器重,竟获得了特别的资格:每天跟到大树底下玩,偶尔还能吃一块银生的糖果……小全听了小伙子们的提问,仰起小黄脸说:"笑什么? 哼!银生老爷爷每晚讲一个笑话,可有意西(思)了……"

原来玉玉和水水在听笑话! 果真每晚一个吗? 芦青河大旱之年还会枯竭,银生的故事……

其实老人早已掏不出什么新鲜货色了。这个夜晚,老人将着白胡子,只重复着昨天夜里进过的那个笑话:从前哪,有一个人因为拿着一根扁担,横在门框上就进不来了。另一个骂他笨:"你就不会把扁担先从院墙上扔过来?!"老爷爷讲着讲着先自笑了,一颗衰老的头颅高高仰起。

水水很不满足地撅撅嘴,摇着那对毛刷刷辫说:"老讲这个,有什么意思啊……"

玉玉白了妹妹一眼:"怎么没意思?哈哈哈哈,哈哈哈哈……"她看着爷爷,使劲笑,笑弯了腰,还一边喘息着说,"爷爷,您讲得真……真有意思啊!"

"嘿嘿嘿嘿……"老爷爷满意地看着玉玉,伸手取起了那支尺把长的烟锅,装了满满一锅烟,又用大拇指按一按……他的拇指刚离开烟锅,"噗"一下,玉玉手里的火柴也正好划着了……银生老爷爷"咝"地长吸一口,不巧呛着了,"咳咳"咳嗽。他一边咳嗽还一边夸:"咳咳!……真是个……咳!好姑牛(娘)……"他总把"姑娘"叫成"姑牛",这倒惹得水水一阵畅快地大笑。

玉玉这时反而一丝儿也不笑。她红着脸坐在那儿,一根粗粗的大辫子静静地垂在后背上。这辫子上缠了二指宽的红头绳。她比妹妹略胖,由于衣服和妹妹相同,穿在身上就显得紧绷一些。她两手合放在膝盖上,除了看爷爷和自己的脚,什么也不看。

银生老爷爷吸了几口烟,余兴未尽,不由得又重复一句:"那个'聪明人',哈哈,还教他从院墙上扔进来哩,嘻嘻……"

水水又鄙夷地一撇嘴巴。但由于天色黑,老爷爷没有看到。

玉玉又笑,两手搓着膝盖笑。

可这会儿,老爷爷身后的黑影里爆发了更大的笑声。这笑声尖尖的,是小全。原来他一直不出声地卧在土上,两手撑着下巴颏儿听,刚刚弄明白那故事的意思,于是大笑起来。

水水逗他说："黄鼠狼咬鸡了！"

小全赶紧站起："哪里？哪里？"

水水"哧哧"笑："刚才是你的声音吗？我还当是鸡叫！"

小全没有看到黄鼠狼，有些失望地重新卧到土上……

夜渐渐深了，话也说得差不多了，只有不远的芦青河水流得更响。银生老爷爷打开了身边的点心盒子，伸手在里边摸索一阵，分着糖果。先给了身后的小全一块，接着给玉玉和水水。水水得到了两块，玉玉也得到了两块。可老爷爷又在暗中用拐轻轻捅了一下玉玉，又给了她一块……水水吃完的时候听见玉玉嘴里还"咯喇咯喇"响，就问："你莫不是多吃了一块？"玉玉赶紧摇头："俺吃得慢！俺是这样吃的：放在嘴里，让它一丝一丝化呀……"

第二天晚上，河边大树下照例坐着一位白须老人、两个姑娘，如果仔细些看，还会发现老人身后的黑影里卧了一个男孩。老爷爷将着胡须，嘴里咕哝一阵，两个姑娘中的一个就大笑不止；再接上，就是那个卧在地上的男孩发尖的笑声了……

可这个晚上的笑声没有继续下去。因为只一会儿，老爷爷突然有事被人请走了，并随手领走了小全。于是大树下只剩了两个姑娘和一个点心盒子。她们看时间尚早，就等老爷爷回来。

她们都不说话。玉玉在妹妹面前显得端庄、严肃，水水被姐姐比得稚气了许多。坐了一会儿，水水附在玉玉耳边说："咱打开盒子看看吧？看看都是些什么好东西。"

玉玉警觉地看着她："怎么，馋了？这可是爷爷的！"

水水没有吱声。不知怎么，走了讲笑话的人，她倒兴奋起来，坐在那儿,手脚乱动,好像要做点什么才好。她搂住玉玉的肩膀,又用另一只手抚摸着她那根大辫子,说:"像大猫尾巴似的……"

"胡说!"

"真的。"水水一边说一边把那根长长的辫子给她盘到头上,端量着,"盒子里说不定有咱没吃过的什么呢,看看怕什么?……"

"白想!"

"白想——"水水拖长声调重复一句,赌着气,一使劲把玉玉盘好的辫子拉下来。

"哎哟……"玉玉疼得一喊,使劲推水水一下,"小孩儿似的,你虚岁十九了……"

水水快活地笑。她不知做点什么才好,站起来伸了伸胳膊,压了压腿,然后又坐下来。她凑近了看着玉玉,亲了她一下,又把嘴贴在她耳朵上:"全世界,我就和你最好……你真胖啊……他说你比我俊……"

"谁?"一直不愿听妹妹胡言乱语的玉玉这时慢慢转过脸来。

"苏平……"

两人都不吱声了。她们开始仰头看天上的星星。一颗流星划过,玉玉赶紧往地上吐一口。水水笑了。

"笑什么? ——那是'贼星',爷爷说,不吐也会变贼的。"玉玉一边抹嘴巴一边说。

"我偏不吐,也偏不偷东西!"水水说着,突然想起了什么,嚷,"咱今晚老往天上看,说不定还会看到'飞碟'呢!"

"什么'飞碟'?"

"连这也不知道……人说是'天外来客'坐的东西,苏平在夜校里说的嘛……"

玉玉不由自主地往天上望了两眼,低下了头。停了一会她说:"你一口一个'苏平',他可'那个'唻……有人亲眼见他在河边的苇丛里跟女的搂抱……"

水水一把推开玉玉,猛地站起,声音有些发颤:"真的?!……和、和谁?"

玉玉把辫子撩拨一下,有些奇怪地瞅了妹妹一眼:"不知道。人家说是个晚上,看不清……"

水水听了,长长地舒一口气,坐了。

树上有几滴露水洒下来。河水流得很急。苇丛的另一面传来几声小伙子们的欢笑。接着,是有人跳到水里的"扑通"声。

"哎哟,好凉的河水哟!真舒服哟……"

"大树底下坐着谁呀?不来洗个澡吗?哎哟,凉凉的水哟……"

"哈哈哈哈……"

小伙子们喊着、笑着,故意把水拍得很响。

"不要脸的,怎么不让水呛着他!"玉玉把头埋在两个膝盖之间。

水水却神往地望着河岸:"我一回也没在晚上下河,你说下去洗洗什么滋味?"

"什么滋味?好滋味,快去吧!"玉玉没好气地呵斥着妹妹。

"……凉凉的水哟……大树底下坐着谁呀……"河里有人还

在喊。

玉玉气鼓鼓地小声对着妹妹耳朵说:"骂,骂他们!"

水水立刻听话地站起来,但脸上却是笑吟吟的,向着河,晃着脑袋,背书似的嚷道:

"洗、洗,洗屁股,凉坏你的身子骨,娶个老婆抱着哭!"

"哎呀……谁叫你骂这个!"玉玉上去捂住了她的嘴巴,把她按下……

银生老爷爷回来了。他没有看清孙女们在做什么,只是一到树下就添了几分骄傲:村东那个在城里工作的远房孙子领回个对象,刚才是孩子父母让他去看行不行的……"行不行呢?"玉玉和水水听了,一齐坐起来问。老人果断地一摇头:"不行。为什么哩?头上烫得净小圈,还穿着裙子。这样人中看不中用,久后能过日子吗?"说着抬头瞅瞅天上的星星,大概觉得不早了,开始收拾点心盒子。他领上两个孙女往回走,嘴里还一边咕哝:"头上净小圈,不行哩! 不行哩!"

在这个凉风习习的秋夜,银生裁决了一起婚事,又一次使用了他的否决权。他那个远房孙子会失眠的。年轻人哟,不省世事,血是热的,头是昏的,哪里知道过日子的艰辛哪!

可是后来事情有些出人意料:那个远房孙子要宣布正式结婚了! 这深深地震惊了银生。当他手提一尺来长的烟管,叫骂着,踉踉跄跄赶到新房,又被人家不无愤怒地推拥出来时,当场就昏了过去……

玉玉和水水呆在爷爷身边,小心翼翼地提着点心盒子。玉玉两眼哭得像杏子,还继续用手抹。也许是受了村里年长妇女的影响,她哭出的声音拖洒开来,起伏错落。村里的老婆婆看着听着,"啧啧"称赞,用略带嫉妒的眼光看着躺在那儿的老银生。水水也哭了,但没有出声,而且那泪水刚流到鼻子两边就停住了……银生醒来第一件事就是抚摸孙女们那光洁黑亮的头发,大白胡子间费力地发出了一声叹息:"唉!我管晚了……"

一连好多天,小伙子们看到那棵大树下一直是空的,只有一个黄黄瘦瘦的男孩定时来转一圈,最后无聊地走开……

河边鸟雀焦躁不安地啼叫,在碧绿的芦苇间飞动。风更加凉爽,大树叶片在风中频频抖动,像是在远远招呼、迎接什么。银生老爷爷经过多日调养,病体痊愈,加以众人抚慰,精神转佳,终于又在一个夜晚领着两个孙女、手提点心盒子出现了。

老人是每晚必讲一个笑话的,最近这笑话因病中断,眼下必然要续接上的。开始,他照例说些杂七杂八的旧事,哪一年上"过长毛"啦,哪一年上出了个"大扫帚星"啦……水水常常打断他的话,询问些什么。银生老爷爷因为多日不讲的缘故,这晚的话特别多,由这一河流水讲到了他年轻时抓鱼的事,说:"现在的年轻人,哼,能做什么?我那时候,天一撒朦就上河口去,哪回不是三五条花鲶!我用柳条穿了鱼鳃,然后往白沙地儿上一坐,掏出刀子钎子、火镰管子……"

水水好奇怪:"什么是刀子钎子、火镰管子呀?"

"抽烟物件!"银生把烟锅从嘴里拔出来比量,"刀子,割火绒剜烟锅的;钎子,通烟杆除烟油的;火镰是敲火石的,一敲就出火星

72

儿;管子里盛了火绒炭秸呀,细竹子做的……"

"嘻嘻,嘻嘻嘻……"黑影里有人笑了。玉玉划根火柴一照,见是小全,他正卧在土上张大嘴巴。

水水问:"小全,你的鼻子灵吧? 这么远就闻到了点心盒的味儿,按时按刻来了!"

小全摇摇头:"不希(是),不希,我希听到这边有人说话儿,才跑来……"

水水笑了,一只手搭到姐姐的肩膀上,又快活地捏了她一下。玉玉生气地撩开她的胳膊,不愿看她,只对爷爷说:"爷爷再讲个笑话吧! 俺还真想听哩……"

银生偏不吱声。他结结实实地按上一锅烟,"咝咝"地吸着,头仰上去,再仰上去,眼睛眯着,一只手有节奏地捋着白胡子,一起一落,那宽大的袖口甩来甩去——他大概在想今晚讲个什么吧? ……停了有一两分钟,他才咳嗽了一声,开口道:"从前哪,有一个人因为拿着一根扁担,横在门框上就进不来了……"

水水笑着推他一下:"爷爷,您都讲过多少遍了,您就老讲这一个呀?"

"哦? 嗯嗯……"银生老爷爷一惊,醒悟过来,拍着脑瓜说,"老糊涂喽……嗯,再讲个什么哩? ……"

老爷爷正拍着脑瓜,有一个人从远处走了过来。老人赶忙取过火柴划亮了,瞅了两眼,立刻就不说话了,一仰身子靠在大树上。

来的是个小伙子。不用看他那高高的身量,也不用听他那洪亮的嗓音,水水只从这沉重有力的脚步声里,就知道了他是苏平。

她害怕似的细细喘气,就像什么也没看见一样,只静静地坐着。

"老爷爷,您讲下去吧。我是来通知水水明天开会的,没什么别的事……"苏平站在树下,很爽快地告诉着,对老人点点头,又简简单单地对水水说了几句,就要离开了。

水水望着天上的星星,像是发出了一句自语:"就知道急着走……"

小伙子马上收住了步子。他伸手理了一下头发,然后在水水身边坐下。

玉玉一声不吭,头使劲低着,渐渐又埋到了两个膝盖之间。她看到了水水和苏平并排坐着。

大树底下静极了。老爷爷的烟管儿"吱吱"响着。远处飘来几声蝈蝈的吟唱。就这样沉默了一会儿,水水突然别出心裁,对玉玉说:"姐姐,反正爷爷不讲故事了,你唱个歌呗!"玉玉声音低低,然而是非常气愤地回答:"胡扯!我什么时候唱过歌?!你高兴得昏头了!"

水水听了,一点也不生气。她把两手举起来,使劲伸展着胳膊,又把十个手指叉起来,摇晃着身子……她大仰着脸说:"今晚上天真蓝哪!哎哟,连一丝云彩也没有哩!"她竟自己哼起来。她最高兴时才这样。由于不通乐谱,就常常用一两个相同的音符唱完整首曲子。她唱着,身子一耸一耸的,当那双手从空中落下时,正好打在了苏平的手上。两人就趁势在黑影里紧紧地握着、握着,然后又异常迅速地分开……她趁着把手收回的那一刻,把嘴对在玉玉的耳朵上说:"天真蓝哪!……"

玉玉躲开了她的嘴巴，像不认识似的看着她，又害怕似的把身子侧了过去——玉玉刚才亲眼看到了那双飞快握在一起又飞快分开的手，一颗心正愤怒而惊恐地跳动。

苏平要走了，水水站起来送了几步。

玉玉赶紧把嘴贴在爷爷的耳朵上……

水水回来时，立刻发现爷爷的身子离开了大树，正笔直地挺着，纹丝不动，黑影里看去好似一尊泥塑……水水惊叫了一声："爷爷……"

银生没有搭理她，只是回身向着地上说："小全子，你走吧！"

小全躺在地上，早已被人遗忘了，这时听到呼唤才"啊"了一声，很听话地站起来，迷迷糊糊走了……

银生把脸转向水水，一动不动地盯着她。直停了一两分钟，老人才拖着长音问："你刚才做什么来哩？——"

水水求救地看看姐姐，细声细气地说："我没做什么呀，我能做什么？"

"没做什么？"银生的身子动了动，再没说话。他慢慢站起，把那根拐杖端起来，突然指着她喝道：

"给我站起来！"

"爷爷……"

"站起来！"

水水仰望着这泥塑似的身影，不禁轻轻一抖。她本想笑着推簇一下爷爷，然后抱住发火的爷爷，摇爷爷胳膊，可这会儿不敢了。她战战兢兢站起来，往后退两步，又退两步，嘴里喃喃着："爷爷……"

"这么大的姑牛了,没出息! 当着这多人的面就……"老人极为恼怒,声音都变了。他的拐杖狠狠捣着地面,最后又莫名其妙地凑到小孙女的眼前,睁大了那双衰老的、愤怒的大眼看着、盯着,好似要从这张美丽光洁的脸上看出什么来……

水水不敢看爷爷那张凑到近前来的、满是深皱的、可怕的脸,默默地哭了,泪花在微弱的星光下闪着亮儿……

"你是我抱大的,我真没想到你能长成这么个孩子……"银生失望地、厌恶地长叹一声,坐下来。

水水还在哭着,"呜呜"地哭出了声音。

银生喝道:"住嘴! 还嫌没人听见吗?"

水水哭着,用手抹着眼睛,嘴里嚷着:"就不! 就不! 我、我就看好了他嘛,关别人什么事……"

银生扬起了拐杖,玉玉慌忙抱住了他。水水突然撒野似的蹦了一下,撩开腿就往河边的苇丛那儿跑了,破开嗓子喊:"我不怕别人知道! 我就和苏平好了……"

这喊声在夜晚的河边震荡着,直传出很远很远,怕是河的对岸也能听到……银生身上哆嗦着,挂着拐杖上前几步,怔怔地望着那个跑远了的黑影。玉玉惊惧地看着跑走的妹妹,正要抬腿追去,却听到了银生那十分威严的声音:

"站住! 随她去吧! 她……已经不是个好姑牛了……"

河边的身影闪了几下,很快就消逝在夜幕里了……老爷爷直直地站着,站着,突然两腿发软,赶忙扶住了大树……

树下的老人远远地遥望着,失望地摇摇头,两眼疲倦地眯起。

……

那个夜晚之后,村里有人传说——那个夜里,一个"女妖"跑走了,在河滩上"野"了半夜;另一个"女妖"小心翼翼、一步三寸地扶走了气得半死的老爷爷……

河边大树下当然从此是空荡荡的了。小全来转了几遭,以后也就不来了。

大约是半月之后,芦花飞扬的时候,银生老爷爷突然在一天夜里把两个孙女叫到了身边。他手捋银须,脸相庄严,那双坚定的目光看看这个,看看那个,最后落在了玉玉脸上。玉玉声音绵绵:"爷爷,您,有什么话,就吩咐吧……"银生点点头:"嗯,好姑牛!"他接上说,"远房孙子那个婚事,怨我管晚了!那孩子苦一辈子喽,唉唉……从那时候起我心里就打你们的谱了,想不到又晚了,有的姑牛如今硬是不听了!"他盯一眼水水,继续说道,"可玉玉的事我还是要管!趁着我这口气还在……"

屋里静极了。玉玉的头使劲低着。水水惊讶地瞪大了眼睛。

银生略微提高了声音:"玉玉,小全这孩子你看中不?"

玉玉身子一抖,头更低了。

水水大叫一声:"姐姐,不行!他一个病孩儿……"

银生看也不看水水,只冲玉玉一个人说:"过日子,还是女的大一些好——我就比你奶奶小九岁。小全这孩子老实、听话,久后也生不出乱子,我早就在揣摸这事了……玉玉,你看中吧?说话……"

77

玉玉抬头看看爷爷,又低下了头。

水水使劲推着玉玉:"姐姐,可不能答应!"

"你给我住嘴!"银生的拐又在捣地了。

玉玉的声音像蚊子一样,但还是能够让人听清:"爷爷愿意,我就……愿意哩……"

银生费力地侧着耳朵听过,脸上浮出了笑容,连连咕哝:"真是个好姑牛!真……"

……

后来这个"好姑牛"竟拒绝了跟爷爷一块儿到大树下。本来老人觉得完成了一件大事,浑身轻松,夜晚很想领上这个听话的孙女到树下拉个笑话、吃个点心什么的,想不到玉玉渐渐不愿活动了。老人也只好不出门了。

水水却自由得很,自己串起门来。一个晚霞烧红西天的傍晚,她和苏平出现在河堤上。苏平在弯过一丛芦苇的时候,把那个粗壮的胳膊放到了她的肩上……水水笑着:

"你算了吧!上一回在晚上,被人看见了哩,姐姐告诉我,吓了我一跳!"

他们手挽手地走着,直到天黑……他们从河堤上下来,路过了那株大树,忽然听到有人在下面哭泣,哭得那么伤心。走到近前,听出是玉玉的声音,苏平就停住了脚步,让水水一个人去。

玉玉哭着,泪水打湿了胸前一片衣衫。水水问她,她扭曲着身子,怎么也不答。水水焦急地一跺脚:"哎呀,你到底为什么呢?"

玉玉抽泣着:"我不愿意!爷爷偏……"

水水又一跺脚："哎呀,还是那个事啊? 你不愿意就不跟他呗! 这还不容易吗? 到这会儿了还抹鼻子流泪儿,真是笑话!"

　　玉玉抬起头来看看妹妹,突然一转脸看到了不远处的苏平,忙起身跑了,任水水怎么喊也不应⋯⋯苏平走过来,和水水一块儿站在树下。

　　那个慌促的脚步声渐渐远去了⋯⋯苏平望着夜空那闪烁的星星,摇摇头。

　　芦青河滔滔不止地流去,浪涛在夜间显得很大。它是从很远很远的地方流过来的,当然还要流到很远很远的地方去⋯⋯

1981 年 8 月写于济南

荒　原

一

　　一个初春的早晨,我在芦青河下游走着。

　　水在暗绿色的冰下流着,发出了好听的"噜噜"声。我伏在河边,用一块石头凿碎冰层,掬起一捧寒冷的水。河水真甜啊……河道那么多弯曲,两旁生满了柳棵。河冰的边缘上,有一株株干枯的芦苇在风中抖着。风沿着河道吹来,让人感到了一丝温暖。泥土开始泛湿了,踩在上面,印出一个大大的脚印。瓦蓝瓦蓝的天空中,一片洁白的游云正从远处飘来。

　　我实实在在地结束了十年流浪生活,从那寂寞的荒原上归来了。

　　多少个冷酷的寒夜里,当我怎么也无法睡去,望着那一天繁星的时候,我曾暗自盘算过:如果有朝一日我能够从这个地方重新回到芦青河边,重新享受到那里的阳光和风,我一定会像只小鸟那样在枝丫上鸣啭,向着蓝天和大地,唱一支幸福的歌。我会像春天的灌木一样,伸展着枝条,用绿色去装点那一片荒原……我那些夜晚就是这样激动。

当时我只有二十几岁。二十几岁就开始了痛苦的等待。我似乎不信我在流浪,做个"盲流"仿佛是别人的事情。

但这的确是一种流浪汉的生活。酗酒、讨要,经人介绍去挖煤、开长长的山洞……我甚至已经记不起自己是怎么来到这里的了。

那是个着了魔的年头,我们一帮子应考生全都头脑发昏,性子一热就放弃高考机会下乡了。我是在海边上一片小果园里跟外祖母长大的,当时就鼓励大家跟我回到外祖母的身边:那里有一片小果园,有茫茫的大海滩。同学中有几个经不起我的鼓动,最后我们一起来到了渤海边上。

这里的小果园比我原来记忆中的还要小。它真使大家有些失望,我也一样。不过,荒滩还是那么大,它无边无际……我们就在这里扎根了,要把整个海滩建成一个乔木林场和大果园!搏斗开始了,我们和河边的人们一起,用了几年的时间,经受了数不清的困苦和失败,好不容易建起了一个初具规模的林场和园艺场。而这期间,与我同来的伙伴们差不多都一个个走光了,到了最后,剩下的两个也招工进城了。我咬咬牙留下来,我这里有一些亲戚,还有外祖母,还有令我更留恋的东西——到底是什么,我也不知道……后来我被镇上委任为场长。我结识了一帮当地的回乡知青,度过了一段难忘的生活。我怎么也忘不了温柔聪慧的吴莉娟和她能干的哥哥吴楠、灵巧机敏的丛明、像只小燕子一样爱"喳喳"的孔容容、像个老学究一样的代之况以及精明强干的范德征。我们的友谊越来越深,也许就是它最后使我留下来了吧?我们当时兵强马壮,士气正旺,要在芦青河边的荒原上毫不含糊地大干一番了!场里的年轻人整天捧着园艺科技书,就像真正的农林专家那样研究米丘林和摩尔根,甚至要搞矮化砧木试验(这当然有些可笑)……那些难忘的夜晚啊!我们在一起,认认真真争吵着,常常闹得面红耳赤。这是一个特别富有挑战气息的新天地。

到后来,我们永远也想不到的是,大家竟然败在了一个俗不可耐的人手里。

这个人本来在四十里外的小山村里当支书,后来因为他领人花了一年时间炸平了一个小山头,种上了玉米,就一下子成了新闻人物。他到上边开了几次什么代表会,回来后又成了县委副书记。就是这时候,他决定毁掉我们的果园,改成一片玉米田。

生活中充满了谜。我们这儿离那个炸掉山头的村子不远,都亲眼看到了那里受到了怎样的蹂躏。小山村的人都怕那个支书,连拄拐杖的老人都要绕开他走路。这个村子外出讨饭的人最多。如今这个可怕的人又要来海边上种玉米了。我和我的伙伴一连几个晚上睡不着,后来实在耐不住,就由我执笔给上级写了一封信。我们盼望有人能救救我们的果园,我们揭露了那个种玉米的骗子。

可后来回答我们这封信的,是拥到果园里"造田"的一群民工!我那一天痛哭了一场,擦干了眼泪,就去找那个副书记。我简直在向他哀求。可他说我写过反革命信件,蛮横地威胁起我来……他甩开我,一个人向工地走去。我追上了他,他还在骂我。我当时不知怎么了,拳头上也不知积聚了多少力量,像只老虎一样扑过去,一旁的人都惊呆了！我一拳击在他额头上，把他打翻在地上。他口吐白沫，翻着白眼，脸成了紫色，死了过去……我慌了，我知道出了人命，闯了大祸！伙伴们示意我快跑，我头颅"嗡嗡"响着，撒腿就跑开了。

我这一拳决定了自己的命运。接下去是东躲西藏，开始了一生里最艰苦的远行。

……

我下了关东，过着一种隐姓埋名的日子。我流浪了十年，十年里我只记得自己是一个杀人犯，不敢回城里看母亲，更不敢去芦青河边找我的伙伴们。这十年里几乎全是在煤坑和山洞、在地底下度过的！那儿没有一小片真正可以称为绿色的东西。绿色，多么诱人的一种颜色。它与我烂漫的童年和壮丽的创业之歌连在了一起。当年我们用汗水滋润出海滩上的一片葱绿时，曾感受到怎样的拓荒者的欢乐啊！这一切全是美好的记忆了，在长夜里化为我的希望之光。

十年像梦一样过去了。当我大梦初醒，又觉得一切都晚了。原来当年那个副书记只是被我打昏了而已，他如今早已下台了，重新回到了他那个山村。我回到城里，看着又瘦又老的母亲，真想大哭一场。母亲告诉我，外祖母已经在乡下去世了，老人遗留的那座小屋正由亲戚照管着，他们几次来信让这里去人处理掉……我在五光十色的大街上走着，觉得一切那么陌生。我在城里住了一个月，也差不多病了一个月。我心中空荡荡的，像是荒芜了一样。我留在这座城里做什么？我能做什么？我在小煤窑中干了多年，两手习惯握沉甸甸的镐头、拿高额工资了……我在一天早晨突然提出回母亲的祖籍——芦青河边去看看。母亲叹着气,后来终于同意了。

……

河水不断发出令人兴奋的声音。在它"汩汩"的水声里,有时还掺杂进"咔吧咔吧"的响声,惹得我不止一次走上前去看。那是冰块断裂的声音。春天加快了脚步。河水正悄悄地解冻。我用力呼吸着河岸上的风,全身一阵轻松。我挥动着手里提的一个挎包,让它在我眼前旋了几圈。几只乌蓝鸟叫着从头顶飞过;更高的地方,一只苍鹰在高傲地盘旋。

也许是下车后走得太急促,我觉得有些口渴,又一次喝了冰冷的河水,并且用夹杂着碎冰的水擦了脸。真舒服,畅快极了。我站起来伸了伸胳膊——正要挪开脚步的时候,我从水面上看到了一个陌生的面影:脸色灰暗,颧骨很高;蓬乱的头发下边,是一双忧郁的眼睛,眼睑有些松弛了,眼角上有深重的鱼尾纹;浓盛的胡子被一把锋锐的刀子刚刚刮过,现出一片青黑的颜色。我惊讶地张开了嘴巴,水面上的人又立刻露出一颗断去半截的牙齿……真让人扫兴。我已经三十六岁了。

我继续往前走去。我望着远处,想象着我即将重逢的伙伴们。吴莉娟、吴楠、丛明、孔容容、代之况、范德征……你们都好吗?但愿你们还像十年前那样欢蹦跳跃,用几个不眠之夜,用那彻夜的争吵来迎接我吧,让一个疲劳困顿、双脚皲裂的朋友微笑一下吧。

二

我回来了，又看到了这座孤零零的小泥屋。我第一件事就是贴在它的墙壁上，感受着那一丝温热，嗅着那一种气味……我呆了很久才找到亲戚家去取钥匙——他们见了我都惊呆了。接下去是互相询问一些事情。镇上的一些情况，特别是伙伴们的情况令我震惊。最后亲戚问我，是回来处理外祖母的东西吧？我摇摇头，又点点头，赶忙取了钥匙走开了。

我小心翼翼地推开薄薄的门板，看到空荡荡的两间泥屋里，一铺土炕、一个没有上漆的小衣柜，屋角里乱糟糟的一堆杂物。这就是外祖母留下的全部家当了。我从挎包里掏出了随身携带的东西，使它们变成这个小泥屋里财产的一部分，然后就开始了打扫。我把烂瓶子塞之类抛出去之后，又往席子下铺了一层软软的麦草……连着土炕的是一个小小的锅灶——我注意到这是个蛮好的锅灶，如果烧起来，米饭味儿弥漫在整个屋子里，屋顶的烟囱也会欢快地冒着炊烟——这就是名副其实的一个家了！我擦着脸上的汗，开始蹲在门槛上端量着。院子里几乎什么也没有，尤其是没有一株树木。这使我马上在心里决定：栽，这小院子要尽可能多地栽上树。

正在我端量着小院子的时候，一个十多岁的孩子在一边怔怔地站着，他大概看着我陌生吧？

是的，我是陌生的，而这里的一切对于我也是陌生的。我那些伙伴也许早已认不出我了。我的亲戚告诉我，吴楠在龙口码头上拉地排车;丛明在城里做合同工;代之况在外村小学教书,做民办教师了;范德征赶车,是个车老板;吴莉娟和孔容容仍在镇子上……我当时蹲在那儿一句话也没有说。我这个傻瓜原来还期望着他们之中有谁还会在果园里,在海滩的树林里做活呢。

我和小男孩玩起来,慢慢熟了。我向他打听几个人,他有的知道,有的根本就没听说。到后来小男孩主动地要替我去找那个赶车的"范老头"。我谢了他说:"好吧,如果他来时我不在,你告诉他我到大海滩去了,我只要转一转就回来的……"

我向着大海滩走去。我在心里想:让我一步也不差地走进那片小果园里去吧!

很早的时候,我在外祖母身边、在海边上度过了多少难忘的日子。那时的海边虽然有大片光秃秃的荒滩,可确实有丛林、灌木,有一片小果园。我很小就知道各种果子是怎么生出来的、林子里一共有多少种果子以及大海滩上有什么古怪的禽兽——外祖母告诉了我那么多有趣的故事。我们常常在树下呆到深夜——外祖母说:"睡吧。"我说:"不……"我在望着满天的星星。我幻想着,我会画一幅彩画,上面有大树、树叶上的露珠,有箭一样跑去的小兔子,有吃一个就酸嘴的酸枣,还有外祖母……后来的事情却完全不跟我小时候想的一样,我竟没有画出这一切来。但我心中却一直迷恋着这片海滩,和伙伴们一起,不知用了多少汗水去浇灌它。在异乡的土地上,在一个个难眠的夜晚里,我一遍遍想着小时候的果园,想着外祖母和她的故事,想着我们亲手培育出的果林。我仿佛又看到了透过绿叶筛下的那片阳光,嗅到了溢满果子香味的风,又看到了林中的小鸟……我更多地想着我亲爱的伙伴们：丛明像小孩子一样惯于恶作剧；吴楠有时执拗得令人生气；代之况总爱用手扶着他的近视眼镜；范德征屁股上的小兜里老装着一本什么书；爱穿一身绿衣服的吴莉娟、嘻嘻哈哈的孔容容……我坚信总有一天会回到这片绿色的土地上，回到他们中间。

这一天真的来了，我如今就站在辽阔的大海滩上，用润湿的眼睛看着这一切。

大海滩沉默着，它大概已经认不出我这个流浪汉了。

绵软的黄沙，仿佛无边无际。到处是沙的丘陵。偶尔也会看到一两株果树，但那矮矮的样子，一看就知道是刚栽下不久，还不知何时会被风沙吞噬掉呢！灌木呢？丛林呢？小鸟呢？我往前走着，留下了一串深深的脚印……每遇到一丛灌木，我就蹲下来看一会儿。然而，成片的林子终于再也没有看到……我最后听到了海的声音，于是加快了步子。

大海汹涌着、冲撞着，巨大的浪头一个个在岸上撞得粉碎……我蹲在了海边，久久地望着它，一动不动。

这时，好像有人在呼喊我的名字，我赶忙站了起来。

大海滩上，广漠的灰白色沙土中，我看到了一大一小两个人。高个子跟跟跄跄地奔跑着，扬起了大手呼喊着什么——他该是我们的范德征吧。

三

泥屋里的小油灯一闪一闪地跳着，吃力地融化着小屋里的夜。

小小的衣柜子推在了屋子正中,柜面上摆满了酒菜。五个人默默地围着它,有人端起杯子,又轻轻放下……这是范德征以最快的速度从四处喊来的朋友。他告诉我:伙伴们听到这个消息都惊呆了,接着把他给抱起来——仿佛他不是个车老板了,他活活就是那个归来的流浪汉!我听了不由得流了泪。看吧,这就是我的那些伙伴……大家陆陆续续地来了,放下手里的酒啊肉的,像抱范德征一样地抱住了我。等我平静下来端量他们的时候,我却笑不出来了。他们的脸上都有了深深的皱纹,有了黑硬的胡楂儿,有的眼皮还有些浮肿。生活可把他们好好收拾了一番。

大家一声不吭地坐了下来……盘子里的菜凉了,五双筷子还是齐齐地放在小柜上。吴莉娟和孔容容没有来——伙伴中仅有的两个女性没有来。吴莉娟进县城没有回来;孔容容正准备跟丈夫到省会去住,如今忙着整理行装,谁也找不到她……在灰黄的光亮下,我一次又一次地打量着我的伙伴。

丛明剃了个小平头,显得年轻一些。到底是一个合同工人了,脸上还沾着一点油污。他臃肿的棉衣上裹着绷紧的劳动布工作服,整个人都显得笨拙。他常常拿起酒杯,小心地抿一口放下……吴楠紧挨着丛明,低着头,像在苦苦地想着什么。每逢丛明那粗笨的棉衣袖碰着他,他就烦躁地瞥过去一眼。他的脸色憔悴,胡子蓬蓬地参着,三十五岁的人看样子满有四十了。他的眼神,我总觉得有股可怕的东西。代之况如今却越发像个"老学究"了。他的棉衣上套了件稍大一些的灰布衫,鼻梁上架着眼镜,两手抄在一起坐着。范德征呢?看着这个"范老头",我心里涌过一股极其难受的滋味儿。无论是他那老式黑布棉袄,还是腰中紧紧束起的带子,抑或是头上那顶两耳翘起的羊皮帽,全都是地地道道的"老头"模样了。

丛明最先打破沉默,说:"尽管太晚了,不过总算还是回来了……"他举起杯子,"来,为老宁干杯!"

伙伴们无言地响应,一齐抬起眼睛望着我。五只酒杯轻轻一碰,五人同时饮尽。接着,又连饮几杯。

酒是浓浓的,一种高级红葡萄酒。大家的脸上显出了红晕。我看着大家围坐在一起,不由得又想起了十几年前的那些情景。

"像过去那样的光景,再也不会有了……"范德征两眼盯着杯子,叹息说。

吴楠叹着气,把头低下去,在衣领上不耐烦地摩擦着粗粗的脖颈。他把嘴巴对在酒杯上吮着,像是说给我一个人听:"如今这片荒滩还在招惹人。就有那么些蠢家伙想打它的主意——他们还想承包下来呢。想发财吗?我没见这几年让谁安安生生发了财……"

范德征吸着一个支黑又亮的烟斗,像是深有同感地点着头。一直不说话的代之况扶上眼镜说:"报上讲政策长期稳定,给几年工夫,包下来荒滩或许能行……"

吴楠没有做声。

丛明"嘻嘻"地笑着,他揶揄道:"老代,你就带头来垦荒嘛!我看你不用教书了,回来搞承包得了,保险能发大财!"

代之况的脸色赤红,回击丛明说:"你小子先回来吧!你小子当上合同工人以后才娶的老婆,保险不敢回来……"

范德征抽出嘴里的烟斗,"嗬嗬"地笑着。吴楠没有笑。

我一声也笑不出来。我觉得有什么在拨动我心中那根低沉的弦。伙伴们在这十年间重新选择了生活,他们远远地躲开这片大海滩了。这时候我突然明白过来,我是奔向这片大海滩、这一片荒原来的。我的心一阵颤抖。我看了看吴楠,说:"吴楠,你知道吗?我就是你说的那种'蠢家伙'……"

大家一齐抬头看着我。

吴楠嗫嚅着:"你、你说什么?"

"我是说,我从东北、从城里回来,一看到这片大荒滩手就痒了。"

没有一个吱声的。停了一会儿吴楠笑起来:"承包?你自己承包?你以为现在是过去?要立合同的,动了真的,我保证谁也不敢往合同单上按手印。现在的人,都是瞅得准才下手……"

丛明点点头:"一片光秃秃的沙滩,什么时候才能见果子?承包额变来变去,全镇还没人敢应承。"

范德征一手托着下巴,摇摇头:"事情难哩!要栽果树,就得先种灌木把沙固住,然后才能一点一点立果林。这里面工夫欠得多啦……"

我点点头,饮了一口酒。

吴楠又说:"谁知道会变成什么样子——没准你刚立一片林子,又出来一个人领头砍伐呢。"

代之况连连摇头:"不会的,这倒不会的。"

90

"还是拿点牢靠钱吧！咱为那片林子伤透了心。我在海港拉地排车，黑灰涂一脸，可一天能挣四块钱、五块钱。"吴楠说着，有些发红的眼睛直盯着我，"今天我心里高兴，你回来了，我们好好玩一玩，再别提什么倒霉的林子、荒滩！那是什么年月的事了！"

吴楠把杯子重重地放在柜子上。停了一会儿，他又痛快地大笑起来，拍打着我的肩膀说："听我的吧，那片荒地是倒霉地方。我知道你是闹着玩的。你好好把东西处理一下，再也别到这块地方了。你想我们，兄弟几个去看你。"

我扳开他的手："我在这里流过血汗，我是从这里开始流浪的。我回来看看，或者我住下来，谁也赶不走我。"

"谁也没有权利赶你走——怎么了？"吴楠惊讶地看着我，"你回来看看好，见了荒滩手不要痒。我不过是告诉你这个。"

我身上有些燥热，站起来说："如果留下来呢？为那片果园留下来呢？"

范德征点点头，又摇摇头。

丛明和代之况交换了一下眼神，没有说话。

吴楠痛惜地拍打着膝盖："哎哎，你是被什么迷住了心窍了。你还提什么果园！哪儿找它去？你非毁在这片海滩上不可。你回来我们当然高兴，可你不要城里那个家了？你母亲？简直发疯！"

我不知说什么好。城里、母亲——母亲的祖籍也是这里啊。还有，这里埋葬着我的外祖母。在东北的那些寒夜里，我想得最多的就是这片荒滩，我的青春没有了，我是为这片荒滩才开始流浪的——在座的哪一个有我为它付出的代价大？如今我倒是唯一没

有资格在荒滩、在河边上落脚的人了！想到这里心头一阵剧痛,我冲着吴楠吼道:

"你好啊！你真够朋友！你的心什么时候变得这么狠,要赶走一个离家十年的流浪汉！你的心被钱锈锈住了,你这十年我敢说都是搂着钱票子睡觉的……"

范德征、丛明、代之况,一齐惊慌地站起来劝慰我。吴楠往后退开一步,但却生硬地跟上一句说:

"这也是为你好,你不听要后悔的。"

我被几个伙伴硬按在凳子上,我大口地喘息着。我气愤极了,我太失望了。我们这些伙伴啊,伙伴啊！我跟你们说什么,说些什么? 你们骂我,可以骂我最难听的,骂我"变态",可你们千万不能赶我走。我也许会走,但那必须是我自己愉愉快快地离开……我像自语一样地回答吴楠:"不,我不会后悔,哪怕是重新流浪一次。我好像是从头开始了什么一样,我也闹不明白……"

丛明瞪大眼睛望着我,额上一条清晰可见的小血管在突突地跳动。代之况激动地盯着柜面,脸色有些红涨。范德征正用责备的目光盯着吴楠,吴楠有些慌促地将目光避开了……我太冲动了。这时目光触到了自己放在桌上的微微颤抖的拳头,脸上立刻烧起来。我突然意识到这是在欢迎我归来的伙伴们中间。

四

大家不欢而散了,归来的第一天就不愉快。我躺在亲手铺好的土炕上。泥屋里真静啊,让我在外祖母留给我的小屋里好好睡一觉吧！屋子里稍微有些冷，我把被子紧紧地裹在身上。我觉得仿佛又睡到了十年前的屋子里。我那么思念外祖母。在这漆黑的夜色里，我一个人躺在这个又陌生又熟悉的小泥屋里。我睡不着，好像总听到树叶的"沙沙"声——我知道这是我的幻觉，可是没法回避这声音。

我喜欢风吹树叶的声音，这是林中的轻音乐。小的时候，这是真正的催眠的曲子。房前屋后都是果树，我童年的脚步踏在斑驳的树影上，踏在金黄色的树叶上。我枕着外祖母的手臂，做过无数关于果园的迷人的梦。我梦见整个大海滩都变为一片果园了，那儿再也不荒凉了，每到春天就开满了芬芳的花朵……

我们的团聚令人激动又令人失望。我看到伙伴们变为搬运工、马车夫、合同工人和民办教师，心像荒滩的沙子，没有流水，绿色。

我辗转反侧，怎么也不能入睡。

窗前，各种小虫虫发出了细微的鸣叫。我伏到窗前看看，夜空里没有一丝云气，那么清明、那么蓝。星星一颗一颗，像无数只温和的眼睛。我的脸贴在窗棂上，窗棂好像变做了外祖母粗糙而温柔的手掌。在那些夜晚里，我就和外祖母坐在绿树下，听故事、看星星，有时故意仰起脸来，迎接滴下来的露珠儿。露珠儿凉凉的，每滴到我脸上，我就高兴地大笑起来。外祖母说："接吧，滴到眼上，眼睛亮……"

令人懊丧的是窗外再看不到一株果树。往前望去，是新盖起的一幢幢农家小屋。一条条小巷子，弯曲、窄小，是未经规划过的村落的边缘地带。再往北就是开阔辽远的大海滩了……我又怏怏地回到了炕上。

初春的寒冷开始袭击我了。我围紧了被子,两手使劲拧着被角坐在那儿,望着一片夜色出神。不知怎么,我好像又回到了那漆黑的煤窑中。铁镐声、风钻声、输送胶带"扎呀扎呀"的呻吟声,仿佛又回响在耳边了。在采煤面上,小背心永远是湿漉漉的。头上的矿灯在煤壁上打出一圈淡黄的光亮,这光亮一闪一闪,有时照到同班伙伴被煤粉抹黑的脸上,两人就无声地笑一笑……如果说我怀念关东的话,那么我怀念的不是那儿的高额工资,而是我用汗水浇过的泥土和真挚的友情,还有透着汗臭的、没有来得及穿回的土色小背心。

我急不可待地准备从东北回来时,曾以最快的速度收拾了我的家当——连我都奇怪积了十年的家当收拾起来竟会这么快!我一个流浪汉收拾着这些得来不易的杂七杂八的东西,像浏览珍宝似的翻弄着破布片、铁钉头之类的,并回忆着捡拾它们时的那种喜悦。我要回来了,我不得不将这些"宝贝"抛弃了,心里涌出一股说不出来的难受滋味。我回来了,茫茫的大东北给予过我坚毅和勇敢吗?我像个好男儿一样义无反顾吗?

……夜越来越深了。我仍然睡不着。我真想找本书看。我点了油灯,打开了那个小小的衣柜,发现是破旧的棉絮和衣服。掀开它们,我从柜底找到了一个缝得很仔细的小布包。我觉得这会是外祖母藏下的全部积蓄——老人这几年的生活会是多么艰难啊,她会有积蓄吗?我带着一点好奇心拆着小布包,一颗心"怦怦"地跳着。布包拆开了，从中掉出了一张折过几次的旧纸片！

我的手颤抖了，小布包跌落到了地上——我认出那张旧纸片是十年前我和伙伴们画出的十里果园规划图！这张图后来经过上级领导批准，正要一点一点复制在辽阔的大海滩上了……外祖母不认字，她很容易随手烧掉有用的字纸、单据等。可她记住了这张规划图，她曾看到我们一伙年轻人彻夜地围着它争吵、措划！我在心底里感激着外祖母，感谢她在绝望中还没有扔掉这张纸片……我两手把它捧起来，紧紧地贴到了脸上……

我重新熄了灯躺在炕上。我开始闭上眼睛想着那片荒滩，在心里认真盘算这片土地的事了。十年之后的我，已经变成一个十分务实的人了。我在想如何平整那一个个沙岗子、如何栽种灌木。我甚至想到了我在承包合同上按手印时，手指会不会发抖……

这一夜过得真快。我差不多一点没有睡。我躺在炕上，耐心地看着第一道红霞是怎样染红窗户纸的……然后我起来做饭，添了水，生了火，投进灶里一把柴。灶里燃旺了，我就跑到了屋子外边观看——啊，小烟囱，"呼呼"地冒着烟，那拉长的蓝色的炊烟就跟那村子上空无数的炊烟一样……我笑了。

五

早晨，我的小泥屋里迎来的第一个客人是吴莉娟！

她来了，竟使我一下子惊呆了。我当时手里正拿着一个破旧的笊篱，看到她，就呆呆地站在了灶间里。

她也怔怔地站在泥屋的门旁望着我。我们要说的话太多了，所以才相互默默地看着。她就这样站了一会儿,最后一下子坐在了门槛上,埋着头哭了!……

我不知道她这十年是怎么度过的。我也不想知道。我如果没有记错,她今年刚好三十岁。三十岁对于一个姑娘来说,还算年轻吗?

"莉娟……"我慢慢地走到她的跟前。我什么也没有说出来。

吴莉娟抹了抹眼睛仰起头来,盯着我的脸说:"我是为你高兴,你到底回来了……"

她说的是真话,瞧她漆黑的眸子中闪烁着的喜悦!我轻轻地"嗯"了一声,直看着她的眼睛……她本来是瘦削的,可如今比过去丰满多了。那头发浓黑浓黑,在晨曦里泛着光亮。整个的她透着温柔和芬芳,坐在那儿,如此真诚地望过来。蓦然,我的心弦像被什么敲了一下,快乐地颤动起来。

"听说你要回来,你不走了,这是真的吗?"

吴莉娟泪痕未干,望着我。

我没有做声,只是看着她。这个当年伙伴中的小妹妹,我该怎么告诉你呢?我一切都还没有想好。但迎着这样的目光,我有些慌促。后来我用舌头抿了抿干裂的嘴唇,点点头。

吴莉娟还是望着我,嘴唇动了动,没有说话。这样望了一会儿,她突然站了起来,小声说了句:

"好吧。"

"好吧。"这是她说的!只有两个字!我两手迅速地在一起摩擦了两下……骄傲的姑娘,你不知道男子汉们都在摇头叹息吗?

我看着她那温厚的样子,喉咙一阵发热。我觉得她是我们伙伴中最美丽的一个。

她停了一会儿,开始仔细地端量整个小屋子,看看小木箱,看看光光的黄泥墙壁,最后飞快地走了。她说要送我点装饰屋子的东西……她走了,那一阵脚步声放在初春里是多么的和谐啊。

我迎着朝霞的光辉斜倚在门框上,静静地等候她归来。哦哦,她还是那么年轻呀。我真想象不出她是今天这个样子。记得她那么娇小、孱弱……在大果园里,吴莉娟总爱穿一身绿色,这使她和树木的枝叶融合在一起了。人们总爱跟她开玩笑。我碰到她那热烈的目光时,总是十分慌促。我如果晚一天逃离果园,就会穿上她编织的一件白线背心……十年了,多少东西在枯萎,也有多少东西在成熟。

她不一会儿就回来了,拿来的是她昨天进城买回的一个大幅挂历、一面桃形小镜。她笑着,但十分认真地给我把挂历弄在墙上,又把小镜子摆在小衣柜上,然后退远些看了起来——嗬啊,我苦笑了一下:这精工胶印的彩色挂历与小泥屋何等不相称……莉娟却满意地搓着手,又想起什么似的对我说,让我给妈妈捎封信,让老人家也住到这儿;还说,最好我能喂养一只小花猫。我问为什么,她笑笑:"你要过日子啦,有只小猫'喵喵'地叫,更像个家呢!"我听了大笑起来。我笑得真畅快。

莉娟刚走不久,我的那些伙伴们就来了。他们今天尽量做出一些高兴的样子,挖空心思地编出一些笑话,来弥补昨天的不快,来驱赶小泥屋里的寂寞——他们不知道,小泥屋今天根本就不曾寂寞过。大家正说着话，丛明却一个跳跃蹦了起来——原来他发现并认出了炕上那张十年前的规划图。他怔怔地望着，又迅速地给大家传阅了一遍。

大家一齐望着我。吴楠久久地看着那张纸片，放下，又取起。他的嘴唇动了动，没有说出什么。

"老宁……"丛明叫了一声，但也没说出什么。

范德征沉默着，一双又粗又黑的大手捏弄着他那顶旧棉帽，没有做声。

沉默了一会儿，范德征戴上了帽子，说："如果真可以试试的话，我给你赶车搬那些沙丘吧……别的能力，我已经没有了……"

别的人都没有说话。他们互相看着。

又停了一会儿，他们就离去了。

我一个人站在挂历前，一张张地翻看起来。我马上喜欢上了——一只在春天里游着的小鸭子，一丛碧绿的灌木……最后，我看到了最后一幅：一个精神十足的男孩，头顶黄黄的草帽，手持雪白的蝉网，站在浓绿的草丛和树木中。小男孩全神贯注地逮一只蝉，他的脸皮儿就像泛红的苹果，那眼睛像一湾清水——是谁把这幅洋溢着对大自然盛赞之情的彩色画面留下的呢？……我久久地看着，看着，最后又来到了桃形小镜跟前。

我从镜子里很快知道了吴莉娟送镜子的用意——原来我的胡须从前没有刮净，新的茬子又探露了头角。不可怠慢，我细细地刮起来。镜子里终于出现了一个蛮有精神的人——我还多么年轻。我觉得我真年轻。

整个的一天,我过得都很愉快。

后来只有孔容容没有找到,听人说她要走了,忙得很。

我找来了两棵挺拔可爱的小白杨,一棵栽在屋前,一棵栽在外祖母的坟旁……我给妈妈写了封信,其中说:

"我很快就回去接您。来吧,亲爱的妈妈,您不知道儿子把小屋收拾得多么干净漂亮。"

1981 年 9 月—1987 年 4 月写于济南

三 大 名 旦

一

在芦青河口那围遭儿,提起"四大名旦",立刻会有人故意做出一副惊奇的样子,然后说:"'四大名旦'? '三大名旦'吧? 我们这儿有'三大名旦'!"

他们说完了就"嘻嘻"笑,并且你一句我一句接着茬儿打哈哈。尖刻一点的说:"什么'名旦',纯是些女流氓!"含蓄一点的说:"细说起来,她们也不过爱交个朋友什么的,哈! 哈!"

总之,很容易听出这是送给某几个姑娘的外号,里面包含了无尽的贬义。对于一个姑娘来说,这无疑是最大的羞辱。

被称为"三大名旦"的姑娘们,是怎样一些人呢? 又是怎样生活过来的呢? 恐怕一时也搞不清楚。只知道她们照例走完了姑娘家该走的一段路程,先先后后嫁人了,最后只剩下了一个大萍儿。

她是"三大名旦"中最小的,如今一个人顶着这个"雅号"。今天提起"三大名旦"来,倒似乎是她一个人的"专称"。她的漂亮在芦青河两岸是有名的,长得身段儿苗条,匀匀称称,手脚经多少劳动也不粗不糙,脸庞儿怎么晒也是白润润的。人们说,剧团里没人来把她挑走,真是瞎了眼! 她虽然和别人出一样的工,干一样的活儿,身上却总是干干净净,衣服上没一丝土屑儿。下了田,她有一手好活计,样样抓得起放得下,做什么都比别人麻利几分。农活闲散的时候,她常常要歇个星期天。到了这天,什么都不干,只擦洗得全身清爽,穿上好衣服玩去了……人们说这叫"干像个干样儿,玩像个玩样儿"。她爱穿白鞋子、黑丝袜儿,通常头上还戴一顶护士那样的小白帽。

在乡下,这样打扮也就算出格了。

据有经验的老年人讲,这样花着心思胡打扮的人,好的少。

老年人的话常常是有一定道理的。

前年秋天河边煤矿开始建设,村子里出现了一批外地来的矿工。他们尽管在井下穿得不成样子,下了班洗个澡,怎么漂亮怎么穿,哪里人多哪里去。姑娘们在路边收地瓜,他们就围上看。两帮人很快搭上话了。小伙子见了姑娘常常要炫耀什么,这是通病。矿工跟姑娘们闹熟了,说起话来就玄天玄地。有的越说越上劲,甚至连小时候上学当过班里的小组长、校运动会得过一回奖状的事也落不下。有一个矿工可能没什么值得骄傲的事儿,一直没有说话,好不容易才插空儿嘎嘣一句:"我会吹口琴……"这声音低低的,却被一个姑娘听见了,她应上喊:"我会吹箫!"

这个姑娘就是大萍儿。

她会吹箫,那倒也是真的。在乡下,吹个唢呐、箫的不算什么,可在姑娘中就很不多见! 她是跟早年做过私塾先生的老父亲学的。手巧、心灵,大萍儿学什么都快。每逢月亮天,她就搬个马扎儿,坐在光敞敞的门前空地上吹了起来。有时吹得出了神,别人喊她都听不见,只低头看着箫管,很难说不是在吹自己的一腔心事。箫的声音妙极了,小伙子们常常围着她坐到半夜……可是后来,吹口琴的就常来找她了。他们两个坐在一起吹,迎着徐徐的南风,吹着吹着就笑了,怪有意思的。但第一天晚上,村里的小伙子们就断言:口琴和箫合奏,是天底下最难听的声音!

难听不听!大萍儿和矿工肩并肩地走了。打那儿她就常去矿上的宿舍串门儿了。她入了哪个门,哪个门里就有男人笑得"咯咯"的,男人应该"哈哈"大笑,"咯咯"的,不是正音儿。

村里人都说:大萍儿完了。

大萍儿却像没有听到,依旧到矿区串门儿,回到村里还对左右的几个姑娘说:"人家矿上工人也不知从哪儿买来的胰子,真香啊!"

初秋时节,村里来了个公社组织干事,叫卢乔林。他刚从一个师范学校的中文系毕业,到基层"从政"来了。小伙子二十五六岁,英俊潇洒。他会打球,又在学校做过游泳运动员,来到村里很快就博得了青年们的喜爱。他读高中就当过团干部,虽然到现在也还是个青年,却总愿组织青年、管理青年。他有这方面的丰富经验和浓厚兴趣,进村后尽管工作繁忙,但总能寻机会和村里的团干部们坐一会儿,谈一阵子。因此仅仅过了一个星期,他的小笔记本上就写满了青年的名字,并且还习惯地将特别先进和特别落后的注了记号。

"大萍儿"三个字下面画了一道粗粗的黑线,记了三个大大的问号。

他早就计划着,想找她谈一下了。

可这计划还没有实行,煤矿井下作业班的一个班长就找上门来了。他对村领导讲了一下目前矿区生产的大好形势,然后又谈到工农关系问题,提到大萍儿,说得十分委婉。他说现在都是讲"精神文明"的时候,"那样"似乎不太像话;再说井下都在流大汗创高产,"那样"似乎也会涣散军心……

他讲完了就走了,临走时还有力地握了握几个人的手。卢乔林望着大步而去的班长,觉得事情是刻不容缓了。

当天晚上,吃过夜饭他就去找大萍儿了。

大萍儿很客气地迎接了他。因为屋里闷热,她取了两个马扎儿,把他领到了门前的空地上……月亮很亮,他看得清她。

她静静地坐着,两手叉起来放在膝盖上。她那像漆过似的头发闪着亮光,梳成一束扎在脑后,洒脱俏丽得很。白白的脸庞上,乌黑的、大大的眼睛闪来闪去,长睫毛不断跳动,容易使人联想到那一湖荡漾的秋水。月光给她送去一层朦胧、一层皎洁。她坐在那儿,似一尊光莹透亮的水晶雕像,似一个矜持傲慢的皇后……卢乔林略有惊讶地看着,在心里说:"你长得也真算漂亮了!只可惜你没有一个更好的灵魂!"他长长叹了一声,不知道怎么开场才好。

大萍儿却坐在那儿笑了起来:"你老是看我干什么?"一边说着一边站起来,伸手从衣兜里掏出几块糖,"吃吧,奶油的。"

他不想吃,但见这只圆乎乎的手老在脸前伸着,只得捡一块放在嘴里……大萍儿又坐下了。她也在吃糖,咂得很响。

糖是很甜的,卢乔林觉得再吃下去就要影响这场严肃的谈话了。他偷偷地吐掉了糖果。

她吃着糖,腿轻轻晃动着,仰脸望着月亮,极为羡慕地说:

"大学毕业真好啊……"

这种气氛和即将进行的一场谈话相去太远。卢乔林皱了皱眉头。又停了一会儿,他终于开门见山地说了句:"我今天……要和你谈一个严肃的问题。"

"是吗?"大萍儿的腿不动了,脸色一板。

"是的……"他的视线从她身上移开,开始接近正题了。

"……一个青年,必须注重自己的品德修养……要有信念,有理想,自觉抵制腐朽思想的侵蚀……"

大萍儿愣住了!但也只是一小会儿,她的表情又淡然了,两腿重新晃动起来,表现出一副心不在焉的样子来,眼睛四下看着。最后,她竟像变戏法儿一般,从身上的什么地方掏出了长长的竹箫。她把它放在了嘴边,两手捏住了洞眼,嘲弄似的斜眼瞅着卢乔林。

"应该懂得什么是美的、什么是丑的,要有做人的尊严……"

"啦——唆、啦、发、唆、咪……"她轻轻地吹响了。

"一个人,是要懂得廉耻的……"

"哆哆来咪——咪……唆发唆咪……"她放开气量,旁若无人,吹得很响。

卢乔林气愤地站了起来。他想怒斥几句什么,但又说不出;想马上离去,又不甘心。他就这样呆呆地站着。

大萍儿倒好像已经把别人给忘了,自顾自地吹着,头低得厉害,那箫的下端都快要戳到地面上发了……她吹呀吹呀,细长的手指异常灵捷地在一串洞眼上移动着,一阵"呜嘟嘟"的声音从箫管里淌了出来,有点懒洋洋的意味。箫,一种神秘的乐器。它是吹响的,可它远不同于笛子,更不同于唢呐,它在多么奇怪地吟唱啊——卢乔林听着听着竟挪不开步子。

这声音像是从多么遥远的地方发出来的,悠长、婉约,先是绵绵缠缠、柔和、悦耳,但慢慢就变得听不得了——调儿倒是蛮好的,只是听起来使人难受。吹了些什么? 那么哀怨、凄凉,如泣如诉,一个委屈套着一个委屈……卢乔林怀疑眼前的大萍儿故意这样吹了气他的,低头看了看,只见她倒还像刚才那样,姿势一点没变,只是将眼睛闭上了,夹出了两溜长长的睫毛……他真想不出是怎么了,认真端量了捏在她手里的那支箫:很简单呀,只不过是乌溜溜的一根竹管子,竹管子上有一排子洞眼……

但他料定这是个含有神秘意味的、很古怪的东西。

二

秋播开始了,芦青河边最红的一片高粱也砍倒了。由于上游雨水多,河岸村子都有了防洪任务。工作一下变得紧张起来,卢乔林一时顾不得大萍儿了。

但是他并没忘她,总觉得有一桩经他办理的要紧事儿没有利落。

深夜,白天忙秋的人们大多进入了香甜的梦乡,可青年还要轮班在河堤上巡视。卢乔林这晚上披着一件遮露的雨衣来到河边，看到那一盏盏游动的马灯时，立刻想到了大萍儿：如果在这儿遇到，那倒要很好地跟她谈一下了。

她能来吗？哦，她来了——卢乔林顺着一个人的手指望去，看到了远远的堤上，一盏明亮的灯火映出一个修长的身影。他迎着那盏灯走了过去。

大萍儿也许不怕夜里的寒风，穿的衣服很单薄。别人都是三三两两聚在一起，她却独自一人，在堤坝上徜徉。卢乔林喊了一声，她马上站住了。但她没有答话，脸上冷冰冰的。他们在堤上慢慢向前踏去，谁也没有说话。河里，一个波浪掀起来，"啪啦"一声撞在什么地方，碎成一堆白亮的雪。

大萍儿走着走着突然站住了。她盯着那随波浪和秋风涌动、发出一声声细碎低语的芦苇，头也不转：

"你走开吧！"

"我?！"卢乔林吃了一惊。

"可不就是你嘛！"

"这……"卢乔林很觉尴尬地突然站住了，"这是为什么呢？"

大萍儿冷冷一笑："你不知道我是有名的'三大名旦'吗？你不怕沾个'好'名声吗？你今晚在这儿呆一会儿，赶明儿人家会说了：'某某人和女流氓溜达了一宿！'"

卢乔林很生气。他严肃地说："这是我的工作！"

大萍儿又笑了："'工作'？就是夜里找人家大姑娘的'工作'吗？哈哈……"

他觉得受到了一场大大的戏弄，抑制不住愤怒地盯着她，仿佛要研究一下这么漂亮的人是怎么说出那样的话来的。他气得嘴唇颤抖，但没有说出什么。

大萍儿也紧盯着他，笑容却早已收敛了；那对异常妩媚的眼睛，这时射出了两道愤慨、严厉的光；小巧的嘴唇动了动，出现了明显的棱角。她问：

"你'工作'，谁派你来'工作'的？你有资格来这儿'工作'吗？你是个明白人吗？你不能委屈了人家好人吗？……"

这简直像放连珠炮一样，卢乔林愣住了。她那由于突然绷紧而变得冰冷的脸庞上，有着猜不透的谜。他不知怎么有些害怕了。但他仔细一想，知道她在发泄那天夜里的怒气，就说："那天晚上，也许是我的工作方法欠得当，说得不太'策略'，但还是对你负责的，是为了你好……"

大萍儿白了他一眼，嘴里"哼"一声，转身将马灯挂在堤边柳树的枝丫上。她双手背在身后，抵着树干站着，望着灰蒙蒙的河水。虽然不说话，但从急剧起伏的胸脯可以看出她很激动。近处，"扑通"响了一声。她像是自语，又像是询问："是鱼跳吧？"

"是鱼跳……"

她眼睛一动不动地望着前面，像是跟那条鱼对话，嗓子沉沉的：

"我早就听说你来村里住下了，是个大学生——大学生，多好啊！我留神了你住在哪儿，几次从你的窗前走过去，可没敢招呼你。我真想跟你说话儿。我想，你的学问一定多极了，跟你说话一准是有趣的。你多忙啊，一来就投到秋田上去了。我知道你不会认识我的。可后来，是你自己到我们家来了！我多高兴啊，抓了糖果给你，身上别了箫！"她说到这儿默默地把头扭到一边。直停了好长时间，她才猛一转脸问：

"可你接下去说了什么？我听啊听啊，开始不明白，慢慢就听懂了——你在当面侮辱人！"

卢乔林怔怔地望着。

"别人都这样看我，你也像他们一样——可你是大学生啊！我那天夜里难过死了，一下触起了好多事儿，想起了那些大姐姐们，她们也真冤透了……"

"她们是谁？"

"就是我们'三大名旦'呗，你装什么糊涂！一个叫'红桃'，一个叫'妙妙'。她们早就出嫁了，可现在还有人那么看她们。我跟她们好得像一个人似的，谁心里想什么我不知道啊！她们太傲了，没几个小伙子看得上眼。谁让她们长得那么俊、那么聪明！红桃爱写诗——这儿有几个能写诗呀；妙妙干净得什么似的，哪天夜里也要把全身洗一遍——这儿有几个能这样啊！"她说着说着仿佛忘记了脚下的大堤是潮湿寒冷的，一下子坐下来。

一阵大风吹过来，吹落几片柳叶，送来一股凄清的意味。河里的浪头加大了，河水的咆哮声比刚才增了几倍。那水流汹涌着，卷走了一些树棵和苇草……大萍儿继续说着："妙妙看上了邻村的一个小学教员，非跟他不可，家里用绳子绑也绑不住，趁夜里逃走了，跟他有了一个孩子……红桃更惨哪，那几年混乱，一个脸上长黑疣的民兵连长硬要娶她，她不从，黑心的东西就诬她这样那样，还说是亲眼见了，满村里传。红桃脸皮薄，就跳了这河，幸亏被一个老艄公救了……她们有什么罪啊？……"

卢乔林听着，觉得声音有些不对，低头一看，见她哭了，泪花流了满脸。

她带着哭音："你看，没弄明白就跟着乱说，是要死人的啊！……"

卢乔林望望浪峰迭起的河面，倒吸一口凉气。

大萍儿站起，向前伸着手："我从小时候就爱跟她们在一起，人们就喊我们三个是'三大名旦'。我爱穿戴，爱笑闹儿，爱读点闲书，和见识多的人一起聊天儿，我坏吗？就有那么种人，他们容不得和自己不一样的人。我从没做什么出格的事，做活儿也没落在谁后头。刨玉米秸，别人刨一垄，我刨一垄；锄花生，我敢跟小伙子比锄头。我哪点惹他们说了？——他们乱说，那怨他们没水平。可你哩？你思想解放，你是大学生啊！"

卢乔林沉默了。他终于明白了那天晚上她为什么把箫吹得那么让人难受：她在表示抗议，她在吹自己的满腹委屈啊！

"告诉你吧，我是忘不了你是怎么侮辱了我的！"大萍儿狠狠地跟上一句。

卢乔林一直没有吱声。他也许在考虑她刚才的话有几分是可信的。停了好长时间，他才抬起头望着她说："也许是我道听途说，犯了个错误，但愿是这样。我现在不一定全信你，但我可以从零开始去认识你。"

大萍儿痛快地提起马灯说："谁让你全信了？我只要求你能用自己的眼睛去看！"

他们沿着堤坝向前走去。气氛开始缓和一些了。当卢乔林离开时，她友好地喊了一句："晚安！"

啊，"晚安"，这个在校园里常常使用的词儿，今夜在河堤上觉得那么新奇、亲切！往回走的一路上他都在琢磨着，头挨上枕头，还微笑着重复一遍："晚安！"

三

上游又下了几场暴雨，防洪的风声一天比一天紧了。卢乔林到县里参加了几天防洪会议，赶回村里时，一场早来的洪峰已经沿河而去。全村人奋战了几个昼夜，眼下刚好是偃旗息鼓，稍事休息，准备第二场战斗的时候。

从县里回来那个中午，他走过大萍儿门前，正好遇到了大萍儿。她大约也经受了一场折磨，脸庞明显消瘦了，两眼还有血丝。唯有那身衣服还是那么整洁，头上依然戴着一顶可笑又可爱的小白帽儿。她见了卢乔林，响亮地打着招呼，像见了分别很久的老朋友似的，大步迎上来，老远就伸出了细长的小手。

"会议结束了吗？任务很紧吗？"大萍儿一边连连询问，一边和他向前走去。

卢乔林"嗯嗯"回答着，当抬腿跨过一道大门槛时，才发现已经不知不觉中跟她进了院子。他回身要走，她却爽快地说："进屋坐会儿又怕什么？我正好要请教你……"

她把他领进了自己的厢房。他进来环顾四周，差不多给吓了一跳。

小屋子不大，布置得真好。炕上的被子叠得方方正正，上面披了白线网罩，稍呈倾斜放在那儿。但仔细端量，就会察觉这种"倾斜"是故意的，和那披挂的线网一样，同样蕴含了匠心。旁边一张三抽屉黄桌，桌上有一本摊开的杂志。再一边是一个做工粗劣，然而是经过精心裱糊的木书架，并且上面确实有一排排书……卢乔林感到惊讶，却故意不让它流露出来，装着很随便地在书架旁边翻捡着。但当他看到一本卢梭的《忏悔录》时，这位中文系出身的组织干事禁不住兴奋起来，用手摩擦了两下书的封皮……

大萍儿看着他，像望着一个知音。卢乔林走过来，随手翻了一下桌上的杂志，见是一本文学刊物。他问："借来的吗？"

"自己订的。还有两三种别的杂志哩。你们大学生订杂志多吧？"

卢乔林点点头。

大萍儿接上问了好多学校里的事。他发现她特别喜欢谈论大学生活，什么都想知道。她甚至还问他在学校里恋爱过没有。卢乔林略有警觉地看着她，如实地告诉说没有。她无比神往地望着窗外，将两手叉起来按着，骨节儿"啪啪"响了。她说："上大学多好啊……哎哎……"她长长叹了一声，"要是换了我，除了使劲儿学习，还会恋爱的。能跟有知识的人过日子、生活一辈子多好啊！就有那么一个人，我早看上了他……"

卢乔林的心"怦怦"跳了几下。他此刻不敢也不想询问她"看上"的是谁,只皱皱眉头。

"他真聪明,我简直想象不出他有多么好哩……"

他连忙打断她的话:"你不是要请教什么吗?那就快说吧!"

"急什么,我就爱跟你们文化人聊天儿……哎,我想请教……"她一条一条数叨开了。

她真的读书不少,谈起了《少年维特之烦恼》……哟哟!卢乔林渐渐感到她很不一般了。他此刻望着这个戴了雪白小帽、两手压在腿下、穿了黑丝袜的双脚轻轻悠动着的姑娘,轻轻摇了摇头。

"你摇头干吗?"

"我想,你也许生在城里更合适一点……"

大萍儿生气地"哼"一声,从炕上跳了下来。她凑近了,头扬着,带着嘲弄神气望着他,小白帽一晃一晃:"你以为我们就得从头'土'到脚,就该什么也不懂吗?偏不!"她像跟谁赌气似的说,"我们为什么就不可以活得更好些?为什么就不能像有些人那样,比如像你,谈点诗,谈点艺术,甚至晚饭之后弹一会儿钢琴呢?"

卢乔林在心里"哎哟"了一声,连连后退几步。

她的手在他面前挥动着,脸涨得通红,好一会儿才使自己平静下来,慢慢坐到了炕上。她手撑着下巴颏,声音缓缓地说:"人就怕自己瞧不起自己。这儿有些人从来不穿好衣服,好像非要带身泥巴才舒坦,这样惯了。其实他们也不是穷成那样,为什么不打扮漂亮呢?我现在还买不起钢琴,可我买得起风琴……我常常想,将来的时候,一天出工,回来痛痛快快地洗干净,然后就该轻松轻松了。我会对我的爱人——我会有个爱人的——说:'你想听我唱支歌吧？哦，那好……' 他老不说话，他眼角挂上了泪珠，他会是个书迷……"

大萍儿说着，向着窗外，那双大眼黑亮黑亮的。此刻她美极了。

卢乔林显然被她的情绪深深地感染了。他开始越来越强烈地意识到：对方是具有另一种情调的姑娘！她追求老实巴交的河边人最不敢梦想的东西……他认识到这一点的时候，简直吃了一惊：是怎么一回事儿?! 他不解地望着大萍儿，心里却不得不羡慕对方描绘的家庭，承认那是一种幸福……他这样想着，思绪飞驰着，好不容易才回到现实中来。他又记起了回县召开防洪会议的情景，说道："现在，还不是谈论这些的时候。秋洪……"

大萍儿显然对他突然改变话题有些不高兴，眨眨眼："你很怕吗?"

卢乔林笑着反问："你不怕吗?"

"我当然不怕!"她在小小的空间里踱着步子，一只手插在裤兜里，另一只手高高挥动着：

"怕有什么用？ 来了就跟它拼!"

卢乔林很欣赏她焕发出的这一身豪气，赞同地点了点头。但也只是一小会儿，她又嘻嘻哈哈地笑起来："秋洪怕个什么？等它再来的时候，我露一手给你看看，进河捉条大鱼给你吃!"

她这个人真没治! 卢乔林笑了。大萍儿却用欣赏的目光看着他说：

"你一笑真好看。哎哟，细瞅一瞅，你还是大双眼呢!"

四

河堤重新加固了。

由于涨水,近堤的大片芦苇只露出一片摇着白花的梢梢。水,白汪汪的,看久了只会使人增添焦虑。这儿的历史上有过一次大决口,很惨。年轻人没有经过,所以守堤时还像往常一样嬉笑。有一截新堤是最不让人放心的,护堤大队长特意划给了年轻人,并且说:"你们身强力壮的,要紧时候虎起神来,出了事往后逃,我一锹一个把你们铲到河里去!"好家伙,小伙子、姑娘们吓得伸伸舌头,开始鼓劲儿了。他们分成了小组,成员全都是二十岁左右,并且公推卢乔林做他们小组的"参谋长"。

天傍黑时,浪头变得凶猛起来了。青年们的防段上终于出现了第一次险情:坝脚被恶浪旋了几个悬空。最初发现的时候,有人惊恐地喊叫起来,接上就有几个水性好的小伙子跳了下去,迎着浪头站在堤脚上。他们填放着沙袋,那高高的浪头像恶虎一样扑过来,他们却一直像坚硬的石柱一样立在那儿……卢乔林在堤上指挥抢险,非常感激地望着他们。他看着看着,突然发现水中的小伙子里有一个戴了雪白的帽子——那不是大萍儿吗?他真想象不出她怎么会跟小伙子们一起跳下去!他喊了一声,无奈风浪太大,加上人群的喧哗,她根本就不可能听到。"真他妈的是个怪人,那是你去的地方吗?"他一焦急,粗野地骂了一句。他一动不动地盯着那顶小白帽儿看了一会儿,见她倒也行动敏捷,与身旁的几个小伙子并没什么两样,这才渐渐放心一些。

经过一个多小时的搏斗，堤脚的悬空总算给堵住了。可也只过了五分多钟，新旧堤的接头处发生了更大的悬空！浪头像利爪一样伸进堤脚，撕下的泥土顷刻间染黄了一大片河水。还没有来得及上堤的年轻人又呼喊着扑向了新的险区……人们拼搏着，互相叮咛，壮着胆子。

别的堤段上的人也汇聚过来，险情在慢慢解除。正在人们注视堤脚的时候，突然有一大片泥土从中堤滑塌下去，护堤的柳木也"轰隆隆"砸了下来，水中的青年全倒进了水里……堤上的人群全吓得变了脸色，但也只是一小会儿，水中的小伙子又一个个带着满身的泥浆从水里浮出来。人群又哗然大笑，由惊变喜了。可是卢乔林却一直在找那顶小白帽儿，这时怎么也看不到了，心里一急，跳进了水里。水里的人定定神儿，这才知道大萍儿不见了！

几个人立刻不顾一切地寻找起来。他们游进河道深处，又被激流冲散开来。

卢乔林是做过游泳运动员的，但他万万没想到自己敢在这样的河流里游泳。他顺河而下，费力地辨认着那浮起的枯木朽枝、那随浊流滚动的苇草团子……他心里怕极了。多凶的河水啊，它卷走了一个漂亮姑娘……眼下，在这激流翻滚的河流里，在和恶浪的搏击中，他突然记起了和她那几次交谈，也记起了那支奇特的竹箫……

顺着激流游下去，已经望得见不断开阔的河面了——河口马上就要到了。他相信她是让激流冲走的。他想：如果她被苇草缠住，挂在河底的什么地方，那可就惨极了。老天保佑千万别发生那样的事吧! 他回头寻找和他一同游下的年轻人,一个也寻不见了。他们大约是散到别的地方去了。他的目光在水面上旋了一百八十度,落在后面一堆柳棵上时,立刻惊呼了一声:漂浮的柳棵上,一个姑娘——当然是大萍儿,斜仰着躺在那儿,手里还紧紧地攥住了一束柳条……

卢乔林救起了大萍儿。大萍儿已经昏过去了,腰部渗出了鲜红的血。原来她被塌下的柳木砸伤了,所以唯独她没有重新浮出水面。他游到一片开阔的浅水里,轻轻地将她托起,一步步向着河岸走去。小白帽儿当然不见了,长长的散发搭在他的胳膊弯上,滴着水珠,闪着光亮。她像睡着了一样,长长的睫毛合起来,嘴角还带着一丝顽皮……卢乔林第一次这样仔细打量她,心里不禁"怦怦"地跳了两下。

在离河一百米的地方,大萍儿醒来了。她看看抱她的卢乔林,第一件事就是哭,泪珠顺着被河水洗红的脸颊流下来,"刷刷"地滴进水流里。卢乔林看着她,心里有一点儿难过。他安慰说:"你在抢险中表现得很要强,差不多都是个英雄了,瞧瞧,还哭……"大萍儿抽泣着:"疼啊……"

卢乔林很快把她放在了河岸的一株大野椿树下。晚霞映得河水一片火红,那浪花扑卷着,就像火苗在蹿高儿。大萍儿让卢乔林给她包扎一下腰部,卢乔林答应着,可一看到她那洁白的肌肤,脸就"刷"地一下红了,两手颤颤抖抖。大萍儿拉着哭音儿说:"快点吧! 我都伤成这样了,你还磨磨蹭蹭!"

……

大萍儿住进医院了。没想到好多人都去看她,就连平时最能取笑她的也去了。他们对她这次表现的勇敢表示了敬佩,也稍稍有些吃惊:她还能跳到河里抢险! 有的说:"大萍儿别看毛病不少,可到关紧险要时候,还真能拼一下子!"他们敬佩她的只是这一点。但对她的一些"毛病",依然是抱着永不妥协的态度。后来有人大约在医院里看到了什么,回来蹙着鼻子咕哝说:"看看吧,这种人,就是住了医院也不规矩……"

卢乔林听到了议论,虽然不太相信,但考虑到她重伤在身,还是稍稍有些不安,就特意去了一次医院。一进她的病房,他就看到一些矿工围着一个床铺,看不见她,却能听到她在中间笑得十分快活。卢乔林立刻找来了护士,矿工们才被劝阻着走了。

大萍儿非常气愤地盯着卢乔林。

卢乔林说:"我是为你好!"

"为我好,为什么赶走了我的朋友?"

卢乔林没有吱声。停了一会儿他说:"你,要注意自己的身体,也要注意自己的……影响……"

大萍儿喊着:"啊,影响——你还是在说影响啊!"她气呼呼地从床上爬了起来,又被卢乔林轻轻地按倒了。她只得仰躺在床上。她的头痛苦地在枕头上转动着,清清的泪水从眼角流了出来:"你这个大学生呀,什么时候我们才能说到一起啊! 你还是跟他们一样看啊! 这些矿工都是我的朋友,知道我伤着了,还能不来看我吗? 他们走南闯北,见多识广,我偏爱跟他们谈天、交朋友,偏不怕别人乱说,偏要这样做! 因为我们之间没有发生别人想的那种事,没有!"

她大声说着,脸色赤红。卢乔林怕她身体受不住,想要阻止,她却一股劲地嚷下去:

"什么'三大名旦',有人存心是败坏人。我和红桃、妙妙都不是那种朝三暮四的人。我不是早跟你说过吗?我有自己的心上人……"

卢乔林一瞬间记起了她在自己屋里讲过的话,于是怯怯地问:"他是谁?"

大萍儿半起着身子,大着声音说:

"一个青年作家!"

"啊……"卢乔林不很相信,怀疑地望着她。

大萍儿又重新躺下了。"他是河西岸的,业余时间写了很多……我见过他,也在报上读过他的作品。我喜欢他,前些天就给他写了信。可我还没等到回信……"

"信写了很久吗?"卢乔林变得关切起来。

"十七天零一个上午了……"大萍儿仰望着雪白的天花板,"不过我想他会来信的。也许他现在太忙了,也许参加创作会议去了——要知道这对他是太平常的了!我等着……他是个青年作家!"

他们接下去又谈了好多。卢乔林不想在病床边多呆下去,但还是谈了自己的一点真实感受:对她能跳河抢险十分吃惊!大萍儿淡淡一笑,什么也没说。但他仿佛听到了她的回应:

"因为你还不了解我。我想把日子过得更好一点,我才是个热爱生活的人哩。到了需要保卫它的时候,我绝不会比别人差的!"

卢乔林走出医院的时候非常激动。他沿着芦青河向村里走去,一路上想了好多。他觉得至今为止,他认识了另一种人——"三大名旦"。

时间又匆匆地过了一个月。

芦花儿飞扬。卢乔林要回公社了。大萍儿也扬着个雪白的脸蛋从医院出来了,并跟某护士要来了一顶小白帽。她还是那么漂亮。她特意找了卢乔林一次,非让他走之前给提几条缺点不可。组织干事平时总觉得她缺点不少,可这会儿真要提起来倒也不多。他最后考虑了一会儿,说:

"你有些清高、孤傲,团结搞得也不好……就这些了。"

大萍儿听完一拍手掌:"这就对了——你看,你只要说得准,我还是服你的……"

他们非常友好地谈了一会儿,她就满足地离去了。

但她走后不久,他又稍稍有些后悔了:竟忘了问她一下,是否收到了河西岸的信。他多想知道啊!

他特意去找她,但走到院墙外面,不由得停住了步子。一阵非常优美的声音从院内徐徐飘出——她在吹箫。听啊,这奇特而古老的民间乐器,它那声音就像是从一道极为遥远的幽静、翠绿的山谷里传出的,那么柔软、悠长,使人一听就情怀荡漾,如醉如痴!就像第一次听到它一样,卢乔林又怔怔地站在那儿了。这箫的声音不像过去那般哀怨和委屈,而是透出了一种不能抑制的激动,一种含蓄的,但分明是人人都听得出的欢欣和幸福……他不忍心推门

去打断她的吹奏,就这样静静地站在那儿听了一会儿……他心里
有点隐隐作痛……

1981 年 11 月写于济南

二 辑

女巫黄鲶婆的故事

女　巫

一个人要出名,一般是很难的。可是在河两岸,在方圆几十里的村子里,谁要提到黄鲶婆,连小孩子也会谈论一番。她是一位不折不扣的"名人"。

她从五岁起就出名。

那时候她只有二尺半高,穿了一件紫花绒衣服,整天跟在串街卖艺的父亲身边。她的眼眉被柳木炭描过,腮上不轻不重地沾了点红香粉,极为妩媚。父亲变戏法,她收钱,端着个小筐箩,扭来扭去,小胳膊软绵绵的。

她长到十八岁那一年,父亲练硬功,往嗓子里吞一把刀,死在了功夫场上……女儿接了他的班。不过她不只是变戏法,高兴了还常常跳一阵唱一阵,反正有人看就行。老年人不喜欢她,说她"路数不正"。可她已经长大了,模样儿俊美,从来不少捧场的,不光能在河边集市上演,闯镇走城,哪里都去得,哪里都有人密密地围拢。日子久了,少不了闹出一些风流韵事。她不在乎。她说:

123

"在哪儿不是交朋友呢？"

后来，脂粉再也盖不住满脸褶皱了，她也就不再经常变戏法儿了。她学得了另一种绝技：相面和占卦。这是很玄妙的事情，很多人都想亲眼看一看、试一试。她是经过大场面的人，在众人面前从不慌张，倒是更长了几分灵捷。她拉着长音问长问短，击一下巴掌，捻一捻手指，又意味深长地盯住对方看一会儿，最后站起来，身子瑟瑟抖动着，两只手使劲往衣袖里吞……她的眼珠斜愣愣地向一边翻着，眼白很大，胆小的人看了总要往后退一步……

她成了一个女巫。

她变成女巫的第二年，嫁给了一个叫"小童仙"的人。这人是个戏子，专演野台子，饰小生。两口子过得很和睦。一个女巫一个小生，有时也唱得来，和着节拍在屋角里蹦跶一会儿。只是不久就解放了，野台子戏不那么多，女巫自然也做不成，两人只得一并呆在田里了。这里人祖祖辈辈都莳弄黄烟，他们也和别人一样在黄烟棵里钻进钻出。天天跟泥土打交道，吃的是玉米饼，做的是粗手活，小童仙再也不像在戏台上那么缠绵，这使黄鲶婆分外懊丧。有一次他们吵翻了，小童仙用裹了一层厚茧花的手揍了她一下。

她挨了揍倒没有怎样恼，只是揉着红肿的腮帮对邻居说："狠哪……真是个男子汉！"

这一年上她生了个女孩，取名"安兰"。

他们的日子过得不很宽裕，也不很艰难。这时候，他们心里最羡慕的是一个叫陈康荣的人。

陈康荣是当地有名的"黄烟状元"，有一双人人眼热的巧

124

手——再坏的烟叶,也能被这双手抚弄得肥厚墨绿。它们简直不是在收拾烟叶,它们在收拾钱!每逢陈康荣领着他的儿子老照儿,挺着胸脯走进田里时,所有人都会停了手里的活计,怔怔地望上半天……

这一年上,村里突然热闹起来,"呼啦啦"满街筒子都是红旗,唱着、跳着,年轻人叫"革命小将",老婆儿、老头儿也戴上了红臂章。黄鲶婆那时闲着没事儿,很兴奋地站在街角看着,常常只是半个下午的工夫,就能学会一首大街上的歌。回到家里她也不急着做饭,而是盘着腿出神。她回忆着年轻时在街市上端小笸箩、变戏法儿的情景,两道弯眉跳了跳,笑了。

她喜欢热闹,一想起往事血就热起来。她是抽过烟的,只不过这几年戒掉了,这会儿就翻出小童仙撂下的一支旧烟锅,装满烟末吸了几口。磕掉烟灰,她开始满屋里翻找起来,最后拿出了一本又黄又破的书本,寻了几枚古旧铜钱。她跪在炕上,咕哝着,把铜钱合在手心里摇了摇撒出去,又捡起来,用拇指一个一个按下,在窗台上排成一长溜儿。最后她费力地翻开书本,迎着光亮念着……

小童仙一步跨了进来。

黄鲶婆就像没有看到他一样,只是放高了嗓门,兴奋得一只手高高扬起,两眼翻着。

小童仙开始吓了一跳,定了定神才算明白过来。他有些结巴地问:"怎、怎么,又捣鼓起这、这玩艺儿啦?"

黄鲶婆不屑于回答,扭一下头,又把个书本卷成个硬邦邦的筒筒,不轻不重地敲在他的头上。

送 殡

后来,常常有些生人或熟人在黄鲶婆家里进进出出。他们都是来"问路"的。黄鲶婆经历了几十个寒暑,皮老骨硬,远不似先前灵活,当年那尖尖的十指如今已变得僵硬,犹如十支短棍。但这双手捻动起来也算麻利,铜钱在她手里"刷刷"响。坐在一边的老头子尽管满心虔诚,也还是往往忍不住,夸一句:"这是才分哪……"

就靠了这"才分",小童仙一家三口有了零花钱,还吃上了点心。那点心花花绿绿,是以前见都没有见过的。

安兰这时已经长大了,和"黄烟状元"陈康荣的儿子老照儿结伴上学。黄鲶婆对安兰喜欢得了不得——她从女儿身上看到了自己当年的影子。

安兰从学校回来,黄鲶婆给她蜜饯吃。

安兰朝她一撇嘴巴:"我不吃骗来的点心!"

这句话使她怔住了。她抚弄女儿的手停止了,只呆呆地朝一边看着,最后轻轻把安兰推开。夜里,她第一次没有睡好,几次被窗外的风声惊醒……

这个冬天,一个风雪交加的夜晚,黄鲶婆接待了邻村的一个姑娘。她有二十来岁,黄黄瘦瘦,眼角好像有永远揩不掉的泪痕。她一步跨进屋来,就呆坐在灶口……黄鲶婆一眼就认出她是邻村一个富农的孩子——早些时候参加批斗会,看她站过台子。黄鲶婆知道这样的人愁楚事多,用不着问为什么事来,就照例为她捻响了古旧铜钱……姑娘临走时给她深深地鞠了一躬。她把姑娘送到雪地里,姑娘塞过来一个纸头。黄鲶婆回到屋里,凑着油灯展开一看,见是一张揉皱了的五元票子……她两道弯弯的眉毛往一起蹙了一下,但再看一眼钱票,又笑了……

第二天,她把钱票放在饭桌上。小童仙惊喜地取起来,当问清了是怎么回事时,立刻板起了脸。他命令她立刻把钱还给人家。她怎么也不肯。小童仙抽着烟,额角上的小血管突突地跳了一会儿,出人意料地打了她一个嘴巴,骂道:

"黑心不!挣人家五元钱……"

黄鲶婆一愣,捂着脸哭了:"你个穷戏子!吃我穿我,还打我。你充什么观音菩萨哎……"

"黑心不!连这样的钱你也忍心挣……"

骂着骂着,小童仙的火气大起来,一把扯住了她的头发,接下去是一阵好打。黄鲶婆一边躲闪,一边用惊惧的目光瞅他。他不愧是当年在台上耍过一阵拳脚的人,只一会儿就让她躺在地上"哎哟"起来……

她料定小童仙今天是疯了。

她带着一身青紫的印痕躺到了床上,对守在一边哭泣的安兰说:这一回她是非死不可的了。她不停地骂着小童仙,咒他"不得好死",一双手在胸前拍打着,拖音拉嗓地叫:"天上有眼地有灵,让你出门遇见黑煞星!"……

半年之后,她的话竟"应验"了!

不知是否真的遇见了"黑煞星",只知小童仙得了一场大病,不久就死去了。黄鲶婆号啕了,用力打着自己的嘴巴:"都怨我这张嘴呀,这张嘴说话灵验哪!哎呀呀,恩爱夫妻,我冤死的好、人、啊……"

入殓那天全村人都来看。黄鲶婆不知从哪里找出了一件他当年的戏服,穿在了死者的身上。那是嵌了金线银丝的,看上去光芒四射。她旁若无人地忙活起来,两手捻动着,嘴里咕咕哝哝,直到半个钟头之后,才从衣兜里摸出三枚磨亮的铜钱,放他前额一枚、胸口一枚,剩一枚掖进他左手里……"黄烟状元"陈康荣也在围观的人群里,这时边看边对身边的一个寡妇感叹说:"瞧那劲儿,到底是给自己男人做的,她用了真功夫了!小童仙有福……"寡妇深有同感地重复一遍:"小童仙有福!"……

出殡时,黄鲶婆哭了一路。她哭得扎扎实实,毫不给人虚飘的感觉,一字一顿,交错抑扬,拉着长音,气声里还伴着一两声回嗝,人人听了心碎!她哭道:永远也不记恨他那一顿拳脚,不该挣那个苦命人的钱……

小童仙被埋在了村外一片白白的沙滩上。人们给他垒了一个小小的坟尖。

本来事情就这样结束了,但不巧的是有人将黄鲶婆一路的哭诉汇报了上去。驻村的一个领导大吃一惊,说:"看看吧!这个村子的事不抓抓怎么能行?就在我们的眼皮底下,还活动着一个'女巫'!……"

由于事关重大,他特意回县请示如何处理。回来后,他对村头儿指示:"必须游斗!"怎么个"游"法呢?他说:"必须化装!"……黄鲶婆被几个民兵押着,伴着零零散散的锣声,终于出现在街头上了。一帮又一帮的小孩儿尾随其后,像过节一般,喧闹着、奔跑着。黄鲶婆头上被斜着扣了一顶黑丝绒小帽,两额贴上画了黑圈的白纸——这都是那个驻村领导的杰作。她的身上还有绳索,末端就牵在持枪民兵的手里。由于都是本村人,实际上也在应付公事,只是松松地捆了,一点儿也不影响她迈腿抡臂的。令人吃惊的是,她眼角有一滴隐隐的泪痕,脸上的表情十分奇异,不知是过分的悲哀还是羞愧,看上去倒像是笑嘻嘻的。到了人多的地方,她竟然"啊啊"地呼喊起来,那调子极为凄楚、极为悲凉,使人竟分不清她在歌唱还是哭泣!

很多人笑出了眼泪,也有人看着看着哭了。

夜里,当她解了绳索,拖着疲惫的身子回家时,径直来到了小童仙的坟前,她哭着:"孩子她爹呀,俺被游街哩! 俺被人牵着耍猴哩! 俺为你丢了人哩……"她诉说不止,仿佛要哭出这多半辈子的委屈,倾吐出一切的一切。她从第一天认识他说起,到前几天把他埋在这里为止。她说她还记得第一天看到他怎样在野台子上演小生——"你那脸庞儿桃花样儿啊! 你后来娶了我,只打了我两回。这末一回虽说重了些,但也没伤筋动骨——这就能看出你金贵我呀! 哦哦,你放心走吧! 我今个在这儿立誓了:我会一手拉扯大安兰,让她找个,好、女、婿! 好、婆、家!"

女　婿

时光荏苒,一晃眼就是十年。十年间,小童仙的坟头上长起了高高的荒草。

这十年里,黄鲶婆一直遵守着她在坟前立下的誓言,辛辛苦苦,做过媒婆,织过花边,采过山药,自然也少不了再做上一两回巫婆……她供着安兰读完初中,又进城里入了高中,使安兰出落成一个非常俊美的姑娘。为了拉扯大安兰,她差不多是"卧薪尝胆"过了十几年。该做的都做了,剩下的就是给她找个好女婿了。

这个女婿在哪里呢?黄鲶婆差不多数遍了村里所有的小伙子,最后把目光注在"黄烟状元"陈康荣的儿子老照儿身上。因为时代变了,如今又提倡种烟致富,土地都承包到个人手里,他们父子是全村里最有希望发财的人了。老照儿长得粗敦敦的,上眼皮有大拇指宽,在烟田里跟父亲学得了全部手艺。黄鲶婆看着眼热,但又觉得选这样人做女婿不算美观。

她正痛苦犹豫,一个偶然的机会,却突然发觉安兰和老照儿早已好上了——一次进烟地垄,她看到安兰正坐在老照儿身边,亲昵地抚摸着他那蓬乱的头发……这倒使她怔住了:安兰看上他什么了? 大厚眼皮吗? 她心里说不清是高兴还是悲哀,更多的是不甘心……黄鲶婆一边瞟着安兰,一边在心里骂:

"陈康荣啊,你个儿子鬼精! 你个儿子好手段! 鬼精、好手段——我就冲这一条把个大方方的姑娘交出去了,你他妈的芝麻粒大的心没操,真有福气啊!"

安兰和老照儿结婚了。

一个又漂亮又灵巧,一个又粗憨又拙讷,这两个人能结合到一起,自然也是个奇迹了。小两口快乐得很,高兴得天天唱歌,专唱《天仙配》。黄鲶婆了却了一桩心事,高兴之余正式恢复了吸烟的老习惯。她特制一杆尺半长的烟锅，捏在手里，得空便抽。老照儿原来是很孝顺的人，做活又使得力气，当然不用黄鲶婆操心，她可以尽享清福。但人总有些古怪地方，像黄鲶婆，总也闲不住，进了烟田，这儿拨弄几把，那儿推簸几下，高兴了还要咧开嘴巴唱几句。

老照儿听了，笑嘻嘻地悄声对安兰夸着岳母。

安兰撇撇嘴。

安兰比老照儿更能理解黄鲶婆。

中秋，该收第一批烟叶了。鲜烟叶儿折下来，连缀成一个个长吊儿晒好露①好，然后就可以打捆了。老照儿和安兰忙得透不过气来，脸上却是笑吟吟的。这金黄中透出暗红、一叠一叠的大肥叶儿，过一下秤杆就变成硬板板的钱票了！他们第一次尝到小两口过日子的甜美味道……这天夜里，老照儿睡去时还"哧哧"地笑，却被安兰在一边推醒了。他搓着眼睛刚要说什么，安兰一伸手捂在他的嘴上，向窗外比划了一下——院子里，一盏油灯闪来闪去，一个人弓着腰正干着什么。老照儿记得整好的烟叶儿就放在院里，用席子盖严实了。他这会儿轻轻地，然而是深感严重地问：

"贼吗？"

安兰摇摇头。

他们穿好衣服，出来时，正好跟手提水桶的黄鲶婆碰个对面。对务烟十分熟稔的老照儿马上明白了：她在往烟骨上洒水！这样，中午的太阳出来一照，表面上烟叶烟骨还是焦干的，可内里却蓄足了水，一百斤准涨十斤八斤，让收烟叶的吃个大亏……他呆住了。

---

① 夜里让露水沾湿，使其色足、味正。

黄鲶婆原想年轻人贪睡，不会惊动起来，上身只披件薄薄的衣衫，还敞着怀儿。她这会儿赶忙用手一掖衣服，一扭一扭往屋里跑，嘴里说着："睡吧！睡吧！起来干什么……"

老照儿站在门旁说："这不是一种欺骗吗?!"

安兰咕哝着："这么大岁数了，啧啧……"

"哎哟?!"黄鲶婆一转身子，停在门的另一旁，斜睨着眼直瞅着老照儿，"我家女婿好思想哟！怕钱咬了手吗?"

"……不怕，也不能昧着良心挣钱……"老照儿慢腾腾地说。

"昧着良心"几个字多少戳到了她的痛处。她用食指点了一下老照儿的脑瓜："你个憨货说话噎人哪！真是什么父亲什么孩儿，早就知道陈康荣不是个好东西，他能有好孩子才怪！"

老照儿见她骂了父亲，心里烦了："你怎么能这么说话?"

"这么说怎么?"黄鲶婆干脆把手掐在腰上，敞着衣怀质问道。

老照儿看一眼，赶紧转过脸去。他还要说什么，被安兰推簇着进屋去了。只听得黄鲶婆在背后嚷着："女婿？鬼！天生一个贱骨头！"

这个夜晚，老照儿气得好久没有睡着。他前前后后想了很多，对安兰说了好多实打实的话。他说："说实在的，给你家做女婿我真恧哩！为什么呢？因为你俊，我丑……"

"你不丑……"

"丑的。"老照儿打断安兰的话，继续说，"可是，你家里的人——这个老婆儿也忒难弄，从这一点上看，我是吃亏了……"

"我人都是你的了，还说吃亏……"安兰的手掩在老照儿的嘴上,"咯咯"笑了。

老照儿严肃地推开她的手:"那是另一个问题……"

老照儿长吁短叹,安兰不停地安慰他。这天夜里,他们终于取得了一致意见,那就是:提防她。

分 家

秋末来到了。黄烟从种到收,有多少活儿要忙啊,黄鲶婆却一动不动,安安闲闲地抽烟锅。因为前一段她偷着给烟洒水受了挫折,近一个月来一直采取消极怠工的方法。什么活儿也不干,长了反倒有些难受,于是就试着跑出村去给人做了几个媒,回来后觉得还是没甚意思。她像别人家的婆婆那样,坐在门口晒着太阳,用艾草拧些薰蚊虫用的火绳。有一根拧得特长,足有两丈,博得了过路人齐声赞叹。老照儿为了缓和关系,不轻易放过任何鼓励老丈母娘的机会。他看着长长的火绳,故意喊了一声说:"啊! 拧这么长,这得多大的心劲啊……你做什么硬是比别人高出一手!"

黄鲶婆笑了。高兴之余,她大仰着脸儿,乜斜起眼睛,懒洋洋地问:"老照我儿哎——,田里有什么活路吗?"

老照儿乐了:"嗯。不过也没啥忙的,你要愿干就去扳个冒权吧——那活路轻松。"

黄鲶婆要进烟田了。她要扳冒权,这会儿的冒权可不像过去那么旺! 天太旱了,烟苗黄蔫蔫的,哪里还爱生什么冒权啊! 田里,平时用的泥井、砖井,一股脑儿全干了……深机井日夜不停地车水,挨户、定时地浇着。庄稼人焦了心,难免就不发生几件让人不愉快的事情:常常有人夜里从别人的水道上开一个口子,偷水浇烟,惹得那户人家叫骂不止……但事情也总有例外:那些孤儿寡母家的水就从来没有被人偷过! 他们种了一片烟田,人人知道不容易。"黄烟状元"陈康荣曾就此事发表评论说:"这叫'人心常在'唻……"

黄鲶婆进了烟田。她仔细观察的时候,不禁大吃一惊! 烟苗多黄啊,瘦蔫蔫的;泥垄多干啊,裂开了缝儿……她看着看着,心痛得禁不住掉下了眼泪。她后悔那么多天竟没管这宝贝烟田,这会儿盘腿坐在泥地上,伤心地叫着:"我的烟哎! 我的烟哎!"一边叫,一边往一个姓冯的寡妇的烟田张望。冯家水道离这儿很近,所以很快引起了老照儿和安兰的注意。但他们都不信她会去偷水。

可是就在当天夜里,他们发现鸡窝旁边放的一把铁铲不见了!

等他们跑到了冯寡妇的水道上,黄鲶婆早已掘好了口子,偷来的水正"哗哗"流向自家烟田……

"哎呀! 哎呀!"安兰惊讶地喊着,跺着脚,要去夺母亲的铁铲。

黄鲶婆"刷"地一下把铁铲抡到身后。

老照儿尽量压着火气,说:"你这么大岁数了! 按情理讲,我得管你叫妈……"

"不叫行吗?"黄鲶婆眯着眼插上一句。

老照儿看着她乜斜起的眼睛、那个似笑非笑的样子,一丝厌恶在心头升起,禁不住说了句:"你真是个疯狂的老婆儿!"

黄鲶婆的眼睛圆睁起来,用铁铲重重地敲了一下他的屁股。

老照儿很老实也很倔犟地重复一遍:"你真是个疯狂的老

134

婆儿!"

黄鲶婆晃动着拳头:"你、你就不怕我揍吗? 你就不怕……哇……我命好苦哟,我瞎眼招来了你这么个泼皮女婿唉唉……天大旱,全家的指望拴在了烟叶上,没人心痛呀,没人管呀……"她突然坐到地上哭起来。

安兰护着老照儿,立在一旁。

这时,突然有一个人端着铁叉踉踉跄跄跑过来。正把哭声推向高潮的黄鲶婆抬头一看,立即煞住了,从地上爬起来……跑来的正是冯寡妇,她看一眼劈开的水道,愤怒地睁圆了眼睛。她平平地握着四齿铁叉,一动不动,那白发在微风中轻轻掀动,与叉尖儿一同在月色里泛光。她盯着黄鲶婆,手中的铁叉颤抖起来,"当"一声落在了地上。她一下子坐在了烟垄上……这片承包的烟田使她操碎了心,她比过去更衰弱了,脸上干瘦干瘦,一双眼睛显得又大又圆,此刻令人恐惧地瞪着,眨也不眨,直盯住黄鲶婆……

黄鲶婆身子一颤,叫了声:"冯家姐姐……"

冯寡妇就像没有听见似的,坐在那儿,一双又大又圆的眼睛仍旧眨也不眨,直盯过来……

黄鲶婆"啊"了一声,连连退了几步,两手一抖,铁铲子掉在烟垄里去了。她摸索到手里,弓着腰,慌促地跑开了……

天空多么明净啊,这个夜晚的圆月就像一面雪亮的镜子,高高地悬在天上……

从烟田回家,老照儿只在屋里转着。呆了一会儿,他走到院子里,不知从哪儿寻到了那把沾着湿泥的铁铲,"当"一声扔在了屋子

135

中间。黄鲶婆惊惧而疑惑地看看地上那把铁铲,坐到了一个草墩上。老照儿脸上没有一丝笑容,表情冷峻地踱着步子。停了会儿,他又吩咐安兰点了支粗粗的蜡烛,照得满屋明晃晃的。屋里忽然有了一派庄严气象。老照儿咳嗽一声,盯着铁铲说:昨夜里,就是这把铁铲,做了件缺德的事,他要当着全家的面,将这把铁铲砸了!

黄鲶婆没有做声。

安兰气呼呼接上说:"砸了! 把它砸了……"

黄鲶婆两手抱起膝盖,一俯一仰地晃动:"砸了吧! 砸了吧! 我也不要这把老骨头,谁叫我的命苦哇……"

老照儿真的从院子里搬进一块足有七八十斤重的青石块儿,脸色涨得紫红,高高地抱到脸前,照准了那把铁铲,"噗"的一声摔下来……

随着铁铲的断裂声,黄鲶婆号啕起来。她一边哭,身子一边向下滑脱,最后是半躺在草墩上了。

安兰盯着她,越看越气,最后恨恨地说:"你一辈子都做了些什么啊! 人家老照儿来得晚,不知道,你早年又算命又喝酒,我爹不是让你气死的吗?"

黄鲶婆听到这儿煞住了哭声,一下子蹦起来:"你胡说! 你胡说! 你爹是让我气死的吗? 我叫你乱嚼……"

她说着,向安兰举起了巴掌。

老照儿赶忙伸出两臂拦住:"坐下,坐下,今天是摆事实讲道理的……"

"讲个屁! 这都是'道理'吗?"

安兰毫不示弱："你还喊哩,你还骂哩,你有脸哩!你就不想想,到头来我有个孩子,就是你外孙啊!街上人会指着他脑门说:'看吧,就是他姥姥,一辈子没干过正经事儿!'……"安兰说到这里,不知怎么涌上一阵深深的悲怨,两眼流出了长长的泪串,哭嚷着,"你是要成心毁这个家,给后人留下骂名啊!我、我们今个和你分家!"

黄鲶婆听到"分家"二字,双肩剧烈一抖,愣愣地看着哭泣的安兰,连退几步,一屁股坐下。她那目光像僵住了一样。突然,她爬起来,脚步踉跄得厉害,手扶墙壁,扳开门扇,"吭"一声把自己关到了里间屋里……

哭　坟

老照儿和安兰呆在屋外,一声不吭地听着里面的声音。

黄鲶婆坐在黑影里,面向墙壁,紧闭眼睛。她两手抄在袖筒里,一动不动,没有一丝眼泪流出来。她声音很低,像自语似的咕哝着:"……我是个穷人家的孩儿呀,自小命苦!早年在大街上,为一口饭,丢人现眼的事儿也做过……男人死了,我要一个人拉扯孩子啊!谁想到新社会也能饿死人,树皮啃得光光的……我心里怕呀!扳着手指数数,我才过了几天舒心日子?挨冻受饿、挨男人巴掌,如今亲生亲养的也要和我分家了——他们不要我了,不要我了,我把他们养大了……"

黄鲶婆终于哭了出来,哭声从门缝里挤出,使人听了揪心。

老照儿和安兰站在门外,大气儿也不出一声。安兰听着听着,眼角挂上了一滴泪珠。她扯起老照儿的手,默默地离开了……

夜深了,黄鲶婆还没有睡去。她躺下又坐起,两手抱着腿,怔怔地望着窗外那穿云的月亮……风起了,树叶儿"飒飒"响,凉凉的风从窗缝儿里涌进,吹乱了一头白发。她望了望四周,空荡荡的,那白白的墙壁在月色里泛着清冷的光。她今夜不知为什么感到了一阵阵特别的孤单,揪心地思念一个人。如果今夜他在,有多少话要对他诉说啊!她就这样望了一会儿月亮,最后轻轻地摸下炕来,拨开门闩,向着村外走去。

在那月光照不透的深巷里,她手扶墙壁走着。路面上坑坑洼洼,她的脚走起来直磕绊。走了一会儿,身上就出了汗珠儿。她今夜突然感到自己是老了!出了村子,见到那片白白的沙滩了,她就奔跑起来,一下子扑到一个坟堆上了。

小童仙的坟如今已经完全被茅草包起来了。哎呀,这草好密、好旺,一簇簇生出来,好像是为了遮掩这丘土坟似的。黄鲶婆伏在坟堆上,伸手将那茅草秆儿顺理着,轻轻地挽起那柔软的、细鹅绒一般的嫩长叶儿。她把脸贴在草叶儿上,一丝丝地磨蹭。她觉得这茅草就好似男人那浓盛的胡须。她搂在坟尖上,摩擦、拍打,最后跪下来。她仰望着明亮亮的月儿,老泪纵横,那泪珠儿在道道深皱里滚动,滑到瘪进的嘴角,流入苦涩的喉管。她轻轻地、有些嘶哑地呼喊着:

"安兰爹哟,我的好人!你知道不,我今个是看你来了,和你说话来了——你听见吧!你看见吧!闺女和女婿和我分家了,不要我了,我是找你来了,来陪伴你!安兰问我'一辈子都做了些什么'——做了些什么？安兰爹哟，只有你能给我证着点儿：我一辈子也没有图财害命，没欺负好人，在串大街那会儿，多一口吃的还分给小叫花儿呢！

"为熬日子，我挣过昧心钱，使过邪心，不过终归不算个坏人哪！

"安兰爹哟，我的好人！只有你知道，我自小就命苦，一辈子过得不争气，可这心还不是黑的！你告诉我：人真能转世吗？我能重新过一辈子吗？"

坟草在风中颤动，发出一阵"沙沙"的低语，像是议论着什么，又像是对黄鲶婆的一声声回应。

她脚下，一片沙土被泪水打湿了。她哭着，这哭声在午夜里听了使人特别难受……

就在离坟不远的地方，这时正有两人在无声地流泪，他们就是老照儿和安兰。他们是怕有什么意外，远远跟来的……安兰抹着泪水对老照儿说："我真不该说分家……"

老照儿没有吱声。他望着蒙蒙月色下长满茅草的孤坟、坟旁那个佝偻的身影，难受地说：

"你看她多老了啊，活不了几年了——她太老哩！太老哩……"

……

这个秋天，黄鲶婆非要自己过不可。女儿女婿痛心的道歉、村头儿耐心的调解，全都无济于事。她在院子角落搭了个小茅屋，一个人烧饭……人们常常在黄烟地里看到黄鲶婆。人们都说她这以后衰老得特别快。她很想勤奋地做,一刻也不愿闲散,也从没跟人吵过一次嘴,并且跟女儿女婿相处得也很好。

又过了两个秋天,她死去了,享年六十八岁。

怪人死得也怪——那夜里她帮着老照儿和安兰削烟骨、上烟吊儿,干得乐呵呵的,完了之后吸着烟锅就到茅屋歇息去了。第二天早上,人们才发现她是永远地睡过去了,嘴里还半咬着那杆熄去的烟锅……老照儿和安兰哭得非常伤心。老照儿至今痛悔不该砸那把铁铲,安兰恨自己说了那句万不该说的话……前来帮助料理丧事的陈康荣却阻止说:"哭个什么?你当她后来遭罪了?没有!她临死还抽烟!"

过了不久,远远近近的人都知道了这一新闻:有名的黄鲶婆死了,并且是抽着烟死的……

1981 年 12 月写于济南

古　井

在胶东西北部小平原上，我曾度过一个难忘的秋天。

那年九月，我们建井工程处到小平原开发一个新发现的大煤田。那儿，清爽而湿润的气候、一望无际的平坦原野、大片大片的青纱帐，使我们这些跨越了华东、华北大片土地的工程队员惊叹不已……

大队人马在海滨扎下了营寨。为解决生产和生活用水，工区暂时借用了当地一个老婆婆的水井。大约因为我是女的，又是新近调到电机队的，班长老吴师傅就让我去看水泵。大概这是全工区最轻松的工作了。

水井处于工区和一个村子之间。井上搭了个活动板棚做泵房，里面除了水电泵还有一张床。离泵房不远有一间小土屋——那是老婆婆的房子；再不远，是一片小小的、极为茂盛的林子。林子里布满了星星点点的花儿，颜色儿很杂，地上满是浅草，绿茸茸的一层，没有草的地方露出了洁白的沙土……四周很静，只偶尔从林中传出几声鸟叫。没有喧嚣的人声，也没有机器的轰鸣。这里的一切，包括老婆婆的小土屋，都透着一种古朴的味道。我留意看了这口水井：砖砌的，很深很深，望都望不透；那井壁缝隙里挣挤出一朵朵的青苔，新旧交错，衰死的显出褐色，而新生的又泛出嫩绿；井筒下半截隐在黑暗中，看久了，眼睛慢慢适应起来，才隐约看到水面闪出一片磷样的光来……

这是一口多么古老的井！

这口井的主人也同样"古老"——当我低头看井时，老婆婆就在一边温和地笑着。她高高的个子，背有些驼，也许是身材高了点吧，她显得比一般老人更瘦削一些。她穿了一件大襟褂，衣扣是青铜的，早被那双生了一层茧壳的手指摩擦得锃亮，缀在青色衣服上，看去好似黑夜中闪动的几颗星星……我问老人姓什么，她笑眯眯地坐在井边，用手蘸着水，描了"郭秀云"三个字。这三个字圆圆的、大大的，像三朵不知名的花儿……我说："真好看呢！"老人站起来，拍打着腿上的土末："这是村里教书先生早年给取的，人家都说好呢……不过你还是叫我'云奶奶'吧，都这么叫惯了。"她让我到她的小土屋里去玩。这使我有机会看到有生以来遇到的一间最奇怪的屋子。

从外边看去小屋很矮，里面倒很宽敞，因为屋子底部是凹进地平面的——老婆婆说这样的房子冬暖夏凉。她的家具样式也极为古怪，高高矮矮，排列散乱，有的像柜子，有的像小橱。无论是拔来的野菜还是采来的蘑菇，都分类放在家具的一层层方格里。那家具都很粗重结实，上面糊着厚厚的牛皮纸——我越看越觉得奇怪，仔细一瞧，才发现它们都是用土坯垒起的！

我心头淌过一丝怜悯。我问云奶奶："您再也没有别的亲人——没有孩子吗？"

"孩子？"云奶奶望着我，嘴里嘟囔了一句什么，坐在土炕上。她扯起我的手，放在她宽厚而僵硬的手心里搓揉着，眼睛望着焦黑的屋梁。停了一会儿她才说："有个儿子，活得不争气，死了……"

我抽出手，睁大眼睛望着她。

老人只是望着屋顶。她满脸的褶皱变得更深、更密了，眼神显得那么暗淡。我有些后悔，心想也许问到了什么不该提及的事情。老人的儿子是怎么死的呢？

我总想帮老人做点什么。我看到云奶奶每天用一个绛色小瓦罐来井边提水，于是就在输水管上给她接出一个小水龙头；又找来电线和拉线开关，给她安了一盏电灯，使小土屋有了比以往任何时候都明亮的夜晚！云奶奶兴奋极了，非给钱不可。

"国家用你的井也不花钱嘛。"

"这花什么钱？井水是从地里冒出来的！"老人仿佛觉得我在提一个可笑的问题……但争来争去，我还是没收她的钱。

我来到小树林，觉得它变得格外美丽。那树的叶片油绿油绿，枝枝丫丫在空中交错着、纠扯着，阳光从空隙里费力地穿射过来，又让叶片的绿色染成一条条奇妙的光带。蝈蝈儿叫着，小鸟儿跳着，飞行技术不很高明的蚂蚱在树棵间起起落落，有时还撞到了我的脸上……

就在这天半夜，我睡醒起来，听到了一阵奇怪的呼唤："呜——喂——"

声音低低的，非常沉重，像是从近处发出的，又像是从很遥远的地方传来。在秋风瑟瑟的深夜，这种声音有些使人害怕。我推开泵房小门，谛听了一会儿，分辨不出这声音是怎么来的。重新躺在了床上，不知怎么竟幻想起这呼唤是从井底传出的，于是就翻身下床，按亮了手电——幽黑的井筒里，青苔上悬着水珠；水面在手电光圈里静静的，没有一丝波纹……然而这时又从很遥远的地方传来了呼唤声——小树林？小土屋？……

"呜——喂——"

这一夜，我再也没有睡着。

天亮后，我看到了云奶奶，告诉她晚上有些害怕。"我来和你做伴吧?"我摇摇头，只要求老人夜里亮着灯——不远处有一扇明亮的窗户，大概会给人壮胆的。老人听后安慰我说："你甭怕，俺这儿是规矩地方，再说我的屋就在一边。"她笑着，把那只大手按到了我的头上。停了一会儿，我觉得这只手活动起来——啊，她在轻轻抚摸我的头发，这只结满了茧壳的手原来是这么温柔！她的大手从我的头发上滑过，触到了我的脖颈，又回过来拨弄我的眼睫毛，一下下地拍打我的后背……我一动也没有动，只觉得心中一股暖流涌过，脸颊有些烫。突然，这只大手停住了，接着抓住了我的肩膀，抓得好紧。她久久地看着，嘴里轻轻说："我那孩子要是活到这会儿，该是多大了呢？噢，他走那会儿十六，十六岁……"

她的眼睛一动不动，像僵住了似的，那双手在我的肩头很厉害地抖动一下。

我马上想起了不久前在小土屋，她提到儿子时那痛楚的表情。

144

我安慰了她一声。

云奶奶没有回答。她把手从我肩上拿下来，慢慢地坐在井台上。

"我这一辈子，只做了一件对不起人的事。"云奶奶看着我，摇摇头，"我不该生那个不争气的孩子……"她使劲把头探到井口上，费力地瞅啊瞅啊，仿佛要看穿那黑洞洞的井水一样。停了一会儿，她抬起头，那双眼睛却带上了一层晶莹闪亮的东西。她回忆着往事，喃喃着：

"十六岁，好壮实的孩子啊，小名叫'五儿'，从生下来就没有离开这土屋，是个老实巴交的孩子。他两腿叉在井台上，一口气就能提上一百多罐水，老喊着：'妈妈，妈妈，再浇什么？芸豆？黄瓜？'我说：'好孩子，你那力气就是使不完哪！不浇了，什么也不浇了……'他的力气真像没有完似的。就在那一年，也是个秋天，黄瓜结最末一茬纽儿，来了一队土匪，抓丁，拉走了他，走的时候又骂又哭……他再也没有回来。有人亲眼见他开枪……他后来就死在外面了……"老人说着声音有些哽咽了，"我再也没有了孩子，剩下一个人了。我不该生这个不争气的东西，他开枪打人……可我，我想我的亲骨肉啊！夜里睡不着，坐起来往这窗户上看，老听着五儿提着水罐喊：'妈妈，妈妈，再浇点什么？'……我想孩子，我想的是原来提水罐的那个五儿啊……"

云奶奶的泪珠从眼眶里流下来，又在一脸深皱里闪亮……我紧握老人的双手，久久地说不出话来。我明白了眼前是怎样的一位老人，明白了她需要怎样的一种慰藉。我心中一阵激动，不由得伏到了她的怀中:"云奶奶,您就把我当成自己的女儿吧……"

老人慢慢站了起来。她那瘦削的身子微微弓着,像害怕似的向后退开一步,嘴里连连问:"做我的女儿? 做我的女儿? ……"她的身子明显地颤抖起来,并且越来越厉害。那双眼睛盯在我脸上,大股的泪水涌出来……她放声哭了,随后转过了身去……

一个老婆婆的哭声特别使人害怕! 我喊了一声,可她头也不回,一直奔向小土屋了。

这天夜里,我又听到了那奇异的呼唤声:"呜——喂——"一阵阵、一声声,与草木之声合到一起,悲凉凄切。我决心要弄明白是怎么回事,就壮着胆子奔出泵房,久久地站在林边草地上。我终于听出这声音是小土屋里传出来的,原来那是云奶奶在深夜呼唤啊,她在喊"五儿"……

脚下,月光洒满了青青小草,露水沾湿了我的裤角。我一动也不能动了……

云奶奶好多天没有出来。当我再一次看到她的时候,她有些消瘦,精神也不如过去。那些痛苦的记忆在折磨她。但我明显地察觉到,老人待我更好了。她常偷着取走我该洗的衣服,暗中去我床上放一个煮熟的鸡蛋;有时站在那儿打量我半天,见我衣服上有一丝草屑也要过来捏掉……我望着她那高高瘦瘦的背影,心里充满了怜悯,但在同时,却像是受了什么提醒一样,心里不时地想着:老婆婆有个土匪儿子! 大千世界总不成全完美:尽管五儿是给拉走的,尽管这事也许算不了什么,但如果没有这一切,不是更好吗?

这几天,也不知电路出了什么毛病,闸刀开关上的保险丝一次次地被熔断，电机转转停停，常常影响供水。我反反复复地更换着保险丝，心里烦躁极了！更令人不安的是，几天之后，泵房里的电机竟然烧毁了！

烧毁的电机送到了机电队办公室。在各种目光的注视下，我像一个等待发落的罪犯。老吴师傅认真地检查着电机，问这问那，使我非常尴尬。自参加工作以来，第一次发生这么严重的事故，而我又对事故的原因一无所知！

几天过去了，没有派我重去电泵房，也没有派别的人。听说水塔和自控水井已经投入使用，云奶奶那口井只留做辅助井。也不知与事故有无关系，有关领导偏在这个时候决定要收云奶奶的电费，还说这和借水井是两码儿事，并责成我向她说明……

电机修好了，但事故的原因并没有找出来。班组的人们七嘴八舌地议论，说什么的都有。有的甚至怀疑：电机是否被破坏？"破坏"——一个多么可怕的字眼啊！我仿佛看到了一只黑手伸向电机……我不敢相信，可也不敢否认。最后，当决定谁去泵房的时候，老吴师傅令人感激地再一次提到了我……

怀着一颗忐忑不安的心，我第二次来到了泵房。

云奶奶更瘦了，看得出她在焦虑地盼我。我想告诉她收电费的决定，但总有些不好意思，最后还是鼓足了勇气跟老人说了。没想到老人却觉得这再合理不过："就是嘛，哪有点灯不花油钱的？"

当天下午，她就缴了电费。那钱是按月份包在一个个红纸包里的……

不久，工程处施工质量总评开始了。总结会上，领导再一次提到了烧毁电机的事故,虽然没有指名道姓,我却差一点儿当众哭出来……有人私下告诉我,烧电机的事正在研究处理意见。还有人让我认真考虑发生事故的原因:是否……是否……天哪,为什么这么多"是否"!

整整一天,我的头都昏昏沉沉的。回到泵房,已经很晚了。板棚里静静的,云奶奶正坐在床上等我。我看着她脸上深深的皱纹、沾了草屑的白发,好像是一瞬时才认识到:除了我之外,这泵房的大门唯有对她才是敞开的,她可以随便进出……我的心立刻沉了一下。我淡淡地说:"云奶奶,您……再不要进泵房了。"

"不要紧,我又闲着没事!"云奶奶爽快地答道。

"我是说……我们有规定,'非工作人员禁止入内'。"

"噢?噢噢!"云奶奶先是一愣,接着麻利地跨出了泵房。

她远远地站在门外朝这儿望着,那目光不知是谅解,还是留恋,然后就慢慢转身走了……

这个夜晚我怎么也不能睡去。烧毁电机的原因像块石头压在我心上。夜已经很深了,万籁俱静。只有井壁上渗出的水珠落到深处的水面上,发出一声声沉闷的回响。我用手电照照水井,又一次看到了那褐色的砖壁、那新旧交错的青苔,看到了那墨一样的深水。这井水有多深?深深的井底潜藏了什么?这恐怕是永远也估摸不透的谜……我需要好好地总结一下这一段的工作了。

半夜时分,我正强迫着自己睡去,突然又听到了那低沉而缓慢的呼唤:"呜——喂——"我一惊,立刻从床上坐起来。云奶奶又在呼唤她的儿子了!我一动不动地贴在板壁上听着,像过去一样害怕。我想也许是不让她再进泵房刺激了她,令她今夜分外孤独?

我的思绪随着这"呜喂"声飞远。我开始回忆着和云奶奶认识以来的每一个细节。记忆里特别清晰的,是她在回忆死去的儿子时,那一汪泪水,那颤抖的手指,那沉沉的目光……是啊,老人是太爱她的儿子啦!

外面,她还在呼唤。那声音由轻到重,由缓到急,在这野外的夜晚清晰地震颤……我再也睡不着,就轻轻推开板门,走向湿漉漉的莒地。最后,我绕到了土屋后的小树林里。

夜栖的小鸟被惊飞了,摇落几滴冰凉的露珠。月色很亮,可以看到大滴的露水跌到沙土上,又被吮干。小土屋的后门半掩着,那儿透出了灯火。云奶奶在小土屋的中间踱着步子,也许忘记了电灯的存在,手里还端着一盏油灯。她身上披着那件青襟褂,几颗铜纽扣闪着亮。她小步挪动,两眼直直地望着前面,嘴里连连呼唤着:"呜——喂——"

她原来这样不停地呼唤,是的,她是在喊"五儿"!

我怔在那儿。在这个秋天的夜晚,我知道了一个母亲是怎样思念儿子的。风风雨雨,十年、二十年,多少摧折、多少坎坷,她只是忘不了儿子……

可惜五儿死得不够光彩,这似乎是一个冷酷的、谁也没法改变的事实。我可怜眼前的母亲。老婆婆啊,你在怀念儿子的同时,会憎恨谁呢?你会恨杀死他的人?恨……我不敢想下去。但我看着那个颤巍巍的身影、那在灯下闪着光亮的白发,觉得她没有什么不敢去恨,也没有什么不敢去干的……

149

"难道是出于一个乡下老婆婆的无知和褊狭,她产生了简单的报复心理,做出那样愚蠢的举动吗?"一股冷冷的感觉涌遍了全身。

我跑回了小板棚。

盯着黑黝黝的井口,我的心头一阵隐隐作痛:如果真是她,我、我将怎样啊? 云奶奶,您大概不会怨恨我吧?

我决心将事情弄个水落石出,但又无从下手。我思虑着、权衡着,心里突然一动——可不可以给当地组织写一封信,请他们协助我破案呢? 想到这儿,我的眼前感到一阵豁亮。我在心里说:"老吴师傅,我要暗暗破一个案子了,那结果,也许会使你们吃惊的……"我飞快地摊开了信纸……

第二天见到云奶奶,我总也不敢正面看她。老人也许见我有些反常,伸手按在我的额头上说:"怎么,不舒服? 头可不热……"我扳开她的手,支吾一句就回到了板棚里。

这天有些反常:井水不足,水泵常常抽空。老吴师傅来看一下,发现是井底漫上来的沙子堵了渗水眼。他找云奶奶商量了一下,决定开始淘井。

就在这天半夜,突然下起了罕见的大雨。一阵雷声把我惊醒,我有些害怕地从窗口看那蓝色闪电。好大的雨啊,那雨水伴着狂风,就像要推倒这座小小的板棚一样。我再也不敢睡了,紧紧地倚在被巨雷震撼着的板壁上。忽然,我隐隐约约听到了一阵淌水声,正愈来愈清晰地响过来。我马上想到这会是云奶奶,心头立刻莫名地紧张起来。也不知是一种什么心理的作用,我竟不由自主地摸索出泵房。等我将身子贴在了板棚拐角时,才发现自己手里不知什么时候握起了一把电工刀子！冰凉的雨水从板壁上淌进衣领,我一动不动,只冷眼注视着那个响着淌水声的地方。

借着闪电,我看到了老人高高瘦瘦的身影。她使劲弓着腰,两手抓紧伞柄,深一脚浅一脚地往板棚走来。还离老远,她就开始喊着:"姑娘——姑娘——"

这声音透过千万道雨丝传过来,仿佛变得十分遥远。

她见没有应声,又用手合成了喇叭喊道:"雨大天冷,回我屋里睡吧——"

我屏住呼吸,像个木头人一样站在那儿。雨鞭猛烈地抽在我的身上,寒冷使我浑身颤抖,我一声不吭。我一次次抹去流进眼里的雨水,睁大了眼睛看着那个身影。

她摇摇晃晃往前走去,腰弓得更弯了。雨伞几次要从她手里挣脱,她攀抓着,旋转着身子,终于没有滑倒。

她走近了！她会进去吗？她会……会动那个电机吗？我的心在"怦怦"跳,两手不知不觉攥紧了那把刀子。

她在门口张望着,微微探着头,也许是抹眼上的雨水吧？她抬了一下手。

如果她这时走进板棚,如果她摸一下电机,我会冲出去的……然而她只停了一会儿,就默默地转回了身子,还像来时一样,弓着腰,两手紧抓伞柄,趺趺撞撞往前走了。一阵大风猛扑过来,那伞突然给吹翻了。她在大雨中挣扎着,伸手去扯伞布,但总也没有成功……地下的雨水已经漫过脚背,她走着,突然身子一歪,倒在了水里……

我的身体本能地往前一倾，但两脚却没有动。我只是更紧地贴住板壁，透过雨帘望着她。

一道道的闪电划过，我看到云奶奶伸开两只细长的胳膊，那宽大而坚硬的手掌插到了泥水里，用力一撑，身子晃了晃，然后稳稳站住了……她拖住被风吹坏的雨伞，"哗啦哗啦"淌着水，带着满身满脸的泥水回小土屋去了……

我全身都被浇湿了，寒冷使我直打哆嗦，刀子掉在了地上，我也没有捡它。失望吗？庆幸吗？都不是……我从板棚后面走出来，站在了老人刚才跌倒的那个地方，望着地上被踏浑的泥水。看着水中泛起的一个个圆泡儿，我竟不能相信刚才发生的事情：眼睁睁着老人倒下，泡在这片水里，却没有扶她一把！是什么使我的心肠变得这么硬啊？雷声更大了，在阵阵蓝色的电光里，我望着那被雨水浇泼着的小土屋，望着那个为了给我壮胆而彻夜通明的小窗口，觉得好似做了一场不祥的梦。

天晴了，老吴师傅领来几个人淘井了。

就像夜里什么事也没有发生似的，我一声不吭地和他们挪板棚，收拾水井四周。因为要车干井水，井台上新架了大功率电机。

先前用的电机被挪在一旁，老吴师傅蹲在那儿摆弄着开关。突然他愣住了，接着大喊了一声，用螺丝刀指着保险丝说："这是你换上的吗？"我瞅瞅他说："是啊，怎么啦？""怎么啦？哎呀呀！"他狠狠跺了一下脚，"你怎么能这样接线呢？怪不得电机给烧了！你……"他的大手掂量着螺丝刀，好像就要砸过来一样。

我眼前像猛然炸响了几个巨雷，头"嗡嗡"响。我想说什么，但嘴有些不好使了,只怔在那儿。

老吴师傅踢着木箱:"这保险丝的负荷量是我计算好了的,没想到你会这样接它!你告诉我保险丝熔断了,鬼知道毛病出在什么地方……算我瞎了眼,老糊涂了!"

旁边的人不知发生了什么事,都一下子围过来。他把满是胡楂的脸凑到我跟前:"这是起码的电工常识,你搞成这样!唉,你是高中生吧?……"他喊完,又蹲在一边骂了几句什么。

我怕极了,这一切来得太突然了。

老吴师傅在一边搓弄着沾满油污的手掌,这粗壮的大手揍到我身上该多好啊!几天来的焦虑、愁楚,却化作了这样悲惨的、带有嘲弄意味的结局。我多么无知啊,又是多么可恨!我怎样才对得起您啊,吴师傅?我又该怎么办哪,云奶奶!……啊,云奶奶,我由于自己的无知损坏了电机,却又……天哪,这几天我都想了些什么,做了些什么啊!

一瞬间我想起了那封还没发走的"破案"信,想起了雷雨之夜老奶奶跌跌撞撞的身影,一股无法言喻的悔恨在心头升起。我不顾一切向小土屋跑去,吴师傅喊了一句什么,我没有听清。

小土屋里静静的。

这里不知怎么围了好多人,他们都默默地站在炕边。炕上,云奶奶急急地呼吸——我马上感到了不祥,尖着嗓子喊了一声,扑了过去。

人们都用惊奇的目光看我。医生赶忙制止:"不要这样,不要……"

一个人小声告诉我："老人可能被雨水激着了,发烧,昏迷过去,医生说不要紧的。"

"啊,被雨水激着了!"我流着泪,说不出什么。那个夜晚,天知道我是唯一在场的人,眼睁着她跌在水里,趴在板棚后面,手里还握了一把刀子!

我不忍心再看下去,转过身,却发现搁在泥桌上的一摞儿东西:给我洗得干干净净的工作服,压平了放在那儿;上面还有一个鲜红的纸包,那是当月的电费吧?……

我抹去了泪水,真想迎着老人跪下去……

……

井淘过了。这口望不透的深井啊,到底藏下了什么秘密?人们淘出了一堆淤泥烂沙,淘出了一堆碎瓷片,还有一个大吸水龙头……云奶奶听说淘井了,没等病好就拄着拐杖出来看了。

她蹲在那堆泥沙旁边,目光很安详,仿佛淘出的这一些东西都在她的预料之中。她用手翻弄着说:"看见了吧?这都是淤了多少年的东西了啊!那几个铁块儿,是大炼钢铁那年,拆辘轳掉下去的。打那儿起,我就改用瓦罐儿提水了……"

老人又用拐杖指指那个大吸水龙头说:"这是'大跃进'呢,有人来告诉我,说这井要归公了。我就说:'归吧,归吧。'社里在井上安了锅驼机,水龙头就是那时掉下去的……"

她说着,目光又转向了那堆儿瓷片了,脸上不知怎么漾起了一层笑容:"这堆瓷片啊,是那几年村里娃娃扔的,他们嚷:'填井喽,

填井喽,填了活该喽……' 我赶走了这帮娃儿,这帮淘气的娃儿哟……"

老奶奶坐在那儿,像拉家常似的数叨着,我听了心里却十分激动……由于淘井碍事,空空的板棚挪到一边去了。我把床铺安在里边,请老人进去坐一会儿。老人却依然把它当成以前"禁止入内"的泵房,端量着摇摇头:"不了,不了,我不是'工作人',是不能进去的……哎,孩子哟,还是你出来吧! 出来……"

我赶紧奔到她身边。

她把我揽在怀里,抚着我的头发。我的心急急跳动。她这时突然问:

"我给你梳个头吧?"

这声音有些颤,像在恳求! 我没有回答,只是更紧地依偎着老人。我在心里说:"云奶奶啊,您在给您的'女儿'梳头了,可她还不配做您的女儿。她一定好好学着生活。等到那时候,她再响亮地喊您'妈妈'吧!"老人用她那双做母亲的手,轻轻拆开了我拢好的头发,又仔细地伸开手指梳理着,嘴里一边嘟囔着:"扎个帚把把,编两根粗辫辫,用石榴红头绳……"

她给我梳好了,端量了好一会儿,才满意地转身走了……我看着她那微微弓起的身影,伸手往脑后摸了摸:啊,是两根粗辫辫!

我的眼里涌出了泪水,老人的影子越来越模糊了。我想掏出手绢,却摸出了一沓儿纸,正是没有发走的那封信……看着我亲手写下的那满纸稚拙的字迹,大滴的泪珠滚落到了上面……

我会永远保存着这封信。

155

身后的小树林里吹来一股浓郁的千层菊的香味,传来了一阵阵鸟儿的欢鸣。我抹去了满脸泪花,望着这秋天的世界……天空,碧蓝碧蓝的天空啊,那么高远、爽朗;原野,葱绿葱绿的原野啊,那么辽阔、平坦。多么美好的秋天!无私的大自然到了最慷慨的季节。在这个季节里,人应该是聪颖的、勤劳的,也应该是正直的。每个人都要为这个季节增添一点美……

井淘过后,那水果然更足、更清、更甜了。电机"嗡嗡"叫着。吸水管爬在布满青苔的井壁上。水流急速流过,发出了奇特的声音。

井是古老的,然而水却是清甜的、透明的,它从深深的地下流出来了……

1982 年 1 月写于济南

声　音

芦青河口那围遭儿树多。大片大片的树林子,里面横一条小路,竖一条小路,非把人走迷了不可。因此河边的各家老人都常常告诫自己的孩子——特别是姑娘:没事儿,千万不要往林子深处走!

可二兰子倒满不在乎。她常钻到林子深处割牛草。家里人阻拦她,她就说:"不怕,不怕,我到年都十九了!"妈妈脸一沉:"十九了更不好!"二兰子把一截草绳儿往腰上一扎,提起镰刀说:"我去!我去!我偏去嘛⋯⋯"

她这句话里带着怨气。家里养头老牛,肚子比碾砣还大,地上放捆嫩草叶儿,它伸出舌头抿几下就光了。大弟弟忙着复习考大学,小弟弟要进重点班,唯独她不被看重,忙里忙外,出工前还得去割一大早的牛草。割就割吧,她没上几天学,管"太"念"大",常常忽略中间那"一点儿",还不得割牛草吗?可近处的青草全被人割光了,不进林子深处行吗?谁愿跑路怎么的!她觉得妈妈太不体谅人。

好在二兰子还从没有迷过路。

早晨，还是很早的时候就进林子了。一路上，也不知踢散了多少露珠儿。太阳升起来了，光芒透过树隙，像一把长长的剑。小鸟儿就像不闲嘴儿的小姑娘，吵死人了！还是老野鸡性子缓——多长的时间才叫一声"喀喀哒"呀！二兰子总是这样：不管心里多么不痛快，一进了这林子就变得高兴了。大树林子绿蒙蒙的，多宽敞啊，她很想扬起脖儿喊一句，听听自己在这树林子里的声音。她知道，树林子能把声音传出老远、拖得老长，树林子真好哩！可她憋住了，她要赶去割草呢。她只瞅着脚下的草叶儿，急急地走。

她走着，地上的草叶儿嫩极了，一簇一簇，顶着露珠儿，闪着亮儿，二兰子还不割吗？不割！不割！她继续往前走着……地上的草叶儿墨绿墨绿，又深又密，简直连成片儿了，二兰子还不割吗？不割！不割！她还是往前走……又穿过几排杨树，跨进了杂树林子。看吧，这里的草叶儿才叫好呢！青青一片，崭新崭新的，叶片儿宽板板、长溜溜，就像初夏的麦苗儿。那草棵里面还有花哩，红一朵，黄一朵。二兰子先拣一朵大的插在头上，然后才解了绳儿，举起手里那把雪亮亮的镰刀……小鸟儿在头顶"喳喳"地叫了几声，清甜的空气直往鼻孔里扑，二兰子高兴极了！她盯着那镰刀刃儿，镰刀刃儿锃亮锃亮，反射着阳光，耀得她眯起了眼。四周空荡荡的，一个人也没有。她脸儿红红的，四面儿瞧瞧，心里一热，不知怎么脱口喊了一声：

"大刀咪，小刀咪——"

呀，满林子都喊哟！二兰子听到自己那声音了，听那尾音儿，在林子里还引起了一阵"啦沙沙沙……"的震动。二兰子恣得闭上了眼睛，一溜睫毛显得格外长、格外密。她大仰着脸儿，眼也不睁，嘻嘻笑着又喊一遍："大刀唻——小刀唻！"

她喊完了，大气儿也不出，只用心听着那尾音儿。

这回的尾音拖得特别地长。奇怪的是，它好像飞到了老远的地方，又从那儿折回来。声音已经变了。二兰子听着愣住了！她一个字一个字地分辨着：是哪个小伙子在老远的地方接着喊哩！听听，他还在喊哩：

"大姑娘唻——小姑娘唻——"

二兰子赶紧藏到了一丛灌木后边。她听出那声音是从远远的河西岸传过来的，才从灌木丛里走出来。不过她一颗心还在"怦怦"跳着，胆怯地向着河西岸望去———一团绿色又一团绿色，苇行、灌木，遮得严严实实，哪里看得见啊！不过这声音却是蛮嫩气，听那调儿，还是喊的普通话。二兰子小声骂一句"该死的"，就弯下身子割草了。

这天，她只默默地割草，连大声哼一句也不敢，生怕河西岸听见似的。割成了一大捆儿，她就无声地扛起来，踏着那林中小路儿回家了。

以后的早上，她每每来到林子里，刚要弯腰割草，就会听到河西岸那人在喊。"喊吧，喊吧，有谁理你才怪！"二兰子在心里说着，下狠劲儿割着草，头也不抬。她挥动着镰刀，胖乎乎的手脖儿在绿草丛里一掩一露，像一截儿洗得白嫩嫩的藕。割呀割呀！割得草叶堆成小山，老牛吃得肚儿圆；割呀割呀，她一口气割了十天。十

159

天里有十个早晨,有十次踢散那林中小路上的露水珠儿,也有十次听到那河西岸的呼喊。呼喊,呼喊,显你小伙子嗓子脆啊!显你小伙子甜咪嗦嗦(方言,意为"爱在女人跟前讨好")啊!二兰子烦他。她这会儿开始后悔了:一个姑娘家,干吗在树林子里乱喊呀?你就不知道这树林子特怪——能让声音大上几倍吗?

二兰子以后割草时,故意用心听那鸟儿吵嘴——这就能忘了那个小伙子的声音。可是几天之后,她突然觉得这无边的林子里好像少了些什么。少了些什么呢?花也在,草也在,鸟儿也在,手里的镰刀也在——少了些什么呢?她干活不勤快了,再也无心割草,默默地贴站在一棵大杨树上,伸出镰刀刮那衰死的老皮儿……她刮着刮着猛然记起了:是少了他那喊声哩!——他从河西岸走了吗?他哪儿去了?他怎么就一连这多天不喊哩!

二兰子扛着草捆儿回家,走在路上都没劲儿。她是太累了。

早上回到林子里,她清了清嗓子,面向河西,用甜津津的声音喊了一句:"大刀咪——小刀咪——"

树林子哟,树林子哟!树林子又把这声音传走了,那尾音儿不消不失,颤颤悠悠,像琴!像箫!像笛!像鼓!二兰子料定这声音是那千千万万片叶子传动的,要不它们怎么老是"刷刷"地动呀?她半个脸贴在树干上,她等河西岸那个声音。正在她的心急急跳动的时候,那声音果然又一次传过来了:

"大姑娘咪——小姑娘咪——"

二兰子笑了。二兰子蹲在地上了。二兰子解了草绳儿。二兰子挥起雪亮亮的镰刀了。这个姑娘真能割牛草!

这天晚上,二兰子回家后怎么也睡不着。这都怨那月亮太亮了些,把个窗外的树叶照得绿莹莹的,怎么能让二兰子不去想那树林子、那树林子里的草?她今晚镰刀就搁在窗台上,盯着在夜影里放光的刀刃儿,自然净想些割草的事儿了。十八九的姑娘了,俊俏得全村没有第二个。奇怪的是这么俊的姑娘,这会儿竟迷上割牛草了。早几年全村里都穷,她和别的姑娘一样,读了两天半书就回家下地了。在田野里,她们都是成帮成群的,穿着镶白腰儿的蓝粗布裤子,赤着脚儿在柳行里跑、跳,拔刚露尖尖角的苦苦菜。苦苦菜做的小豆腐真香啊,妈妈一边吃一边夸,说村里这帮子姑娘黑头发、大眼睛,都像一个模子里扣出来似的,哪一个大了都能找个好婆家……二兰子一点点大了,再也不拔苦苦菜了。但如今她要割牛草。她想:"割吧,割吧,割到找婆家!"她睡不着,就想那林子,想来想去,竟觉得河西岸那青草一准会比河东岸的多——河东岸那青草原来不算多,也不算嫩!

天亮以后,她踏过一座小独木桥,进了对岸的林子了。这儿的青草果真嫩、果真多吗?二兰子看不出来。她只是带着几分好奇似的蹲下身来,悄没声地伸出了镰刀……林子里的鸟儿也许吵累了,四周静得很,空荡荡的林子里,只有她那挥动镰刀的"嚓嚓"声。

割了一会儿,她听到了有人在不远的地方喊了一声。她的手一颤,镰刀滚到草丛里去了。她不知怎么有些慌乱,站起来,很想回应一声"大刀唻、小刀唻",却用手紧紧地掩住了嘴……绕过了几丛灌木,二兰子偷偷地趴在树枝下看着。她终于看到一棵皮黑如铁的老弯榆下,正有个人面向河东,用力地喊着。"是他了!是他了!"二兰子心里叫了一声,随手用镰刀狠劲儿扫了一下跟前的灌木丛。树丛发出了一阵"啪啦啦"的响声。

那个人赶紧转回身来。二兰子看真切了,也差点儿喊叫出来——这哪里是个小伙子啊:矮矮的个子,瘦干干的脸;一双眼睛陷得有点深,使上眼皮和眉骨处有一道深纹儿。他挺直身子站立着,那头颅也要往前探出一截儿——他是个罗锅儿! 二兰子大失所望,觉得他就和身边那棵老弯榆差不多。他有二十八九岁了吧?她惊讶得嘴巴张得老大,在心里叫着:"天哪! 天哪! 这样一个罗锅儿,还有那么嫩气的嗓子,还会说普通话,只听那嗓门儿、那声音,你会以为他是个多帅的小伙子哩。声音骗煞人!"

罗锅儿看到了二兰子,一下子怔住了! 他把身子久久地贴到老弯榆上,让粗粗的树干挡住自己的脸。过了好长时间,他才不得不从树后走出来。

二兰子见他走了过来,警惕地问了句:"干什么?"

"哦,割牛草,割牛草……"他慌促地点一下头,蹲到了二兰子的脚下。

二兰子退开一步,才发现原来自己刚才站立的地方,放着一根麻绳儿、一把窄窄的小镰刀……

他们都割开了牛草,谁都不说什么话。小罗锅儿敢藏在树丛里喊"大姑娘","大姑娘"真的来了,他却怕羞似的一个人跑到一边割着草。也只是不一会儿的时间,他就割了好大的一堆,速度快得简直让二兰子吃惊。他异常麻利地将草捆儿打好,然后就倚在草捆上,掏出个小本本看了起来,嘴里不停地咕咕哝哝……

几天过去了,他们两个都默默地干着。二兰子看小罗锅儿还算老实,从岁数上分属于另一搭儿的人,自己又耐不住寂寞,就上前搭讪着说起话来了。她知道了他大号叫李双成,就是西岸村子里的,负责队里三头老牛吃草。二兰子也告诉了自己的名字,告诉自己成天早晨在河东岸割草。小罗锅儿一双明亮的眼睛看着她,笑笑说:

"听你那声音真甜脆哩!我怎么也想不到是个割牛草的。我还以为是个戏子哩,出来练功……"

二兰子热得解开衣怀,露出了一件薄薄的、带小碎花儿的衬衫。她笑着把镰刀钩到肩头上说:"咱不是戏子,咱还不识字哩……"

小罗锅儿站在她对面,温和地笑着,每听一句就点一下头、咽一口,那颏下的喉结也随之上下活动一次,好像不仅全听准了,而且记住了、装到肚里去了!

二兰子还是第一次遇到这么重视她讲话的人,心里一阵畅快,就说了好多好多。

第二天,二兰子割草的时候,小罗锅儿就立在一旁看。他觉得她这样是割不快的,于是就要过了二兰子手里的镰刀。

也要做个示范动作了。

他背向着二兰子蹲在了地上,头也不回,只示意她看准、看透彻。然后,他右腿跪在了地上,左腿向一旁伸开,上身儿向前伏去,再伏去,就像要倒下似的。这时候,那右手里的镰刀才伸出来,那左手的手指才拢到一起。镰刀动起来了:不是推,不是拉,不是砍,也不是割,而是像在草丛间划小圈儿!那左手配合得也叫好,触着抖动的草叶儿,一按一转,拍拍、拢拢,就像揉面团似的……青青草叶贴着地面给齐齐地割下来了,变成一卷一卷、一堆一堆。他就在这绿绿的草堆儿里活动着,整个身子有规律地晃动、俯仰,从容不迫地向前推进,就像游泳一样。

二兰子看得傻愣了!

她马上要过镰刀,就像小罗锅那样把身子靠近了地面,一招一式都仿他。但她动手割时,总不甚得劲儿,不但割不快,还差点割了手指……二兰子有些懊丧地跳了起来,请他重做一遍。她这次眼睛也不眨,从后背看,从前头看,从他的侧面看。突然她像发现了什么秘密似的,拍着手掌嚷:

"怪不得哩,那是你自己的法儿哟,那是你一个人的法儿哟!你是借了那罗锅的弯儿……"

她喊着,高兴得什么似的。突然,小罗锅"呼"地站了起来,仇恨似的盯了她一会儿,然后"啪"地摔掉了手里的镰刀,转身离去了。

"你怎么了?你怎么了?"二兰子吓了一跳,紧追着问道。

小罗锅没有理她。他走了老远,直走到那棵老弯榆下才停了下来。他倚着树干,默默地抚摸着黑色的树皮,一声也不吭。

二兰子似乎意识到自己的话语伤了他,就不做声了。她低头看看脚下的青草,又抬头瞅一眼小罗锅,发现那双有点深陷的眼睛里,有两点火星闪了一下。她伸手从一旁的槐树上取个叶儿,放在嘴唇上,"啵"一个吮了个响儿……她说:

"哎呀,你真是个要强的人哪,看不出来!"

他没有做声,只深深地看了她一眼,又回到原来的地方忙活去了。

像过去一样,也是刚过了不大一会儿,二兰子就看到他靠在捆好的草捆上读那个小本本了。她觉得新奇,就走到近前问他读的什么。他翻动着书页,头也不抬地说:"没什么,一本书……"

二兰子问:"上边有描的花儿人儿吗?"

他摇摇头:"上边净是字儿……"

二兰子鄙夷地撇撇嘴:"哟哟,那能看出个什么来!"她嚷着,突然又想起了什么,问,"你一直在这儿割牛草吗?"

小罗锅摇摇头:"刚割了半季。我原来在学校里教书……"

"你教书?!"二兰子吃了一惊。

他点点头:"是个'民办'。后来师范毕业生多了,'民办'有的要下放,我就给下放了。"他说到这里惋惜地搓弄着手掌,又碰碰身下的草捆说,"老支书让我割牛草,他说:'你身子骨不硬,那活路也轻松……'我就来割牛草了。"

二兰子赞同地说:"割牛草好! 瞧你一会儿就割下这么多,然后净落得玩儿了。"

小罗锅听了,却激动得从草捆上跃起:"那我就割这一辈子的牛草吗?"

二兰子看着他那样儿,觉得一阵阵好笑,心里说:"割一辈子牛草有什么不好? 连我也割牛草咧!"

小罗锅额头上渗着汗珠儿,涨得红红的。停了一会儿,他才蔫蔫地躺在了草捆上。他长长地吸了口气说:"听说公社工艺制品厂要招懂外语的,这会儿正物色人呢,我想去找管工业的张书记……"

二兰子愣了一下:"你连外国话也会说?!"

小罗锅摇摇头:"还不能算是很会说……"

二兰子觉得有趣极了。她一迭声地喊道:"'镰刀'怎么说?'割牛草'怎么说?'大树林子'怎么说?"

小罗锅很认真地一个个说了一遍。二兰子笑了:"也听不出什么来,不过还真是怪好听的……哎呀你真能哩!你怎么学的?"

小罗锅两手枕在头下,大仰着脸儿,望着那插向天空的树梢儿,好久没有做声。停了会儿,他声音缓缓地说:"我是来割牛草才开始学的。每天早晨,我天不亮就来到这林子里,背单词,练发音,露水珠儿滴到我脖子里……等树林子亮起来,我就合上书本,伸一个懒腰,要割牛草了。那时候我已经学了一个大早,心里兴冲冲的,河东岸喊来一声,我就应她一声……"

"你应什么不好呢?你偏喊'大姑娘'!"二兰子装着生气地插上一句。

小罗锅的脸红了。他把身子扭到一侧,避开了她那目光。他接上说:"我学得真难哩!背一个大早的单词,割一捆牛草就全忘光了。我差不多都要急哭哩,我学不成了吗?我不想它。我只知道自己这个人有股特别的拗劲儿,用来学外语正好!我只想:英语单词啊,你真难对付!你是什么做的?是生铁、是石头、是金子吗?我要一点点地磨,把你磨成粉面!我只想:人就像这林子里的鸟儿那么多,多么巧的嗓子都有啊,要用上我,我就得比他们高出一大截儿……"

二兰子敬佩地看着他,点点头说:"你行唻,你去制品厂呗,你是不该割牛草……"

小罗锅瞪着眼睛,像僵住了一样,直直地瞅着她。直停了好长时间,他才说了句:"明天,我就去找公社张书记!"

第二天,那是一个大晴天。

二兰子知道他去公社了,她要一个人呆在林子里的,但她却早早地来到了原来割草的地方。她无精打采地拉了半晌镰刀,胡乱收拾起一地散乱的草叶,然后就坐在那儿,用镰刀刨着湿乎乎的泥土玩儿。快近中午的时候,身后树叶"刷啦啦"响,小罗锅来了。二兰子一见,立刻从地上跳起来问:

"张书记准你了吗?"

小罗锅不言语,倚在了二兰子刚刚打好的草捆上。他停了会儿说:"张书记亲自跟我谈过话哩。他说如今不会埋没人才的,不过已经有好多懂外语的来报过名了,厂里决定通过考试取两名……"

"哎呀,才取两名!"

"就是取一名,我也要去应考的!"小罗锅声音低沉,但却非常有力量。

二兰子不言语了。不知为什么,她这会儿老在担心小罗锅会考不中。

小罗锅斜躺在草捆上,抽根草梗儿在嘴里咬着,皱着眉头苦笑

了一下。他仰望着树隙间那蓝蓝的天,突然问了句:

"二兰子,你……生下来就这么好看吗?"

二兰子毫无准备,脸蛋儿马上红了。她把脸转到了一边,生气地撅起了嘴巴。

小罗锅似乎并没注意她的表情,仍在仰望着天空,接着刚才的话茬儿说下去:

"你长得多好看哪! 你太有福了……哦哦,这是天生的,花钱也买不来的呀……我哩? 我生下来弱得不像样子。爸爸要把我扔到沟里,是妈妈抱住了我。你看,我就是这样活下来的——好像压根就不该活下来一样。不过我活下来,就要像个人一样地活! 那些混乱年头里,一个身上有缺陷的人受的欺辱格外多。可就是在那时候,我夜里做梦也梦见读过的书,书中那些建立伟业的将军……妈妈常常说我:'孩子啊,你这样不好,你太能争强好胜了!'我问妈妈:'人,不就是要争强好胜吗?!'"

二兰子很感新奇地望着他,觉得他拗极了。她像自语似的重复着他的话:"梦见……将军!"

他说着说着激动了,一下子站了起来,急急地在地上走着。那窄窄的额头上又热汗涔涔的了。他昂头看着二兰子说:"做人就是要讲究这个,怎么我们非得割一辈子牛草不可呢? 我们不行吗? 我们都行! 割牛草行,干别的,也保管行咧!"

二兰子手里握着一束草叶,一边编弄着一边笑吟吟地说:"你行哩,咱不行,咱连个字儿也不识。咱割牛草,割到找婆家……"

小罗锅听了,猛地转过身来,直直地仰脸望着她,那神情里有惊愕、有惋惜,甚至还有不能抑制的愤怒。他就这样望了一会儿,那声音突然变得嘶哑了,低低地呼喊着:"你不行吗?哎哟,你十九岁活灵灵,怎么能不行?!听你那嗓子,你能唱戏哩!瞧,你那眼,大双眼;那眉毛,又尖又细又长啊!你那身条儿,啧啧,走起路来……哎哎!你怎么?!你平常不知道照镜子、照大镜子吗?"他说着,两个按在膝盖上的手掌微微抖动。突然,他又看到了什么,一把夺过了二兰子手里正编弄着的那个东西,放眼前细细地瞅,那略微有些下陷的眼睛越瞪越大。他看着看着,"呀呀"地喊了起来:"看哪看哪!这就是你刚刚儿——一忽儿编出来的吗?哎哟,多好的一头小草马呀!你多能、多巧啊!简直能当'编匠'哩!你就不知道看看你自己!你还说不行,你干什么都行——你看我,再看你——你怎么还说不行呢?!"

小罗锅急切切地望着二兰子,激动得不知怎么才好,那下颏骨不停地颤动,一双手在腿上使劲地摩擦了两下,又转身在地上急急地走动起来。

二兰子惊住了!她呆呆地望着他,一动不动地望着。望着望着,突然她肩膀一抖,不出声地哭了!

泪水顺着脸颊流下来,晶亮晶亮的。她伸手抹了一下,那泪水越发涌得快了。最后,她竟"呜呜"地哭出了声音,使小罗锅吃了一惊。

"二兰子……"小罗锅叫着。

二兰子就像没有听到,只是哭着。

"你怎么不吱声儿呢?"

"呜呜……"她哭着,两手捂在脸上,使劲儿摇了摇头……她今年十九岁了,十九年来,有谁这么看重过她、为她激动成这样呀?没有!谁都没觉得她一辈子割牛草有什么不好。她仿佛一瞬间又看到了那个破了半边的菜篮子、带着一截铁链的牛缰绳,还有那十九年里踏烂了的、至今还没舍得扔掉的大大小小的粗布鞋子……她哭啊哭啊,泪水把花衫儿都打湿了。

小罗锅紧紧盯着她那抽动的肩头,这会儿终于明白了她在哭什么!

二兰子抹着眼角的泪花问:"我除了割牛草,干别的能行吗?"

"行!人若有志气,铁杵磨成针……"小罗锅非常肯定地回答……

停了好一会儿,他们才稍微平静一些。

灿烂的阳光照耀着林子,那树干、那草地,一切都抹上了一层银样的东西。到处都在闪光啊。树林子到了喧闹的时候:风声、鸟声、远方的人声……小罗锅大概激动之后变得疲劳了,又斜躺在了草捆上。阳光透过头上的枝叶落在了他的脸上。他这时喃喃地、怀着无限的柔情,用一种最美的男中音说:

"二兰子,你听咧!你听咧!你听这大林子里多热闹啊!风在吹箫,树叶儿奏琴,小鸟在歌唱……你就不觉得这是一曲挺好的交响乐吗?当我割完牛草的时候,当我学累了休息的时候,我常常爱一个人在林子里,默默地闭上眼睛听哩。我在听什么呢?我是在听这世上各种各样的音儿。我常常想:一个人,难的是不断地看准他自己。我们就不该给这林子添上一种声音吗?我们也有自己的嗓子,我们怎么就不该喊出自己的声音来呢?"

二兰子一边看着绿色的林子,一边听着甜美的画外音。她似乎是真正地听懂了,这会儿严肃地点了点头。

这天,他们谈了很久,分手时已经很晚了。小罗锅最后告诉她,他已经做好了应考的准备。

……

他们分手了,小罗锅走了五天。

五天,多漫长的五天哪!二兰子一个人割着牛草,她那么想念小罗锅,有时寂寞得厉害,就一个人站到那棵曾经给她留下极深印象的老弯榆下,望着那林梢上缠绕的乳白色的晨雾,喊几声"大刀唻、小刀唻"。每每喊完,她就觉得痛快,也觉得好笑:"这么喊,可是我自己发明的!"

第六天,小罗锅来了!

他穿了一件崭新的衣服,那头发也细细地梳过……二兰子似乎并没有特别注意这一切,只兴奋地迎上前去。但他却"哎、哎"地往后退了一步。二兰子恼火地问:"你怎么结巴开了!"小罗锅挠着头:"没、没有结巴……"停了会儿,他走上前来说,"二兰子,我、我今天是……不割牛草了!"

二兰子这才注意到他今天根本就没带麻绳儿、镰刀。

停了半晌,小罗锅掏着衣兜说:"咱俩一起割草有多少天了呢?我也记不准。大概……很久了吧。我今天,想送你一件礼物……"

他费力地掏着,当一条鲜艳的纱巾从裤兜里一点点扯出来时,二兰子飞快地蹦到了一边。她惊讶地瞪大了眼睛,望着小罗锅,好

171

像刚刚明白似的说:"哎呀,我总看你岁数比我大一截儿,没想到你在打这个鬼主意呀……俺不愿要!"

小罗锅像被击了一下,身子猛地一抖。他站在那儿,一脸虔诚地望着她,一条纱巾在手上颤动着。他语调平缓、非常激动地说:"二兰子,你多好哩!你到底有多么好,连你自己也不知道哩。你在我眼里像个水晶人儿,那么透亮,干净得没有一丝灰污气儿,我哪敢去想那些。我只是想:以后,很多很多年以后,我会想起在树林子里,送给过一个非常漂亮的姑娘一条……红纱巾……"

"俺不能要……"二兰子低下了头。

小罗锅怔怔地望着她,最后失望地坐在了地上。他一声不吭,用纱巾蒙住了脸,轻轻地摩擦着、摩擦着,最后放在膝盖上抻理平整,极其认真地叠好,重新装进兜里……他的头深深地低了下来,那刚刚还是粉红的额角这会儿变黄了……不知过了多长时间,他站了起来,对在低头捏弄衣角的二兰子说:

"我今天来,也是跟你告别的。我考中了,明天就去厂里报到……"

二兰子的眼睛一亮:"真的?"

"真的!"

他无比友爱地望着眼前这个割草伙伴,深情地看着她,最后礼貌地点了点头,恋恋不舍地转身走去了……

二兰子直盯着他的背影,看着他消失在一片浓浓的绿色里……她一下子坐在了地上。她瞅瞅四周,觉得那么孤单、那么寂寞。不知又停了多长时间,她才从地上艰难地站起来。望着眼前踏乱的一片青草,她突然感到他是再也不会来割牛草的了,心上不由得一紧,两眼不知不觉涌上了一汪儿泪水。她知道他刚才被自己深深地伤害了,一颗心疼得发抖,这时突然想到了什么,扒开跟前的灌木,紧跑几步,带着满眼的泪水,向前放开声音喊着:

"大刀唻——小刀唻——"

尾声在林中回荡着,传过一片"刀唻、刀唻"的声音……他能回应吗?哦哦,他能听到吗?他走开多远了呢?

二兰子屏住了呼吸,一动不动地站在那儿。她这样等了一会儿,终于失望地转过身去——但正在她往前迈步的时候,却听到了那个由弱到强、由模糊到清晰、从远方传来的呼喊了!啊,那是他从远远的林间送来的声音:

"大姑娘唻——小姑娘唻——"

二兰子欣慰地笑了。她在这喊声里抹去了泪花,随着那脸相也变得庄严了。她在想:"他走了,我也该走了,但这要怎样走呢?林子里的路那么多,横一条小路,竖一条小路……"

那尾声悠悠不绝,无边的树林仍在鸣响。这声音扩展到了一个更广阔的世界里,起落、震荡,交织成一个力的回响,深沉、昂扬,像乐章里奏出的和声……二兰子一动不动地谛听着,抿着嘴角。她四周都是高入云天的大树、是蓬蓬勃勃的草木。她谛听着,渐渐觉得自己也融化在一片无垠的绿色里了……

　　　　　　　　　　　　　　1982 年 3 月写于济南

173

山 楂 林

　　夏末的天气最热,山楂的叶子最青。这时候,山楂果儿刚结下不久,也是青绿色的。在一片青青的林子里,如果有一团红色在活动,那是再醒目不过的了,所以穿了件红衫儿的阿队和她爷爷古凿捉迷藏,净输。她趴在树上,从浓密的叶子里探出头来,丧气地眨眨那双大眼,忽闪着睫毛,问:

　　"你不是说老了,眼也不中用了吗?"

　　古凿老爷爷眯着眼睛笑了……停了一会儿,他说:"下来吧!成天地玩,那盘渔网织完了吗? 快织网去吧。"

　　阿队听了,不声不响地把头缩回叶子里。她捺着性子在树上趴了一会儿,才怏怏不乐地跳下来,向着林子深处走去了……

　　阿队的个子高高的,那已见隆起的胸脯,意味着成熟;一双清澈的眼睛比常人稍深一些,显出美丽的少女常有的那种莫名其妙的淡淡哀怨。头发! 多黑多亮的头发啊,密密的、长长的,红塑料发夹都收不拢,散散地搭在背上……但仔细端量起来,会发觉她的身材仍显单薄一些。她是个小姑娘呀,她今年十六岁。

十六岁不能算很小了。在学校的同班同学中，她的个子最高，年龄最大，自己都觉得是个大姑娘了。可是每年放暑假进了山楂林，又立刻觉得自己是个"小姑娘"了。

古凿老爷爷常年住在林子里。林子里有一座盖得结结实实的小茅屋，小茅屋里有锅灶、碗筷，有一个睡觉用的四四方方的大土炕，墙上，还挂了一杆黑溜溜的猎枪，所以老爷爷总也住不烦。阿队进了林子，小茅屋就好比遭了"劫难"，到处整得乱糟糟的。有一次盛稀饭的大碗怎么也找不到了，古凿一转门扇，发现藏在了门后，里面还养上了两条小鱼儿。古凿生气地喊道："你还像个姑娘吗？你是个小子。"

阿队每每听到爷爷喊叫，心里就一阵高兴。她这时总不出声地低下头，伸出右手来捏住左手，摆弄着，一边端详一边笑。原来那左手的食指和小拇指的指甲都染成了红的，胖胖的右手脖上，还套了一个红色的线圈儿……她笑了一会儿，凑到爷爷跟前，平平地端起左手，跷起两个红指甲，说："爷爷，你看，这不是'资产阶级思想'吗？"爷爷一挥手："去！去！……"

只有到了晚上她才能安静下来，她躺在土炕上，默默地倾听屋子外面的声音。唱了一天的知了睡去了，林子里显得沉静一些。小虫虫怎么叫的，蚂蚱在月光下飞行发出怎样的响动，她都知道。夜露润湿了山楂叶儿，然后从叶片上爬下来，"啪"一声滴在另一片叶子上。那片叶子颤动一下，又"啪"地滚下更大的露珠儿，打在又一片叶子上……无数片叶子颤动着，发出一阵"淅淅沥沥"的响声。不远处的芦青河"哗哗"地唱着，它在连夜赶路……古凿人老觉少，总是很迟才睡去。入睡前他往往想起嘱咐一下阿队：告诉她已经不小了，要学会干活，学会害羞，学会大模大样地站着，等等。阿队仰躺着，大口地喘息着说：

"我睡着了！"

古凿不理睬她，继续嘱咐下去。她烦了，就提起高高的嗓门，用普通话背起了她在学校里学过的课文。

古凿老爷爷无可奈何地"唉"了一声，然后就不做声了。停了一会儿，他突然又想起了什么，大着声音说：

"你等着吧，你哥哥快来度假了，我让他管着你！"

古凿说的"哥哥"，实际上是他当年掩护过的一位游击队长的儿子，叫莫凡。他曾在这儿当过下乡知青，后招工进城，三年前又从城里考入了大学。莫凡想念山楂林里的老爷爷，这次暑假特意要来老人身边住一些日子，然后再顺路回城——他刚刚给老人写来一封信。

阿队听着高兴极了，一下子从炕上坐起来，喊道："他真的要来吗？哎呀，我还不知道认不认得出哩，哎呀！"

天亮以后，老爷爷回村里搬来一捆渔线，往地上一摔，说："你织网吧，你闲了会手痒。"

她就这样织开了渔网。

这会儿，阿队懒懒散散地进了茅屋，撅着嘴巴走出屋来，胳膊上套了一捆白白的尼龙丝线。林子里空荡荡的，只有远远近近的鸟儿在喧闹。她瞅瞅四周，不知怎么有些高兴，就平平地伸直套线捆儿的胳膊，另一只手按在腰上，一扭一扭地串着树空儿跑了起来,嘴里还"呀呀"地唱着。

丝线拴在树杈上,小竹梭儿在她胖胖的小手儿里翻开了花儿,一片网扣在胸前飞快地伸展着。织呀织呀,阿队的小胖手巧透了!织呀织呀,阿队的眼睛眨也不眨!她织给从身边飞过的小蚂蚱看,织给藏在树叶间的鸟儿看,织给密密的大山楂林子看啊!……织呀织呀,一圈又一圈的丝线变成了网,一片又一片的网格儿生出来;织呀织呀,梭儿出,梭儿进,梭儿在指缝里钻、在网眼里穿,在她的小胖手里打转转!她织一会儿笑一会儿,织一会儿烦一会儿,织一会儿想河,织一会儿想鱼,织一会儿想莫凡——莫凡哩,哥哥哩,你来还是不来哩?她最后气得把竹梭儿摔到了地上,又用脚踢了一下。

两天过去了。

第三天上他来了!

阿队曾一个人暗里合计过:等他踏过河桥走来的时候,自己先趴在大路边上的山楂树上,然后"噌"一下子飞上他的肩膀!这一天她就果真趴在了树上。可是她往下望着的时候,看到的是一个显得陌生起来的面孔:肤色比过去白了,眼神也比过去严肃了,添了副眼镜,也添了些密密的胡楂儿。他似乎没有四年前领她进河逮鱼的那个"哥哥"好了……阿队说不上是失望还是惧怕,只眼睁睁地瞅着他走过去,悄没声地从树上滑了下来。

她和莫凡在一起了。仿佛她真被管住了似的,显得老实极了。她回答他的话时,常用的只不过是几个字:"嗯"、"是呀"、"可不"……说话的时候,两手总在胸前绞弄着,她果然"知道害羞"了!

莫凡对古凿说:"阿队真长成大姑娘了。"

可也只是一两天的时间,她又是她了,说起话来满山楂林都响,始终无拘无束地跟莫凡说这说那,当着古凿的面,就连人家的名字也要挑剔一番:"'模范(莫凡)'?模范都是评的,像爷爷,队里奖他一条手巾呢!"

古凿笑了。

莫凡笑了。

阿队接上也和解地笑了:"不过名字呗,怎么怪的都有,听人说南庄里有个姑娘还叫'肥蹄'呢!"……

她以主人的身份领莫凡转遍了山楂林的每个角落,又到芦青河岸上玩了。她指着宽宽的河道对他说:"我能一口气游到对岸。"她见对方有些惊讶的样子,就着急地说,"不信吗?是个晚上,我把衣服搭在树杈上……水真凉啊,冰得肚子老疼,嘻嘻……"

一个早上,她见爷爷把烟锅忘在了小茅屋里,就凑到近前,两手按着膝盖端详了好半天。那烟锅儿是青铜的,黑黝黝的,放在窗台上,闪着奇怪的光。她不知道吸一口会多有趣,就装了满满一锅烟末儿,让莫凡"吸吸看"。莫凡摇摇头。她生气了:"还男的哩,连这也不敢!"她自己吸了一口,呛得流出了眼泪,赶忙放下烟锅。转眼她又瞅见了立在一旁的猎枪,两眼马上闪出了亮儿。她要和他到河边玩枪去,说:"这个也不敢吗?"莫凡被她逗得笑出了眼泪,这时候不知怎么就点头同意了。她让他到河边去等她。

哟,原来猎枪好重哩!她横在肩上,像背条扁担那样,用两只手抓紧了,蹑手蹑脚地走出门来。爷爷不知转到哪里去了,林子里面真静呵。阿队偷了枪,蹲下身子望了望,然后得意地晃动着身子,大步向着西河岸跑去了。哦哦,这是杆猎枪啊,顶厉害的东西呢,今天可要好好看一看!她跑着,兴奋极了,刚望见河岸那片白沙,就呼喊起莫凡来了。但到了沙滩上,她却不让莫凡沾手,只一个人摆弄着,乐得合不拢嘴……

正玩着,突然,"轰"的一声巨响,她吓得抛了手里的枪!两人的脸色一下子变得煞白……河里的苇丛中,惊飞出一群鸟雀,"嘎嘎"叫着钻向天空……他们呆呆地站了一会儿,低头看看冒烟的枪口,这才知道刚才是放了一枪。他们从地上捡起枪来,一颗狂跳的心刚刚稳下来,古凿已经站在他们背后了。他跑得满头大汗,嘴里喊着:

"啊呀!你们……"

莫凡不好意思地叫了一声:"古凿老爷爷……"

古凿的脸色有些难看,没有说话,狠狠地盯了阿队一眼,夺过枪来走了……

有了河边这一场,莫凡再也不想和她到处玩了,免得惹老人不高兴。早晨,他起得很早,先背了一会儿外语单词,又开始朗读古文。这倒使阿队觉得很新奇,老是跟在他后面走着。古凿见了,大声吆喝说:"你不去织网,跟在人家屁股后面干什么?人家在忙功课呢!"阿队朝爷爷扮个鬼脸,止住了步子……她搬出丝线织着渔网,要求莫凡就坐在她身边读书。莫凡不停地读着,阿队不停地织着。有一次莫凡读《木兰辞》:"'唧唧复唧唧,木兰当户织……问女何所思,问女何所忆。女亦无所思,女亦无所忆……不闻爷娘唤女声,但闻黄河流水鸣溅溅……'"

阿队听着听着,再也无心织网,咬着竹梭儿笑了。

莫凡问她笑什么,她不做声。停了一会儿,她突然站了起来,面向着山楂林,大声地朗诵道:"手里拿镰刀,出来割牛草。老牛爱吃,管饱! 管饱!"

因为过于用力,她的脸憋得通红,连脖子也红了一截儿。莫凡连连说:"好听,好听。"又问,"你还会别的吗?"

阿队点点头,又背诵道:"蚂蛛菜花儿五个瓣,麻家大婶五个曼,两个好,两个坏,剩下一个嘴歪歪。"

莫凡笑得腰都弯了。他问:"你这是跟谁学的呢?"

"跟村里人学的。村里人会的我都会……"

"你都能记得住吗?"

"都能。"

这个聪明的阿队! 她自豪地歪歪头,开始坐下织渔网了。她一边织着一边说:"你刚才念得真好听,你再念啊!"

莫凡只得将《木兰辞》从头又读了一遍。阿队听得非常认真。听完了她要过书来看着,很费力地读出了几个不连贯的字,咕哝了一句:"这么多的笔画儿,谁能念得出啊!"说着,不高兴地把书塞回到他的手里。

莫凡有些惊讶地问:"你现在读几年级呀?"

"四年级。"

莫凡失望地说:"我还以为你初中毕业,该考高中了呢!"

"俺才不是哩！爸爸说上学早了人家会欺负的……"

"那你什么时候才能读完高中去考大学呀？"

阿队笑着嚷道："谁考那个'大学'！'大学'就那么好吗？能识字就行了呗,到时候我到山楂林里,来和爷爷做伴儿……"

莫凡不做声了。他心里在为这个聪明的姑娘惋惜。

阿队继续嚷着："大学里有芦青河吗？有那么多小鱼、那么多大鱼、那么多鸟儿吗？能捉迷藏吗？俺哪里也不去,俺就和爷爷在茅屋里住一辈子。"

正巧这时候古凿背着猎枪转了过来,他听到阿队的话就接上说："我这一把白胡子！我要死的人啦,你能和我住一辈子吗？"

阿队跺着脚："白胡子！黑胡子！用刀儿割了。死干吗？我一个人住茅屋夜里不害怕呀？"

"害怕,给你找个婆家。你也一点点大了,你到婆家住好了！"古凿哈哈大笑起来。

"哎呀,你比'座山雕'还坏呀！"阿队摔了网梭儿,站起来嚷着。她看着莫凡,脸蛋红得像被染过。

莫凡看看古凿,发现他还是乐呵呵的,孙女骂他,他一点也不在意。这是多有意思的爷儿俩呀！

晚上,三个人正在茅屋里吃饭,突然外面传来一片喧闹。他们都跑到了门外。原来有一伙子人高高举着火把进了林子,一边走一边大声说笑着,惊得树上的知了到处乱飞。他们是不远处一个煤矿的工人,有时成帮结伙来这儿照知了。古凿看了,知道了,就让莫凡和阿队回屋里吃饭。阿队却一边咀嚼一边望着火把说：

"我去把他们轰开!"

"人家照知了碍你什么?!"古凿赶紧阻止。

阿队不理爷爷,只对莫凡说:"这帮人都是外地的。他们特馋啊!你猜他们照了知了干什么用?包水饺吃——用'知了虫虫'包水饺吃,还不该赶他们走吗?"

莫凡不以为然地摇摇头:"知了含有高蛋白,再说,人家也有自己的生活习惯……"

阿队扯着他的手:"走啊,咱追他们去……"

"你敢!"古凿严厉地喊了一声。

"不赶!不赶!俺看热闹还不行吗?……"她嚷了一句,回屋里取来几块干粮,塞到莫凡手里,一边跑着一边告诉,"照知了可好看哩!你没见呀,两三个人抱住树干一摇,那些傻样儿知了就扑到火把下了,下小雨似的,一会儿就能捡一小铁桶……"

他们跟在举火把的人群后面看着,等人家盛知了的小铁桶满了,才把干粮吃完。工人们离去时,阿队突然追上嚷了一句:"下次再来呀,靠河边的山楂树上,知了特多——"

人们走了,林子里又静下来了。一阵清风吹过来,使人觉得凉爽、舒适极了。阿队领莫凡走到河滩上,用手抚摸着白沙说:"这么白的沙子,多干净呀,怎么还不快躺下?"说着身子一仰躺了下来,"咯咯"笑着在沙土上滚动着。她停住时,就不眨眼地望着天上的星星,呼吸也变得轻轻的。她说:"你听!"

"听什么?"

"听河水!"

河水在"哗哗"地响着。

阿队大声嚷着,像唱歌一般:"'不闻爷娘唤女声,但闻芦青河水鸣溅溅'……"

莫凡愣住了!他伏下身,盯住阿队的眼睛看着。他看到一双又大又圆的黑眼睛,在夜色里泛着晶亮的光;长长的睫毛挡不住眸子里闪动的光彩,就从那里面,流露出一丝儿顽皮、一丝儿得意,还有一点小小的傲慢……阿队见他直着眼睛看她,就笑着问:

"我俊不俊呀?"

莫凡反问:"你自己说呢?"

"我高兴俊,就俊!"她翻身爬起来,拍打着身上沾的沙粒说,"明天,我回家穿个裙子你看——那是什么做的呀,像知了翅膀儿,又薄又细,净裾儿……"她说着,突然又想起了什么,摇摇头说,"爷爷要不高兴了。"

"怎么呢?"

"他老让我干活儿,"她用手比划着织网的样儿说,"'唧唧复唧唧,木兰当户织'呀!"

莫凡兴奋了。他问:"你刚听了几遍《木兰辞》,就全记下了吗?"

"这还不能吗?"

她真的从头背了起来!除了个别字音咬得不准、个别句子颠倒了外,其余的全对!莫凡深深地吃了一惊。这个姑娘简直聪明极了。他甚至有些不相信自己的耳朵。她的记性好,而且联想能力也相当强——竟能随便套用诗词里的句子!要知道她刚刚十六

岁,如今才上四年级哟！想到这里,莫凡禁不住替她惋惜起来。他非常激动,连连说:

"阿队！你的天资好,你用劲儿学,我保证你会学得很好——比我好,你会成功的!"

阿队有些惊讶地看着他。停了一会儿,她笑着,像过去一样地在胸前绞扭着手掌说:"咱不,咱能识字儿就行了,咱要回大山楂林里……"

"为什么非回山楂林里不可呢?"莫凡简直有些说不出的气愤和失望。

"大山楂林不好吗？俺要和爷爷住一辈子茅屋,爷爷老了,我就替他背着猎枪——猎枪真沉哪,有十多斤吧?"

回去的路上,莫凡再也不愿说话。他在一个人想心事。阿队却时时打断他的思绪,不停地说这说那。她见莫凡总不出声儿,也有些生气了,就鼓着劲儿不再说话。但她到底还是憋不住——看见一棵高高的大山楂树,就说:"这是林子里最高最大的一棵树,爬到树梢梢上,能望老远老远,能望见海里的船灯!"莫凡心一动,和她一块儿往大树尖顶爬去。

一个每天在密密的林子里进出的人,多么有必要登高远望啊!他会把眼界放到新的极限,望到一个更广阔的世界、更神奇的境地！莫凡和阿队坐在树顶的一个粗杈儿上,四下里看着。啊,这就是芦青河边的夜啊,瞧那广阔的、被夜幕遮隐着的原野上,一盏盏灯光、一簇簇篝火。号子声从远处隐隐传来,是各种各样的嗓子喊出来的。往北看去,那很远很远的地方,有几点簇在一起的星星,闪烁、明灭,有时竟难以辨认——阿队说这就是那海上的船灯了。莫凡把目光转向另一边,立刻惊住了!那一两公里之外的地方,竟真真切切地燃烧着一座火焰山!

莫凡的眼睛一眨也不眨地看着。

阿队告诉他:这是座矸石山,是开煤矿的人挖出来的土堆成的。那地底的土里有什么东西,风一吹就着,然后里面掺的煤和木头也跟着烧起来……讨厌人!

莫凡这才隐隐约约看出:那"火焰山"的旁边,矗立着一座座高大威严的井架,那钢铁的躯体正被火焰映得发红。

阿队继续说:"那些照知了的工人就是从那儿来的。他们成天在地底下放炮、开洞子,挖到哪里,哪里就要陷下去了,成了一片大水湾,净长苇子!"

莫凡以前到过矿区,不记得地层下陷的情况。他想这是因为每个地方的地下构造不同吧。他担心地问:"种庄稼怎么办哪?"

"还种庄稼!那陷下去的地方连树也生不成了……"阿队使劲地撇着嘴巴,又接上一句,"讨厌!"

莫凡望着那燃烧的矸石山、山旁那雄伟的井架,轻轻地点了点头。他又问:

"工人们挖到山楂林这儿怎么办呢?"

"那还不知得多少年以后哩!"

"可是总要开采的。"

阿队着急地嚷开了:"开采,哎呀,爷爷不会让的!我赶他们走……到那时候,我拿棍子啊,爷爷打猎枪啊,我们就站这林子的边上……还能没有了山楂林、没有了芦青河呀?!"

莫凡盯着她的脸,声音沉重地说:"四个现代化有着总体规划。开发煤田就是开发能源——你懂吗,小阿队? 你的棍子,还有爷爷的猎枪,能阻挡得住现代化的滚滚洪流吗?"

"'嗵!'我们放枪!"

"阻挡不住的!"莫凡坚定地又说了一句。

"……"阿队不做声了。

不知停了多长时间,阿队一直没有声响。莫凡抬头仔细端量她的时候,才发现她的鼻子两旁有晶亮的东西。她哭了。

这个夜晚,阿队久久没有睡去。半夜了,古凿还可以听到她的啜泣声,不过他怎么也闹不清楚是怎么了。只有莫凡知道她在哭她的山楂林。

早上起来,阿队的两眼有些红肿。

莫凡在林子里读书,她就立在他的身边。不过她如今有了心事,再也不那么顽皮了。她一句话也不说,抵住一个树桩站着,用手掌扶住脸颊,呆看着莫凡。她好像第一次发现,一个人早晨起来学习原来是这样的艰难:瞧他一会儿盯住书本看着,一会儿扶扶眼镜,望望前方,那眉头舒开、蹙起,再舒开、再蹙起……她直等他松闲下来的时候,才走上前去。她问了一句:

"煤矿要怎么开采? 谁管了算呢? 是个大干部吗?"

莫凡摇摇头:"不,是工程师,是由他或者她设计的。"

"他怎么'设计',就怎么开采吗?"

"是的。"

阿队生气了："俺们自己的地方怎么还要别人来'设计'啊？自己就不能'设计'吗？他'设计'，他知道芦青河有多么好吗？他知道山楂林有多么大吗？他知道这块地方的古怪脾性吗？"

莫凡笑了。但他听着听着，突然眼睛一亮。他说："由你来'设计'吧！你知道芦青河有多么好、山楂林有多么大——可你是工程师吗？"

阿队急得要哭了。她盯着莫凡，一动不动地盯着，嘴里连连说着："我……我……"突然，她把披在肩上的头发使劲一甩，转身向着前面跑去了。等那身子渐渐隐没在一片浓浓的绿色里，才传过一声长长的呼喊：

"我要做工——程——师——"

"工程师……工程师……"山楂林发出了一声声回应。

阿队发疯似的奔跑着、呼喊着，那红红的衣衫穿行在林子里，像一团燃烧的火。她跑呀跑呀，直跑到林子的深处，仿佛要让这团流火点燃山楂林，让整个林子燃烧起来！

古凿老远就听到了这奇怪的长声大喊，有些吃惊地揞着猎枪跑了过来。阿队看也没有看他，只是从他身边跑过去。他想起了昨天晚上她哭过，不知发生了什么大事，于是就赶去询问莫凡。

莫凡沉吟着，久久没有说话。他只在倾听这一声声呼喊，都有些陶醉了。不知怎么，他觉得这喊声是出奇地美。他好不容易才弄明白老人在问什么，就跟他详细地讲了一遍。他暗示老人：应该关心一下阿队的文化学习，不要只是催着她织渔网、织渔网！

古凿看了莫凡一眼，没有说话。他从肩上摘下猎枪，盘腿在上

面坐了。他装了满满一锅烟。吸了一会儿,他说:

"你是个好人呀,孩子,和你爸一样! 我知道你的意思。你想让阿队也成个大材料。不过我心里有数。大事都是你们干的,是你和你父亲那样的人干的。阿队嘛,能认几个字也就不错了,到头还要回到山楂林里来的。"他说到这儿长长地吸了一口烟,将烟末在枪托上磕着,说:

"打游击那几年,我掩护过你爸爸,瞧他,如今在省城里干大事啦。大事都是你们干的,我们不过到时候能'掩护'一下你们……你就放心吧,如果以后有什么难处,还来这山楂林,那时候就是我不在人世了,阿队也会掩护你的……"

莫凡听着听着,不知怎么鼻子有些发酸。他终于明白了阿队为什么会那样:她有这样一个爷爷啊! 此时,他心里有一个愤愤不平的声音在呼喊着:为什么你们只能"掩护"我们? 为什么呢?! 不! 不! 你,还有阿队……啊,阿队——他猛然想起了阿队的呼喊:"我要做工程师!"……她以后也只能"掩护"别人吗? 不! 她,还有他们,要自己设计自己的山河!

一丝不易察觉的泪水从莫凡的眼角流出来。他的心里热乎乎的,一股激流,在胸扉急剧地跃动着、冲撞着。不知为什么,他此刻真想抓起古凿那杆黑溜溜的猎枪,向着蓝天,鸣枪三响,让这寂静的山楂林发出一片巨大的回响。

……

十几天很快就过去了。

莫凡要回省城。山楂林! 芦青河! 昔日印过他的脚印、洒过他的汗水,今日又牵动着他新的情思……走的那天早上,他告别了古凿老爷爷,却没有见到阿队。

"阿——队——"

他呼喊着。没有回应。最后,他若有所失地向着河桥走去……

河边绿绿的柳棵间,燃烧着一团火。阿队身穿红色的衣衫,一动不动地立在河边。原来她已经等了好一会儿。

莫凡走了过去,她却不挪步儿。

"阿队,我要回城了。"

"你回吧。"阿队低着头,摆弄着那两个染红的指甲。

"你要好好学习,要有志气!"

"……"阿队没有说话,依旧摆弄着手指。

莫凡看着她一头乌亮的头发、那两溜儿扑闪的长睫毛,很想像对一个小妹妹那样,轻轻地抚摸她一下。他轻轻问:"阿队,你,这会儿在想什么呢?"

阿队把两个染得鲜红的指甲跷起,又落下,撅撅嘴,没有做声。停了一会儿,她突然抬起头,平平静静地说道:

"'……女亦无所思,女亦无所忆'……"

莫凡笑了!他向前走去,阿队跟在他的后面。莫凡望着河里的水流说:"你骗我。你刚才也'思'了,也'忆'了——对不?"

"嗯。"阿队诚实地点点头,停住了步子。她望着莫凡的脸说:"我在想,我今后要使劲儿学!我现在都十六岁了,我一年学别人两年的课,能行吗?"

莫凡语气坚定地说:"行！你不知道你有多聪明！你一定会追上去的……"

"会吗？"

"会！"

"要是我不能,你就……你就……"阿队寻思着词儿,最后说,"你就把我扔到这河里吧！"

莫凡点点头……

他们又谈了一会儿,阿队说:"还站着干什么？快走吧,我会爬到那棵最高最高的树上望着你的。"

他沿着河岸,大步向前走去,直走开很远,才回头望去。他发现那片绿的海洋里,一簇高高涌起的浪花上,一团红色的火焰在燃烧,鲜亮鲜亮,放出了夺目的光彩……他在心里叫了一声:

"阿队！"……

1982 年 4—6 月写于济南、青岛

拉　拉　谷

一

有些事情是没法琢磨的。像芦青河，一路静静地流淌，波澜不惊，很像个性情温恬的姑娘。这就很难使人相信，很久以前它的脾气竟会这样暴躁：巨浪卷起泥沙，呼啸奔腾，一夜之间就推平了近海的泥岭土渚，冲刷出一线平坦的谷地。

后来的人就叫它"拉拉谷"。

大半由于河水的滋润，天长日久，拉拉谷里长起了一片挺拔的林木。林木中，最引人注目的要算那些妩媚的蓉花树（即合欢树，也称"夜合树"）了。灌木和草丛挤得很密，里面还混生出各种野花。牵牛花常顺着荻草秆儿爬上去，爬得和人的鼻梁一般高，使人们走在谷地里净闻它的香味儿了……拉拉谷是很美的。

绿色的草地印着一条条弯曲的小路，那是买鱼的人们踏出来的。夏日里，正是太阳辣热的时候，一群买鱼姑娘头上顶片梧桐叶儿，斜挎着鱼篮子走过去。快到海边了，她们偏不再挪步，只找个柳荫卧下来，用胳膊支起脑袋看远处那白白的沙岸。

拉鱼的人在灼热的沙滩上是不穿衣服的。小伙子在号子声里跃动着,远远望去,那一簇簇赤铜色的躯体会给人留下长久的想象。姑娘们远远地看着他们抖纲、合网,用柳斗将一片银样的鱼收到小渔房子旁边的水泥场上,成帮成伙地离去时,就一个个从柳荫里跳起来,带着那些还没有散尽的美妙而朦胧的想象,跳动着、欢呼着,向着那个孤零零的小渔房子跑去……

　　金叶儿跑得很慢,她常常落到人群的后面去。

　　她手脚笨吗?那高挺的腰身儿、两条长长的腿,还有让人看一眼就再也不会忘记的黑亮亮的眼睛,到处透着敏捷和机灵。天热,她上身只穿了一件方领小花衫儿,短袖的,露出两截儿胖鼓鼓的胳膊。花衫的方领口儿太宽敞了些,让太阳晒红了一小片胸脯儿……有一天早上,金叶儿洗头,照着镜子擦脸的当儿,看到了自己凸起的高高的前胸,突然觉得自己是个大姑娘了!

　　她十九岁了。十九岁的姑娘生在海边,少不了鱼吃。父母的遗传和丰富的滋养,使得她十分漂亮。只看这两条辫子吧,乌油油的,绝不是一般地方的姑娘所能生出的。她一跑,这辫梢儿就打她的后背、脸庞,有时还打她的眼睛。于是她干脆就不跑了,只迈开大步走。等走到小渔房子跟前,脸上连个汗珠儿也不挂!

　　而别的排队姑娘都汗津津的,头发散乱地粘到了前额上。对比之下,金叶儿更显得恬静温柔,引人注目了。

　　她们在渔房子跟前排起了一条长长的队。这是一条彩色的长龙。姑娘们的花衫儿红红绿绿,在海风里抖着,远看一眼是极有风采的。就有个聪明的人每天立在一边,捧个画夹把她们这模样儿给画下来。

画画的人细高身量，白皙的皮肤，洁净得周身衣服都没有一个汗点儿。他来的次数多了，人们都知道他叫陆小吟，是随地质勘察队过来的勘察员，业余时间爱画点画的——画拉拉谷里的花、草，谷中那条河；画大海，海边的船、网……什么都画，连赤身裸体拉网的人他也画哩！

金叶儿站在长队里，老觉得他专画她自己一个人。

也许别的姑娘也觉得他在画她们自己呢。她们虽然都故意傲慢地挺着脖儿，可那兴奋怎么也抑制不了，于是这个"哎呀"一声，那个"嗯"地一哼，你推我，我搡你，嘻嘻哈哈地笑了起来……有人见金叶儿只抿着嘴角，连笑也不笑一声，昂着胸脯，很有些文绉绉的样子，一丝儿嫉恨就在心头漾开，故意推她一把说："想什么哟？想女婿——想'泊里鹿'吗？"

姑娘们一齐笑了。笑得真痛快、真舒心！她们把个柳条篮子舞动起来，各自在面前的空中画了个圈儿……

"泊里鹿"是个小伙子的外号。因为他的腿特别长，奔跑起来就像野泊里跃动的麋鹿。他就在海边拉网的那些人中。也不知从什么时候起，也不知是因为双方父母的约定还是什么别的原因，反正人们都知道金叶儿给泊里鹿当媳妇儿了。金叶儿一想起自己是个"小媳妇儿"，心里就痒丝丝地怪舒服。可她一想到自己是给泊里鹿做"小媳妇儿"，又立刻不那么高兴了。她不喜欢他。可她总算是知道的：她是他的媳妇儿。这会儿，她狠劲儿瞪了一眼那个推她的姑娘，撅起了嘴巴。她的小胸脯儿一起一伏，那里面荡动着几句骂人的话儿哩："疯张张的，是你想女婿哩！你不想怎么就知道别人想？没脸没臊的……"

但她终于没有骂出来，这时反而低下了头，红着脸捏弄那个柳筐的边边。看上去，这个金叶儿老实极了，长得又俊，是个没有争议的好姑娘。

海岸上没有什么风。海浪也给太阳晒蔫了，有气无力地拍打着沙岸。水蒸气往天上升去，透过它望去，好像小渔房子、人群，什么都在浮动着……这时一个老头子一拐一拐地走过来，他一边走，一边伸手打着凉棚儿，四下里望着，那只跛着的腿脚走一步甩动一下，特征是非常鲜明的。所以只要他出现在海滩上，哪怕离得再远一些，人们瞅一眼也就知道他是海边守夜的"铺老"、金叶儿的老父亲"骨头别子"。他的后屁股上系着割网线的刀子、烟袋荷包、网梭儿、小渔线拐儿……特别显眼的是还有一只半尺来长的猪腿骨做成的骨头别子——那是用来编制柳条筐儿的——这一大串东西互相碰击，一路总发出"咯唧唧"的响声。

画画的陆小吟前不久曾为这个老渔民画过一张素描头像，所以骨头别子走到他身边，就笑眯眯地拍了拍他的肩膀。等陆小吟抬头说话的时候，那"咯唧"声却早已从身边飘去了。

"嬉闹什么呢？嗯——"骨头别子离姑娘们老远就嚷叫起来了。他总在开始卖鱼之前赶来维持秩序，站在队伍的一旁，吹胡子瞪眼的，好像只有他对一切要求得特别严格。姑娘家还能不笑吗？都像你的金叶儿吗？

金叶儿见父亲走过来，倒立刻就笑了。她这会儿像个小姑娘，很有点撒娇的意味。她一点也不怕父亲。姐姐早就出嫁了，妈妈在她生下不久就死去了，她是老父亲身边的"宝贝蛋"。这会儿她虽然还站在队伍里，可那样子就像马上要扑到母亲怀里的小孩子，眉梢儿皱着，眼里含着甜蜜的怨怒，薄嘴唇儿撅着，一身肌肉软塌下来，手里那筐儿松松的，就像要掉到地上的样子。可她就是不说一句话，要说的全在这奇特的表情里了：昨夜里你做的鱼丸子还有吗？香喷喷的小锅贴儿给我留了多少？

骨头别子朝她摇摇头，从口袋里摸出个东西，在她眼前晃了晃，又从一只手里"哧溜"一下滑到另一只手里……金叶儿瞅见了从他指缝里闪出的金色斑点，一把夺了过来：咦，一只多好的小海雀儿（一种样子精巧的螺状小海贝）呀！

"原来我想留下拴烟荷包的。是泊里鹿在沙滩上拾的，你留着玩吧！"骨头别子小着声儿说。

金叶儿把海雀儿放在展成平板的手背上，迎着阳光看它反射出的光线。她被耀得眯起了眼睛，小翘鼻子上也起了皱皱……她好像没有在意父亲说些什么，看了一会儿，她轻轻地收回手掌，也像他那样，先在眼前晃了晃，然后把它从一只手里"哧溜"一下滑到另一只手里。她扯过父亲握紧了的那只老手，一根一根扳开手指，给他放在了掌心里。

"怎么咧？"骨头别子刚要装烟锅，这时有些吃惊，赶忙把荷包收了。

金叶儿没有回答。她只转过去身子，往队伍里靠一步，嘴巴几乎要对在前面姑娘的耳朵上了。她像嘘气似的问她："快开卖了吧？"

二

人们想象不出一个铺老成天过着怎样逍遥的日子。

骨头别子总在太阳落山的时候吃饭。在渔房子的东外间里有一个小小的锅灶，骨头别子一看到它总想笑。多精巧的小生铁锅啊，也不知用了多少年了，上面总被油滋得亮闪闪的。每到傍晚，用铁钎子捅开灶下的煤火，再取过一条沙板儿鱼或者小黄鳝，用小尖刃儿刀"塞"的一声破开肚儿，"咔咔"、"啪啪"，切碎葱丝，捣烂花椒，恣悠悠焖起了鲜鱼汤……小锅贴儿总是做成薄薄的、焦黄的片片，咬到嘴里香味就出来了，锅贴儿喜鱼汤。他不常喝酒，因为他最近感觉酒喝多了，那条跛着的腿老是痛。不过泊里鹿送来的酒一揭塞子都是扑鼻香的，他怎么能不喝呢？

酒足饭饱，他拿过了立在门旁的那杆鱼叉。

如果没有拉夜网的，海边上是安静的。骨头别子肩扛鱼叉，一拐一拐地走在沙滩上，雄赳赳，像个将军。月亮升起来了，拖搁在沙滩上的大大小小的木船，月色里看得清清楚楚。船体黑黝黝的，那一个个硕大的船肚儿里有时就能钻进偷鱼贼——他们等到月落西天的时候再爬出来，有鱼偷鱼，没有鱼，他们就割截儿渔网；有时实在没东西可拿，连橹桨也会扛得走的！怪不得人家说"山霸王海贼"呢，海边的贼忒厉害……骨头别子多少年没有遇到这样的贼了——他倒真希望有这样一个贼，那时候他会先把这陌生的客人屁股上揍几个乌紫的印痕，然后再邀他到小渔房子喝上两盅，让他舒筋活血,使伤处不至于淤结;临送行时要迎着海风高高吆喝一声:"喂,朋友,咱们不打不成交啊!"这只是他的想象。只可惜那海贼总也不来,使得他这充分展现渔人粗犷豁达性格的壮举一直未能实现。

但最近几天的一个夜晚,他倒差点儿如愿以偿。

那时月亮还没有落尽。骨头别子正转过几条木船,坐在沙滩上一个斜扣着的舢板上吸烟。突然他觉得小舢板轻轻拱动了一下。他暗自笑了,故意用烟锅狠劲地往船板上磕着烟灰,然后一锅接一锅,优哉游哉地吸起来。他想:嘿嘿,他娘的,我倒要坐这儿吸上一天一夜哩,看你急不! 正想着,只听里面传出一个细细的声音:"你、你让俺出来哎——"

是个女人! 骨头别子大吃一惊,异常灵快地蹦到一边,冲着那舢板喊:

"你是人是鬼,还是海里钻出来的女妖?"

舢板掀动一下,出来的是一个五十岁左右的女人。她那已经有了很多皱纹的脸上,两只眼睛却是明亮亮的,这时一动不动地望着骨头别子。他觉出有股香味往鼻子里钻,仔细一看,才知她穿过谷地走来,头发上沾了些粉红色的蓉花瓣儿……原来是小名叫"二姑娘"的李家寡妇! 骨头别子心上颤了一下。他问:

"你大黑天的跑这海上做啥?"

"俺是看你一个人怪清冷……"

"呔!"骨头别子一跺脚。

二姑娘胆怯似的坐在了舢板的边边上,一动不动地望着他,眼里慢慢涌上一层泪花。她喃喃地说着,嘴角在轻轻颤动:"……这几天,我看到拉拉谷里一对对小伙子姑娘,一颗半死的心又活过来了。我老在想:这半辈子就这么过下来、挨下去吗?……"她说着,泪水流到了脸颊上,突然站到近前,两手抱住了骨头别子的胳膊,用脸庞轻轻地摩擦着。

骨头别子呆住了!他慢慢坐在了舢板上。二姑娘依偎在他的胸前,两个膀头激动地颤抖着。他高高地昂着头,但终于伸出了那只铁一般硬的茧手,一丝丝地抚摩她那被蓉花染香了的头发……但这手抚摩着,抚摩着,突然剧烈地抖动了几下,接着他猛地站起身来,嗓子眼里喊了一声什么,使劲把二姑娘掀到了一边。

二姑娘倒在温热的白沙上,苦苦地叫着:"骨头别子啊,骨头别子!你真的就那么心狠吗?!"

他仿佛不敢看她,轻轻摸过一边的鱼叉,一跛一跛地走去了……

夜里的海风变凉了,他满耳朵都是海浪的喧嚣声。他踯躅在大海滩上,留下了深深浅浅的脚窝儿。他嘴里不停歇地小声咕哝着:"这个女人,这个女人……"

这个女人勾起多少他心中埋藏着的酸甜苦辣啊!

四十多年前的骨头别子,年轻、强悍,满身都是一疙瘩一疙瘩的肌肉。长这样肌肉的人特别适合于摇橹使桨,他就早早地在大海上出名了。像所有海边上的渔人一样,他很能喝酒。酒喝多了记不得自己的老婆,只认得女人。女人在这儿的海边上是太多了。她们的丈夫都出远海去了,有的不知多久才能回来,有的是分明再也不会回来了。她们年轻,都很爱美的,没有胭脂,就用红蚂蚱菜花儿搽脸,脸搽得红红的,有时为筐烂鱼就能卖了贞节。那些夏天的夜晚哟,女人们跑到拉拉谷里了,男人们跑到拉拉谷里了,半夜里也不知道回家……

拉拉谷,伤风败俗的谷。

骨头别子有一个多好的媳妇儿啊,她温柔得像只小猫儿。小猫儿虽然喜腥,但吃个鱼头鱼尾也就满足了,总把整段的鱼肉儿剔给男人,自己"唆儿唆儿"地吮着光光的鱼骨。她为他生了一个姑娘,反而被他揍了一顿……村子里,有个寡妇儿眼眉细尖尖的,弯弯的像个大鱼钩儿,把他的魂灵都给钩走了。月影儿皎皎的夜晚,他一次又一次走到她的窗前,看那个映在窗纸上的织网的影儿。可他不敢像对别的女人那样。他怕她。她那么美、那么端庄,连映在窗纸上的影儿都是让人又迷恋又敬畏的……他媳妇儿当时又怀了身孕,他却连家也不想沾了。她哭啊哭啊,泪水总像溪流似的……一个夜晚,骨头别子正站在小寡妇的窗前,痴痴迷迷地望着,突然那闭紧的窗扇儿"砰"地打开了。小寡妇探出半个身子,用竹梭儿指着他骂道:

"满海滩上还有你这样的鬼男人吗?你老婆怀着身子,你还站这儿想偷鸡摸狗的事儿!你老婆算倒了八辈子霉了……"

骨头别子像被突然抽了几个耳光,脸上立刻烧了起来。他第一次知道羞愧的滋味,嘴里"啊、啊"了几声,然后抬腿跑走了……他回到了家里,可是已经晚了。媳妇儿正好为他生下了第二个姑娘,脸色苍白,孤寂地躺在炕上呻吟……

她得了一场大病，不久就死去了。

青春的血容易沸腾，等它平静下去的时候，才开始知道忏悔。骨头别子跪在了妻子的遗体旁，好久好久没有起来……他忍住眼泪，在拉拉谷里急急地走、走，最后寻了一棵开得最美、树冠像巨伞一般的大蓉花树，将妻子的棺材埋到了下边……

"骨头别子，满海滩上还有你这样的鬼男人吗？没有，有才怪！"他重复着小寡妇的话，整天骂着自己，是真骂。

那个小寡妇就是二姑娘。葬金叶妈妈那天，她陪骨头别子大哭了一场。她在哭河边上苦命的女人啊！她一边哭着，一边大骂。她骂骨头别子，骂大海滩上一切一切没有良心的男人、女人，骂所有做下昧心事而没有受到惩罚的人！骨头别子一声不吭，他紧紧咬着牙关……

多少年过去了，小寡妇的哭骂声还萦回在他的耳畔。他像个赎罪者，只默默地做、做，用心地经营着这个没有女人的家，百般珍爱着没有母亲的孩子。孩子长到两岁的那年秋天，他望着谷地里一片秋色，想起自己就在这样一个季节娶的亲，于是就给孩子取名"金叶儿"……

一年又一年过去了，拉拉谷的草木几经枯荣。金叶儿长大了，甜甜地喊着二姑娘"姊姊"，骨头别子却没有和二姑娘说上一句话。他惧怕那双异常秀美的眼睛。那双湖水一样深的眼底，藏着女人对男人最严厉的谴责啊！

这一年上，当"红色风暴"涌进世界的每个角落，连海滩上的打鱼人也戴起红袖章摇橹的日子里，有一个夜晚，骨头别子正走在海滩上,突然听到了女人撕心裂肺的呼喊!他跑过去,借着月光,看到水边有一个踏烂的鱼篮子,几个汉子正往海里推一个舢板——舢板上捆着一个女人。显然是赶晚潮的女人遇上了歹徒!他们大概是要把她劫持到不远处的小荒岛上糟蹋,重复解放前海匪们常干的那种勾当……骨头别子怒喝了一声,扑了过去。

……一场真正的恶战!骨头别子仗着第一流的海上功夫救下了女人。他扶着她走上海滩的时候,才发觉自己的腿骨被打折了,身上,满是被开春冰凌划出的血口子……那个女人心疼得"呜呜"地哭了,声音好熟悉啊,抬头一看,啊,原来是二姑娘!……她吃力地把他驮在背上,直驮到自己那个十几年不曾躺过一个男人的炕头上。

一连几个月的调养,二姑娘顾不上听那些咸言辣语,心都快操碎了。当骨头别子拐着养好的伤腿要离去的时候,二姑娘说:"你、你以后就住在这里不行吗?"骨头别子多少年没有看她那双鱼钩一样的双眉了,在这个月色皎洁的晚上,他却清清楚楚地看到了这双眉毛是生在一对多情的眼睛上的。他的心开始急急地跳动了,他张开那双渔人的胳膊了……可也只是一小会儿,他的眼前又朦朦胧胧出现了金叶儿妈妈那张挂着泪痕的脸。他的胳膊一震,轻轻地将她松开了……

一年年过去了,二姑娘在海滩上看到那个一拐一拐的身影时,一汪泪水就无声地淌了下来……这是怎样的女人啊:不愧是渔家女,泼辣辣的性子,大海滩上来来往往,敢和光屁股的男人一道儿拉大网。可她只恋着骨头别子一个人,从不向外人递一个媚眼。

她苦苦地等待着,盼着能把眼泪洒到这个男人宽厚的胸脯上。

骨头别子整整提防了十几年!提防着这个眼眉像鱼钩儿的女人,也提防着自己这颗曾经痴迷过的心。他跟自己内心深处涌出的那股情感一次次搏斗着,差不多折损了全身的力气……可以骄傲地说:这十几年里,他都是胜利者。

……这个夜晚,骨头别子迎着海风蹒跚地走着,一直向前走着。二姑娘赶走了他这个夜晚里香甜的梦,把他引进了痛苦的思索里,引进了记忆的深谷里。他在想那个苦命的妻子啊,仿佛一瞬间又听到了那"唆儿唆儿"吮鱼骨的声音。他走啊走啊,身子摇晃着,那纯粹是老人的步态。他走到哪里去呢?小渔房子在哪?一支支高翘的桅杆在哪?等他正过神来的时候,才猛然发觉自己不由自主地走到拉拉谷里了,脚下踏的,正是在月光下朦朦胧胧展现出的一条小路,它通向那棵开得最美、像巨伞般的蓉花树!他的双眼一阵模糊,嘴里轻轻咕哝着:"金叶儿妈,我又来看你了……今夜里她来找我,你看我什么都不瞒你!"

他的脚步加快了,急急地顺小路走着。走着走着,他好像听到了年轻人的笑声。这是真的吗?他扶住一棵树干,扳开一个枝杈儿看着——哦哦,那还不是真的吗?远远的草地上,月光下绿茵茵的草地上,姑娘、小伙儿一块儿走着,也顺着草间一条弯弯的小路……骨头别子慌忙挪开了视线。可就在他移开眼睛的一瞬间,他突然觉出那个姑娘就是金叶儿!等他急忙转身来重新证实自己的感觉时,那一对年轻人已经被一丛灌木隐去了。

如果是金叶儿,说明她真的长大了。

如果是金叶儿，就可以推断那个男的是泊里鹿。

骨头别子久久地站在了树下，不知怎么，这时他那不平静的心胸里却好似增添了一丝儿欣慰……

三

镜子真好哩！它能映照出东西来，映照得真真切切！花衣服映在里面，那一丝一丝的布纹都清清楚楚。金叶儿能够一个人躲在屋角里照镜子，半天不吱一声。她想数数自己的眼睫毛有多少根，数着数着就笑了起来……镜子里那个顽皮的姑娘看着金叶儿，右眼闭上了，左眼轻轻地眨了一下，闪出一丝儿狡黠。她伸出小小的食指点划着："你坏哩！你坏哩！……"

她和姥姥合住在一间大屋子里，慢慢地，好多事情连姥姥也要瞒了。睡觉前她的头发总要洗得光光滑滑，躲在黑影里，编上两根粗粗的辫子，然后走出来照一照镜子；回到黑影里，散开辫子，只用一块小花点儿的手帕扎了，再出来照一照镜子……她从电视上看过舞蹈，夜里脱下衣服，就学那样儿，在炕上向后高高地蹶起丰腴的腿，再伸出两只柔长的胳膊，在上方划一道圆圆的弧线……这一切都是默默地做的，有谁知道吗？月亮圆的夜晚她睡不着的，就有一次她悄悄地开了屋门，踏着铺满树影的院子走着，烦躁地推一推木槿树，撒了一身凉丝丝的露。

让太阳快来赶走月亮吧！

天亮的时候，积了一夜的露珠儿在小草的尖上、在树冠的枝丫上闪闪发亮了，各种鸟儿吵闹起来，第一道霞光把一切都抹得红红

203

的。金叶儿要趁着凉凉的晨气到河边洗衣服去,她挎上一个盛衣服的篮子急急地走。到底年轻力盛,一夜没有睡好,早晨走在树隙间还是欢欢跳跳的。她揪棵狗尾巴草在手里玩着,又在草丛间寻着花儿:蓝的、红的、黄的,每色两朵,全要配对儿的……

前面的河边上有一株大野李子,那斜生的枝干探到了水面上。树下就有一块青石,金叶儿在青石上放了篮子。粗粗密密的李树枝丫上此刻默默地仰卧着一个年轻的男人:赤裸着身子,只穿个小裤头儿,奇巧地把长长的、晒得赤红的四肢贴靠在树枝上。他见金叶儿没有发现,低头看了一会儿,忍不住"哈哈"地笑了。

金叶儿吓了一跳,抬头看去,见是泊里鹿,脸一下子红了起来。她心里一下子变得烦躁躁的。

泊里鹿居高临下地看了一会儿,突然慢悠悠地说:"我敢脱得一丝不挂,从这树上跳到河里游泳。"

金叶儿蹲在青石上,小声儿骂了一句:"不要脸的!"

树上的"嘻嘻"笑着:"你是我媳妇儿……"一边说着,一边开始往树下攀滑了,碰得树芽儿纷纷落了一地。

金叶儿仰脸一看,慌忙提起篮子跑走了……她一颗心"噗噗"地跳着,直跑开老远,才回头瞅了一眼。泊里鹿并没有追赶,只是远远地站在那儿,掐着腰向这方望着,身子却是用力地向后仰去,嘴里怪腔怪调地唱着:"……姑娘好像——花儿一样,小伙子的心胸——多宽广……"

金叶儿捏弄着自己胖胖的手脖儿,不出声地哭了。

这个早上,她的衣服没有洗成。

回去的路上,她遇到了陆小吟在画画儿。

他把个画架支在河岸上,面向圆圆的朝阳、闪着红光的河水、一团团浓绿的闪着露滴的灌木。彩色在他的笔下流出来,他伸开胳膊,从容不迫地一笔一笔涂着。橘色的阳光映在他的脸上,他的脸明亮而又红润。金叶儿手挽着篮子,怔住了似的看着。她仿佛第一次看到他那眉毛浓浓的、边缘齐整,眉梢儿长长地伸开来,最后淡淡地消失在眼角上方;她还看到他那只有棱有角、透着英气和倔犟的嘴巴上,生了一层小小的黑绒绒,像春天地皮上那一层淡淡的萌草……金叶儿眼角的泪花还没有干,她擦了擦眼,在心里说:"他真俊呀……"

可她不敢走过去。记得她第一次看到河边竖起了高高的钻探井架,曾和一群姑娘"哈哈"笑着跑过去看热闹。那里什么都是新鲜的,可真热闹!陆小吟穿着油渍斑斑的工装,后屁股上斜挎着红皮革工具套儿,忙碌在"隆隆"转动的机器中间,在她们心目中简直就像个英武骁勇的王子!金叶儿不眨眼地看着他,看着看着脸就红了。后来有一次她买鱼回来遇到了他,他见了那一柳筐新鲜的杂鱼,快活得像个孩子,抱着画夹看着,不停歇地问这问那。她羞答答地告诉说:"这是团鱼、鲢鱼、青鱼,那个嘛,针嘴儿鱼……"他看鱼,她就看他的画,翻呀翻呀,青山、绿水、高高的井架、红艳艳的花……等翻到一张光屁股的男人时,她赶紧用手掩上了,然后斜眼瞟一下身旁的陆小吟……两个人在拉拉谷里走下来,也就认识了。再以后他们相遇,也就像熟人一样地打招呼了。陆小吟在她面前展现了一个多么广阔的世界啊!她第一次从别人嘴里听到关于浩

205

浩长江和汹涌黄河的描述,知道了秀丽的江南水乡和北国那巍峨的雪山……她仿佛也跟随他的勘探队在河边、在山壑、在一望无际的原野上安营扎寨。陆小吟问:你知道我们勘探队员在沙漠里跋涉一天,喝到第一口清冽的泉水时感到怎样的芬芳吗?你知道我们的老司钻把雪地里猎获的一只山兔架到篝火上,我们怎样围着火苗儿歌唱跳跃吗?……金叶儿摇摇头,又点点头,那明亮的眸子里跳动着神奇而兴奋的火星。她老是问着:还怎么呢?这是为什么呢?你亲眼见的吗?她实在想不出一个人为什么会懂这么多。这个新来的勘探队员在她心里放出了迷人的光彩。有一次陆小吟告诉她,他将来要投考"美专"的,还讲了罗丹、黄宾虹、伦勃朗,讲模特儿,讲十年动乱后美术专业刚开始的裸体素描……金叶儿听不懂,也不想一下子全懂。不过她可知道,"裸体"就是不穿衣服的人。她红着脸告诉他:"裸体,海边上,拉大网那些人里有的是……"

……这会儿,她正犹豫着是不是走过去看他画画儿,他却先望见了,高兴地喊了一声:"金叶儿!"

金叶儿笑了。她没有应声,只是把头低下,用脚一下下踢那泥土。

"我们勘探队今天休息。过来呀!你怎么了?你去洗衣服吗?"陆小吟的眼睛从画稿上离开,望着她说。

她点点头,又摇摇头:"想洗衣服哩……那边一个大黑熊,我……给吓回来哩……"

陆小吟吃惊地搁了画笔,连连问:"噢?在哪儿?就在这拉拉谷里吗？我看看去……"他说着就要往前迈步。

金叶儿"哧哧"笑着："回来吧,哄你咧……"

陆小吟奇怪地望着她,然后重新走到画架旁边。她脚步轻轻地走了过去,立在他身后看抹颜色儿。他一边涂着水粉,头也不抬地说："……你的头发又黑又厚;两只眼睛单纯极了,又是清澈如水的。你如果改改发式,倒像个日本小姑娘……"

"日本小姑娘就那么好吗？"

"不是好。我只是说像……"陆小吟说着又轻抹几笔,使芦青河面上闪出了淡红色的光斑。

她坐在了草地上,两手捧着脸看画架上的画。她记起自己去年过年时画了一只大猫,人们都说那双猫眼不像——哪儿的猫有那么大的眼呢？金叶儿想着想着笑了。

陆小吟问她："你笑什么呢？"

她笑得直抖肩膀："我想跟你学着画猫。"

陆小吟也笑了："只学这一样吗？"

"别的也中哩! ……"金叶儿提着小篮子站起来,特别深情地望了他一眼,就要往前走了。她要回去吃早饭了……绕过几丛灌木,等到确信没有别人看见时,她突然提着柳条篮子发疯似的抢了起来,那身子在树丛中旋转着、旋转着,最后笑嘻嘻地醉倒在一片蓉花树红色的落英上……

他们时常相遇在拉拉谷里。

有一个黄昏,泊里鹿远远地望到了他们的身影,就用平生最大的力气呼喊着："喔——呼! 喔——呼!"当地人轰赶麻雀才这么喊的,所以金叶儿听了觉得怪好笑。陆小吟问:"他在喊什么呢?"金叶儿久久没有回答……停了一会儿她突然止住脚步,问:"什么叫'变心'?压根儿不喜欢他,现在也不喜欢他——这能叫'变心'吗?"陆小吟惊愕地望着她,摇摇头。他问:"你说谁呢?"她垂下眼睫:"我的一个伙伴。家里人给她定的女婿,她一点也不中意……"陆小吟果断地说:"那还算'女婿'吗?"金叶儿为难地撅起嘴巴:"她爸厉害哟!"陆小吟笑了。他自信地说:"八十年代的年轻人,真正的爱情在召唤她,她一定会比她爸还'厉害'的!"……

他们沿着河边走着。天渐渐暗了下来,河面上有了星星,也有了月亮。这个夜晚,他们谈得很热烈。归去时,他们都觉得今晚上拉拉谷美极了,连空气都是甜的。

四

撒网船靠岸了。蔚蓝的海面上,网浮儿划出了一道弯弯的弧线。

弧线的两端伸出两条长长的主纲,小伙子们脱光了衣服站在一边。瞧他们都是怎样拉网啊:在长长的主纲上搭上绳绊儿,再把绳绊儿末端的横棍挨放在后屁股上,将铁钩环儿挂好,一齐将身子弓下,两腿紧紧地抵住地面,一动不动,成一个姿势停在那儿。他们只等待老把头那悠长浑厚的第一声号子啦。

骨头别子就站在拉网的人群一边。他两眼瞪得老大,手里的烟早已熄灭了。他只盯住那沙滩上一溜儿黑红色的脚板——等那些脚板一齐往沙窝里一沉、一陷,那海中的大网就算开始移动了!

老把头终于叫响了第一声号子。那号子在外地人听来简直就像唱歌。他唱一句："使足劲哪个嗨哟嗬！"人们就紧盯着自己的脚掌喊："嗨哟嗬！嗨哟嗬！"随着号子的节拍，每个人都把身体使劲地挨一下那腰下的横棍，一长溜儿人就活动起来。

大网开始移动了！骨头别子兴奋极了，哪里还像个拐老头子啊！他飞快地在人群里蹿动着，疯了一般，高高地抬起两片巴掌拍打着，有时还跳了起来，嚷着："大鱼上网了！小鱼上网了！辫子鱼上网了！他娘的鲅鱼也上网了！嗨哟嗬！嗨哟嗬！……"没有办法，号子一响，这个铺老简直就要发疯了。

人们呼喊着，突然间这号子的词儿给换了——原来老把头一仰头又看到了什么，"哈哈"一笑，接上喊道："二姑娘这行子（方言，等于说'玩艺儿'、'东西'）。哎——"众人赶紧接上："不是个行子哎！嗨哟嗬！嗨哟嗬！"骨头别子扭身一瞧，见二姑娘挎个断边缺沿的柳条筐子，笑眯眯地朝拉网的人群走来了。人群里开始有人打着哈哈："骨头别子，瞧瞧谁来了"骨头别子脸上的肌肉抽动着，恼怒地盯过去一眼，然后一拐一拐地走开了。

他想回小渔房子去。

但他沿着海边刚走了几步，发现前面的沙滩上孤零零地有个东西在动。海豹吗？他加快了步子奔过去，快到近前才看出：原来是个人仰躺在沙窝里，自己用手往肚皮上收着沙土玩儿呢！他仔细瞅了瞅，脸立刻沉了下来——躺着的是泊里鹿。

"咋玩这个？年轻轻的不去拉网！"骨头别子声音重重的。

泊里鹿懒洋洋地从沙土里钻出来，晃了晃高大的躯体说："有么个心思哟!"

骨头别子愣住了。

泊里鹿轻轻地抹弄着身上沾的沙粒儿,"哼"了几声说:"人家眼高哩,变心哩! 跟画画的蹿树行子……"

"你是说金叶儿?"骨头别子圆圆地鼓起了眼睛。

"人家眼高哩,变心哩!"泊里鹿依旧重复着那几句话,说着往一侧蹭了几步,身子一歪,倒在了水里。他仰着游走了,使骨头别子只看到水面上那个倔犟地昂着的头……他看着看着,猛然间记起了前几天晚上在拉拉谷里见到的那两个身影,这时如梦初醒似的拍打着膝盖,嘴里叫着:

"坏咧! 坏咧……"

他的眼盯着远处海天相连的地方,一脸刀刻般的深皱动了动,那双眼睛此时显出了渔人特有的深邃、沉重和冷峻。

买鱼的姑娘们来了。金叶儿立刻被他叫到了一个僻静地方。

她两眼晶亮亮的,使着性儿咬着嘴唇,不管父亲的脸色多么难看,总是一副娇样儿。她低着头,手绞弄着,歪着个晒成粉红色的脖儿,时不时朝父亲翻一下白眼。

骨头别子瞅瞅她,说:"有个姑娘不要脸……"

"谁咧?"金叶儿看也不看地问。

骨头别子接上说:"偷着找人蹿树行子……"

"谁咧?"她红着脸又问。

"谁咧? 就是你哩! 不对吗?!"骨头别子停了一会儿,突然大声儿喊了一句,所有的威严全在里边了。

金叶儿一头扑进了父亲怀里,使劲抵着他的胸脯,胖胖的胳膊搭在他的肩膀上,嘴里"哼哼呀呀"的,不知是哭泣还是在撒娇。骨头别子用粗粗的大手晃着她的肩膀说:

"真的?假的?"

她就是不吱声。直停了好长时间,她才昂起头来,跷着脚尖儿,扳过父亲胡子拉碴的脸,把嘴对在他耳朵上,拖着小声儿说:

"假——的——"

她说完就跑了,跑到了小渔房子那儿的姑娘们中间。

骨头别子眯着眼睛望过去,极力从中辨认着她的身影。他嘴里说:"假的!假的吗?"

五

风总在晚霞普照的时候息落,拉拉谷里显得特别静谧。修挺的杨树像一排排站立的士兵,齐整、严谨而又雄壮。怪不得人们又把蓉花树叫"夜合"呢,这时候,它那一溜儿小叶片早已齐整地闭合了——这副迎接夜的姿态,常使人联想起瞌睡的孩子们那合起的长睫……在弯弯的小路上、在大树旁、在靠近芦青河的高高的荻草边,浓浓的绿色常掩去一对对幸福的影子。他们来自海边新建的渔业加工厂,来自不远处勘探队的宿营地……多少甜蜜的交谈、关切的询问、琐碎的争执,及一切送到耳边的悄声细语,都撒落在这片开阔的谷地里了。

骨头别子也并非过分地留恋那些桅杆和吐着白沫的海浪,他最近似乎也在培育自己对这片谷地的情感了。每到傍晚的时候,当从那几个黑黝黝的船影儿里转出来,他总要向南弯一下,到拉拉谷里走上一会儿。拉拉谷的颜色是斑斓的,但年轻人大致可以把它概括成深绿,骨头别子却总觉得它是近乎生铁那样的青灰。他一拐一拐地沿着一条条草间小路走着,走得非常缓慢,除了不时向一旁的人影儿盯一眼,大致总是低着头的,好像失落了什么……就在一条弯弯的小路边,有一株特别大的蓉花树。那巨大的树冠才叫伞哩!巨伞之上,无数朵花儿,像无数支小小的火把点燃着,红、亮,映着慢慢暗下来的夜晚。风儿微微吹过,浓香笼罩了一切。

骨头别子一走到树下就显出非常疲惫的样子。他用手费力地撑住树干,低头久久地注视着树下,那一脸深皱慢慢颤抖起来……树下,有一座生满了青草的坟头。多少次啊,他只用眼睛注视着那些坟草,久久地注视着。只有他自己知道他在与亡妻交谈。欢欣、苦闷、犹豫、孤寂……生活中遇到的一切,他都向她无声地倾诉了……他就这样一动不动地望着。等他从树下走出来的时候,那双略微下陷的眼睛总闪射着坚定的光芒。

他的双目在一对对恋人中间搜寻着,好像要急于找到什么一样。

在一个闷热的晚上,他似乎终于寻到了。那是两个青春的影子——金叶儿和陆小吟,离得很近,并排走在谷地里随便一条小路上……他身子摇晃了一下,急急地追了过去,然后猛地喊了一声。

这不亚于晴天里响个霹雳!两个年轻人惊讶地瞪大了眼睛,怕极了。但金叶儿却示意陆小吟走开,自己一动不动地站在那儿。

骨头别子大口地呼吸着,一动不动地望着她。

哦哦！她今天穿了一条淡色的裙子,远远地站在绿茵茵的草地上,像个从空降下来的白羽白翎的鸟儿……它像是畏惧一个严酷的主人,睁着那双天真的大眼看着、看着,委屈地眨动一下双睫,然后伸开那双飞翔时紧贴在羽毛上的纤巧的小足,一步一步走了过来……

骨头别子声音低沉地问:"真的? 假的?"

金叶儿低下了头。她捏弄着衣角,使劲地咬着嘴唇。停了一会儿,她突然抬头瞅着父亲,那目光变得十分平静。她回答:

"真的。"

"真的不要脸皮!"老头子吼了一声。

金叶儿没有吱声。她伸手把额上的一绺头发抚上去,揉了揉眼睛,然后那小下巴颏儿使劲贴到了胸前,"哧哧"地笑了起来,笑得膀子直抖。

骨头别子不解地看着她,愣住了。他问:"你笑个什么?"

"笑你喝醉了,骂我哩……"

"啊呀,我没醉! 我看得清清楚楚,你自己找了个野男人……"骨头别子气得身子摇晃着,用力地拍打着那条跛着的腿。

金叶儿被"野男人"三个字吓得"哎哟"了一声,一下子蹦开了老远。

远处好似滚过了隐隐的雷声。月儿被黑云掩去了。骨头别子看不真切金叶儿,急忙摇晃着追上去,斩钉截铁地喊道:"你听着,我活一天,就不能让你由着性儿乱来! 你听见了啵?!"

在自己威严的喊声里,他脑海里又浮现出妻子那张挂满了泪痕的脸,耳边仿佛又听到了妻子当年那苦苦的哀求——哀求他做个好人……他做成了一个好人吗?没有!他对不起她,她带着对他的乞求、思念和深深的责备离开了他。他将永生永世记住她作为一个妻子所给他的温存、忍让,记住她一切的一切。他不止一次在心里发誓:一定让这后半辈子、让他们的孩子,做成一个好人,就像这里祖祖辈辈赞许着的那些本分的男人和女人……此刻,就带着这铮铮作响的誓言,他拦住了她,立在了这条从绿草和野花间穿过的小路上,像矗起的一截黑森森的石塔。

天阴得真黑呀,要下雨了吗?一道蓝色的闪电划过,使金叶儿看到了父亲那副铁青的脸相。她的心颤抖了一下,差不多要吓哭了。她喊道:

"我怎么了啊?我怎么'乱来'了啊?我还不就是对他好点儿!在一块儿走走就是'乱来'呀?还不知道谁才'乱来'哩!"

她喊着,大口地呼吸,胸脯儿一起一落。她站在那儿,衣裙被风吹皱了,紧紧地裹在苗条的身子上,浓浓的夜色反衬着淡白的颜色,看去她像一株披满了银色小花的李子树。

他望着她,一双大手的骨节握得"咔咔"响。当听到最后一句的时候,这个高高的躯体突然像被什么击中了一般,颤抖了一下,慢慢地蹲在了地上……

金叶儿惊讶地望着,这才明白最后一句无意中刺着了老人的疼处……"咝——"她吸了一口凉气,心里多少有点后悔。

骨头别子蹲在地上,好长时间才站起来。他艰难地活动着那条跛腿,费力地调整着身体的重心,声音有些嘶哑地说:"对哩,我年轻的时候没做成一个好人,你说对哩!让自己的孩子戳了脊梁骨,活该哩!报应哩!我不配管你咧!"他说到这儿长长地舒了口气,用力昂起头来,摇晃着往前迈一步,把一只粗粗黑黑的大手伸到胸前,不知喊了一声什么,那声音低沉、混浊,令人恐惧。他问:

"可我如今呢?我这十九年呢?你说我这十九年呢?!"

他睁圆了眼睛,那只大手伸过去,在女儿的面前颤动着。

金叶儿还是第一遭看到父亲这样。她害怕地把手指咬在嘴里,没有回应。她看到了一只被海水泡糙了的、被渔线勒出无数印痕的大手。呀,这是一只多么大的手啊!她仿佛生来第一次注意到父亲有这样一双大手……

骨头别子用拳头捶打着自己那坚硬的胸膛,接着说:"我这一辈子是怎么过的!我痴过、迷过,被多少好人嘲笑过,今生对不起你那妈妈!可等到知道后悔、知道怎么做人,已经满把胡须了……"他说着,声音渐渐高起来,发狠似的喊道:

"可我今天还是要管你哩,更要管哩!不为别的,就为了让你结结实实做一个好人!就为了让你后来有个孩子没的话说你哩!"

他说着,用力咬了咬牙关,从屁股后"刷"地抽出了那支骨头别子,一只手颤巍巍地握着,高高地在她头上举了起来。这个磨得光滑锃明的骨质器具,表面的一层荧光在夜色里泛着亮儿,冷峻、威严,在他看来,这好似一把正义与力量的刀剑!

一道闪电划过,把老人举起的手臂,连同那道黑黑的"剑影",一齐映在了她的脸上。金叶儿突然"呜呜"地放声哭了起来,两只胖胖的手脖儿使劲搓弄着眼睛。她怎么也想不到父亲会这样啊,心里又惊惧，又委屈，泪水"哗哗"地流了下来……

骨头别子这时激怒地叫着："你知道吗？你是泊里鹿的人呢！"

金叶儿胖胖的手脖儿从眼上拿开，发狠地跺着脚喊着，哭嚷起来，仿佛要把心头的怨气全吐出来："我怎么就是他的人呢？登记了？结婚了？我自己愿意了?!"她靠近一步，那脸差点要碰着父亲的胸口了，仰脸盯着老人的眼睛，一句接一句地嚷下去，"俺看泊里鹿不好！俺看陆小吟好！俺、俺不怕人哪……反正我没朝三暮四——你管我，就劈下来吧！劈下来吧！举在头顶上，谁怕呀……"她说到这儿哭声更高了，使劲地跺着脚，"就是打死我，我也不跟泊里鹿。打死我，就找人把我埋在那棵大蓉花树下吧，我和妈妈睡一起，告诉她你为什么打的我……"

她嚷着、嚷着，不知怎么这泪水就干了，两眼闪出了愤怒的火星儿。那对圆圆的肩膀震颤着、仰动着，好像随时要迎接什么、担负什么。往日的羞涩、娇态，这时一丝也找不到了！

骨头别子深深地吃了一惊，他不认识似的看着金叶儿……

"你劈下来吧！劈下来吧！"她大声地喊叫，睁着一双红肿的眼睛，长长的头发被风撩动着，像个复仇的女神。

他吸了一口冷气，终于害怕似的往后退了几步……一支骨头别子在手里攥出了汗，他还是牢牢地握着、握着，最后痛苦地闭上了眼睛，重新蹲在了草地上……

凉凉的风吹动着远远近近的青草，叶片的"刷刷"声好似一片低低的细语。骨头别子在用心地倾听着、分辨着，一动不动地蹲在那儿。

他紧紧地闭着眼睛,整个思绪也沉入一片黑暗之中了。他昏沉沉的脑海里,一会儿闪过金叶儿母亲那张苍白的脸,一会儿又闪过小寡妇愤怒指来的竹梭儿,闪过她鱼钩似的眼眉……就像做过了一场奇怪的梦,他恍惚、迷惘,一双手不停地抚摸着那支骨头别子,连连发出痛苦的叹息……不知停了多长时间,等他睁开眼睛的时候,金叶儿已经不见了。他呼喊了一声,可回应他的,只是远近滚动的雷声……他身上疲惫极了,这时步子踉跄地顺一条小路走了起来。

不知走了多久,他闻到了一阵浓烈的香味,定神一瞧,原来又走到了那棵巨伞般的蓉花树下!他一下子坐在了那个杂草青青的坟旁,低声儿诉说起来,就像跟一个久别的亲人交谈:"金叶儿妈!你知道孩子今晚又跑到拉拉谷里了吗?你知道我没有管得住她吗?人哪!人哪!多少辈子了,到底该咋个样找男找女,该咋个样生娃娃哩?我好不容易明白过来,可今天又糊涂了——是糊涂了吗?做人真难哎!真难哎!"

豆大的雨点儿洒下来,落在了他的身上、脸上,使那渗出的泪水和雨水一块儿沿深皱流动着……他坐了一会儿,然后在夜色里摸索着,寻着大海的涛声,一步步往小渔房子走去。

小渔房子旁边,此刻正有人在为他淋着雨。

她是谁呢?电光映出一个熟悉的身影,骨头别子还没有分辨出来,她就迎上一步,声音颤颤地叫一声——她是二姑娘!

骨头别子一愣,然后抱着头坐在了沙滩上。

"我不是缠你来的——我干吗老缠你啊!我是来求求你个心

217

里话呢!"二姑娘站在那儿,用手拂开粘到脸上的头发,语气缓缓地说着。她盯着一言不发的骨头别子,提高了声音说:"你做声啊!你那颗心真是石头做的吗? 你一次次冷我的心,我真想再也不理你,可我还是不能。我是亲眼看着你怎样变成一个好男人的,我等了你十几年,一颗心早给了你,我注定要伺候你这个拐腿子的……你、你倒是说话呀……"二姑娘声音颤颤的,可以听出她哽咽了。

骨头别子就像什么也没有听到,一个字也没有说。又蹲了一会儿,他轻轻地站起来,用力扭了扭衣袖和衣襟,雨水"哗"地淌了下来,然后回身迈进小渔房子,"吭"的一声将门关紧了。

冷冷的雨鞭抽打着关起的门板,二姑娘在雨中瑟瑟抖动着。她站了一会儿,直眼盯着关严的门板,突然双肩一抖,"哇"的一声哭了出来,背向着小渔房子跑走了……

六

夜雨下个不停,天公在细心地洗刷夏天的原野。近岸的海面上,不时有泛亮的磷光——那是一些游过来的鱼群,在贪婪地喝着天上赐给的甜水。芦青河的流水声在不知不觉中加大了,河岸的草丛中,不时有惊醒的鸟雀"嘎呀"长叫……

拉拉谷里,金叶儿在一棵蓉花树下找到了陆小吟。他们站在树下,让那密密的树叶遮着雨水。但两人的衣服还是打湿了,雨水顺着头发往下流着。刚从父亲身边跑开的金叶儿,一直像害怕似的看着陆小吟,急急地呼吸着。这时,她口吃似的小声问:"小吟,你……听到我跟爸爸吵什么了吗?"

"吵什么了呢?"

"我……"金叶儿支吾了一声,低下了头。她摆弄了一会儿辫梢,然后抬起头来,用期待的目光望着陆小吟。

"……"陆小吟的嘴角动了一下,但什么也没有说出来。

金叶儿咬了咬嘴唇,突然大声说道:"我说我喜欢上你了,就不怕人了!"

"啊!"陆小吟一惊,接着上前一步扶住了她的肩膀。他激动地、声音低低地叫了一声:"金叶儿!"

她把脸埋到了他的胸口上,就再也不愿动了。她像个受了委屈的孩子,在黑暗中不出声地哭着,幸福地嗅着男人身上那种奇异的气息……陆小吟抚摸着她那湿润的头发,激动得不知说什么才好。

一阵风儿带着谷地里浓浓的香味儿吹过来,摇落了滴滴雨水,摇落了片片蓉花……金叶儿轻轻地说:"树花儿都要被雨水打落了……"

陆小吟像安慰一个小孩子那样,对在她的耳边小声说:"不能的——落下的只是枯萎的;新鲜的,只让水洗了一遍,然后更鲜、更香……"

金叶儿欣喜地抬起头来,使劲地呼吸着,果真觉得空气比原来香多了。她提起裙子,轻轻地蹲下来,伸手触摸着满地落英。啊,蓉花瓣儿在湿润的沙土上覆了一层,软软的,像细丝绒。她捏起一小片放在眼前看着、嗅着,极力想透过夜色望到它那深红的颜色。她望到了几串小小的水珠,挂在花丝上,好似一颗颗晶莹的露滴,又像一颗颗透明的泪珠……金叶儿却愿意相信它是泪珠:蓉花哭自己落得太早了些呀!她叫了一声,正要说什么,突然听到远处传来一阵隐隐约约的哭声。她赶紧站了起来,推推小吟:"你听!"

"呜呜……呜……"

陆小吟吃惊地抬起头来,一动不动地立在那儿,和金叶儿紧紧地站在一起。

哭声越来越近了。他们借着闪电望着,终于看到了一个五十多岁的女人披着湿淋淋的头发,沿着谷中小路向前跑去……

"是二姑娘……"金叶儿差点儿惊呼出来。

"二姑娘……"陆小吟喃喃地说。

闪电熄灭了。黑色重新掩去了一切。金叶儿像害怕似的,更紧地挨着陆小吟,声音颤颤地说:"一定是爸爸把她赶跑了——她哭得多让人难受啊!"

"他讨厌她吗?"

"不!他怕……怕对不住妈妈……"

陆小吟久久没有说话。他望着远方,像自语,又像在吟哦着什么……停了会儿他问:

"你愿意他们住到一起吗?"

金叶儿低下头去。想了一会儿她抬头说:"我不知道。我觉得她和爸爸都怪可怜的……"

陆小吟激动地握起了金叶儿的手。天空,浓云裂开一道缝隙,几颗星星在明亮地闪动。他的声音多么沉重:"拉拉谷,一条怎样的谷啊!多少代了,人们都在寻找……"

"寻找什么?"

"寻找心上的一点什么,就像寻找谷地里那条弯弯曲曲的小路……"

金叶儿把脸贴在他那粗壮的手臂上,眨动着双睫说:"寻一条'小路'……就这样难吗?"

陆小吟望着她这副纯真的模样儿,点点头说:

"这样难!有人跋涉了半生,自以为触摸到了那条'小路'。可如今白发苍苍,发现眼前还是一片迷茫。他还要苦苦地寻找……"

"还要……苦苦地寻找……"金叶儿重复着,眼里涌出了一汪泪水——透过泪花,她依稀望见茫茫的海边上,在水浪和沙土的交接线上,一跛一跛地走着一位孤寂的老人……

陆小吟看着金叶儿:

"他那么爱你,可你能帮助他吗?也许能,也许这已经太晚了……让我们都记住他的话吧:'结结实实做一个好人'!"

金叶儿擦着泪花,深深地点了点头:"结结实实做一个好人!"

起风了,蓉花树在风中摇动,醉人的浓香播散开来,空气变得香极了。此刻,拉拉谷里所有的蓉花树都被风吹拂着。它那沉重的树冠轻轻摆动的时候,好似一个巨人在深表疑虑地摇头;枝条激动地扬起,又像挥起了奋力召唤的手臂……一阵阵疾雨摇下来,冲洗着幽深的谷地,也冲洗着它自己的落英。那淡淡清香随着小小溪流汇向芦青河,投入了无比旷阔的大海……

1982 年 4—7 月写于济南

生长蘑菇的地方

　　最近我去了一趟农村，遇到了一个人，就想起了自己过去的一个故事。

　　农村里真有些古怪地方，也真有些好地方。我的叔伯哥哥住在河边，又离大海不远，那儿玩起来很有意思。河里面有鱼、有鳖、有螃蟹，还有一片片的苇子。河岸全是树，柳树、橡树、杨树，什么都有，是片杂树林子。地上没有黑黏泥，全是细细的白沙，上面又生了密密的绿草，因而显得很干净。我十岁多一点的时候去过哥哥家一次，碰巧在河里逮了条两三斤重的鱼，因而总是留恋着那个地方。十八岁这年，社会上乱起来了，因为爸爸的缘故，街面上的一些"革命"青年时常要用拳头"教育"我一下。妈妈愁得没有办法，就对我说："你到哥哥家去住吧，在这里光要挨揍。"

　　十八岁，已经是有选举和被选举权的公民了。然而我不但丝毫帮不了家里什么，还要挨揍。于是，我就又一次来到了河边的村子。

　　这是个初秋季节，田野里一片葱绿。芦青河快到了一年里水最旺的时候了，流得很响。岸上的林子里，各种鸟儿成天价不住声地吵。哥哥说庄稼和果子都快成熟了，它们是急着吃东西。我觉得很有意思。地上的青草长得很茂盛，里面夹杂着生出一簇簇的各色小花。你弯腰掐花的时候，又往往会从手旁的草窝里惊出一只野兔：玻璃球似的眼珠先向你转两转，然后箭一般射向远方……

村子里很忙。哥哥说这地方哪儿都好，就是每年里事情多一点。比如说在这个季节吧，别地方的人都是吃闲饭养神儿，准备积下劲儿忙秋。可这里就不行，这里秋季雨水大，一入秋就要忙着挖渠，提防秋田泡到水里。我问哥哥："不是有芦青河吗？怎么还要挖渠呢？"哥哥说："芦青河的水自己的肚子都盛不了，有时还要往外涨呢！"这真是个古怪地方。

哥哥一家人都在外边忙，我闲得有些不好意思。我对哥哥说："哥哥，我也去挖渠吧！"哥哥摇摇头："不行，你是外地人，干活也不记工分的……你要是闲得难受，就到林子里采些蘑菇吧。"

我提上了一个小柳筐儿。

为了采蘑菇，有时我要在林子里走上很远。我生来第一次知道，原来蘑菇也像花一样五颜六色：有红的、黄的、蓝的、紫的、白的、灰的……它们可以生在草窝里，也可以生在大树的半腰，生在小树的根上，生在白白的沙里。无论是橡子、柳树还是松树、槐树，都能生出肥肥嫩嫩的大蘑菇来。同时我还发现，它们都生在朽过的东西上面。凡是一株蘑菇，下面都有一截腐烂的树根或是草梗……大海滩是一眼望不到边的，在这块土地上，有各种的树、各种的鸟、各色的花，也有各种各样的蘑菇。我采呀采呀，慢慢在哥

223

哥的院子里堆成了一座小山。哥哥和嫂子没事了就在这堆蘑菇旁边看着,他们说从来没记得有谁闲下工夫采过这么多蘑菇。哥哥欢喜地伸开那铁叉似的五根手指在蘑菇里摸索着、翻看着。有一次他的大手正在活动着,突然猛地一抖。我一看,原来他捏住了一片大大的、出奇美丽的粉红色的蘑菇。他放到眼前看了看,就小心地用两个手指夹起,"噌"一下甩到院墙外边去了。他说:"有毒。"

院子里的蘑菇吸引了好多的人。村里的人有的端着饭碗进来了,一边吃一边看。他们看蘑菇,也看我。有的说:"大概全海滩的蘑菇全让他给采来了。"有的说:"也怪,大小伙子哪来这么多耐性儿!"人群中有一个姑娘不服气地说:"我要是专采蘑菇,比他采得还多。这有什么了不起? 瞧他还成了'能人儿'呢!"

我顺着这声音一看,见她的鼻子上正蹙起好多道皱儿。那是瞧不起人的神气。这个鼻尖翘得很厉害,但是很好看。人们一会儿就走散了,但我还记得那个"小翘鼻子"。哥哥对嫂子说:"就是捧捧的嘴厉害!"我听了,知道了她叫"捧捧"……夜里我琢磨:大概是她让家里人"捧"惯了,才这么瞧不起人吧?

天亮以后,门口拥来好多小孩儿,说是爸爸妈妈让我领他们采蘑菇去——反正都没有事儿。让个大小伙子成天和一帮扎朝天辫儿的一起采蘑菇去吗? 我突然感到了一点受侮辱的意味,怎么也不提那个小柳筐了。我跟哥哥说:"我挖渠去! 我替你,你闲在家里好了……"

经再三要求,我终于扛上了他那把锃亮的大铁锨。

人们是在海滩上树木稀疏的地方挖渠的,准备让将来的雨水能顺着这沟渠流到海里去……挖渠的差不多都是年轻人,领头的是队长刘兰友。这个人有四十来岁,两只眼睛陷在里边,显得很深。他见我来到工地,就走到跟前端量着,好半天说了一句:"你咋长这么白呢?"

四周的年轻人都笑了。我的脸一下子变得通红。

刘兰友又说:"白点不要紧,我年轻时候就很白的。不过你在我手下干活,可得规矩点儿,不能跟姑娘们动手动脚的……"

我窘极了,心里真恨这个油里油气的队长。我突然闻到了一股雪花膏味儿,仔细一看,才发现刘兰友的脸上似乎抹了厚厚的一层……

这天回到家里,我把刘兰友跟哥哥说了。哥哥骂了一句说:"他就这么个东西! 自己不正经,还得空就装样子训别人……不过这个人不坏的,他就这么个东西!"

在挖河工地上,每人每天要挖多少土方是固定的。队长刘兰友手里捏个皮尺,把未挖的渠道分成一个个长方形的格子。每人都站在一个格子上挥动着铁锨。我自然也分到了一个格子。我老瞅着这个用白石灰画成的小格子笑。我觉得凭自己这身力气,挖掉这个小格子是太容易了。队长刘兰友干起活来只穿一个裤衩儿,这使我看到了他那出奇瘦削的身子。奇怪的是这么瘦的人竟有那么大的劲儿,那锨挥得飞快,一会儿就把格子掘了好深。我抬头看看四周,见所有的人,就连那些姑娘们也比我挖得快。刘兰友说:"看哪,'白小子'搁到'岛'上了!"

年轻人都笑了。有一个姑娘笑得特响,她就是捧捧。这个捧捧这会儿让我看清了：高高细细的个儿，那身条有点儿像运动员，十分健美。由于常年在野外劳动，脸上自然说不上白，但却丰润细腻，配上那个小翘鼻子，有股子特别的神气。她见我在打量她，立刻就不笑了，只轻轻仰起脸来，使小鼻子上又尽是细细的皱皱了……我用尽所有的力气削脚下踏的"小岛"，好不容易挖到黑黏土，地下又开始渗出水来，那黏黏的泥巴沾到锨上，怎么也甩不掉。刘兰友大笑起来。我觉得全身都在发烧。这时候我老觉得她——捧捧在看我，一抬头，果真碰上了两道明亮的目光。这目光是温暖的，我一点也不害怕。她看着我，又朝手里的锨撅撅嘴，然后握紧锨柄，"噌噌"几下，在黑泥上铲出一个方块块，再把锨板放进一个水洼儿里蘸一蘸，这才掘起那方方的土块儿……土块儿在沾了水的锨板上很滑，被她只轻轻一甩，就飞出了老远，锨上一点泥巴都未沾！我简直看呆了，仿着样儿做了一遍，顺劲儿极了！

　　休息的时候，人们在做着各种各样的事儿。年纪大一些的铺着破棉袄躺着。这里的人出外干活，常常带个破棉袄，据说能随地而卧，变天时还能包在头上防雹。年纪轻的满海滩乱跑，跑到林子里摘酸枣，跑到海边上踩贝蛤。林子里，最后一搭儿蝉在树上鸣叫着，惹得捧捧踮手踮脚去捉它们。她那样儿就像捉迷藏。我看她那只伸出来捂蝉的手，又小又胖，手背关节处净小肉窝。这样一双手怎么那样能干活儿呀？

　　有一只蝉爬在高处，她捂不着，就用期待的目光看了我一下。我走了过去。因为打篮球练过弹跳，我就像投篮儿那样，一下子弹跳起来，飞快地将那树半腰的蝉捉了下来……我回身给蝉的时候，发现她正愣着神儿,脸儿红红地看着我。她把蝉接到手里,只用食指和拇指捏住一个翅膀,让它飞动着。她说:"多好啊,多好啊,你飞去吧……"说着,那蝉就自由了,"吱"一下飞向了蓝蓝的天空,钻得很高很高……

我奇怪地看着她,她却笑眯眯地看着空中的蝉。她收回目光的时候,又一次用力地瞥了我一眼。她说:"哎呀,跳得真高,你跳得真高……啧啧!啧啧……"

她跑开了。

我直直地盯着那个苗条的身影,盯着她飞进绿绿的林子深处……当我低下头来的时候,我突然发现脚边就有一簇儿嫩嫩的蘑菇!啊,我欣喜地蹲了下来。蘑菇,我亲手采了多少啊,我简直跟它有了特殊的感情。我小心地把它采下来,嗅着它特有的清香的气息,又珍惜地放到了衣兜里……小鸟儿四下里唱着,林中那无数片宽窄不同、颜色不同的叶儿"刷刷"地抖着。天真蓝哪!天空里,鹰飞得好高啊!我弯腰撷取着野花儿,一支一支,归结成一大束,我摇动着鲜花向前跑去。我跑着,又看到了一种小叶儿很密、上面生了一层小绒毛的草棵儿,就顺手揪了一把,玩着走向工地……

人们从四面八方走过来,劳动又要开始了。我这时突然觉得身上发起痒来,伸手一抓,痒得越发厉害了。刘兰友过来看看,立刻鼓着手掌嚷:"哈哈,他碰上'痒痒草'了,瞧,他手上拿着'痒痒草'!"我赶紧把手里那个小叶儿草抛掉了,又去河边洗了手……我想:这儿的大海滩多怪啊,还有"痒痒草"!

这天回家的时候,我手上已经磨起了两个大泡。哥哥说:"你累吧?"我说:"不累。"我说的是真话,我真的没感觉到累。

大海滩哟! 你宽广、神秘,最富有传奇色彩。每天里,多少飞禽走兽在奔跑、飞翔、鸣叫、追逐,有多少人在密密的林子里寻觅、采摘、挖掘。大海滩太广阔了,湿润而温暖的气候,使每天里有多少东西在腐烂,又生出多少新鲜而美丽的蘑菇! 每当我穿过大海滩,奔向工地的时候,我心里就有一阵阵说不出的冲动。这儿是喧闹的,又是宁静的。这常使我想起我的家,想起母亲那被愁苦和忧虑绞扭着的脸。那儿是寒冷的,因为我爸爸的缘故,有人要用拳头和棒子来迎接我……但愿我能永远生活在大海滩上吧!

在挖渠工地上,我慢慢找到了朋友。年轻人需要知道一些外地的新鲜事儿,我则需要他们的友谊。捧捧的弟弟也在工地上,名字叫"老国"。这个老国长得黑乎乎的,样子有点像小人书上画的"军阀"。他虽然刚有十六七岁,但却膀大腰圆,那肥胖的屁股看去像扣了一个洗脸盆。我不愿相信他就是捧捧的弟弟,但这分明又是真的。每当我看到他们坐在一起,笑嘻嘻地分吃一块烙饼的时候,我心里就有一股奇怪的感觉:不是厌恶,不是嫉妒,好像只是觉得惊奇,觉得不十分谐调……

刘兰友故意将低洼的地方分给我来挖——这样要省好多力气的。我心里开始感激他了。我差不多完全忘记了刚来时他给我的不好的印象。劳动时,捧捧常常是很爱说话的。但我近来好像总听不到她的声音了。她只是用力地挖着土,使劲地甩着锨。她变得沉默了,也能干了。我有一次看她的时候,发现她也正在看我。

她碰到了我的目光,就使劲甩了一下辫子,那道灼热的目光也一块儿给甩没了。

我像害怕什么似的,总不敢抬头。但有一股非常执拗的力量,使我总想瞅空儿看她一次。一颗心跳得很急,那跳动的节奏是愉快的、兴奋的,也含了一丝儿小小的惧怕。我停止了掘土,轻轻地用手擦着脸上的汗——擦汗的手挡去了一只眼睛,另一只眼睛却看到了她那热烈的目光!她看着我,咬着唇,笑了。那笑是羞涩的、甜甜的……啊,她原来是这样好看哪——在她笑的时候!我也笑了。大概谁也没有察觉。

我觉得自己真是一个男子汉。我有宽宽的肩膀,我有结实的肌肉,我有海滩猎手那样的勇猛。一把大大的铁锨握在我的手里,就像握了一把小铲子一样轻松,那沉重的土块也仿佛失去了原来的分量,被轻轻一甩就滚开老远。渠下的水渗出来了,土缝儿里、脚丫儿窝,到处都是水流儿。那铁锨插在泥土里,掘一下,清清水流会欢快地蹦跳起来,溅到我的身上、脸上。这是挖渠吗?这是劳动吗?这是在大海滩上干活吗?不,这是写一首诗、一支歌……

中午,大家要在海滩上吃饭、休息。年轻人全趁这个时候到海里洗澡、挖蛤蜊去了。捧捧也去了。我去得稍晚一点。在海里,小伙子只穿一个小裤头儿,姑娘们只在浅一点的水里,高高地挽着裤腿儿,花衣服依然穿在身上。他们都用脚在沙里拧着,如果脚下有个硬硬的东西,那一般就是蛤蜊了。小伙子踩到蛤蜊,从水中捞出时常要放眼前看一看,如果略小一点,就会喊一声:"去他的!"大臂一抡,"砰"一声,甩到了远远的深海里。姑娘们踩到一个就新奇地

"哎哟"一声,哪怕是最小的,也要珍惜地保存起来。我注意到,她们盛蛤蜊的小口袋和兜兜儿都是用鲜红的塑料绳儿织成的。捧捧偏没有站在浅水里,而是站在比小伙子们那儿浅、比姑娘们那儿深的中间地带。她踩呀踩呀,总也不吱声儿。谁也不知道她踩了有多少。

我没有踩蛤蜊,我老在游泳:一会儿仰游,一会儿侧游,那温柔的水浪抚摸在我的身上,暖融融的。我透过波涌间的低谷望着捧捧,心里说:"你是在踩蛤蜊吗?你很会踩吗?你踩蛤蜊真的就比得上我采蘑菇吗?"我不知怎么又想起了她在哥哥院子里说的话,想起了她那打了细细皱纹的小翘鼻子。正想着,捧捧在一边叫了一声什么,还向我招了一下手。我赶紧游了过去。

原来她踩到了一个大蛤蜊,水太深了些,她取不上来,求我帮一下忙。我在她身边扎下一个猛子,在她的脚下取了蛤蜊。这时,一双胖胖的小手伸到了水下。我慌忙将蛤蜊塞到了这双小手里,一个猛子扎开了老远……

赶海的人们是容易疲劳的,人们从海上回来,匆匆地吃了饭,就在树荫下睡着了。姑娘们差不多都铺着一块漂亮的塑料布,躺在柳荫下……我和老国他们睡在一起,整个中午只听他那粗粗的鼾声了,怎么也睡不着……住了一会儿,刘兰友最先爬起来了,他大约要招呼人们起来上工了。可是他没有喊什么,只是蹑手蹑脚地走到熟睡着的姑娘们身边,先蹲下端量一会儿,然后伸出那只又沉又大的手掌来,按在她们脖子下边,就势往下一揢,嘴里发出满意的一声:"嗯——"姑娘们爬起来就骂、打、用沙土扬他,他只嘻嘻地笑着。我看他走到捧捧面前,只用脚轻轻地碰碰她的身子,招呼一声:"上工了!"

"他不敢动捧捧。"我想。

晚上回到家里,哥哥说:"你已经替我干了这么多天,还是让我去吧!"我着急地大声喊着说:"不!不用你去!我要去挖渠!"大概由于我喊得太急、太响,哥哥和嫂子都吃了一惊。哥哥连忙说:"去吧,去吧,愿去就去吧,没人拦你的。"

这天傍晚,我很想唱一支歌。我最先吃过了饭,来到了院子里,大口地呼吸着清甜的空气。这风多么湿润哪,大约是从芦青河边吹来的。满院子里摆满了蘑菇,这都是我前些日子采下来的,如今都快晒干了。我想,关于蘑菇,可不可以编一首歌呢?那歌儿开头也许会是这样的:"蘑菇,蘑菇,生在大海滩上……"

这个夜晚,显得很长。我睡了一觉,醒来时天还是灰蒙蒙的。我坐了起来,从窗子里往外望去。我最先看到的是放在窗下的那把铁锨,锨板儿在星光下发出一片淡蓝的光。这光色使我想起海岸那密密的树林缝隙里的天空,想起那轻轻荡着浪涌的海水……

天亮后来到工地上,我第一眼就发现,捧捧的辫梢上多了一小朵粉红色的野菊花。队长刘兰友看见她从后背上搭下来的黑油油的辫子和辫梢上的花,就慢慢地闭上了一只眼睛。他说:"农村人儿,一般讲来,有点雪花膏抹抹也就可以了……资产阶级思想儿……侵蚀……"

他说着转过身去,利落地朝旁边的人一挥手:"干活,干活了,都立着干什么?看西洋景儿吗?"

就在他转过身去的时候,捧捧看了我一眼,然后蹦跳着向着渠边走去。她拍打着手掌,嘴里嚷着:"噢哟!噢哟!干活啦!干活啦!"

她真欢乐,像只小鸟儿。

踩蛤蜊,留给了我甜蜜的回忆,可蛤蜊吃起来是怎么个味道呢?

我们在休息时,支起了几块干木条烧起来,将刚踩来的蛤蜊烤着吃。刘兰友只有两三个蛤蜊,却丢进蛤蜊堆里说:"烤烤一块儿吃吧。"老国撅着屁股用力吹火,那张方方的、满是横肉的脸上抹满了黑灰。蛤蜊一个个烤熟了,我们就首先投给姑娘们。刘兰友悻悻地对她们说:"你们吃吧,你们脸上搽了粉,他们都是冲着香味儿来的。"说着又扭头吐我们一口,"呸!没出息……"

正烤着,由于不小心,我将一点火星溅到了老国脚边的破棉袄上,那棉花立刻冒起了烟。我赶紧用手扑打,结果还是烧了拳头大小的一个洞!老国一见,再也无心吹火了,一下子扑到上面,捧起一捧沙子就往洞洞里放,等看清那火早已灭了,才狠狠地骂了一句。我的脸烧了起来,觉得很对不起老国。他骂着,越骂越凶,最后竟然用手点划我的鼻子……我的目光不由自主地在人群里寻找她的眼睛:她正看着我和她弟弟,那表情木木的。人们都在看着我,我有点忍不住了。正在这时候,刘兰友突然喊了一句:"看摔跤比赛啊!"

老国猛地抱住了我的腰。我愤怒地和他扭到了一起。这个粗粗的汉子有的是憨力气,但远不如我灵活。他扳住我,脸憋得通红,一双大手抓在我的腰上,使我觉得像一双钝口的钳子钳住了我。一股羞愧和恼恨的火焰在我心头燃烧,我不顾一切地反击着,用尽一切手段对付着这个牯牛一样的东西⋯⋯等我把他笨重的身子"噗"一声放倒在地上的时候,旁边的人,特别是刘兰友,"哗哗"地鼓起了掌。

老国躺在地上,那脚还在狠劲儿往上踢,这提醒了我"战斗"还远远没有结束——我赶紧用力按住了他。按住了,再怎么办呢?就这样按着吗?似乎还应该打他几下吧!但我不知怎样打才好一点。我着急中想起了小时候淘气,母亲打过我的屁股,于是就拿过了老国踢掉的一只鞋子,"啪啪"地打开了他的屁股:一下、两下、三下⋯⋯当我举起鞋子要打第四下的时候,我猛然看到了捧捧那双尖利的眼睛!她站了起来,向我猛地一指,说:"你不要脸!"

她在骂我!骂什么?骂我"不要脸"——这是指我曾向她笑过、曾在海里接受过她的友爱吗?我的脑袋"嗡嗡"响着,那只举起的手颤抖了一下,鞋子一下掉了下来⋯⋯

老国却瞅准这个时机,照准我的一只眼睛,狠狠地挥起了拳头。一阵眩晕,我跌倒了。那只眼睛一时间什么也看不到了⋯⋯旁边的人乱起来。刘兰友大喝了一声:"老国!你个臭小子,怎么能打人的眼睛?!"

我紧紧地捂着眼睛,止不住的泪水从指缝儿里流了出来。我听旁边有人说:"他哭了,哭了⋯⋯"刘兰友"哼"了一声:"伤了眼睛能不疼吗?!"

我的眼睛一阵阵地疼痛。但我绝不是因为它才流泪。我的心

233

在疼，这是别人无法看到的……

这天回家，我跟哥哥讲因为走路不小心，撞在了一根树枝上，眼睛被碰了一下……哥哥半点也不怀疑的，只责备我"毛手毛脚的"。我跟他讲再也不想去挖渠了。为什么？因为……我太累了。哥哥笑着对嫂子讲："我早说他会累下阵来的嘛！"又对我说，"你还是去采你的蘑菇吧！"

我就重新提起了那个小柳筐儿。

我成天蹒跚在大海滩的密林间，就像做过了一个不祥的梦，我的心老在不安地跳动着。"不要脸"三个字一直在我眼前晃动。我在无声地追问："难道不是你向我送来甜甜的微笑、伸出温暖的小手吗？在我的心目中你曾经多么美好，像春天里第一次摇动绿枝的南风那样温柔！可是就因为一件破棉袄，因为我和老国的一次打架，你竟突然变得如此冷酷……这究竟为什么呢？"我认真地在树丛、草棵间寻着蘑菇，排遣着心头的烦闷和懊恼。我不知疲倦地采摘、采摘，一筐一筐地背回去……很快，哥哥的院子里，又有了一堆新鲜的蘑菇。

我曾想过，一个地方有一个地方的理解，"不要脸"三个字也许不像我自己认为的那样坏吧？于是我偷偷地问嫂子是什么意思。她正在灯影下纳鞋底，听了我的话，赶忙用锥子在头发上抹了两下，红着脸说："我也不清楚……大概和'流氓'差不多吧！"

我吓了一跳！

海滩上，鸟儿凄清地唱着，树叶儿在风中轻轻弹拨，发出一阵低沉的和声。芦青河日夜奔流，那水浪声传过来，使人从中能听出一些愤懑。采吧，采吧，哥哥，我要给你采成一座高高的山，我要给你把满滩的蘑菇都采回来！

可是这天我回到家里的时候，发现哥哥的脸色不像过去那么好看了。他看看院里堆起的蘑菇说："采这么多有个什么用？你闲在家里算了！"

我惊讶地说了一句："多好的蘑菇呀……"

哥哥看了我一眼，转身进屋了。

吃过饭后，他一边卷着一根纸烟一边对我说："我都晓得喽。刘兰友全告诉我了。你那眼哪里是树枝碰的哩！"

我没有说话，一颗心"怦怦"地跳着。

他看了看嫂子，然后生气地盯着我说："为这种事被姑娘指着脸骂，你受得吗？年纪轻轻就不学正经。你要是再不正经，就不要来这里住吧……"

夜里，我和衣躺在了炕上。我在苦苦地回忆着、思索着。我想：她也许过分宠爱她的弟弟了，但这也碍不着我们的友谊啊！也许她有时也以为这就是"不要脸"吧？也许她也认为这是一种"见不得人的友谊"，所以才这么容易地抛弃吧？想到这儿，我的脑海里突然划过了一道闪电，似乎明白一些了……我一想起哥哥那张阴沉沉的脸就有些害怕，知道这个家并非理想的避难所，这儿是不欢迎一个"流氓"的。我分明是不好再住下去了，可我到哪里去呢？我从炕上坐起来，伏在窗上向外看着，又看到了立在窗下的那柄闪着淡蓝光色的铁锨……我走出了屋子。

啊啊，好亮的一天星斗呀！初秋的夜，水汽很重，院墙边上的青杨树上,不时甩下来一点露滴。院子正中,高高的一堆蘑菇散发出一缕缕清香。我蹲下身子,伸手抚摸着它们,想象着我一个个地在草丛间寻找、采摘的情景。我曾多么欢快地采过蘑菇,多么用心地采过蘑菇呀!我要跟这些蘑菇告别了。我轻轻地抚摸着、抚摸着,最后伏在了蘑菇堆上,一汪儿泪水再也忍不住了,两手捂在脸上哭了起来⋯⋯我想,还是回去吧,回家吧——一想到这儿,我马上想到了那些辱骂、欺凌,想到了那些高高举起的棒子和拳头⋯⋯可是,尽管有这些在迎接我,我还是要回去。因为我仿佛感觉到在这大海滩上,似乎有比棒子和拳头更可怕的东西⋯⋯

我决定要走了,马上就走。我给哥哥留了张小纸条,然后就顶着星光上路了。我走得很急,要在天亮之前赶到县城搭车的⋯⋯

十几年一晃就过去了,我三十多岁,结了婚,如今已有了一个孩子。我自从那次离开芦青河边,就再也没有去过。我非常想念哥哥和老乡们。这年,也是一个秋天,我终于来看哥哥了。

令我吃惊的是,进村遇到的第一个人,就是捧捧。她正站在街口,抱着孩子晒太阳,见了我,先一愣,接着热情得了不得。她大概完全忘掉了过去的事情,我却一下子触起了好多的往事⋯⋯我发现她依然是那么美、那么羞涩,身上还是有一股别人所没有的神气⋯⋯

哥哥是用蘑菇招待我的。做菜时,他专拣粉红色的、样子十分美丽的那种。我想起了他用两个手指夹起蘑菇甩掉的情景,说:"这不是有毒的吗?你甩过。"他笑了:"没毒。过去总以为长成这样好看的就有毒。错了,没毒。"他说着扳开一个放我鼻子下让我嗅,说,"闻闻,特鲜特鲜!"

吃饭间有说不完的话。他大约也忘了我被人打坏眼睛那一段往事,我也就不提它了。但我还是问了那年挖的水渠怎样了。他笑笑:"不成,不成,白费力了,水来了照样排不出去……"我笑笑:"不是常说'水到渠成'吗?"他听了苦笑一声:"那要看在什么时候、什么地方。这地方淤沙太多,风一起,挖成了也要堵死的!"

"淤沙太多……"我思虑着,在心里一字一字重复了一遍。

我又特意问到了刘兰友。他说:"还是队长!人老了,不过老了也好,老掉了不少毛病……这个人还不坏,顶能干的……"嫂子也在一旁点着头:"就是,就是。"

我问:"大海滩上还有那么多蘑菇吗?"

哥哥点点头:"怎么会没有呢? 这地方气候好,水汽重,有些东西腐烂起来也快,就净生些好蘑菇了……"

是的,没有腐烂就没有新生。人,应该好好研究一下那些鲜嫩的、美丽的蘑菇是怎么生长出来的。

我最后要求哥哥领我到大海滩上采一次蘑菇。他同意了,连连说:"成,成。"

1982 年 4 月写于青岛

夜　莺

　　乡村七月的夜晚,茫茫原野里一处又一处明亮的灯光,把星空都给映红了。那是什么呀? 那是农民们新修筑成的一个个场院,他们在连夜打着麦子!

　　迎着每一处灯光走去,你都会发现一片热烈而欢快的生活场景。这个夜晚,是庄稼播种以来的一次大总结;人群在灿烂的灯火下、在"隆隆"的机器声里穿梭似的忙碌着,好像在寻找一首长长的农家诗的结尾……人们在场上做得多细致呀:脱下粒子,称一遍,扬一遍,再小心地用苫子苫起来;就连那麦草,也要堆成垛子。也就是这一个个麦草垛子,费去人们多少心思呀! 垛墙儿,崭齐齐好像刀子削过;垛顶儿,披起的草把儿似一层鱼鳞。垛子或方或圆,力求美观大方,坐落在树下、路边,很难说不是智慧和技艺的炫耀……

　　有个叫"胖手"的姑娘,特别喜欢堆垛子。

　　去年打麦子的那个夜晚,就是她和一个叫"二老盘"的老汉堆的麦草。巨兽似的打麦机大口地吞食麦穗儿,一边又吐出柔软的麦草。麦草一会儿堆成了小山。人们吆喝着把一个个小山推到场院西北角那几棵大杨树下,她和二老盘就用铁叉拨弄着,堆起一个高高的麦草垛。垛子堆到一人来高的时候,开始有了弹性,一动腿脚就颤悠悠的。胖手的兴致随着垛子的增高而增高,二老盘的心情随着胖手的兴奋而兴奋,他们两人就站在高处,迎着凉凉的南风唱起来……

　　胖手老怀念那个夜晚。可惜这样的夜晚一年里只有几个。所以胖手非常珍惜它。这个夏天的这个夜晚终于来到了的时候,她就穿着崭新的短袖儿紫花小衫儿来到了场院。

　　场上,打麦机"隆隆"地响着,人群吵吵嚷嚷,两个人要说什么话,必须离得很近才听得清。胖手一到场上就寻找二老盘,老远地望见他蹲在场角的大杨树下,于是就跑了过去。二老盘迎着她嚷:"垛草了! 垛草了!"胖手笑着蹦过一堆一堆的麦草,也迎着他嚷:"垛草了! 垛草了!"他们蹲在了一起。胖手附在二老盘的耳边,小着声儿说:

　　"咱还像去年那样啊!"

　　二老盘点点头:"还像去年那样!"

　　这时候有个小伙子从旁边走过,胖手喊一声:"金壮!"

　　他立刻在一边停住了。胖手走过去,用手比划了几下,金壮不明白。她于是压低声音说:"咱还像去年那样啊!"

　　金壮立刻明白地点着头:"还像去年那样!"

　　说完,两人就分手走开了。胖手又回到了二老盘跟前。打麦机响着,麦秸不断从后尾吐出来,人们呼喊着号子,往积起的麦秸上插着叉子,套上绳索向场角里拉。胖手和二老盘需要等麦草积得多起来才好动手做垛基。胖手这时候空闲着,轻松得很,乐得合不拢嘴。她抱着个亮闪闪的铁叉,故意跑到明晃晃的电灯底下玩儿。

胖手今晚的头发显得特别亮、特别黑。别人怎么也想不到:她为了晚上来打麦子,白天刚刚洗过。她这会儿站在灯下,脸上显得红扑扑的。一双黑亮的眼睛东看一看、西看一看,长长的睫毛眨动着,好像看着什么都新奇。她刚刚十九岁呀,那神情里还有几分童年的傻气。她比一般姑娘要胖,从短袖衫儿里露出的那对圆鼓鼓的胳膊,特别逗人发笑……这时候她拄着铁叉,好奇地瞅着打麦机出米口上的小布口袋甩动,每甩动一下,她嘴里就"咦、咦"地喊着,老在笑。

几个媳妇管着装袋子,这时候看到胖手站在一边,就欢喜地过来摩挲她。她使劲缩着脖子,笑着,谁动她重一些,她就偎在了谁的怀里。有的说:"胖手这双眉毛好!"有的说:"胖手后脖子上的肉一团一团的!"……胖手全不搭茬儿。等人家不做声了,她却把嘴唇使劲缩起来,用手指指两边说:"看到了吧?"

几个媳妇一齐看着,终于发现她嘴角下边一点各有一个小肉窝儿……大家笑了起来。

胖手又玩了一会儿,向着场角的大杨树那儿跑去了。

他们开始贴着杨树打起垛基。垛基打得好大呀,足有两座房子的底座儿那么大。二老盘说:"大一些不妨,今年的麦子好,总得大一些的。到时候尖不起顶来,再抽四周! ……"

由于垛基打得很大,两个堆草的人站在上面显得很轻松。下边的人将一堆一堆的麦草甩上来,胖手和二老盘只用铁叉轻轻拨弄几下就行了。垛子越高,垛下的人往上甩草就越不容易,站在垛子上拢草的人也就越松闲。胖手对二老盘说:"咱一点也不累啊!"二老盘说:"一点也不累。就是不能抽烟。"胖手说:"抽烟有什么好?我就不抽的。"二老盘说:"你懂什么。"胖手听了不高兴了,一个人离远一些拨开了草……垛子慢慢高起来,胖手站在高高的垛子上,望着一场院灯火、一场院忙碌的人群,突然想起了什么。她凑近二老盘说:"像开大会似的,咱俩在'台子'上了,像两个大干部!"二老盘说:"我像,你不像,你不够稳重。"胖手又不高兴了。

一阵阵风儿吹过来,味道怪好闻的。胖手知道这味儿是怎么来的。场院的东南角上是个大菜园子,那儿有赤红的西红柿,有一条一条顺在架子上的嫩黄瓜;场院的西南角上,是个大果园,那里面有早熟的杏儿,有已经好吃了的大苹果……胖手想象着那些瓜果的模样儿,心里痒丝丝的。她突然喊了二老盘一声,说:"你还不去抽烟吗?"

二老盘插了叉子,顺着一棵杨树滑下了垛子,到一个安全地方抽烟去了。

胖手立刻跑到垛角的另一棵杨树跟前往下看着。下面背灯,漆黑一团,什么也望不到。她看了一会儿,又喊了几声什么,最后失望地举着铁叉走开了……她拢着草,奋力地将大草团往垛子的中心扔,一扔就扔开好远。她不愧长了双粗粗的胳膊。扔了一会儿,她刚要伸手擦额头上的汗,突然听到了垛角那儿有树枝折断的

241

声音。她想喊什么,那杨树上却跳下一个人来——是金壮。他跑到垛子中心,一仰身子躺倒了。胖手插了叉子,也靠着他躺了下来。她问:"弄了多少?"金壮从衣兜里摸出几根黄瓜:"嫩生生的,管你饱!"……

他们躺在软软的垛子中心,那草都要把他们包起来了。两人"咔嚓、咔嚓"地咬着黄瓜,仰脸儿望着天上的星星。金壮说:"月黑头,看菜园的老同志一点也发现不了。我们几个贴着地皮的草往前摸,摸到一个就装进兜里……"胖手笑了。金壮问她笑什么,她说:"笑你巧嘴儿,连人家的瓜都偷来了,还叫人'老同志'呢!"金壮也笑了。胖手又说:"听你吃黄瓜的声音,猪似的。"金壮答一句:"你也一样。"说到这里他不做声了,从草窝里探出头来四下望望,又重新躺下说,"垛子这么大哟,我看像一张老大老大的床。"胖手不做声。他又说:"就咱俩躺在床上……"胖手还不做声。他伸手抓过她的胳膊,放在眼前看着说:"真是一个'胖手'呀!……"说着把这只手送到自己头下枕了,在暗影里盯着她闪闪发亮的大眼睛说:

"以后咱俩就好起来吧!"

胖手抽出胳膊,一翻身坐起来说:"不好。"

金壮也坐起来:"偷给你多少黄瓜吃呀,还不好!"

"吃了黄瓜就得好吗?谁还敢再吃!"

金壮失望地躺下了。胖手也躺了下来。她不满地咕哝说:"去年也没这么多毛病,真是的!"……

金壮又躺了一会儿就走。二老盘攀着杨树重新登上了垛子。老头子抽足了烟，精神头儿比刚才大了几倍。他一上来就喊："嗬呀，垛子立刻就这么高了吗？"

胖手说："可不是就这么高了。"

他们用着劲儿将边沿积下的麦草往中间铺展着。高高的麦垛又长出了新的一截儿。胖手用脚使劲跺了一下，那垛子的周身立刻颤动起来。她乐得笑了，说："能行了！"

二老盘也用脚使劲跺一下，重复说："能行了！"

胖手不做活了，插了叉子，在宽宽的垛子上跑动起来。她一会儿倒立，一会儿翻一个跟头。那垛子弹动着身子，使她觉得特别舒服、特别有趣。麦草被打麦机的钢铁牙齿咀嚼过，这会儿变得极为柔软，就像一片细丝绒儿似的。胖手玩累了，就平展展地仰躺在上面。她觉得全世界再也找不到比这个更大、比这个更让人舒服的卧床了。那麦草垫着她的紫花衣服，小草梗梗轻轻地动着，发出"吱吱呀呀"的声音。她就用力将身子提起来，再落下，让那"吱呀"声使劲儿响起来，让那个大弹簧床将她高高地弹起来！……正玩着，突然杨树上有只鸟儿叫了一声，那声音脆得悦耳，胖手立刻不动了。鸟儿一声接一声地唱着，别提有多动听！"哎呀，哎呀，你个巧嘴儿，你是怎么叫的呀！"她在心里说着，惊讶地坐了起来，不转睛地望那棵杨树。听着听着，她自己的嗓子也痒了起来。

平常的日子里，胖手在田里老想唱歌。可她一唱，所有的人就全都停了手里的活儿盯着她看。有的还嚷："听呀，胖手练着当'戏子'啦！……"弄得她怪不好意思的，脸色比红绸布还红。其实她会好多歌儿，有旧的，有新的，她全给积攒在一块儿。每学会一段她就记住它,新新旧旧都记在心里,就像装在一个小布口袋里。小布口袋如今鼓胀胀的,她要往外倒了。高高的垛子像个戏台,只是下边的人瞧也瞧不到,听也听不清,胖手就尽兴地唱了起来,还伸出手比划着。

二老盘坐在一边看着,有滋有味的。他喜好了一辈子戏,一辈子也没捞到机会扮个角色。有一次村子里演小戏,他偷偷找到管事的,好歹央求才被应允做个"兵丁",只需描画一下,扎块红布,到时候呼喊着从台上过一次。但就连这也被老婆知道了,给骂了回来。可他一颗爱文艺的心永远也不会死去,一有机会就兴奋地搏动起来。这会儿,他看到胖手唱着跳着,自己也坐不安稳了。他站了起来,踏着颤颤悠悠的垛子走到胖手跟前,说:"有一出戏,是这样比划的……"

胖手感到新奇地瞅着二老盘那只往后跷起的脚,说:"这算什么?"

"算什么?嘿嘿!"二老盘不屑一顾地瞥她一眼说,"武松出场才能这样。"

胖手说:"武松就赤着手呀?"

二老盘也不应声,回身抓起那柄铁叉,当空舞了起来。他舞了一会儿,喘息得很厉害,头上也流了汗,这才不得不停下来。他一边抹汗一边说:"你看,要不说演戏也不容易呢——比垛草还累!"……

他们就这样在高高的垛子上比划着、唱着,嗓门越来越高。亏得场子上机器轰鸣,人声嘈杂,下面的人才发现不了……正唱着,

244

一转身看到垛子边沿上又积起了一溜儿麦草,两人这才不得不去拨拢草了……他们一边拨拢着草,一边还是想着唱歌的事。二老盘说:"天热口渴,有个大西瓜吃就好了!"说着说着,竟又胡乱编排着唱起来,"热天里老汉馋西瓜,可惜这嘴里没有牙……"胖手接着茬儿唱道:"没有牙哎没有牙,我给你把瓜切成碎渣渣!……"

胖手唱着,使劲地拨着麦草。在她用力将一个草团甩去的时候,突然从里面掉出了一个脱把儿的叉头,那叉尖尖从她的脚面上"喳"一下飞了开去……胖手捡起叉头来,吓得心里"噗噗"跳着。但也只一会儿,她又笑了起来,嘴里唱着:"危险危险真危险,差点把脚给叉成两半!……"二老盘又接上唱:"叉成了两半还不算完,回家至少要养半年……"

胖手笑得坐在了垛子上。她嘴里囔着:"哎呀,笑死俺了,俺不会干活儿了……"

正巧这时候打麦机停止了转动,原来是休息的时候到了。场子上立刻静了下来,那灯光好像也比刚才亮得多了。光亮亮的大场院上,那金灿灿的麦粒儿已经堆成了小山。大人们揩着汗,小孩子们满场里跑着……

胖手和二老盘坐在了垛子的边沿上,看着满场院的景致。胖手突然想起了那只鸟儿,就指指杨树间:"你刚才听到它叫了吗?"二老盘眯起眼:"不就是那只夜嗒子(即树莺)吗?"胖手点点头。二老盘接上说:"听到了,也看到了——它又唱又跳,在垛子上翻跟头呢!……""哎哎哎哎!"胖手吐一下舌头,朝他蹙蹙鼻子,不做声了。停了会儿,她又指指麦粒儿说:"这就叫'丰收'。"二老盘依旧眯着眼："那还用看麦粒吗？堆垛子的有数——麦秸多，麦粒就多。瞧这大麦草垛子吧！"

场子上的人都坐了下来，聚在一起说着什么。有一个十八九岁的男青年，一个人倚在靠路口的柳树上，皱着眉头站着。这会儿坐在高处的胖手和二老盘都望见了他。

二老盘说："那不是二环吗？像是在生病……"

胖手说："人家上大学后改成'刘翰林'了！他学校放暑假，今夜大概来替他妈做夜班来了。"

"可不是病了吗？"二老盘站起来端量着。

胖手说："我看看去！"说着，就跑到垛角的大杨树上，顺着攀下垛子来。

刘翰林默默地站在树下，叫他都听不见。胖手就生气地推了他一下："二环！真病了吗？"

刘翰林一愣，然后笑了："是胖手呀！吓我一跳……病什么，我在考虑问题呢。"

胖手不信："来场上干活还考虑吗？"

"考虑的。"刘翰林点点头，问，"你找我有事吗？"

"能有什么事呢！"胖手笑了。她蹲在了柳树下，捡着折掉的柳叶儿玩。停了一会儿，她问："你上'大学'，'大学'老大吗？比这大场院大吗？"

刘翰林笑了。他眼睛只望着天上的星星，说："那自然很大哩。场院？上操的地方也比这场院大！"

"哎呀！"胖手不知在惊讶还是在感叹，又喊了一声，"哎呀！"

"不信吗?"刘翰林问一句。

"俺敢不信呀?"胖手把捡来的柳叶儿满天里一扬,看着它们在半空里飘舞……她又问:"大学里学些什么呢? 都铁难(方言,'极难'的意思)吗?"

"铁难!"大学生说,"有老古时候的课文。'知之为知之不知为不知是知也'——听听,谁懂呢?"

"啧啧!"胖手望着二环,说,"还懂哩,都跟外国话似的!"

"外国的,"大学生又说,"外国的,别林斯基、车尔尼雪夫斯基;哦哦,有一本书,铁难! 铁难! 上面讲:'美是生活'! ……"

"'美是生活'——怪好听的,比'斯基斯基'的好听。"胖手笑眯眯地望着他。她现在已经十二分佩服二环了。她心里想:二环哩,你能啊! 你真好家伙啊! 你就能说那么多一串一串的话,让人听了又不懂又好受,你就咋学的哩? ……她心里一阵高兴,伸出两只胖胖的手儿,一下子拉住了二环的胳膊。二环一愣,不无惊慌地问:"怎么咧?"

"上垛!"她伸手指着场角那高高的大麦草垛,说,"是我和二老盘堆起来的,老高老高,上面可好玩儿了。你站在上面,脚一跺,整个垛子都颤动——然后你再闭上眼,觉得跟坐在一片云彩上了哩……"

"那有什么意思!"刘翰林把手挣回来。

"俺在上面'跳舞'!"胖手一急,说出了一个秘密。她羞得立刻把嘴闭上了。她想,如果二老盘这会儿听到了,一准会使劲儿责备她的。这是她和二老盘两个人的秘密呀。

刘翰林却没有听明白,说了句:"什么呀!"然后就转过了身子……胖手在心里庆幸他没有听懂,一边挪步一边说:"不去算!不去算!……"她一个人向着高高的垛子跑去了。

二老盘在等她。

她见了二老盘,第一句话就说:"他没病!"

"没病好。我就怕满庄里出个大学生,再给弄病了什么的。"二老盘说着,放心地往垛子中心挪一挪身子,一仰脸儿躺了下去。

胖手也躺了下来。她望着一天晶亮晶亮的星星,突然笑了起来。

二老盘问她笑什么,她说:"笑二环,告诉我那么多新鲜事儿,可有意思了。"

二老盘在草窝里拉着长声儿问:"什么新鲜事儿呀?"

胖手笑着说:"都忘了,不记得了……"

"没脑性!"二老盘失望地责备一声。

"我就想起来一句。"

"什么哩?"

"'美是生活'……"

二老盘翻了一下身,咕哝说:"噢噢,'美滋滋生活',那样可是好哩……"

胖手笑得喘不上气儿。二老盘问:"你笑什么?"胖手坐到他跟前,对在他耳朵上,一字一顿告诉他:

"美、是、生、活!"

"噢噢!"二老盘似懂非懂,不做声了。

躺了一会儿,他们从垛子上站了起来。胖手往旁边一走,"扑哧"一声给什么绊倒了。她要说什么,草窝里钻出个人来:是金壮。

胖手推他一下:"你什么时候一个人摸上来了?特务似的!"

金壮神秘地冲她笑笑:"你刚才和二老盘说的什么,我全听到了。"

胖手不信:"你能听到什么!"

"美、是、生、活——对吧?"

胖手不吱声了。金壮得意地望着她,到了杨树跟前,开始往下攀滑了。胖手盯着树干上那团黑乎乎的影子说:"你听到了呗!你听到了呗!又不是怕人的……"

月儿慢慢升起来了,呵,圆圆的一轮,多新、多亮。树梢儿在微风中轻轻摇着、摇着,把空气中麦粒的香味、果子的香味,一齐拂动过来。不知为什么,胖手这时候又想到了杨树上的那只鸟儿——它怎么不叫了呢?它被这机器声吵飞了吗?她多想再听一下它那脆生生的声音啊……月光和灯光交织在一起,把个大场院照得明晃晃的。地上,每一个麦穗儿都闪着亮儿……休息时间就要过去了,场子上的人群又活动起来了。身穿白帆布工作服的司机在机器旁边活动着,他要开动这架巨大的机器了。

胖手使劲地、大口地呼吸着香甜的空气,用力地颤动着脚下的垛子,心里兴奋极了。她在心里琢磨着听来的那句话,虽然不甚明白,但觉得又奇特又好听……正在她想着这些的时候,突然不远处一只鸟儿又叫了起来!啊,它没有飞走,它仍在大杨树上唱哩!胖手老觉得它在唱给自己听,等着和她对歌。要对歌吗?她迎着铺满灯光和月光的场子,一阵冲动,禁不住甜甜地喊了一声。

她第一次听出自己的嗓子原来这么美的!她在呼喊吗?不,她觉得她在唱歌,唱一首刚刚学会的歌……

人们都在这声新鲜的呼喊里仰起头来。他们的目光一齐望向高高的麦草垛,望着垛子上的胖手、二老盘……正在这时,突然人群里也有人像她那样喊了一句,一字不差。

人们转身一找,看到了两腮涨得赤红的金壮。他在向着草垛子呼喊。

胖手站在高处,笑微微地望着他,又专为他喊了一句。场上静了下来,一霎时,空中只有这一种声音在应答着……

月色、灯光、人声、机鸣……夏夜里,那只鸟儿又开始尽情地欢唱了。歌声里,一切都在迎接着崭新的黎明……

1982 年 6 月写于青岛

三 辑

踩　　水

　　"外语分占那么多,这个值得研究!"高考落榜的刘二里常愤愤不平地对乡亲们说。他脖子上暴起道道青筋,脸色憋得赤红,说起话来使劲抖动手掌:"公平吗? 教育条件这么差,有几个从小就学外语? 不要埋没人才呀!"

　　听者深有同感地点着头。全村的青年当中,有两个人的聪明是出了名的:一个叫刘二里,一个叫金小苗。村联中的老校长曾说他们二位参加高考是"稳操胜券"。他们寄托着许多人的希望入了考场,可结果双双败下阵来。那毛病主要就出在"外语"上。

　　金小苗说起这件事倒显得很平静。他那白皙的脸上总挂着笑容,语气也很和缓:"归根结底还是怨自己水平不够嘛! 再说,在哪儿不是一样干? 村里同样是很需要人的呀……"

　　人们对金小苗的态度更为欣赏。

　　不久,村头儿找两个"落第秀才"谈了话,破格使用,让他们到农业技术队当正、副队长(刘二里为正),专门搞科研。农技队的小房子坐落在芦青河边。因为那儿土质好,水又方便,很利于搞点试

253

验种植。说是一个"队"的编制，实际上只有三四个人，刘二里和金小苗是领导，也是业务骨干。

小房子四周树木很多，主要是野椿。树上落满了鸟儿，"叽叽喳喳"叫过一阵之后，显得越发安静。队里有一老者，种了不少花，其中有蔷薇和盆栽的蟹爪莲。花香鸟鸣，流水潺潺，刘二里和金小苗都喜欢这样的环境。

由于离村子远，他们自己建了个锅灶。菜蔬随便从地里收一些，要吃鱼就得进河了。河里浪急流大，要抓条鱼并不简单。这儿的人大半都会水，刘二里和金小苗可以不歇气在河里游上几个来回，有鱼抓鱼，没有鱼也只当洗澡、锻炼身体。他们一同毕业，如今又一块儿落榜、一块儿工作、一块儿在河里游泳。小苗的皮肤很白，进了水里，透过波流看去像在发光。刘二里身上黑乎乎的，渗着油，那水在他身上好像不沾。小苗觉得有趣，常常用手在他身上抹弄一下。

新的事业开始了。这是一个蓬蓬勃勃的新世界。刘二里整天兴冲冲的。一天晚上，他从衣兜里摸出一个小纸头，在小苗跟前展开来：上面画了图。图上，农技队的每间小房都重新规划过：卧室、小资料室，还有一间实验室。

小苗看过一笑。刘二里嗓门粗粗地问：

"不同意吗？"

"同意，你操办就是，我照管日常工作。"

刘二里又和其他人协商了一下，然后就一个人甩开膀子干开了：掀了旧壁子，拆了旧砖墙，垒起了泥书架，铺成了新砖地……农技队的小房子变得尘土飞扬。队里那个老者多少年来习惯了原来的样子,任何人打破原有的平静他都不满,远远盯着飞扬的尘土,不住声地抱怨。小苗安慰他说:"不要这样。您是老同志了,应当原谅他的……"

老者气愤地一拂袖子,盯着在尘土里晃动的那个粗粗大大的身影,走开了。

几天之后,小屋子变得崭新崭新,格局大变,凭空里添了几分生气。村头儿来到这里,看了连连夸赞。小苗站在村头儿旁边,一手插在裤兜里,一手指着屋子说:"我和二里商量着,做了规划。以后,什么都会慢慢好起来的……"村头儿满意地看着小苗,眼里含着兴奋。

刘二里却对他提了不少存在的问题和要求:"要搞科研,就得认真重视。这里连起码的书刊都没有。《农业科技》不应该订吗?我们是'农技队'哩!……"

村头儿说:"那要一步一步来,躁不得。"

"躁不得?"刘二里脖子上的青筋不觉凸起,"《农业科技》不破季订阅,再晚了一年又完了!……"

村头儿板起脸,不再说话。

"你说,到底订不订呀?"刘二里追问。

村头儿皱皱眉头:"订吧。"

"什么时候订? 这季就订吗?"刘二里又问。

村头儿有些不耐烦:"现在就订!"

说完转身就走了……金小苗直送他走出农技队的地界。临要分手,村头儿看着农技队的小屋说:"那个青年傲气很足的,你要好好帮他。"小苗点点头:"会的,会的,开展批评与自我批评……"

刘二里和金小苗商量:要搞科研,必须提高全体人员的文化水平,他二人要定期做文化辅导。金小苗满口答应,并主动给自己定下了辅导对象。剩下的那个老者和小姑娘自然归刘二里负责了。他找到老者,刚讲了几句,老者就眯着眼睛哼起京戏;找到小姑娘,小姑娘只"嘻嘻"笑……刘二里气得不知怎么才好。他后来了解到,原来小苗非但没有辅导过,还在暗地里讲了不少风凉话。他简直要蹦起来了,脸色由红变黄,当即找到金小苗质问:"你这不是拆台脚吗? 这能算'心口如一'吗? 你说!"

金小苗严肃地看着他,一句句听完,然后才和蔼地说:"二里同志,不能这样看问题的。要根据客观情况开展工作……"

"你、你! ……"刘二里脖子上的青筋又凸起来。

他觉得四处都不对劲儿。他心里有说不出的烦恼。想找人倾吐一下心头的闷气,农技队里又找不到合适的人……他蹒跚在自己管辖的地界里,像个指挥不灵的将军。

一天,他走在田埂上,突然听到了一声钝钝的枪响。透过淡淡的河雾,他隐约看到对岸的绿树间,有一个高大的身影晃动了一下。他心里一动,突然记起对岸有个护林老人,叫"老道"……

河对岸,与农技队的小屋遥遥相对,树木丛中还藏着一个小屋。这小屋只有一个主人:老道。他年轻时候一个人跑到深山里当了几天道士,因此一生就落下了这个绰号。老道如今六十多岁了,独身一人住在野外,看林护秋,是当地第一个逍遥人物。他身体奇好,脸色红润,双目有神,胖,但腿脚异常敏捷。他笑起来,整个林间田野都响。他平时一个人住在小屋里,却割不断跟大世界的联系,桌上摆个收音机,定时收听《新闻摘要》;还订了一份报纸。

这是芦青河两岸的一大奇人。

刘二里忙于建功立业,是一队之长,一时忘了对岸是不足为奇的。但他一想起就立即去拜访了。

老道不很认得他,只模模糊糊知道他是本村一个晚辈。他却十分熟悉老道,还多少有点仰慕。到底为什么要仰慕,自己也不十分清楚。

刘二里刚一伸手,就被对方那又宽又厚的大手握住了。这手满是肉,热乎乎的,刘二里的手给包得严严实实。他发现老人的眼睛特别明晰,仿佛具有看穿一切的力量。胡子很白、很长,绝不是一两年内能蓄成的。那结实的胸脯就对在他的面前,平坦、宽广……

老道把他请到了小屋里。他首先注意到的就是那一本本的书和一盆盆的花。墙壁上高高悬起一把雪亮的剑,剑柄上红缨耀目。低头细看那些书脊,原来十分繁杂,其中有很多古诗词、志怪小说,还有几本农业科技书,用得很旧;两本关于烟草培植方面的书,书页边沿破损得不成样子,可见主人时常翻阅……刘二里看了屋里,又奔到屋外。这么好的石桌石凳,罩在绿绿的葡萄架下。坐在石凳上,抬头可见一串串碧翠晶莹的葡萄,低头就是那磨得平滑如镜的石桌了。老道用一根粗粗的食指点一下桌面说:

"今天你不要走了,留下喝酒。"

刘二里爽快地点头:"喝酒。"

"一盘豆角,一盘鲜鱼。"

老道取来一个竹筐儿对他说:"你到篱笆上摘豆角,我去外边弄鱼来。"说着就一个人去了。

停了半个来钟头,刘二里的小筐儿盛好了剥过筋的豆角,老道也吆吆喝喝提着鱼来了。刘二里一看,不禁吃了一惊!原来他是刚刚到河里摸的,此刻浑身湿淋淋的,周身只穿个肥肥大大的短裤。手里提的,是一条愣冲的肥鲫。

"哎呀,伯伯的水性真好!……"

老道没有说话,一扬手,"嘭"的一声将鱼摔到了一旁的水盆里,然后取条毛巾擦着身上的水……刘二里愣愣地端量着,想不出他为什么会这么胖。他的腰大约一个人是搂不过来的,上面的肉非常触目。"一个胖老头儿……"刘二里心里说。

晚饭吃得很痛快。刘二里小心地喝了一点酒。老道一边喝一边和他谈论,题目常常变换。当谈到开展"卫生月"的活动时,老人感叹道:"上个星期六,据省报载,省城大街上,出动了两万五千人扫落叶儿……"刘二里轻轻放下酒盅儿:"不对吧?我记得是两万三千人……"

"是两万五千人,我当时还想:嗬,这得要有多少人哪!……"

"我记准了,那个零头儿是三千……"刘二里进一步更正。

"就莫管是三千还是五千了,反正人很多的。那天,连省里的第一把手都出来了,声势很大的哎……"老道说着,轻轻呷了一口酒。

刘二里的身子往前探去,脖子上的青筋又显露出来:"不对嘛!是三千的! 没有错的……"

老道看了他一眼,哈哈笑了,拍他一掌说:"你小子行啊,喝着我的酒,还不让我一步哩……"

刘二里这才不做声了。

两人直喝到深夜。刘二里肚子里装了一点儿酒,话开始多起来。他讲了不少农技队的事,吐着怨气,说他如今当队长真难,那个副手不和他一块儿使正劲。说到这个金小苗,他的火气又添上几分,详细地将辅导学文化的事说了一遍,然后骂起来。老道一直捋着胡须。正听着,他突然拍拍刘二里的肩膀说:

"小伙子喝醉了,早些回去歇吧!……"

老道把摇摇晃晃的刘二里送过了小板桥。

不知因为什么缘故,《农业科技》最终还是没有订上。刘二里气呼呼地去找村头儿,村头儿连连说:"忘哩! 忘哩!"刘二里跺了一下脚就回到了农技队。他寻思了一会儿,找来一辆自行车,飞快地蹬到了县城,一发狠,自费买下了一大包农技书,回来一本本翻看,内容沾边不沾边的都有。他却珍惜地一本本包上牛皮纸封皮,规规矩矩放到了泥抹的书架上……

金小苗这几天却在用心结一条网。

网结成了,宽宽大大,是一条两人用的尼龙网。当天他就要下河试一试,老者最为赞成,不顾年高体弱,主动和他下河去了。结果出人意料:逮了两条鳗、一条花鲶,还有三五条红鲤……全队人都乐了,用惊喜的眼光看看这些活蹦乱跳的鱼,又看看金小苗。金小苗打着赤膊,身上滴着水珠,那白白的肌肤闪着亮儿,队上那个小姑娘端量着,眼睛再也移不开……

这一天,大家美餐了一顿。

一个星期之后,上边农技站长来检查工作,金小苗特意为他下河捕鱼。有腥味儿的午饭使这位站长十分开心,他饭后一边抹着嘴一边连连问:"小金同志,工作上还有什么困难吗?哦,没有。没有好,如果有困难,就要及时向上反映,告诉我的……"刘二里没等他说完就讲道:"困难是有的。黄烟苗又到了烂秸的时候,急需的'退菌特'农药,我们这儿只给两筒,这够什么用?……"

站长摇摇头:"提别的行,这个不行。这种物资很缺,恐怕难以达到要求……"

但他走了两天之后,金小苗对刘二里说:"我到上边看看去!"……他走了,天黑时回来,自行车后货架上捆了满满十筒!刘二里傻了眼,又止不住心里的欢欣。

以后队上缺什么东西,刘二里就让金小苗去搞。金小苗点点头说:"这倒可以,不过队上的蔬菜、鱼什么的,不要卡得太死。"刘二里只得点头。

几个月过去。有一天,一辆崭新的吉普车停在了队屋前边的小空场上。这样的小车还是第一次光顾这里,引起全队人好一阵惊奇。大家笑嘻嘻地围了上去。车上下来一个高高胖胖的人。他一下车就用高亮亮的嗓门问:"金小苗在不?"大家说不在。刘二里问:"有事情吗?"他摇摇头:"没,没,顺路来看看小金同志……"说完又寒暄几句,就上车了。"呜"的一声,小车罩在一团云雾里了……

"一个大干部来看望小金!""小金如今了得!"……自此以后,队上的人全这样议论。刘二里只知道他常捎走一些鱼和菜,想不到他什么人也结交得上。他觉得事情太怪:人家还看得上那几根韭菜、几条鱼?

他最近依旧常常去找老道,和老人谈话,总觉得十分投机。老人懂一点农业科技,特别对烟草栽培,谈起来都是一套一套。除此而外,老人还能背点古诗。刘二里特别喜欢过一阵诗,中国的、外国的,虽然背不多,但要背起来,那是不错一字的。他因为这个,对老人更添些敬意。

这一天,刘二里一见到老道,老远就喊道:

"还不信吗?"

老道奇怪地望望他,不解地用手捋捋胡须。

刘二里掏出一卷报纸在老人跟前晃动着:

"还不信吗?"

老道惊奇地歪一下头,看看他,没有做声。

他将纸卷展开:原来是几个月前报道"卫生月"的那张报纸!他用粗粗的手指点住一个地方:"看看,不是两万三千人吗?你看!"

老道一愣,接着恍然大悟,摇摇头笑了:

"好样的! 好样的! 你这多天了还记着呀……我信的,我早就信的。"

"可你得看看!"刘二里的手指还点在原来的地方。

老道瞥了一眼,见那"两万三千"几个字下画着一道醒目的红线……他抬起头,端详着面前的小伙子。他看到一张黑红色的脸上,生了一双拗眼,那眉毛长得疏而黑,是由一根根粗黑毛凑成的,在鼻梁上方纠结在一起。几点粉刺从皮下顶出,使这张本来就不算细腻的脸孔变得更加粗糙……老道看到这儿,嘴里发出长长的一声:"嗯——"

刘二里一愣。

"你小子可以哩!"老道用手拍一下他的肩膀。

"可以吗?"二里笑嘻嘻地问。

"偏得可以!"老道说。

刘二里明白过来,慢慢收起报纸……老道捅起猎枪,然后漫步出了豆角篱笆围成的小院。像被一股磁性吸着,刘二里也跟在他的身后。

刚拐过一个墙角,刘二里就站住了,指着左前方一块小烟田说:"哎哟! 长这么旺势,是您莳弄的吗?"刘二里非过去看看不可,老道也就陪他走过去。

真好烟! 不大的一块烟地上,那烟棵儿匀极了,差不多叶子都一般大、一般多。颜色也正,纯墨绿,长势正猛,这从那叶片上一层夸开的小白绒毛上看得出来。烟秸儿粗、短,秸上的肉皮很厚……特别奇怪的是,没有一株烂秸的,就连要生病的迹象也一丝不见!

刘二里咕哝着:"农技队的烟苗洒了多少'退菌特',还是烂秸!"

"'退菌特',医脚医手不医心。"

"不医心!"刘二里十分佩服地盯着老人说。

"什么时候追肥,追什么肥?什么时候上水,上多少水?什么时候划耘,耘多么深?"

刘二里一一回答。

老道点点头:"走吧,回头细说。"

两人入了林子。飞禽很多,吵得很。刘二里指指一群麻雀说:"还不放枪吗?"老道自不做声,慢吞吞往前走去。刘二里又指指两只灰喜鹊:"快打。"老道就像没有听见,还是往前走去。远远地传来"喀哒!喀哒!"的声音,老道才止住步子,判断一下方向,用那根肉嘟嘟的手指向右前方一指,大步赶过去……树梢上停了只肥肥的野鸡。老道举起了枪……

由于树干吃去不少散弹,野鸡伤而未落,歪歪斜斜飞到了河东。老道装了新药,领着刘二里向河边赶去。这一段的河道正好宽起来,流也较急。刘二里怕湿了衣服,脱下来一手举在手上,又怕游起来不得劲儿。正犹豫,老道却抓过了他的衣服,连同自己的一块儿缠在了枪杆上,扛在肩上就下了河。

刘二里"扑通"跳到河里,刚游了几下,抬头一看前边的老道,一下子愣了神!老道站在河里,就像小步跑路一样,枪还扛在肩上,一手扶着,向着对岸走去——那水流只蒙到他的胸脯,臂膀全在水流之上。老人神情一点不躁,稳稳当当到了对岸,安安然然跨上大地。

刘二里差不多是不眨眼地盯着他从河里上来,惊讶得嘴巴张得老大。老道一边穿衣服,一边催促:"快,别让那野鸡跑了。"刘二里穿着衣服说:"哎呀,咱不打鸡咧! 怪哩! 怪哩! ……"老道穿着鞋子问:"什么怪?""你那游水的架势! 你怎么能在水里走呀?……"

老道"噢"了一声,点点头说:"那是踩水、踩水。"

"踩水? ……"

老道再没说话,只寻找着那只野鸡……在一棵小青杨树上,他们逮到了那只鸡。

归来的路上,刘二里不住感叹:"我的水性这么好,可我不会踩水——好像也听人说过,这会儿亲眼见识了!"他入迷地咕哝,"踩水,真棒! 踩水不湿肩膀,还能闲出手来做事情……"

过了河,走到那片烟田的时候,刘二里才从踩水上解脱开来。他细细地问起了种烟的事,一条条记在本子上……老道说:"这是我摸索出的一点儿'情理'——正琢磨哪天献出去,也该解决方圆几十里黄烟烂秸的老毛病了。"

刘二里说了一句:"我还要跟你学踩水的。"

"你学不会。"

"水上功夫,难也不难。"

"踩水难。"

刘二里像没有听到老道泼来的冷水,又重复一遍:"我要跟你学踩水的……"

这个夜晚,刘二里躺在炕上睡不着,老想和金小苗说话。他讲了那片长得奇好的小烟田,讲了老道莳弄黄烟的一套办法,当讲到他会踩水的时候,又从炕上爬起来,比划给小苗看。"你看,神了!

过去只听老辈儿人讲过踩水的事,没想到能踩水的人就住在对岸!哎哟,咱能学会踩水多好啊,那跟在平地上走一样,胸脯上的一截儿都是干的……"

金小苗好像对踩水并不感兴趣,听了一会儿说:"这个老道,人家说毛病不少呢!"

刘二里一愣:"怎么?"

"他用集体的地种了烟自己抽,种了菜自己吃,一个人住在'世外桃源',油水可大呢!你瞧他长那个胖吧!……"

"这个……"刘二里想找个词儿辩驳一下。

"还有,有人说他吃不了的就卖,这些年得了不少钱呢。他又订报纸又买收音机,从哪儿来这些钱?上边早听过群众反映的,说不定会查一查的……"

刘二里吸了一口冷气。他翻来覆去,更睡不着了。他不相信老道会是那样的人,可又找不到有力的根据来反驳……就这样迷迷糊糊想着,好不容易挨到天亮……

农技队按照老道的方法管理黄烟,渐收成效。烂秸的烟苗迅速减少……不久,上边农技站长突然捎来一个口信:让小苗去一个大会上报到,交流新法管理黄烟的经验,并要将农技队的这个新成果在会上推广介绍。刘二里听到消息吃了一惊,但还没等他明白过来,小苗已经换上新衣服走了……刘二里拍拍脑袋:这个家伙,刚从老道那儿学了来,就暗地里到上边报功去了。这是什么?这是"贪天之功为己有"!这是你金小苗的经验吗?这是农技队的经验吗?不!这是人家老道苦苦琢磨了几十年的,你刚刚晓个皮毛哩……刘二里想到这里,气得眼睛都要冒出蓝烟了。

他马上回到村里,找到村头儿,提出让村里出面把小苗叫回来。村头儿说:"你不要以为你是正队长,就一定适合去开会。谁该去,领导是经过研究,相当慎重的。"

刘二里焦急地喊:

"不对!不是这个理!因为不是农技队的经验……"

村头用气愤的眼光盯住他:"那是你一个人的经验了?你这么傲气!……"

"啊?我!啊……"刘二里怒目圆睁,气得话也说不出,一跺脚,转身就走了……

他不想回农技队。他回了家,躺在炕上,只觉得全身烧得慌。他用粗楞楞的大拳头狠劲捶着土炕,又不安地坐起来。院子里,一束束由于生了烂秸病而早早拔掉的烟苗儿晒得焦干。他一看这些烟苗,火气又升起来,就伸开手掌,横着握住,三两下搓扭得粉碎,胡乱摔到了院墙外边……正这时院门一响,本家的一个哥哥进来了。他进门就说:"二弟啊,你这几天不回来,我也要去找你。我找你有话说……"

"说什么咧?"

本家哥哥没有说话,只从地上拾片碎烟叶儿卷了,吸着:"你还年轻啊,性子火暴。世事复杂哩!你懂吗?你一个人呆在农技队不知道,村里人议论呢!……"

"议论什么?"刘二里的大眼睁圆了。

"说你整天价读书弄报的,白拿了队里工分;还说你不搞团结,自以为是,独断专行……还有人传风儿,说你那队长马上要给拿下来了,换上人家小苗……"

刘二里忍住气问:"还议论什么?"

"再没什么……"

刘二里蹲了一会儿,鼻孔"蓬蓬"喷气……后来他站起来,出了院门,站在了一块高高的土场上。

南风很凉。刘二里扯开衣衫,让风鼓着裸露的胸脯。

他转了一圈,望了望西方林梢那层白雾,抬腿向那儿走去……

他要去找老道。

老道在烟地里划耕松土,见他来到地边,略一打量,然后一伸巴掌说:"你莫开口!"

刘二里呆站着,真的不敢说话。

老道又划了几垄,这才揩揩耕锄上的泥,对他说:"你不是要学踩水吗?这会儿进河,水温正好。"

刘二里犹豫了一会儿,最后只得跟上他到了河边……水果然温乎乎的。老道悠悠地活动起来,半截身子露在上面,刘二里又看得出神了。他试着做一遍,险些喝水……直到天傍黑时他们才从水里出来。老道笑着说:"怎么样?我说你学不会嘛。"刘二里摇摇头:"那得慢慢来。你会,我不信我就不会。"

他们沿着河岸走了好久,刘二里一边走一边告诉:他真不想当队长了。老道问他为什么。他将金小苗去大会上交流经验,将本家哥哥跟他讲的话,从头至尾说了一遍。

"就这点事儿呀?"

刘二里一惊："还不算大事吗？"

老道笑笑："这就碍着你当队长了？就是当不得，又能怎么……"

"有人议论哩！"

"也议论我哩，说我'多吃多占'，一个呈子告到县里。我行直走正，听过而已，如今不还是住这小屋、种这烟草吗？"

刘二里一愣："难道你已经知道别人说你些什么吗？"

老道捋捋胡须："人活在世上嘛，走路还要带些风呢，想让人不说一句，怎么会哩？可你净听这些，听到一句就咬住不放，气得死去活来，还能做事情吗？"

刘二里愤愤地说："我最看不上金小苗这样的人，为自己什么都做得出。他认得人也多呢，处处得心。现在有人就吃这一套！"

老道摆摆手："人活在世上，不能做条钻来钻去的鱼，人就是人！……"

刘二里停住步子，像遇到了天下第一个知音。他钦佩地看着他，用力拍一下腿："对呀！人就是人！"

老道用眼斜斜他，沉着脸没有说话，停了一会儿说："瞧你多英雄啊。我早就说过，你也倔得可以了。像你这样，'鱼'自然做不成，可是非淹死不可！……"

"我……"刘二里嗫嚅着。

"非淹死不可！你为'两万三千'这几个字跟我直了半天脖子，几个月过去了，还要把那张报纸送我眼前——我说你倔得可以吧？当时我就断定：你小子非淹死不可！……"

"我做人不做'鱼'，到时候宁可淹死！"刘二里硬硬地说。

老道拍拍手掌："对、对、对！到时候宁可淹死。可我问你——"说着伸出两根胖胖的手指，一下摸在刘二里的脑门上，"现在，'到时候'了吗？你还跟我学踩水哩——我早说过，你学不会！"

老道说完，一个人大步向前走了。

刘二里怔怔地站在那儿，直盯着前面那个高大的身影……停了一会儿，他大步奔过去。

三天之后，金小苗从会上回来了。他满面春风，先找村头儿汇报了，又要过河去找老道——有关部门听了他的经验，觉得甚有价值，让他写一篇文章，准备编进一本书。农技站长跟他讲定：文章一旦写成，就将他调进农技站工作！……

小苗找到了老道，说："您把这十几年的经验讲出来好了。我知道您实践是有的，但由于没有文化，不能上升到理性认识……"

老道把他让到石凳上坐了，笑微微地问："这经验还有甚大用吗？"

"有的！"

"噢噢！……"老道沏了满满一壶茶，摆在了石桌上。他和金小苗一人端起一杯。正喝着，突然有谁碰了一下篱笆门，老道喊道："请进！"

进来的是刘二里。但他一看金小苗在座，抬腿就要离去。老道不无威严地喊了一声："回来！坐这桌边！"

刘二里只得坐下。老道也给他斟了一杯茶。

老人捋捋胡须，轻轻呷了一口，然后慢吞吞对刘二里说：

"小苗第一次来这小屋,要我拿出经验来,他去写文章呢,说我没有文化,没有'理性认识'……"

他说到这儿"哈哈"笑起来。金小苗望着他畅怀大笑,有些吃惊。

他笑着,笑得响极了。笑了一会儿,老人突然脸色一板,嗓子低沉着说:"我喝着茶,听着这芦青河水,突然间想起了几句古词哪。古人云:'……大江东去,浪淘尽,千古风流人物……'又云:'前不见古人,后不见来者……'"

他声音低缓地吟哦,那双明晰的眼睛眯了起来,好像在追寻、捕捉那词中的意绪。

刘二里和金小苗不解地望着他。

停了好一会儿,他才睁开眼,说道:"词中的悲凉之气自不可取。可我由这句子想起好多事情来啊……我常想呀,人生在世,光阴如箭,总要抓紧时间多做些正经事情才好。那些耍小聪明的、四下里钻营的,不够乖巧吗?但终究也是一时得意,难成大器,自古如是……"

老道又端起杯子,细细品尝,轻轻摇头,长叹一声:"也有些人拘泥于区区小事,缺少气量,到头来误了正事,碌碌一生也没甚长进……"

老人深深地看了一眼刘二里……

金小苗坐立不安,眼前的茶早已冷了,却不喝一口,支吾了几声,借故有事要走。老道高亮亮的嗓门喝道:"恕不远送!"……

石桌边只剩下老小二人。刘二里羞愧低头,一声不吭。

老道也不说话。葡萄架下静极了。

老道给他新添了一杯热茶，垂下眼皮问："你当真要学踩水吗?"

刘二里先不回答。他沉思着，抬头看着老人："要学。"

老道望望一天繁星，点了点头：

"学吧! 学会了踩水,就可以闲出手来做些事情啦!"……

1982 年 6 月写于青岛

紫色眉豆花

　　每人做事都有自己的风格。老亮头分工管菜园，总爱把眉豆架搭得高高的。

　　有个叫"小疤"的姑娘和他一块儿管菜园。

　　他们在架子下进进出出，脸上总是汗津津的。小疤穿了件好看的花衣服，上面染着一道道眉豆叶儿的绿色。她手上沾了什么，常常往裤子上擦两下。原来她穿了条粗布裤子。

　　河边姑娘讲究穿戴，主要是讲究上衣。很好的衣服、很差的裤子，从来没人觉得搭配不得当。小疤上菜园来是特意打扮过的。

　　她很漂亮。名字叫"小疤"，其实细润光洁，谁也找不出一个疤来。这原是一种谦虚。在芦青河两岸，凡是叫"丑妞"、"黑孩"、"傻二丫"之类的，没有一个不是伶俐秀气的。

　　七月间，夜晚也不凉快。小疤吃了饭就回菜园来了。老亮头没有老伴，只有两个儿子，一个在外地读书，一个当兵。他一个人不愿守着空空的房子，就在菜园里搭了个铺子。铺子搭得别出心裁：竖起四根高高的木柱，木柱上端扎个草铺。上下要踏木梯，他

272

管这叫"草楼铺"。草楼铺上,夜晚迎着南风,别提有多凉爽。

老亮头听到木梯"吱嘎吱嘎"响,就知道是小疤来了。他喊一声:"小疤吗?"

小疤一边上,一边应声:"是呀!"

一条艾草火绳握在老亮头手里,冒着长长的烟,烟味儿怪香的。小疤上了草楼铺,故意向着冒烟的地方,将鼻子蹙起来吸一下。老亮头的烟锅在黑影里一明一暗,映出一张黑黝黝的脸。他老也不说话,只望着天边那几颗星星。有几只小虫虫飞过来,在脸前绕了几个圈子,又向远处飞去了。小疤问:"你闻不见吗?"

"闻见什么呢?"老亮头咬住烟锅问。

"香味呀,眉豆花的,一阵一阵的。"

"一阵一阵的,我闻不见。"

老亮头磕了烟灰。他把身子倚在一侧的木柱上,疲倦地伸开一条腿。风吹过来,小疤快活地动了一下身子,使草楼铺整个地颤动了一下。老亮头瞅她一眼,依旧向天边的星星望去,停了一会儿,问道:"你望不见吗?"

"望见什么呢?"小疤不解地问。

"南边的山哪,墨黑的那一长溜儿……"

"一长溜儿,我望不见。"

老亮头不做声了。

小疤低下头,两手捏弄着衣襟儿。她望老亮头一眼,突然声音低低地说:"小来来走了半年多,我怪想他的……"

——小来来,老亮头的小儿子,一个中专生。

"刚走了几个月嘛,调皮东西。想他干吗!"老亮头用手揉揉胡子,粗声粗气地说。

小疤笑了:"那是因为他刚走。那走了好久的,你想不?"

老亮头没有回应,眼睛一直望着南面的星空,自语似的说:"他们的部队在南山里开洞。这阵儿老不来信……"

"你在说春林吗?"

"还有谁!"

小疤喃喃的:"开山洞……用凿子啊?"

"炸药、铁锤,少不了也用凿子的……"

"什么时候能凿成一个山洞啊? 一凿一凿的……"

"凿得成! 就是一凿一凿的……"老亮头回身摊开那双被眉豆叶儿染成墨绿色的老茧手,"都是年轻人,性情拗,像春林一样,你想凿不成吗?"

"春林性情拗呀?"小疤仰起脸儿,笑眯眯地问。

老亮头不做声。他重新吹旺了火绳,点起那个烟锅儿吸起来,偏偏不说拗不拗的事儿。他大仰着脸儿,像回忆一段幸福的往事:"这个孩子,八岁了还没有'腰'……"

小疤不解地仰起脸来。

"没有'腰'——全身一般粗,桶子砬一样。你说壮吧? 我对他妈妈说:这孩子有筋有骨。"

小疤笑了:"谁能没筋没骨呀!"

"哼,有的就是有筋无骨——软货一个……"老亮头看她一眼,接着说,"春林长到十岁,能担两块黄豆饼,扭扭扎扎送到烟田里……"

"扭扭扎扎"四个字逗乐了小疤。她把脸捂在手里,不出声地笑着。她想象着一个十岁的男孩儿,眉梢儿尖尖的,像女孩儿一样;头发黑黑的,紧贴在圆乎乎的小脑壳上;挑起东西来膀头儿一扛、一顶,耸两下扁担,然后一步一步向烟田里走去;太阳晒黑了的小腿鼓着肌肉,硬硬地抵住地面,脚,深深地陷了进去……小疤抬起头来,"咔咔"笑着问:

"他那时候有'腰'了吧?"

"有'腰'了。十岁,小伙子的身架长成了。"他使劲吸了一口烟,又吐掉,"不过,也越来越拗了。"……老亮头说着把脸转了过来,使小疤看到了一双突然变得发亮的眼睛。

"还记得那年芦青河涨水吗?"

"哪年呢?"

"你十几岁那年,就是棒子熟了掰不回来那年,门板儿不是让水漂走了吗?那会儿你该记事了,你想想。"

小疤用力地想着,终于点点头:"记得,涨水了,水漫上堤来,红薯秧儿全泡了……"

老亮头笑了:"三天三夜才撤水,洼地上蹦鱼,最长的半尺。家家都蒸鱼,鲜味儿走在街上都嗅得见。你也吃过。"

小疤笑着摇摇头。她大约真的不记得了。

老亮头接着说:"就在撤水后的第三天,我的儿子——就是春林哪,出了个事,差点儿没把我吓死……"

"到底什么事呢?"小疤惊奇地问。

老亮头手里捏弄着那杆烟斗。他把一直伸着的那条腿搭到铺沿上,又探头看看在夜色里变得十分模糊的眉豆架儿……几只小鸟轻轻地叫了几声,听声音它们是落在了架子上。老亮头看了一会儿夜色,重新把身子倚紧了铺柱子,继续说下去:

"那年——就是芦青河涨水那年,我包种了一片西瓜。也亏了种在一片沙顶子上,总算没被水淹掉。那西瓜也真对得起我,个个长得像米斗……你知道不,人的法儿有时真是逼出来的……

"瓜田四周尽柳行子,那些馋嘴小子成心气我,成天站在柳行里朝瓜田里嚷:'喂,吃个瓜吧?'我说:'吃瓜瓜不熟!'他们又嚷:'那就给口水喝吧,心里渴得慌。'我说:'喝水水不开!'……

"我搭了高高的草楼铺,喏,和咱坐的这个一模一样。人在高处,风凉爽快,有动静,一眼就看清了,一大片西瓜就像摆在前怀里一样……这回你该知道,为什么我就愿搭草楼铺:这法儿是早些年逼出来的……"

老亮头说到这儿打了个哈欠,又重复一句:"法儿是逼出来的……"

他说着探出身子望了望,回过身来的时候,咕哝一句:"月亮出来了。"

"出来了……"小疤也看到了那个黄黄的半圆。

"回去歇着吧,天不早了哩……"

小疤很不高兴:"后来呢?"

"后来——后来,哎,天真的不早了哩……"

小疤走下草楼铺的时候有些失望。她没有听到什么故事。可是想到她不久就会知道春林一段有趣的事，心里还是高兴起来。

这个晚上，她睡得很甜。

天亮了，她又到眉豆架下了。露水珠溅到眼上、眉梢上，凉凉的。太阳快要升起来，霞光穿过眉豆的藤蔓，落在小疤的脸和脖子上，落在她裸露的胳膊和脚上，染上一块块美丽的红斑点。小疤觉得有趣，她伸手去捏、去搓，去轻轻地抚摸这些红斑点，老想笑……老亮头就在一旁的架子下忙活着，不知怎么很有兴致，嘴里不闲。他说："……做什么事都得有个好帮手。早些时种山芋、南瓜，搭葫芦架，我都让春林做帮手。他总知道你要做什么，撒籽儿、浸水、递绳头儿……有事儿我也和他商议：种子下这么深嘛，这架儿搭这么高嘛……哎哎，做什么事都得有个好帮手啊……"

小疤故意板着脸："你只记着春林、春林！春林不是在南山里吗？你叫他回来做帮手吧！"

老亮头这才不做声。

小疤又说："你怎么就不提小来来呢？就记得春林！小来来知道了要说你偏心眼……"

老亮头咕哝着说："春林走了三年了，从没断过信。可这一个多月我没收到他一个字……"

小疤立刻变哑了……

她用力地做着活儿，做得飞快，一会儿就甩下了老亮头，一个人做到前边去了……眉豆地里真静呀，她寻个干净的土埂，默默地坐下。紫色的眉豆花一串串从头顶垂吊下来，好看极了，她伸手将一串花儿拿到脸前，嗅着，嗅到了一丝儿清香……她突然记起了自己家的小屋——那小屋孤零零的,离开村子老远,盖在一片林子的边上。很多年以前,那小屋门口的篱笆上就爬满了眉豆蔓儿,开一片紫云似的眉豆花……

那时候,晚饭后,她总要趁着一片霞光到眉豆蔓儿上捉蝈蝈。她伸手在蔓儿上轻轻地捏,捏只绿色大蝈蝈,捏进手心,捏进笼里。有时她的手指反被别的什么给捏住了,她一笑,篱笆后头就有人探出头来———一个男孩儿,眼眉粗粗的,像眉豆角儿……

她总嘲笑地喊他"楞冲"。她和这个"楞冲"一块儿长大,在河里逮鱼,在林子里捕鸟;他们一起采黄豆芽儿、拔起一整篮的野菜……夏天,他们割草割累了,就带着一身的泥汗跑到河边上。小疤捧起河水洗着脖子、脸,洗着挽起衣袖的胳膊;"楞冲"却三两下脱净了衣服,只穿一个裤头儿,"扑哧"一声跳到河里……他上了岸,身上挂满了水珠儿,那周身的肌肤和水珠一块儿闪着光亮。有一次,小疤怔怔地看着他擦水,第一次觉得他这么魁梧、强壮,是个漂亮的大小伙子!她的心"噗噗"地跳着……

在后头做活的老亮头走过来了。小疤的脸红了起来,她赶紧收回思绪,从地上站起。她把手插到了一绺眉豆叶儿里,拽下了一个胖胖的豆角……

整整一天,她都觉得那阳光从眉豆架儿里泻出来,总在照她的眼,耀得她都没法做活啦。这使她总去联想"楞冲"跳进去游泳的那条河、河里闪动的一片光斑、他身上那些明亮的水珠儿……

天黑以后,小疤又"吱嘎吱嘎"踏响了草楼铺上的木梯。

"昨晚我说到哪里了?对,我说我搭了个草楼铺……"老亮头

278

依旧倚在铺柱上,在小疤的催问下,眯着眼睛说下去。他手里的火绳在南风里明一阵暗一阵,他的声音也低一阵高一阵:

"我做的是看西瓜的营生,得罪的人可真不少。我想:黑夜里出门,没准儿被谁捆走揍一顿呢! ……没想到,后来出事的倒是春林……"

小疤屏住呼吸听着。

"有一天,我正在草铺上睡觉,突然被吵醒了。往下一看,老天,一帮孩子赤条条的,头发都是湿的,望着我哭、喊……我一看就知道他们在河里洗澡来的,马上想到了春林,头'嗡'地一下响起来。我问:'春林呢? 没和你们一块上岸吗?'他们搓着眼:'春林,没有,他淹死了……'"

老亮头说到这儿蹲起来:"我一急,不知怎么就下了铺子,不顾一切地跑呀。到了河边一看,只剩下一河筒子水了,那浪头卷起来比屋檐高……我知道完了,腿一软瘫在了岸上,两手里攥满了沙子……"

"真的淹死了吗?"小疤站起来喊了一声。

"真的淹死了,他今天还能凿山洞吗?"

小疤醒悟地坐下来,不好意思地垂下眼睑。

老亮头接上说:"我快要吓死过去,那小子倒笑着从我身后走来了,手里还拧着一条湿淋淋的短裤! 我跳起来抱住了他,心想这一定是天上掉下来的孩子啦,再不就是梦……你猜也猜不到——他原来一个人离开伙伴游进去,游到河心,看到河对岸的野椿树了,就鼓着劲儿游了过去,然后,这不,返了回来! ……我怎么也不信他能在这样的大浪里游个来回,可我又不能不信,小疤!……"

老亮头点上了烟锅:"我惊得说不出话,他还笑……从那会儿我就知道了两样事儿:一样,这孩子水性特别好;二样,这孩子胆量特别大。"

小疤扭着手掌,得意地看着他。她问:"就这么个故事吗?"

"嗯。不。我要说后来……后来,你知道后来我不看西瓜了,去护老林子,对付那帮子偷木贼去了。那会儿离造反的时候没有几年,乱得够劲儿,胆大贼也特别多。我打过猎,会使猎枪——可你总不能见了贼就开一枪呀,要犯人命的。"老亮头说到这儿摇摇头,"我这个人就是心软,到时候下不得手的。可人家下得手。有人几次捎话儿给我听,让我到时候'让让方便','当心这把老骨头'——你听这是什么话……"

"春林也跟你去护林子吗?"小疤明知故问。

"他还能不去吗? 我跟你讲过:我干什么都愿让春林做个帮手。也许我不该什么事都牵上他。这使他吃了不少苦头。有时回想起来也真后悔……"

老亮头眼望着黑漆漆的夜色,声音渐渐变得沉重了。

"一个黑夜,天下着大雨,芦青河水'呜噜噜'地响着。林子里,风搅弄着树叶,多古怪的声音都有。到处是折断的树枝、枯树,加上漆黑一团,胆小的人不敢在里面走。可我还是背上猎枪出去了。因为一批割好的柳木刚在河边垛起,不久就要运往龙口煤矿。这是个大宗货,难说就没有人打它的主意……"

他说着,底下传来几声响动。连小疤也听到了。

老亮头煞住话头,一边摸着鞋子一边往木梯跟前走,嘴里小声说:"有人以为那是黄瓜地,黑影里想摸黄瓜吃呢!"

小疤也跟他下了草楼铺。

老亮头一着地就嚷:"喂——饶了我的眉豆吧,那不是黄瓜哟!"

先是一片寂静。接着,几个黑影蹿出来,箭一般向旁边跑去了……

"这帮淘气的东西!哈哈……"老亮头"哈哈"大笑起来。

他们没有再上草楼铺。老亮头在地里转着,要看看架子给踢塌了没有。小疤倚在田边一棵青杨树上,大口地呼吸着清香的空气。她仰脸望一下,只见那伞一般的树冠,枝叶儿缝隙里露出了星星,一颗、两颗……她在心里数着。数着星星,她不由得又记起了林边小屋那爬满了眉豆花的篱笆、篱笆后头那棵大青杨树。那些个晚上,她不就是这样数着星星,静静地呆在树下吗?

"楞冲"到老林子里去,每天傍晚总要路过这棵青杨树。他们都贴着大树站着,把手背在身后,压在树干上。"楞冲"说:"真香,你总往脸上搽些什么?"她委屈地说:"不是眉豆花的味儿吗?"……有一次,"楞冲"说:"你家这棵树长得也真快,转眼这么粗了!"她说:"你抱不过来……"楞冲伸开那双强健的胳膊,连她和树干一块儿抱住了,高兴地大声嚷着:"不能吗?不能吗?"她生气了:"能就能呗,喊个什么!"……"楞冲"就再也不敢出声了……

有一个傍晚,天阴得厉害。不一会儿,那雨就下了起来。小疤心想,他今夜不会路过这儿了。可正在她这样想着的时候,有人在

281

急促地叩着窗棂——啊,正是"楞冲"! 他伏在窗前,脸色就像这晚的天空一样阴沉。他连声呼唤:"小疤! 小疤!"她赶忙奔了过去。"楞冲"说:"快! 快! 去一趟镇子,找……"说着塞进来一个纸头,转身向雨雾中跑去……

小疤呆住了! 接着,她奔出了屋子,拦住他问:"出了什么事吗?"

"楞冲"点点头。

"不要紧吧?"

"谁知道! 也许……""楞冲"咬了咬牙,"也许你会害怕的,可你不准哭! ……"

小疤吓得马上哭了起来。但她立刻擦去了眼泪,"嗯"了一声。

"楞冲"轻轻地,但分明是命令说:

"去吧。"

小疤回头向着镇子的方向跑去了……

她跑去了,几乎是一口气跑完这十几里路的……直到今夜,她站在这棵大青杨树下,还依稀听见自己当年踏水的脚步声……

"踩倒了两截儿眉豆架!"

老亮头往这边走过来,离得老远就喊着说。他坐在裸露出地面的一块粗树根上,用手拧着被露水湿透的裤脚说:"夜里的露真大,进了眉豆地,简直像挨了雨淋……"

"像一场雨……"小疤此刻耳朵里好像全是雨的声音。

"哦,"老亮头在摸索着烟锅,"刚才的话头搁到哪儿去了? 嗯嗯,我说我背着猎枪,冒着大雨出去了?"

小疤点点头。

老亮头吹吹烟锅,说下去:"也真亏了出去一趟! 拐出一片柞树林子,河水离得近了,声音震着耳朵。可是我从这里面听出有'咔当、咔当'砸木头的声音! 我就赶紧跑了起来——老天! 一岭子柳木在河边被粗缆编成几个排子,五六个黑影儿在河边上忙活着……我真的遇上了偷木贼!

"我吆喝了一声:'哪里跑!'不想那些人毫不害怕,还笑嘻嘻地围了上来。其中一个端量着我说:'噢,护林老头啊。正好你来了……'他让人把我的枪下了,然后坐下跟我说话儿。他让我帮忙把排子送到下游去,也好交个朋友。这不是一般的偷木贼,你听这口气吧! 我知道他们有些怕今晚的水浪,又急着把木头运到海口装小船……让我帮他们忙吗? 休想! 我说:'我怕水。'他说:'怕水,不怕鱼叉吗?'我看到黑影里有鱼叉齿儿在闪光。但我还是咬紧牙关:'我怕水。'……他们没有办法,要把我反锁到林子的小茅屋里……"

"啊,反锁到小茅屋里!"小疤吃惊地喊了一声。

"春林正在茅屋里。路上我寻思着怎么才能让他跑掉。我知道坏家伙们见了非拉他下河不可……离小茅屋还有老远,我就故意提起嗓门说话。我想他听到会逃的……屋里,春林果然不在,我才放下心来……他们把我反锁在屋里了。我从窗子上望着他们,心想,今夜的河水能吞了他们才好! ……正这样想着,春林不知从哪儿转了回来!

"我的心立刻'噗噗'跳起来。他拦住他们说:'让我下河去送

你们吧！'

"我在屋里喊：'春林，你不能去！'我知道他不会乖乖地送，这个拗性子是要在河道里整治他们呢！可你一个人敌得了吗？落在他们手里，就别想活着回来！……我圆睁着两眼，隔着窗户呵斥他：'你这个发了昏的崽子，你给我站住！'

"他没有说话，就像没有听到我在喊他一样。我只看见他在和他们比划着什么，点点头，就要随着去了。

"我大概一辈子也没有这么气过、恼恨过。我喊着，狠狠地击打着窗棂，那手都流下血来……这个拗小子呀，这时候才算停了步子。他原地不动站在那儿，只重重地瞥了我一眼，然后就转身走了……

"小疤，你不知道他当时那眼神儿！那一瞥呀，我借着闪电看得一清二楚：愤愤的、狠狠的，像锥子直戳过来。我知道他恨死了我。他是恨我阻拦他，恨我胆小，不配做个护林员吗？……我这一辈子也忘不了他那眼神儿的。不该拦着他吗？直到今天，我也不知道那晚上该不该阻拦他……他走了，一直走了，再也没有转身看我一眼。他大约觉得自己不会死，还要回来看我的……"

老亮头长长叹息一声："往后的事，村里人都知道，你当然也知道了：镇武装部赵部长领的一帮民兵不知怎么得信赶来，坏人全被如数捉了起来。春林呢？到处找不见，后来是在一片淤滩上发现的，昏躺着，身子全是一片血，数一数，有十八处鱼叉扎伤……"

"十八处……扎伤！"小疤的声音颤颤的。

"人们找来最好的医生，把他当个英雄那样抢救。是啊，要不

284

是他凭着一身好水性,在河浪里跟坏人斗劲儿,民兵在下游拦也来不及了……救是救下来了,可是落了一身伤疤。我早说过他是个拗性子的。在手术室里,我亲眼见医生给他整那血淋淋的身子,他咬着牙关,吭都不吭一声! ……记得征兵那年,一个领兵的排长见了这一身伤疤,皱着眉头不敢要。镇武装部赵部长,就是领上民兵抓坏人的那个,气得抖动着手掌喊叫:'你知道这伤是怎么落下的吗? 你有眼不识泰山,领兵不领硬汉子……'"

听到这儿,小疤的两眼闪出了兴奋的光。她不知是赞许还是责备,说道:"当了兵就再也不回来。三年了,不想你,也不想小来来吗?"

"我跟你说过,他们忙着凿一个洞子,一凿一凿的……"

"一凿一凿的……来信了吗?"

"早些时候来的……"

小疤默默地蹲在了地上,用手划着什么。树上的一滴露水落下来,她伸手抹了一下脸。停了好长时间,她说:

"总也不来信,怎么回事呢?"

老亮头声音低低的,有些艰涩:"一个多月了,没收到信。以前从不这样的……"

小疤默默地站起来。她仰着脸,又望到了从枝丫间露出的星星。啊,一颗、两颗……

天亮后,小疤和老亮头一块儿整治昨夜被踏倒的那几处眉豆架。

他们低头忙着活计,不声不响。老亮头不知怎么有些心烦。

休息的时候,他吸着烟说:"人哪! 这东西也真怪。三年了,不见面不行,一个月不通信就不行。"

小疤点了点头……

不久的一个早上,他们正在田里做活,两个军人和村支书一块儿进了菜园。他们是找老亮头的。他们在草楼铺下谈了一会儿,然后又一块儿走出了菜园……老亮头回来的时候,换了一身好点的衣服,对小疤说:

"我要去看看春林,随这两个兵一起……"

"这么忙呀?"小疤一下子紧张起来。

老亮头扭过头去,没有做声。

"你等不来信,急了吗?"

"嗯。"老亮头抬腿走了,刚迈出两步又回身嘱咐,"等眉豆蔓爬上了大架角,要使大水浇……"

小疤点点头……她盯着老人的身影消逝在一排子杨树后头,不知怎么心里一阵慌促。她再也无心站在菜园里了,于是就跑到了路口上。"会出什么事呢?"她心里这样问着向前走去……村子里,车开走了,那两个兵和老亮头全不见了。她说肯定出事了,急切地问着支书,摇着他的肩膀。支书表情严肃,坚决地否认说:"没,老亮头是顺路搭车……"

小疤这才稍微放心了一些。

一天又一天过去了。眉豆蔓儿慢慢爬上了大架角。最密的一茬花儿打着苞。她遵照老亮头的嘱咐,给菜园满满地灌了一次大水……晚上,她像老亮头那样睡在草楼铺上,也像他那样,入睡前遥望着天边那一溜儿墨黑的大山……

一个晚上,小疤刚上了草楼铺不久,那木梯又"吱嘎吱嘎"响了起来——老亮头回来了!

小疤不太相信自己的眼睛。她又惊又喜,差点儿跳起来,第一句话就问:

"春林好吧?"

老亮头点点头坐下,然后低沉着嗓子说:"他立了一等功。"

"啊!"小疤掩上了嘴巴。她激动得喘息起来。停了会儿,她口吃似的说:"一等功,就忘了……家里人呀!"

"他没忘。"

"还没忘!"小疤撅起了嘴巴。

"他……"老人燃着了烟锅,在黑影里直盯着小疤的脸。停了会儿,他蹲起来,离她很近地看着。他问:"小疤,我跟你说春林他们在干什么哩?"

"开一个山洞……"

"是啊,开一个山洞。炸药、锤子,有时也用凿子。一凿一凿的,人们凿了它五年了。五年里它都是乖乖的。想不到,它上个月里发了脾气,'轰隆隆'塌下一截儿。春林是个班长,紧要时候他抢了上去。同班的五个战士就活着出来了,他自己把腿伤了……"

"伤了哪儿? 重吗?"小疤猛地站起来。

"分不出哪儿,医生就把它割去了……"

小疤呆住了,身子一晃,倒在了老人身上。她哭了起来。

老亮头不知什么时候咬破了嘴里的烟管。他把那只粗粗的大

287

手按在她抽动的肩头上。他声音低缓地说："……我见到春林，也像你一样大哭起来，扑在他剩下的那一条腿上……他对我说：'爸，你看，你儿子没做亏本的事：一条腿换回五条命，还不值得吗？……'后来，后来我也就不哭了。"

"你心硬！"小疤恨恨地说。

"嗯，我心硬……"

她抬起头来的时候，看到老亮头鼻子两旁有两道晶亮的泪。她伏在他怀里，无声地哭着，泪水打湿了老人的一片衣衫……她抬头哽咽着说："伯伯，我们对不起你，一直瞒着你。我……我给春林起过外号，叫他'楞冲'……"

老亮头淡淡地笑了笑："春林这次什么都告诉我了……"

"啊！春林……'楞冲'！"小疤把食指咬在嘴里，怔怔地望着南边的天际，望着在淡淡夜色里那一溜儿长长的山影……风起了，眉豆叶儿发出一片细碎的低语。

……

由于水的滋润，眉豆蔓儿缠上架角，一齐伸开了新的叶片，那顶在藤蔓儿一端的密密小花，一夜间开放了！嗬，紫紫的一片，如铺开的一层锦云。淡淡的清香诱来无数蜂蝶，它们在架子间飞动着、嬉闹着……眉豆花！眉豆花！它每一朵都很小很小，可聚齐了，开放了，原来是这样美丽……小疤一个人站在菜园的一角，细细地端量着。

她今天就要去看望她的"楞冲"了。她站在那儿想：见面先说些什么呢？三年没见了。说他的腿吗？不，先不说这个……还是

288

说说眉豆花吧！该这样问他："你还记得它的颜色吗?"哦,紫的。
是啊,紫的,一种多么让人迷恋的颜色啊！……

1982 年 7 月写于济南

第一扣球手

　　这一年秋天将会给芦青河边的农民留下极其深刻的印象。这是分地之后的第一个收获季节。

　　这段时间，最累的莫过于老连了，他是这儿的"片长"①，上边的一切，都需要他去宣传、解释、阐发、执行……有一个人最近遇到老连，说他"瘦了"、"老了"！

　　说这话的是一个叫"半拉"的老头。

　　那是老连刚从县上开会回来，半拉见到了他。老片长特地送来一个喜讯：半拉出国比赛的女儿棉棉，明天就要回来了。

　　这个消息使半拉兴奋了一夜！

　　半拉吃过晚饭，给院里的羊、兔子、鸡、鸭、猪喂过草，添过食，夜已经深了。他直一下腰，骨节儿"咔咔"响了几下，痛得他连连"哎哟"几声。他早年做过手术，割去了左边的肾——庄里人为这个叫他"半拉"……他捶打着后背，迈进了黑洞洞的屋子，爬到炕上想他的棉棉了。

---

　　① 公社之下设"片"，"片长"是一个"片"的负责人。

半拉的老伴去世早,给他留下了一个比小伙子还要壮实的姑娘。她八岁那年,已经比同龄孩子高出半尺。腿粗,胳膊也粗,街坊邻居又喜欢又惊奇,见了她总要伸出手去捏一捏……上学了,她特别爱玩球,身个儿风吹一般往上长,最后竟被选到了体训队;两年之后,又被省里来的一位排球教练相中了!

那一年春天天暖得特别快,柳丝儿在南风里悠来悠去,一忽儿就绿了。细细的柳丝上生出了一串小毛芽芽,模样像小虫虫。半拉常坐在院角的柳树下,看一张磨毛了的报纸——上面有棉棉的名字,说她随球队到一个海滨城市参加全国比赛去了,那儿是一个赛区。女儿的名字他并不认识,只是让别人在名字下方画了一道杠杠,所以他才能准确地用那个粗粗的拇指按住。他按住她的名字,就像按在了孩子的肩膀上一样,心里热乎乎的。他见了街上人总问:"胜了? 负了?"人们每一次都能告诉他一些新消息:你也负,他也负;他也负,你也负——可棉棉她们不负! 报上还说,她是那个赛区里的"第一扣球手"。"第一",就是再也没有第二个啊!

半拉老伯从此常常失眠,睡着了也要跟着棉棉去砸球。第二天早上醒来,老觉得自己的拳头木木地发疼……这使他想起做个"第一扣球手"有多么不易。天哪,那得是怎样的一双手啊!

最后果真是棉棉她们那个队胜了……接上她被选进了北京,还是打球,还是忙着集训,要准备出国去比赛哩,整整一年没有回家!

一年有多么漫长,只有半拉才知道……明天棉棉就要回家来了! 他此刻躺在炕上,细细地想那眉毛、眼睛,想那乌油油、亮闪闪的头发,最后又想那两只神奇的手……

那手还有比他再熟悉的吗? 小时候,它们胖得净是小肉窝儿,巴掌又厚又大,别的女孩儿可比不了她,干什么活儿都得法,三把两把做成的,别人半点钟也做不成——她这双手自小就不同凡人哩! 不过半拉老伯怎么也想不出她现在这双手是什么模样。记得有一回他在场院上看电视,上面正好有一群姑娘打球——他立刻瞪大了眼寻找棉棉,没有找到。只看到那么多人去砸那个球,一拳砸下去,球疼得乱蹦,若不是用最上等的牛皮做的,还不知破上几回哩! 这会儿他在想:"第一扣球手"会是什么样的? 十个指头像钢钻儿,握起来像铁锤? 大约巴掌上全是锥子也戳不透的茧子肉,拍到球上就像用石头砸的一样。也许早摔打得改了颜色,那颜色像铜,像生铁,像合金钢,再不就像河里的朱砂石? 想不出,想不出哩!

早晨半拉要到村东割草。醒来时像往常一样,先盘算一下全天的活计:到田里给黄烟扳冒杈? 耘土? 往田边担肥? 去海滩荒地收红豆? ……干不完的活儿! 半拉知道他随便往田里一蹲,两手就要忙上一天,连腰都没工夫直一下。他每个早晨差不多都要急得挠胸,所有待做的事儿一股脑向他涌来,使他都要喊起来了:哎呀,那田埂! 那田埂边上乱爬的眉豆蔓儿! 那厢房的草顶儿! 那草顶儿上越长越大的南瓜! 田埂该修了,眉豆该搭新架子了,草顶儿该补了,南瓜十天前就该吊起来! 可是这时院里的猪羊连声一吵,他又立刻记起:割草吧,先要割草哩!

可是今天他却舍得时间,蹲在路边,整整割他一天!

从早到晚，大路上不知走过了多少人，就是没有棉棉！割啊割啊，惹得路上行人不断停住步子观看。他们怎么也弄不明白：一个老头子为什么要一口气割下这么多青草。天黑透了，半拉收拾起一地草叶，耷着头往村里走了。

院门口，那么多人围住了他的屋子！男女老少，吵吵嚷嚷，一下把肩扛草捆的半拉给弄蒙了。他额上满是密密的汗珠。当他吃力地往前挪步，用肩头蹭开身旁的人时，他突然记起了老连的话，"扑"地摔了草捆："棉棉来家哩！来哩！"

……月亮升起时，人们才尽兴散去。这时候片长老连又跨进了院门。这个五十多岁的老片长，中等身个，背稍微有些驼。他一进门就笑着嚷："棉棉同志回了吧！我正和几个人开会，来晚了……"他和棉棉握手，嘴不停歇，"才几年哪，那时候搞'造田大会战'，你往田里送饭，一个小姑娘哩，如今成了这……嗬嗬，全村光荣，我这个老片长也沾光嘛！……"半拉插不上话，笑眯眯地站在一旁，这会儿说："棉棉，你不知道老连同志多么忙！他生生给累瘦了。唉，净为咱庄稼人操心！……"老连没有听到半拉的话，这时只问着棉棉外面的事。

谈了一会儿，老连就要走了，最后说："有时间再来看你。"他特意嘱咐棉棉好好休息……

原来女儿是县上用吉普车送回来的。乡亲的关注、老片长的热情问候，使他这个做父亲的支持不住了……直到乡亲们散去，老片长走了，他才想起该找点什么给孩子吃。屋里屋外转了几圈，几乎把所有能吃的东西都搬出来，堆在饭桌上，又破例点了一盏明亮的罩子灯。

棉棉一声不吭。她回村后一直惴惴不安。她能够在体育场震耳欲聋的喧闹中不乱方寸,而今在乡亲们的目光下却感到了惶惑!她难以承受,难以承受,心中涌起一股奇特的感觉。是幸福、自豪、亲近、眷恋吗?……好像不全是。这是她在鲜花和掌声中、在那镁光灯下没有体验过的……一次乘飞机,她从空中突然看到了家乡那像细带一样的芦青河,眼睛一下湿润了。啊,家乡、故土,这一切对她的儿女们到底意味着什么啊……父亲忙进忙出,合不拢嘴。她真想双手抱住老人那瘦瘦的肩膀,说一句:"爸,您歇吧!该我来忙了!"可她说不出。她把外套脱下来,挽挽衬衫袖子,和父亲一齐忙起来。

吃饭时,父亲特意让女儿坐在灯下。

他坐在黑影里,端量她那密密的头发、水汪汪的眼睛,最后,又一动不动地瞅那双手了……睡不着的夜晚,半拉成百次地想象它们的模样。这会儿,它们就在离他不到五尺远的地方,他可以不眨眼地看了。可这时候那双手偏偏活动起来……半拉老伯一急,站起来。他把身子探到女儿跟前,说:"慢!"他拔下她手里的筷子,把这手握起来,"我……得看看什么是……'第一扣球……手儿'!"

棉棉笑着,顺从地抬起手。

半拉把她的手往眼前拉,拉到灯下,又拉到眼前。两眼都快要碰在上面了,看着,又把这手掌翻转过来。他看到了两个结过疤的指尖……"这硬是砸球砸的!"半拉闭了闭眼。

"这就是'第一扣球……手'吗?"他抬起头,望着女儿。

棉棉觉得两手有些疼痛。她一低头,不觉怔住了!

父亲的手只是轻轻握着她,可那铁一样的茧皮硌疼了人!这双手,这双手——这是怎样的一双手啊……她的心像被什么戳了一下!

以前怎么就没注意到父亲有这样的一双手呢?!罩子灯闪着橘红色的光,这双大手在灯光里一颤一颤。为了看得更真切一些,她把父亲的手小心地端起来。啊啊,好沉重,就像搬弄起一方大大的石块。这是两块裸露在风口上,被疾雨和烈日、被风沙千百次打磨过的石头。它周身裂开了多少纹路,纹中又掺了石渣子,染成了墨色,沿着十根手指绕来绕去……十根手指扳不拢,按不弯,掐不上印痕,也看不出血脉。那骨节儿像被什么狠命地拧过、搓过,都古里古怪地凸起老大的疙瘩,向一旁弯扭。这双手上没有一根汗毛,就像贫瘠的土地上不生一株茅草一样事,也没有一个茧花,因为全都是黑的、硬的,碰撞一下,或许就能发出金属之声……她两手托着,再也放不下。如果我有这样一只扣球的手,那会怎样呢?

半拉"嘿嘿"笑,开始往回抽自己的手了:"这有什么好看的!嘿嘿……"

棉棉松了手,眼看着它从自己手里抽出,缩回,重重地落放在瘦瘦的膝盖上……

"吃饭吧,吃饭吧,老远地来家一次,累呀! 饿呀!"半拉带头拿起了筷子。

她不吱声儿,只默默吃着饭,一双眼睛老想看父亲那双手。筷子握在这样一只大手里也变得小了,仿佛只是两小段细短的草梗。

她真担心竹筷随时都会给捏碎。一种奇怪的声音不断从手心里传出，那是筷子和手掌相磨发出的……

棉棉看得忘记了夹菜，父亲不得不大声催促："吃哩！"

棉棉大口吃着。父亲笑了。

好香的饭呵……记不得哪一次吃得这样甘甜。她好长时间没有吃父亲做的饭了。记得早几年家里有一个乌泥捏成的小土盆，盆里总放着热腾腾的、颜色像酥麻石一样的糠窝窝——这是父亲从收过的地瓜田里拣来的粗瓜根，掺和上玉米糠皮和地瓜粉做成的。吃的时候，要用两手捧住，一口一口细细嚼……

她忘不了它那苦丝丝的味道，忘不了往下吞咽时，嗓子被磨得火辣辣的那个滋味，也忘不了父亲做窝窝的时候，那个奇怪的样子！他把各种原料——糠、瓜根、瓜干粉，一样样地摊放在一块木板上，先吸着烟锅瞅上一会儿，最后才做起来。使上足够的水，掺到一起，捧到泥盆里，然后伸出大手去搅动。他让每一撮糠皮都沾上一点瓜干粉，变得黏黏的，按一按、挤一挤，再拍打一会儿。这一切做完之后，才该着团窝窝了。他把叉子似的大手垂直插进去，掘起一整块儿，放进手心里拍打、旋动，一霎时就做成了一个光润润的窝窝……就是这些窝窝，冬天吃，春天吃，最缺粮的时候也没曾饿过肚子……

棉棉贪婪地嗅着葫芦架下甜丝丝的空气，抹去了刚洒到脸上的一滴露珠。她在黄蒙蒙的月光下端量这个离别很久的小院，感到实实在在是变了！院子沿墙垒起了兔窝、羊栏、猪圈。用尼龙丝网围起的墙角里，一群鸭子"呱呱"大叫，引得一旁的鸡伸长了颈子望它们。兔子"蓬蓬"地跺脚,猪"哼哼"叫,羊"咩咩"与之应答……屋檐下挂满了一串串东西,走近些,才分辨出玉米穗子、干菜叶、咸萝卜条、高粱穗子、蘑菇、红辣椒串……

"如今东西多得吃不完哩!"

半拉凑到女儿跟前,用烟锅掏着荷包。

是啊,家里的一切都表明了富足。大概几十年来,这个家是第一次有这么多东西。小院里又有什么在叫,她飞快转身。她跳跃着,凑近了猪圈、牛栏、兔窝,和这院里所有的小生灵打着招呼。啊,多好的小院子啊,这全是父亲一个人经营起来的!她要和父亲一块儿给它们喂草了。半拉高兴得不知怎么才好。他使劲地抄动着那堆青草,要把不同的草叶儿拌匀:一次次往上扬起来,又一次次让它散落下去,再把胳膊伸到草堆深处,搅动着、搓弄着……等把这一切做完,抱起一簇草叶往前走的时候,他突然"哎哟"了几声,接上赶忙伸手去按自己的腰……棉棉呆住了:父亲慢慢伏在了草堆上,一动不动。

她跳了过去。

半拉把头扭向一边:"不要紧哩! 我蹲久了就这样儿,你看我这就站起来!"说着把双手按下,腰一弓挺起了身子……他硬是不让搀扶,把那簇草叶抱走……

棉棉怔在那儿。月光下,父亲的腰原来弓得这样厉害! 他老了,看那一头蓬乱的、花白的头发……

回到屋里,父亲还舍不得离开女儿。他坐在凳上吸烟。"你这一段不在家,不知道哩。咱养猪,养羊,养鸡,养鸭——一箩箩鸡蛋、鸭蛋喜不喜死个人！庄稼长得也好！你不知道今年的烟叶有多厚实……咱家的轳辘坏了,赶明儿修修轳辘……"

"现在还用轳辘吗?"棉棉有些吃惊。

"怎么不用？自己绞水浇自己的田。下种、收、打,用机器花大钱哩。庄稼人没有惜力气的……"

棉棉再没做声。

"好哩!"半拉又补上一句。

棉棉看着父亲那一脸深皱,说:"爸,赶明儿歇歇吧……"

"歇！我能舍得你去做活儿吗?! 再不你跟我到田里去,看看咱的庄稼,一面拉家常……"

夜里棉棉怎么也睡不着。东间屋里,父亲在不住声地咳嗽、呻吟、捶打腰。她的眼前老晃动着那双铁一般坚硬、石头一般粗糙的大手。

她不知道这双手是从什么时候起变成这样的。

她只记得这双手被锤子砸伤过,被刀子割开过,被冻得又红又肿……

好不容易睡去了。恍恍惚惚又回到了球场,口哨声、喊叫声,满场如醉如痴的观众、近似疯狂的观众……从梦中醒来,她发现自己出了那么多汗。睡惯了板床,睡不惯家里的土炕了——父亲特意把土炕烧得暖暖的。棉棉不得不把被褥撩开,让席子散热……她坐起来,月光从窗子射进,照着她修长的身材。

天明后,棉棉跟半拉来到了田里。

半拉换上了崭新的衣服。他说:"今天说什么也不做活了,今天要歇一歇,和孩子闲遛着玩哩……"

片长老连正和几个人在田间小路上走着,指指点点说着什么,这时看到了他们,就一个人走了过来。他打着招呼:"来田里看看吗? 那好的! 看看庄稼吧——这在以前是不敢想的……哦哦!"老片长随他们往前走,一边说着话。

中秋的风徐徐吹来,送过一片稼禾的浓香。芦青河两岸的土地平平展展,无边无际。那茂盛的、一片墨绿颜色的庄稼是高粱、玉米、大豆、谷子、烟草……所有作物都长得十分旺盛,蓄足了水分,在秋风里轻轻摆动。

老连兴致很高。他告诉棉棉,这河边上,是他抓的一个"点"。他接上讲了好多"点"上的事儿,都很有趣……棉棉只"嗯嗯"应答,一双眼睛却没有离开田里的庄稼。老片长说着、走着,直陪他们转了好长一段路才离去。

老片长走了,父亲又接上话头儿说下去。他抬起那只瘦削的手臂指点着田畴:"看看吧,那是有名的酥沙壤,长庄稼吗? 长沙子! 可如今有收成了! 看看庄稼垄沟里吧,有什么? 有豆子,有黍子! 一寸土也空不着……噢,那边是咱的田了……"半拉的目光立刻软下来,那样子就像在注视自己亲生的孩子。他的腰弓起,步子不知不觉变得急促了。

父女俩立在自家田垄上! 棉棉捏捏肥厚的烟叶,又弯腰看看豆角架子,不吱一声。瞧这一条条笔直笔直的土埂吧,几乎没有一个杏子大小的土疙瘩,整个地垄都耘得细细的、松松的;再看那长长的豆角架子,全是用高粱秸子编好,用布条儿扎起来的;架空是大小如一的方格,远些看整个豆架好似一个扁扁的、大大的蝈蝈笼!这是怎样的巧手做出来的,需要多少时间、多少汗水和耐性!这就是父亲那双手做成的。她转回身,又想看看父亲的那双大手了。可她不见了父亲,细细寻找,才发现他蹲在不远处的烟棵旁。

他的一对手掌深插进土里,不说话,额头渗出了豆大的汗珠,两只胳膊抖着,接上"嗯"了一声:土皮裂开了花花,稀松的土下拱出一块块结实的土块,露出了一撮变腐的豆饼……"看看!这是我追的豆饼肥,多能吃水!天哩,今天再不上水,就要烧根、打蔫儿……啊呀,说什么也得修好轳辘……"他焦急地拍打手掌,然后急急地奔向水井。

井上的轳辘断了木把儿——半拉忘了身边还站着他的棉棉,只顾卸下一卷儿钢丝绳,把木转子摘下……

半点钟之后,轳辘修好了。

半拉脱掉了那件新衣服,团一团夹在树杈上。

棉棉扶住轳辘:"爸,让我来绞,你歇吧!"

半拉摇头:"好玄!你一年不来个家,让你绞?街坊邻居也笑掉牙哩!好玄……"

"你不是说今天要歇歇,只和我在田里转转、拉个家常吗?"棉棉差不多哀求了。

半拉握木把儿的手松了。他一脸的深皱抖了一下,蹲在了井台上。他摩擦着下巴:"嘿,怨你爸是个懒人哩!你爸就不知道把活急着干完,偏偏等你回来做,连个说话的工夫也没有!你爸懒哩……"

"爸,您让我试试吧——您忘了我是'第一扣球手'吗?这还绞不动吗?"

半拉笑了! 他退下井台说:"那你试吧! 试吧! 嘿嘿,绞水哩……"

棉棉小心地把水斗放进井里,绞上来时,却怎么也没法儿把水倒掉! 她只好用两手去拖……推斗时,她又忘了按住木转子,那轳辘把儿"忽忽"地飞起来,吓得半拉连连大叫……他说什么也不让女儿试了。

他让她去田里看水流。她怎么也挪不开步子。她盯着父亲那裸露的上身:皮肤黑黑的、松松的,皮下的骨头一块块凸起着,像没有凿平的石头……父亲绞水了,那两臂一下下活动,黑色的皮肤、皮下的肋骨,都一阵紧张地抽动。一阵"吱咯吱咯"的声音发出来——轳辘绞动的声音。那皮肤没有一点光泽,像一片耗贫了的土地。汗珠慢慢从上面渗出,一粒粒聚到一起,又跌进了深深的脊沟,像条小溪一样流淌下来……她依照父亲的吩咐,到田里看水流去了。

田垄里的水吃力地流。烟垄这会儿显得太旷敞了,那细小的水流在焦干的土粉里流,流出一寸,又退回两寸,直到慢慢濡湿一块土皮,才很不情愿地流过一小段……她心里急躁躁的,不敢看这水流了。她老觉得这水流是从父亲那道脊沟上流过来的……

几个乡亲走过来,围在棉棉跟前说话。她和他们应答着,却在注视他们那垂在腰间、背在身后,或是抄在胸口、掖在衣襟下的那双手——黑黑的、粗粗的,那指头、关节儿,半点也不生疏,全像她曾经打量过的那双手——父亲的手……他们离去了,她的目光才重新落在那条细小的水流上。

不远处有一长溜黑绿的林带——那就是小时候常去玩的芦青河!啊,一边是咆哮的芦青河,一边却是轳辘绞水的"吱咯"声……她记起从前的田野里,有引水的渠道,有机井房、水灌站,如今这些都不见了。也许庄稼长得太高了、太密了,把这些全遮去了吧?

"吱咯吱咯"的声音透过庄稼棵儿传过来,小水流儿还在可怜巴巴往前流。一个小时过去了,烟垄才湿了十几尺远……多大的一片烟田哪!什么时候才浇得完呢?她一急,伏下身子,两手扒开土末儿,给小水流扒出一条窄窄的、光滑的小路来。可是只一小会儿,一边的干土末又重新吸干了水流……

这时老连正好转过来。棉棉迎上一步,问:"我们为什么不用机器,不引芦青河水呢?"

老片长认真地听,然后从衣兜里掏出了香烟吸着:"这个,蛮复杂唻!有些人吵着用机器,用了,又为争水你吵我闹。你不知道,有一次为争水打那场架,作难死了……"

他抬头望了望田野,说:"我打二十几岁起就在这地方工作,也算是了解这儿的喽……"他深深地吸了一口烟,摔掉了烟蒂,用脚踩灭。

棉棉没说话。她这时才看到老连那脸上的皱纹原来也很密了——横一道,竖一道……她想说点什么,望着对方那满脸的皱纹,不知怎么没有说出来。她的眼眶里蒙上了一层泪花。老连不知这是怎么了,"嗯"几声,摇摇头,最后不解地走开了。

他驼着的背影在秋田里一闪就不见了。棉棉望着无边的田野……

一阵风吹来，庄稼叶子"刷刷"抖着。她想，这次返回的时候，她该有好多话要说给伙伴们听了。她要告诉他们芦青河边这片大好的庄稼，向他们介绍自己的父亲——父亲只有一个肾脏，人们都管他叫"半拉"；父亲的腰，还有那双磨得变形的、奇特的大手……

水流儿渗过来了——它缓缓地前进，尽管那么吃力，可总是在流啊！她跺了一下濡湿的鞋子，仰起头，大口地呼吸着。

一阵"吱咯吱咯"的声音传过来。棉棉循着那声音走去……半拉在专心绞水，棉棉站在身后。她注视着父亲一弯一屈的脊背，最后目光又落在了木把儿上——那双大手正稳稳地握住它。十根手指贴着木把儿向一旁弯扭，粗大的骨节越发突出了。两只手的手指扣起，做成了两个永不破损的环子，那木把儿就在这环子当心转动。每当木把儿的圆弧转到上方的时候，这双手就会猛然松开，接着十根硬硬的手指向不同的方向伸出，就像要拼力抓住什么东西一样——但不等那木把儿转下去，那手指就重新抓住了它……

"我的……父亲！"棉棉在心底呼喊了一句……

1982 年写于济南

猎　伴

秋风吹在身上很爽快，林子里，不断有落叶打着旋儿飞到脸上来。白雾开始散去，树隙里飞动的小鸟又瞧得见了。这里离芦青河不远，林雾从来就很重，如果没有一阵风吹过，雾气可以紧紧缠住树梢，直到太阳升到大柞树那么高。早晨的小草被夜露洗过，娇嫩极了，青葱葱一片，中间还夹生出一两株黄的和红的小花，大概谁也不忍心去踩的。我们顺着一条细细的小路走下去。老乌鸦在头顶的枝丫上"嘎呀"叫着，引得我们不断停住步子。它也不怎么害怕，因为从来没有猎人对它们放过枪。听说乌鸦肉发酸。我们今天想打两只野鸡，最差也要打几只野兔。我问同路的大碾有没有把握。大碾一边揉着鼻子一边说："有。怎么没有？"

大碾是土生土长的小伙子，很有意思。由于新近这儿实行了责任制，搞承包，他种着自己的一份田，比过去悠闲，能与我结伴出来打一次猎。

他是我的一个新朋友。

学校放了秋假，别的教师回家了，我就住到了乡下亲戚家里。

那个院里有一个压水井,大碾每天过来挑一次水,我们就熟了。他样子长得憨乎乎的,心上巧,很爱玩点什么,会下棋,拉一手好二胡,故事也讲得有声有色。

他给我讲了一次打猎的故事——

有一年的晚秋,他去海滩收红豆,回来的路上遇到了一个"大家伙"! 大碾说着瞪起了眼睛,把两只胳膊架起来喊:"就是一种鹰,告诉你吧,就是一种鹰! 可它比一般的鹰大得多,翅膀儿上有两个大瘤子,可以当锤子使——一'锤子'下来,人的脑壳要碎的……嘿,就是遇上了这么个东西,它当时正躲在一丛柳棵后边吃一只鸡……"

大碾说到这儿咽了一口:"我离它只有十几步远,那羽毛儿、那嘴上一朵一朵的小肉花儿,全看清了! 我蹲下来,一动不动地瞅。哎呀,我看见那毛儿一抖一颤,闪出绿莹莹的光,那眼珠儿一滚一滚,黑圆晶亮,像钢滚珠儿! 狠哪,嘴像个刮刀,几刀刺下来,一只鸡就劈成碎片……

"我要设法儿把它打到手。我从脚底下摸了块小孩枕头那么大的石头,先往前挪蹭,一丝一丝,觉得有把握了,就猛一下砸过去!"

"砸准了?"

"能不准吗?"大碾搓搓手,"砸掉了三四根翎子。这下子惹了大祸了——它'忽忽'飞起来,先向上一钻,看准了我,然后一抖翅膀冲下来,翅膀上那两个大硬瘤子直冲我脑壳来了! 我在地上躲闪滚动,腿和拳一齐用,脑壳算躲开了,肩膀上倒挨了两下。这肩膀呀,直疼了半年多,上田干活儿担不动半筐土。人家说:'大碾藏力了,懒了!'他们就不知道我这一段……

"因为在地上滚,荆棘把脸划了血口子。人们都问:'怎么了?怎么了?'我能说什么? 只说:'一步不小心,跌在荆棵子里了……'我就这样被它治了一遭儿……"

"后来呢?"

"后来我告诉了好友三喜。他偷了他爸二老回的一杆土枪。我们知道那家伙还要到原来地方吃那只剩鸡,就趴到树丛里等……结果是多容易的事,只一枪就打到了手……"

大碾高兴得吹起了口哨儿:"吃了一顿肉。细毛儿勒了风箱,粗毛儿卖给乡剧团做了大羽毛扇儿……打那会儿我就想:年轻人没有一杆枪可不行! 哪里弄? 做,自己做……"

他于是就有了这杆枪。样子笨极了,粗重别扭,颜色黑乎乎的,一看就知道是世界上第一号笨蛋捣鼓出来的东西。可村里一些老猎手拿去试了,又都夸这杆枪好使。

也就是这个故事,勾起了我打猎的兴趣。

走在林子里,衣服被灌木甩下的露水打湿了。裤角不时拂动地上的青草,已经透湿透湿。脚踝那儿痒得难受,小虫顺着湿气爬上来,拂都拂不掉。大碾说:"要是穿个长筒水靴多好啊!"

我笑了。

大碾却又想到了事情的另一面:"不过真要穿了水靴,到时候还跑得动吗? 比如说碰上一只兔子……"

这样说着,不知怎么大碾想到了当兵的事。他叹息:"唉,如果当了兵多好啊,穿上军装就走了,走得老远——到边疆才好哩,看看那地方是什么样的。是好是孬都呆他几年,回来才有意思! 我现在老想走……"

"当兵还难吗?"

"不难,不过眼下超龄了。"

"当工人呢?"

"过去招工,我不愿去。现在想去,人家又不招了……唉,守着这片林子过吧……"

他说完就不做声了。他的情绪不如刚进林子那会儿了,默默向前走,脚"踏踏"踩在草地上,踏乱了一长溜儿青青草叶。这真是个壮实的小伙子,粗粗的腰,厚厚的肩膀,浑身透着一股强力。我在河两岸看到的年轻人,几乎没有一张苍白的脸,没有一副纤弱的身躯。劳动使人健美,田野、绿色的林子、弯弯的河流,这一切也都使他们强健。可我同时也发现,他们那被阳光和风抚弄得红里发黑的脸庞,又常常滞留着一种迷惑。它近似忧郁,或者说是一种焦渴……我从默默走着的大碾身上又想到了这些。不知为什么……

前面的小树丛"扑棱棱"响了一阵,大约是山鸡之类。我们不由得一齐加快了步子,同时小心地接近。可当我们走近时,才看出又是一群乌鸦……为了寻一个愉快的话题,我问:

"大碾有女朋友了吗?"

他那个憨憨的样子,半点羞涩也没有,倒是满脸的不快,甚至还有恼怒。他声音粗粗地说:"没有!"

我不吭声了。

大碾把肩上的枪倒一下,说:"我们不像你,放了假就没事了,进林子玩就是。我们哩? 得瞅着田里的草!"

我不安了:"那你怎么陪我来了呢?"

"如今地都包下来了,干不干自己说了算,心里闷气,不来干什么?"

他冷笑着。

这种笑容在一个憨厚的青年脸上显得极不谐调。我猜到了什么,就开玩笑问:"你有抵触情绪,心里不满吧?"

"跟你说不清哩!"大碾摇摇头。

他真有趣。

我们除了背杆猎枪,每人还有一个大大的帆布口袋。口袋里装了些面包和汽水之类的东西。我们准备野餐一次。这次最好能打点猎物……林子密起来,鸟儿也多了。终于看到一只肥大的野兔从前面跑过,可惜只一闪就藏进了草棵,我们只得重新寻觅。幸运得很! 有一只肥肥的野鸡落在枝头上,大碾把它打中了……

中午,我们找了个干净地方,准备吃饭了。我想架起柴火,将野鸡烤熟。大碾惊讶地说:"猎物不带回呀?"我说打到的猎物就在野外烤,那才是打猎啊! 大碾拍拍手掌跑开,一会儿抱来一堆干柴……

我敢说从没吃过这样的美味。大碾从他的包里掏出一个小酒瓶,我们都喝酒。太阳升得很高,天热起来了。阳光从树的空隙里穿射出来,照在脸上、身上。人变得懒洋洋的,老想躺下来……我们躺在了白白的沙土上,眼望着树隙的天空。

大碾没有多少酒量,这会儿脸色通红。他在地上伸展着身子,惬意地喘息,嘴里还"哼呀哼呀"地呻吟——人痛苦和舒服时都会呻吟。他这样哼了一会儿,咕哝说:"多好啊,多好啊……"他把脸转向我,十分友好地看着我。就这样停了一会儿,他问:

"我路上告诉你什么哩?"

"什么哩?"

"我说没有……女朋友?"

"是啊,你说'没有!'……"

大碾把身子转向一边:"有哩,有哩。我不愿说她——要散伙的朋友,你愿说吗?"

我坐起来:"她是怎样的一个姑娘啊?"

大碾取根草蔓儿在手里挣扎,背倚在树干上,慢腾腾说:"她叫'二满',模样倒俊,辫子老粗老粗……"

"那怎么要散了呢?"

"跟你说不清哩……"

大碾又叹了一口气,眉头绞拧起来。这次我倒非要问明白不可:"到底怎么呢?"他的身子使劲往下滑脱,最后又躺在了白沙上。他叹息:"唉唉,世上再没有比交友更难的了……"

我笑了笑。

大碾斜我一眼:"我是说三喜!"

"他不是你的好友,偷枪给你吗?"

"是呀。二老回是他爸,连他爸的枪都敢偷,对别人还能好到哪里……唉唉,三喜这东西呀,让他气死!"

大碾把身子翻一下："村子里，早几年可有个'大家伙'呢！他就是村头儿刘三拐子。全村里正经人没有不怕他的。我不知道有什么事他不敢干，上边有他的人……有些事我不跟你一一说了，反正你知道这个好了：他是个狠人。早几年混乱，怕还怕不过来，谁还敢去整治这家伙呀！后来世事慢慢松了，人还是怕他！我想不能老这样怕下去吧？就和三喜几个人合计，商议着告他！"

我听着。

"状难告哩。可我们血热着呢……拼劲儿折腾一年多，到处跑，这才拔了刘三拐子。消息传下那天，村里人放响了爆竹，我们也哭了。三喜搂着我的脖子，我抱着三喜的腰。他爸，就是二老回，站在一旁说：'我儿有勇。'我说：'有勇吗？'他说：'有勇。'这时候有人在我后背上碰了一下，我回头一看，见是二满，她也哭哩……

"你不知道二满是谁吧？是刘三拐子的侄女！要说你也不信，就是她和我们一块儿告倒了他的，她知内情……我俩好了。我服她明大义。想想看吧，为了正义的事，连自己三叔也不要了，不和她好吗？我就和她好……"

"她'辫子老粗老粗'……"我插一句。

大碾的脸红了。

"我觉得二满身上哪儿都好。村里开夜校，年轻人天一黑就往那里跑，野了脚。我和二满去得早，不过不进屋子，先躲在树影里站一会儿。我听她'呼呼'喘气儿。二满把手贴在树上，然后不说话，只轻轻地喘气儿。我也轻轻地喘气儿。她听得见。这就顶得上说话了。那些个晚上,我和二满就是这么说话的……"

大碾盯住树林的一个角落,久久没有吱声。停了一会儿,他说道:"再后来……我成头儿了。三喜由我提名,做了副手。二满也参加了。你看,权力落到我们这伙年轻人手里了……"他说到这儿眼睛慢慢亮起来,伸出那双粗粗的大手扳住我的肩膀,有些喘息:

"瞧我们怎么来整治这个村吧!我们一夜夜围在土炕上开会,定措施、作计划……你不知道,这地方是有名的旱区,到了七八月份,十口水井能有八口见了底!要说你也不信,这里还有芦青河呢!就在第一年,我们领人打了十几眼深机井,又砌了几里长的水渠,用来引芦青河水。那年上的庄稼长得多好啊,玉米叶子乌油油的。连二老回也说,不记得哪年上长过这么好的玉米……我们还办起了纺绳厂,让年老体弱的全学着纺绳,一天到晚那纺车轮摇得悠悠转!年轻人白天干一天也不累,晚上还进夜校。二满最爱唱的一首歌叫《河水弯弯》,总是我给她拉二胡……"

大碾讲得兴奋,那只大手按在我的肩膀上。我完全相信眼前这个小伙子,相信他的话。

这时远处的林子里又有什么叫了几声,这提醒了我们。大碾把手从我肩头拿开,抓起了身旁的枪……我们又拨开一个个树丛往前走去。

林子变得有些燥热了。中午的太阳不断从树隙里闪出脸来,炙得人身上热乎乎的。脚下的青草消尽了露珠,变得像一团团柔软的毛绒,抚弄在脚背上。蚂蚱不断从前面飞起,那闪红的羽翅被阳光照得透明。鸟儿全不叫了,它们大约也在中午歇息……大碾

311

看我有些累了,把枪从我肩头拿开,像横根扁担那样顺在了后背上。我脑子里还萦回着刚才的故事,这时就问:"以后呢?"

"以后,以后昏了头……"大碾粗声粗气地应。

"到底怎么了?"

"我反对上边!"

"你莫开这样的玩笑了……"

"半点也不是开玩笑,我真反对。你知道,就有那么些家伙,早几年整人比谁都积极,眼下一转,他们又转得比谁都快、比谁都狠!瞧他们怎么搞吧,开大会,训村干部,稍有点不同意见,就是反对上边! 天哪,硬要把一整片的地割碎了包下去。我有意见,好多人也有意见。我坚决不同意,上边来人就一次次找我谈。一个晚上他们下了最后通牒:仔细想想吧,明天告诉我行不行!

"那个晚上我睡不着! 我知道'行不行'就是'干不干这头儿'。我想啊想啊,想起了告倒刘三拐子那回的高兴劲儿,想起了我和三喜、二满带领大伙儿修水道、打机井的那股热闹劲儿,想起了数九天手上冻裂的血口子、三伏天那晒脱了皮的脊背……我们的一切才刚开了头呀,难道就一夜间让几个鸟人给毁了? 我再也睡不下,月亮底下去拍他们的门,找二满,找三喜……我挥着大拳对他们喊:'要顶住……'

"二满大概早被上边来的头儿说服了,听不进我的话。她说这是号召哩,要'一致'哩……最后她气呼呼地跑了。我和三喜合计,最后决定:一定顶住,鸟人,如果顶不住,就不干了!"

大碾说到这儿激动起来,脸色涨得赤红。但他的目光和我的相撞时，又立刻避开。他把身子转向一边：

"怎么也想不到啊！第二天，上边头儿分别找我们谈话；第三天上，召开了全村大会。这是硬来。我气愤不过，当即就不干了！我想这时三喜也会像我一样，成个汉子，站出来……接下去三喜却笑嘻嘻地表示要服从上边，要好好干，要带领大伙搞好这个村子！他当即成了头儿，替下了我……

"你看，人在世上交友要有多难！你怎么想得到三喜会是这样的人？我替他难过，做人这么不讲信义！这么势利眼！这么软骨头……我心里难过得要命，那个夜里没吃饭。记得也是个有月亮的晚上，我去找了二满。我这时候多么想听她讲一句话来安慰自己呀。可她只隔着窗户问：'你能去找上边承认错误吗？'我在窗外跺着脚骂了一句，二满就再也不说话了……"

他眼里涌出了泪花。我望着这个壮小伙子，也替他悲哀起来。是的，他真不幸，这一切对他来说是在短时间内突然失去的……我很想说点什么来安慰他一下，可寻不到新的话题。这时我就拍打了一下空空的挎包说："你瞧，今天弄不好要空着回去了，我们这两个猎人哪！"他的眼睛转都不转一下，只望着一个地方。我们只得这样僵持了一会儿，当重新往前走去时，好像个个都心不在焉。这是打的什么猎啊，我相信这一枪散弹再没有机会放出去了。

林中的风慢慢吹干了大碾眼角的泪滴，他的神色变得淡淡的。他接下去说：

"三喜做头儿了。田分了。好吧，我有的是力气，保险种好自己这一份！我暗里憋足了劲儿，心想：你三喜有本事就把这村子搞上去吧,我今后是和公事不沾边了! 想是这样想的,可我什么都看在眼里,清清楚楚,一丝不苟,整整盯了一春、一夏、一秋!"

"结果怎样?"

"结果……三喜赢了……这年的庄稼长得特别好,人勤天也助。尽管也生出好多毛病,还是干得不错……"

"三喜这头儿还行吧?"

"哼!"大碾撇撇嘴,"我服的是别的……人都为自己啊……我可不服他三喜! 我敢说没有他,可以更好。三喜和我一块儿长大,我还不知道他吗? 干什么他都不是把好手。小时候在一块儿网鱼,收网时鱼都是从他那边溜的,他就不知道要提着浮儿收网! 用柳条编篓子,三遍五遍学不会拧沿儿……看看吧,就是这么把笨手,还指望他能当好头儿? 慢慢看吧! 地分下去,不少人为碍事儿,毁了自己地界里的水道机井。这都是当年付出多少心血搞的啊,他三喜就不知道心疼! 为这个我差点跟他拼命,上边头儿就站在他一边,还说我这是搞报复哩……"

大碾愤愤地嚷:"我搞报复吗? 搞报复的不是我! 瞧着吧,瞧着谁搞报复——七月份天大旱,用机井,机井埋掉了,要挖又来不及;用水道引河水,水道又连不成网儿! 多少人夜里进河担水,肩膀肿得像发面馍馍,最后还是旱死了十多亩上好庄稼……你看,搞报复的不是我,是老天爷哩! 那个秋天,我瞅着干死的一片秋玉米,夜里坐在田埂上哭了。我一边哭一边骂:'三喜呀三喜,我要是你爸二老回,非用鞋底子拍你不可! 二老回呀二老回,你还夸'我儿有勇',你不见养了个什么儿子吗?'"

风"刷刷"撩动着树叶,好像有千万只手在轻轻弹拨。林涛在低沉地呼鸣。我握起大碾的手,仔细端详那厚厚的茧子。我用力按了按,觉得这茧壳和铁块差不多。大碾把手抽回,声音沉重:

"村子富了,也有了更多的粮食。可这是吃尽苦头换的,他们流了比过去多几倍的汗! 没人担心饿肚子,可日子才不像有人说的那样舒心。像二满,开始多积极啊,她和三喜一道儿干,没白没黑,从不叫一声苦。她那一直梳得黑油油的头发也乱了,脸比过去瘦了。她再也没有工夫唱《河水弯弯》了,再也没夜校了……七月份旱死的那十几亩好庄稼,让她也流泪了。她种的一片谷子和我的连在一块儿,我常看到她。我心里攒了好多话要和她说,可她总是看也不看我,只伸出小锄剜谷苗儿……"

"没有一点和好的希望吗?"

"我也常这样问。看她那样儿,知道她心里和我一样烦。我想,二满哪二满,你不是一开始就起劲的吗? 你不是满身是劲吗? 你怎么了呢? 你到底愁个什么哩? 粮食多了,上级也表扬,你到底还愁个什么哩? 人就是这样不满足啊! 也不光二满,村里年轻人夜里聚到我这小屋,发牢骚,骂三喜,也烦。他们到底想干什么? 他们大概想念夜校里那通明通明的灯,想听二满唱《河水弯弯》哩! 你瞧,我早就说过:人是多么难满足啊! 我有时骂他们没良心,骂他们没骨头。他们就不客气地回敬:'你有骨头! 你怎么不揍他三喜?'……"

大碾垂下了头,久久没有抬起。我看出他很难过。等他扬起脸来,我又一次看到了那眼角的泪痕。

"不久,就是收高粱的时候,二满走了……她到镇上一个小修配厂去了,可怜巴巴做了个每月拿二十一元的工人,每天的工作就是用锉子锉一百四十八颗螺钉。她走了,没有张扬,就像害羞了一样。我知道消息的时候是第二天了。在这之前不久,我听说她跟三喜吵了一架。别人以为她走得太突然,我却不这样想……

　　"这个夜里,我怎么也睡不着,干脆就坐在院子里,拉起那个蒙了一层灰的二胡。我拉呀拉呀,一遍又一遍地拉《河水弯弯》。月亮黄蒙蒙的,地上染了一层颜色。四周静极了,我一个人拉着这支曲子,一个人听。我用的是揉弦——揉弦你懂吧? 就是用指头在弦上揉,发出一种颤颤的声音。你不要以为这是用手指,不,是用心,这时候的揉弦啊,你听了,心里会发酸!《河水弯弯》唱的是一个嫁到北海的姑娘,日夜思念老家的河,思念老家的亲人,她梦里在河里洗头发……我拉着琴,突然听到院门外有什么响动,好像有人刚刚踩碎了几块瓦片! 我急忙收起弓子跑出去……

　　"月光下,我看出有个影儿向前跑去。谁能在这深夜顺着琴声跑来呢? 我望着,看出两条粗粗的辫子! 我想她大概报到后又回村看看吧? 我喊她,她依旧跑。我火了,气愤地冲那个黑影喊:'你跑吧! 你再也不要回来! 你跑吧,跑吧,你只配用锉刀去锉那一百四十八颗螺钉!'也许是我把话说得太狠了,她一下子站住,然后一步一步走过来。我倒不知怎么才好,后悔地站在院墙外边,一动不动……她走近了,平常总是水灵灵的那双大眼这会儿火辣辣地烧我的脸。我想她要发火了,骂人了! 可她这样看着我、看着我,突然身子一抖,伏在我胸上……

"真是一场好哭啊！她要把一肚子委屈全哭出来。一年多了，我们没能在一起说一句话，就是吵一句也没有，我们之间有一堵墙。这个夜里她哭了，我也哭了。我们哭的原因一样，都在哭我们的过去。过去一下子就没有了，二胡、她的歌……最后我问：'你还能回来吗？'她摇摇头。我们都松开了手，又互相火辣辣地盯着，分手了……"

林子里静极了，仿佛每一片树叶都停止了活动……

不知呆了多长时间，有什么东西在一边的林隙里"嘎嘎"尖叫两声，接着传来"啪啦啦"的翅膀扑动声。

大碾警觉地抬起头，随着那声音望去，一伸手指："看！"

一只像大白鹅似的大鸟正在费力飞向天空。白色的翅膀在碧绿的林间显得格外醒目。我赶紧抓起枪来，可是已经为时过晚，它已掠过林梢，在高空里拍动着双翅，尖声大叫："嘎呀——嘎呀——"

"失去了一次多好的机会！"我很惋惜。

大碾点点头："一只'老呆宝'，比家鹅还大。如果打上一只，我们可是太便宜了哩——真正的猎人一年上恐怕也碰不上几遭儿呢……先在这儿歇会儿吧！"

我不明白："怎么不往前赶呢？"

大碾摇摇头："'老呆宝'有个怪毛病，常要飞回原来的地方……我们在这儿等一会儿吧，停个把钟头再出来找，兴许它就在附近的一片小树后头吃草哩！"

我们于是找了块干净地方坐下。

太阳偏到了西面,各种鸟儿又开始活跃起来。它们在叶子底下跳,在树尖上叫,直要吵到太阳发红,吵出林子里的黄昏。我和大碾大概因为一路上说话太多的缘故,现在谁都不想再说了。我们都在等那只"老呆宝"。坐得累了,就仰卧下来。身子底下的沙土热乎乎的,使人想起冬天里那令人惬意的土炕……大碾的头罩在一丛洋槐叶儿下,让阳光透过片片槐叶筛到脸上。他一动不动地躺着,好像在想什么心事。我这时想起一件要紧的事,就说:

"'老呆宝'飞来的时候,让我来打!"

大碾只把头在沙土上摇动一下。

"为什么?"

"你不会。"

他说着坐起:"你看它呆里呆气的样子是吧? 其实很精的。你要想小心着接近,它早就飞了,永远也别想打到它。你得把枪捎起来,装作没事赶路的样子,在草地上走'之'字,这样才能靠近。你觉得散弹差不多够得上了,就飞快摘枪。这时候它反倒不飞,会把身子往下猛地一压,像要卧倒——可你千万不要开枪,这时候开枪也打不着! 你得等它'扑棱棱'飞起来,离地二尺来高的时候再放枪! ……唉,就这样。不过光说说也不行的,到时候我来吧……"

大碾说完又仰躺了,一副心不在焉的样子。我担心这个"老呆宝"今天打不着。

他仰着脸,丛槐树叶儿的空隙里望着天空,有时伸手揪下一把槐叶儿,在手心里揉搓着……停了一会儿,他像自言自语说:"这到底是怎么了啊? 怎么了啊? 连我自己也不明白……唉,人原来是多么怪的东西呀!……"

我听了直想发笑。

大碾依旧望着天空,自言自语。后来他突然坐起来,也许刚刚记起了什么要紧事儿,这时眼望着四周的林木,语调里带有几分新奇,说:"瞧瞧吧,就是这片林子!那时候我们劳动一天,晚上不顾水凉,成群结队到芦青河里洗澡儿,完了就在这林子里点上篝火,煮蘑菇、花生,烤刚长成拳头大的红薯吃……多么好!现在大树林子还在,林子里的青草还在,蘑菇还在,少了什么呢?那时候二满不跟我们一块儿下河,可她总要跟我们一块儿烤红薯的。今天如果再点起篝火,二满还会去锉那一百四十八颗螺钉吗?"

我没有说话,也在心里问着:是啊,会吗?我似乎可以断定:不会的,她不会离开这群伙伴、这林中的篝火……

又躺了一会儿,我提醒他该去寻那只"老呆宝"了。

他从我手里取过猎枪,一块儿向前走去。我们小心地绕过树丛,尽量不弄出声响。大碾一双眼睛开始变得警觉起来,眼神尖尖的,又像个猎人了。他一个人走在前边一点,走着走着突然站住脚步,向后推了一下手掌——他看到"老呆宝"了。

它在一块空旷的草地上踟蹰。大碾让我呆在原地,自己向一旁走去。他晃晃当当,猎枪在肩,果真走着"之"字。他这样看上去漫不经心地走了几个来回,终于接近那只"老呆宝"了。可他还在若无其事地走"之"字。最后他终于猛地转身、举枪,那"老呆宝"也果然往草地上一卧,然后笨拙地张开了两只大大的白翅。大碾举枪了——我亲眼看到大碾的枪口往上一扬……可是,枪没有响。

那只"老呆宝"竟然"嘎呀"叫着,在阳光下炫耀般地闪着发亮的羽毛,飞向高高的蓝天了……"一准是枪出了毛病!"我心里说。

大碾转回身,一脸歉意地望着我。

"这不怪你的,谁让枪不过火儿呢,算我们今天霉气……"

大碾摇头:"不,我……没扣扳机。"

"啊?"

"我……"大碾嗫嚅着,"我在扣扳机的几秒钟前改了主意,它……往上飞的时候,我看见了它白白的、宽宽的胸脯儿,还有,那双小蹄子,粉红粉红的……我,不忍心打下它来,就……你看,就这样……"

我的心里一阵发热,没说出来。

我捏住他粗壮的胳膊:"大碾,你……你真好……"

大碾望着我,把枪背上了肩膀。我们一同望望西边发红的天色,转向归路……

踏过芦青河的小木桥,就要分手了。看看空空的猎袋,我们相视而笑。当我和他告别时,他突然拉住了我的胳膊,小声对我说:"告诉你件事……"

"什么事儿?"

"我想去看看二满!"

我鼓励地看着他:"重新拉响二胡,重新让二满唱她的《河水弯弯》,重新在林子里点篝火、吃烤红薯!"

他那张胖胖的脸上闪着红光。

我说:"希望你点起篝火的时候也叫我一声,不要忘了咱俩曾经做过‘猎伴儿’。"

大碾笑了："那当然！放心好了……"

我们就这样分手了。晚霞落进芦青河,浪花成了一片跳荡的火焰……

1982 年 8 月写于哈尔滨

10 月 8 日改于济南

小　北

芦青河边有一个大梨园。

梨园里的人都有一套修树用的小锯子和各种刀剪。它们插在锃亮的皮革套儿里，背在身上怪神气的。有个叫小北的姑娘就背了这样的皮革套儿。她长得那么纤秀，崭新的、宽宽的棕色皮带扎在腰上，使人看了总担心她会被皮带硌坏。

小北今年二十三岁了。

她十岁那年，父亲被河水淹死了。父亲是舞剧团里的一个演员，却在她出生时和母亲回到了河边老家。父亲多么好啊，在她很小的时候就教她跳舞了。她一直不知道父亲为什么要回来。十六岁那年，她考中了某军区歌舞团。但在入伍政审时，她才知道死去的父亲有过"政治问题"。她入伍的梦想随即告吹了。她长了一个细细的、柔软的腰，仿佛生来就准备做个舞蹈演员似的。母亲回乡后一直做着民办教师，身边只有一个小北了，对她寄托了无限的希望。入伍告吹了，母亲流出了难过的泪水。小北却没有哭，只紧紧地抿起嘴角，两眼久久地望着天空中的一块白云。

她当时正上初中。她的老师也为她惋惜。

初中毕业,她要回村子务农了。还是一个小姑娘呀,尽管她的身个儿已经不矮了,可你看那眼睛,又深又清,真正像水。大姑娘没有这样一双眼睛的,所以小北还是一个小姑娘。她走起路来步子很稳,左边的肩膀稍显得板一点,好像上面依然背个书包。她爱穿蓝色球鞋,方格儿袜子从鞋口上显露着,走路没有一点声息。她走路有股特殊的味儿。

村里老支书看看她那对胖胖的、软软的小手掌,摇摇头,又点点头,最后,让她到梨园去做活儿。

第一天,母亲领她找到梨园负责人老苍,说:"她老苍大叔,你多关照啊,小北不懂事的!"

老苍五十岁左右,头发花白,两眼透出精明,也显出忠厚。他正在吸烟,把一个大大的梨木烟斗从嘴里拔出来,说:"嫂子,你的'宝贝'也是我的'宝贝'——放心好喽!"

这时候老苍的儿子国友也在一边,听到这里转身走了。停了一会儿,他取来一副崭新的皮革套儿,用一根手指高高挑着说:"小北,你的!"

小北用一对小手掌捧住了……

梨园在芦青河边上。好大的梨园!

小北觉得这个梨园是家乡的骄傲。哪有这么大的梨园,生人走进去不迷路才怪。梨树的根须大概扎到芦青河底的水脉上去了,那树干长得那么粗壮,树叶儿那么油亮,树棵儿大极了。当时正是初夏,梨园里暖洋洋的,一股清新的、带有一丝香甜气味的空

323

气在树隙间飘荡。小北攀在了一棵大梨树上，用手抚摸着被太阳晒热的粗粗的枝干，又捏一捏滑润润的叶片儿，笑了。她不爱笑，除非是很高兴的时候。笑过之后，她仰一仰身子，小心地倚在了枝干上，双手枕在头下。阳光从叶子间穿射过来，一束束亮光映得她眯起眼睛。她迷迷糊糊地睡去了，做了一个瑰丽的梦。

那个梦，好多年以后她才对人讲起过。

她学着给梨树剪枝了。特制的铁剪子，那剪子刀片像带鱼的头。鱼头咬住树枝，"咔咔"地把树枝咬折了……小北每天很早就吃过饭，扎上崭新的工具皮革套儿去梨园。通向梨园的小路离河堤不远，两旁生着一人多高的柳棵子。有一天早上，她走正在小路上，柳棵里突然跳出来一个人，把她吓了一跳！

一个小伙子，长得真黑，提着一条黑乎乎的鳝鱼，站在了路的正中。

小北遇到老同学了。他叫"锅耳"，是和小北一块儿毕业回村的。他比她大三岁，长得又粗又壮，水性特别好。小北见了，舒一口气说："我当谁呢！像个土匪……"

锅耳站在那儿，黑黑的脸膛憋得通红，用手一指鳝鱼，嗫嚅道："我今早上，刚下河……摸的。给你吧！"

小北摇摇头。

锅耳脸上沾着稀稀的泥浆，打着赤膊，高高地挽着裤腿。他看着小北，又问一句："不要吗?"见不吱声，坚信她是不要了，就将拴鱼的柳条儿系在了腰带上。他一活动，那条鱼就碰他的腿。他用沾着几片鱼鳞的手抓抓头，说："小北，咱是——同学，咱俩——

324

好吧。"

小北气愤地盯着他："像个土匪！滚一边儿……"

锅耳好像没有听见，只顺着自己的思路说下去："原想晚些跟你说，又怕一耽误，被人家占去……"

占去，我是随便让人占的吗？小北气得哭了，无声地流着泪，那泪珠儿一颗颗落到地下。

锅耳只顾说着，一抬头见小北哭了，吓得赶紧闭上了嘴巴，端量着，撒开腿跑了……

小北在梨园里做了七年活儿。

七年里，锅耳再没敢找她一次。

老苍对得住小北。冬天里梨树追肥，小北摸起挑肥的扁担，老苍就说："还有几棵老梨没剪哩，你剪剪去！"开春要挖树坑，小北拾起铁锹，老苍就用手向旁一指："看水去吧，水流得勇哩！"老苍没有给她摊派什么重活儿。梨叶儿密密的，有人藏在里面喊："小北小北，咱俩亲嘴！"还有人老远地投来梨子，嚷着："你要知道'梨子'的滋味，就要亲口尝一尝……"老苍遇上他们，就毫不留情地用那个小蒲扇般的巴掌搋过去。他安慰小北说："甭怕，有老苍叔哩！"

她成了大姑娘了，身个儿长得更高，也更丰满了。但是她的腰还是那样纤细、柔软。早晨，太阳映红一树梨叶，地上的草尖挂着露珠，闪着亮儿，小北就在这草地上走着。她高高地抬起腿，轻轻地落下，得意地旋转一下修长的身体，脑后那束乌亮的头发飘动起来……不远处的芦青河"哗哗"响着，她在这声音里跑动着、跳跃着，忽然又止住脚步，尽情地舒展双臂，仿佛要拥抱天边那片艳丽的云霞。她的腰弯下去,再弯下去,随着两臂的摆动,柔和地转了个半圆。这个腰能那样弯曲着扭动,真使人惊讶！小北那总是平静中透出刚毅的脸上,此刻带着微笑、充溢着喜悦。那双眼睛望着被霞光映得色彩缤纷的天空,透出无限的柔情……

国友总是第一个跟小北打招呼。他学着父亲,自觉地充当小北的保护人了,常常在众人面前说小北这样、小北那样,好像小北已经从属于他了。他像镇上的时髦青年一样,头发上做了好多卷儿,而且搽了油。有一次小北在水道边上看水,他走了过来,东扯西扯了一会儿,突然提议说:"去镇上烫发吧。"

小北厌恶地转过身去。

"烫吧,烫了多般配……"国友笑嘻嘻的。

水道上有一处水跑了。小北铲起一方土块,重重地摔过去,溅了国友一脸泥水。国友抹着,说:"真清凉呀!"一边挪过几步,冷不防在小北脸上摸了一下,喊道,"真清凉呀!"

小北举起了铁锹。

一道寒光在国友脸前闪过,他惊呼一声跑开了。

七年里,她又投考过两次歌舞团。

那是她刚到梨园里不久,有一天她的老师找到她,高兴地告诉:"有个文艺团体要招人了——是地方的,也许政治上不会要求那么严的。试试吧!"她就跟上老师去了。结果人家很满意,让她隔几天再来一次。她再去的时候,他们不知怎么了解到她投考军区歌舞团的事了,态度就有些冷了。小北的老师急忙给他们解释,那语气都近乎哀求了。一个年轻的领导说:"别的问题倒可以凑合,政治上的问题谁也没有办法的,很抱歉。"

那天小北回到梨园,两腿像灌了铅一样沉重。她又一次失败,可她又一次被证明有跳舞的天赋啊!这是唯一使她激动的。她跳啊跳啊,如痴如迷地跳着……不久前的一天,母亲从学校回来,突然激动地抱着小北哭起来,说:"你爸爸平反了!"当天下午母亲就到学校请了假,领着小北进城去,去投考那个地方文艺团体了。还是当年的领导接待了她们,还是让小北做这么一个动作、那么一个动作,最后说:"你们回家听消息吧。"她们回去了。临走时母亲又告诉那个领导一遍:"她爸爸平反了!"她们等啊等啊,最后等到的还是一个失望的消息!

母亲的白发又多了,脸上的皱纹更深了。小北说:"妈妈,你看,这不怨爸爸,怨我自己没有跳好——我一定练好,一定……"她这样说了,却背着母亲,在穿衣镜前反反复复映照着自己漂亮的身姿,慢慢咀嚼和消化着失败的痛苦……她长大了,由于密密的梨树叶儿遮去了强烈的阳光,她的面颊那么白、那么红润;胸脯高高挺起,显示了她这个年龄的姑娘所应有的傲慢;腿,两条又直又长的腿呀,多么迷人的梦境从腿上开始!她眨动着眼睛,长长的睫毛一跳一跳,无数的疑问就从睫毛间飞出来;只有那对紧紧抿起的嘴角在表现她的个性:执拗、顽强、永不服输。

除了母亲,还有一个人知道她的失败,就是锅耳。

锅耳看什么东西常常能目不转睛地瞅上一两分钟,被他看透的东西很多。小北去投考的事情绝对秘密,可是他知道。到底怎么知道的,就连锅耳自己也不很明白。小北有什么不高兴的事情,锅耳一瞅就知道,尽管她把什么都隐藏在那张异常平静的面孔后面……有过七年前的那一幕,小北见了锅耳不说话,只是轻轻地瞅一眼,算是尽到了老同学的情谊。锅耳也不说话,他总是主动地让路,待她走过之后,再转过脸去注视那个俏丽迷人的背影……

锅耳太爱小北了。

初中毕业的时候,学校开了个联欢晚会。在一个舞蹈节目里,小北演一个洗衣女。锅耳上学晚,当时已经十九岁,是个高高大大的青年了。他在下面看着描了眼眉的小北,走神了。他想:眼看就要毕业了,毕业后就是社员,社员是要娶媳妇的,娶媳妇就要娶"小洗衣女"————一定一定!毕业了,和小北一块儿回到了村里,锅耳心里整天兴冲冲的。他干活脏了衣服,总要脱下来放上几天。他不洗,也不让别人洗。他看到脏衣服就想:这该"小洗衣女"来洗!最后"小洗衣女"当然不会来的,他就用几根柳条儿捆了,干活时拴到河边,让水浪冲净……

七年前他提着一条鳝鱼拦住了小北,这事儿至今想起心里还害怕。小北当时才十六岁呀,十六岁的小女孩儿,眼睛像一湾清水似的小女孩儿,你也敢欺负!锅耳十分后悔。他再不敢找她,只盯着小北怎样生活……小北失败了,他又高兴又痛苦。高兴只一阵儿,痛苦的滋味儿是悠长的。他总想帮帮小北才好——怎么帮呢?

无论什么时候,小北都是挺着胸脯走路的。她把头发梳洗得那么滑润光亮,衣服烫熨得那么笔挺,像往常一样背着工具套儿,到大梨园里去。锅耳爱在上工前到河里抓鱼,于是常在路上遇到小北。他不愿意看这张脸:把痛苦藏起来,藏得很深,使别人看了反而更难受。

有一次小北遇到了锅耳,听见他在错过身子时,像自语般地咕哝了一句:"镇上书店,有本跳舞人写的书。"小北记到心里,第二天跑到镇上一看,果真有那样一本书,就赶紧买了下来!又有一次,锅耳见到她,又自语般地咕哝道:"镇上影院放电影,加演的全是舞蹈纪录片。"小北同样记到了心里,第二天到了镇上,果真美美地看了一场舞蹈演员的纪录片!小北从心里感谢他,但是不对他直说。有一天他们在路上相遇,不约而同地站了下来,互相对视两眼,然后又匆匆走开了。小北一颗心"怦怦"地跳着:她从锅耳那笨拙而沉重的一瞥里,看到了同情、怜悯,和一丝儿诡秘!她想:他一准知道了我投考失败的事,一准知道!她有些害怕锅耳了……

小北哭了。她哭的时候没有一丝声息,母亲也不知道,只一个人呆在漆黑的夜色里默默地哭。她哭自己有过十六岁那个年纪!那一年上她跳"小洗衣女",多少人目不转睛地看,芦青河边的人都知道有个俏丽的"小洗衣女"了!一个极为偶然的机会,军区歌舞团的一位女首长知道了她。女首长找到小北,扳着她的腰,让她把腿跷起、跷起,再用胳膊在空中划一道柔和的长线……小北最后没有做成一个跳舞的女兵,但她永远记住了女首长那惊喜的目光,从此知道自己长了个多么美的腰、多么美的腿……那一年上,她得到了一个玫瑰色的希望。她如今就哭着这个希望……

早晨,梨园里蒙着一层薄薄的雾。地上,浅浅青草、点点石竹花,草尖儿、花瓣上,都凝着一颗颗露珠儿,颤颤的,像泪滴。小北崭新的鞋子染湿了,她奔跑、跳跃了一个大早,气喘吁吁,脸色像石竹花那么红。微风吹过来,薄雾开始消散了,各种小鸟儿尽情地伴着她的舞姿鸣叫,老梨树也熟悉了她每一个细小的动作。

她感到疲倦的时候,就一个人沿着生满柳棵的小路走着。她停在河边上,望着水中映出的小北,一望就是好几分钟。小北哟,永远和衰老、臃肿隔得远远的。她苗条得好像画出来的一般,丰润的,又是轻盈的。她差不多是个透明的水晶雕成的。二十三岁了,喝甘甜的芦青河水长大,仿佛汇集了一地精华,绝对纯净、绝对光洁。那些小伙子,憨厚的、狡黠的,胆大鲁莽的、谨小慎微的,都不约而同地做着关于她的梦……小北喜欢读书,甚至知道《鉴湖女侠》和《斯巴达克思》,心中烧着那个点燃了七年的希望之火。她不想嫁人。芦青河边上找不到"他"。她这时望着水中自己的影子,首先想到的是一个舞剧中秀美的"精灵",她于是轻轻扬起了略显僵硬的手臂——天哪,没有一点儿神韵!指尖,那指尖要凝聚多少深情、多少想象啊,可她的指尖被修树的刀剪磨起了茧子,硬硬的,按一按像铁……小北失望地、丧气地垂下了眼睫。

她刚要走开,突然听到水中响了一下——一个男子,是国友,赤身裸体地游过来,到了近前,故意仰游起来,快活地嚷着:"小北呀,看看像不像个船! 嘻嘻,你说热闹不热闹死个人……"

小北只觉得一股血涌上脸来,赶忙用手捂住了眼睛……正这时,下面"啪"地响了一声,接着国友"哎哟"起来。小北一看,原来不知从哪儿飞来一团稀泥巴,狠狠地揍在了国友的脸上……她吃惊地四下望去:周围是一片绿色,苇丛轻轻摇晃着,柳条在拂动,什么也没有。小北跑开了……

不久,有一个人到小北家提媒,提的男方就是国友。媒人说:"同意了吧! 你们家人丁不旺,也好有个依靠。老苍做了多年领导,威望高哩,名声传出十里。"小北恨恨地一跺脚。母亲对媒人说:"你看,小北不愿意呀! 老苍倒是好人,可他的孩子……"

媒人不高兴地走了,少不了在老苍跟前添油加醋地说几句。老苍原以为是十足把握的事情,想不到会这样,气得烟斗也扔了,愤愤地说:"没有良心! 没有良心! 唉唉,我还攀不上个寡妇人家,不就是个民办教师吗?"

以后老苍在果园里遇到小北,也爱理不理的了。

夏天快要完了。果园里的活儿忙了。每棵梨树都要修上树盘——在四周垒起粗粗的土埂,准备浇一次饱饱的水。为了加快进度,任务均摊开来。和往年不一样,这次小北也意外地分到了十棵。第一天,小北正在吃力地铲土,老苍过来了,站在一旁抽着烟看着。他看了一会儿,磕打着烟斗说:"做人讲良心哩! 我活了五十多岁,就没有看到忘恩负义的人有好下茬……"

小北一声不吭。她只用那小手掌紧紧地握着锹柄,一下一下铲土。泪水在她的眼眶里打转,但她忍住了,终于没让它洒下一滴! 她花了大半天时间才修好两个树盘,手上却磨起了三个水泡。

第二天她早早地来到了梨园。干活儿前,她先要看看自己昨天的成果:那直直的土埂拍得又匀又结实,简直不好相信是自己做出来的——也确实不是自己做出来的呀,因为她突然发现剩下的八棵梨树也做好了树盘! 小北惊讶地坐在了土埂上。

身后传来几声响动。小北扭过身子,看到一个高高大大的背

影,那人正撩开树枝往前走着——是锅耳!她一下子全明白了,腾地站了起来,叫一声:

"锅耳!"

锅耳没有应声,那粗粗大大的背景晃动着,一会儿就在绿叶间消失了。

小北咬咬嘴唇,睁大了一双感激的眼睛,紧紧地盯着他离去的方向……

这一天她把手上的水泡挑破了,真痛。

天有些凉爽了。梨叶儿的颜色变深了,顶枝最后的一批小叶片开始伸展开来,一地茅草在夏末的风中变得更加柔韧、浓绿,大梨园显得深沉了。

小北有机会穿她的新衣服了。这是一件做工考究、式样极为入时的衣服。她显得优雅而文静,简直像一个刚刚毕业的女大学生。她走在初秋的河边上,与原野的色调十分和谐。她的气质更适合于生活在这个季节里。人与自然的关系是多么微妙啊,像小北,喜欢夏末!喜欢初秋!这些日子里,她觉得吹过的风都是绿色的,她简直没法儿不去舞蹈,常常兴奋得忘了时间,也忘了饥饿。她觉得这一段儿身体好极了,艺术素质发挥得也好。连她自己都惊讶竟有这么富于表现力的舞姿!胳膊、腿、腰……一切都是那么柔和、那么富有弹性、那么灵活和轻松自如!她的心中,希望之火从来也没有燃烧得像今天这样炽烈,她忘了自己已经是个二十三岁的大姑娘了——有一天又有人给她介绍对象了,对方是一个中学教师。她不假思索地拒绝了。那个人惊讶地提醒她:"你二十三岁了呀！姑娘家的好时候就要过去了,你还等什么?"

是啊,她还等什么? 那个人离开之后,她难过得一夜没有睡去。但是第二天早晨,她照例起得很早——她要到她的大梨园去呀,那儿,茵茵绿草、一棵棵大树,都在等着她去呀!

她发疯似的在树隙间舞动。她觉得自己融化在大梨园里了,成为一股绿色的旋风。

芦青河的水声今天早晨特别响亮、粗犷。在这雄浑的乐声里,小北忘记了一切,她一会儿是那个久违了的"小洗衣女",一会儿又变为那个睡梦里都渴念着的秀美的"精灵"。"小洗衣女"灵巧的手掌搅起芦青河一片涟漪,千百年的"精灵"又在梨园里复活了! 小北的眼睛晶亮晶亮,啊,那是眼眶里渗出的一层泪花。泪珠儿流下来了,轻轻地、无声地滑过一张美丽的、沉醉的脸庞……

老苍这天不知怎么起得特早,从一旁转了过来,看到小北,先是一怔,接上咕哝道:"大清早就出来穷蹦跶! 唉唉,你是中邪了吧……"

小北叫着:"老苍叔……"

老苍没有说话,这时看到了什么,就直眼盯着走过去——原来有几个新垒起的树盘被谁踩塌了,新土上印着一些杂乱的脚印儿。他的脸立刻涨红起来,嗓门粗粗地说:"人家用手筑,你用脚踢踏,没长眼啊!"

小北害怕地看着他,往后退了两步说:"不是我呀。"

老苍听也不听,气哼哼地接上说:"梨园里是你穷蹦跶的地方吗? 你又蹦跶不出梨子来! 谁踢塌了谁修,你用手指掬土也得给我把这几个树盘整好！你以为园子里还有人白养活着你哩！"

小北听着，身子晃了一下，差点儿栽倒。她赶忙扶住了一个树桩。

这时候，突然从他们身旁一棵高高的梨树上跳下一个人来。这个人"噗"的一声落在地上，像摔下了一方沉重的石块。他站定了，原来是锅耳！他双目圆睁，眉头紧蹙，死盯着老苍。

老苍先是一惊，接着用他那沉沉的、富有威慑力的语气叫一声：

"锅耳！"

锅耳不说话，还是死盯着老苍。

"他妈的怪物！"老苍骂着，举起了他小蒲扇般的巴掌。锅耳也不躲闪，反而出人意料地迎上一步，那胖胖的身体压在老苍的身子上，嘴里说："你试一下，试一下！"一边说一边往前用力，顶得老苍踉跄后退，寻了一根顶梨枝的杈子。锅耳一伸手夺了下来，然后迎着他的脑门举起来……

小北尖声叫着："锅耳……"

锅耳只是举着，说："你儿子不是个东西，你也欺负小北！"

老苍身子颤颤地闪开来，说："好你个浑小子，看我怎么找支书治你！"说着，悻悻地走去了。

锅耳喊道："我等着你，我等着你！"他直到看不见了老苍，才抛了杈子，一下子跌坐在了地上。

小北呆呆地看着，这会儿"啊"了一声，轻轻地咬住手指，一丝丝地蹲了下来……她怔怔地望着锅耳，一动不动地望着他。停了会儿,她问:"锅耳,告诉我——你刚才在树上偷看我跳——偷看!是这样吧? 你告诉我,你说是这样吧? 是这样吧?!"

她的声音像在哀求。

锅耳上前一步,离小北很近很近蹲下来,激动地说道:"我来做活儿,你来了,我就在树叶儿后头,我没法儿走开! 我……哎呀!你跳得多么好,你比谁——比电影上的,跳得都好! 都好!"

小北眼里慢慢涌出了泪水。

锅耳吃惊地抖一下黑乎乎的手掌,害怕似的转过脸去。他说:"小北! 我没有歪心,你爱信不信! 我是看你跳舞啊,我一看就没法儿走开了,老想记住你是怎么样比划的。你的左腿往前一跨,身子就往一边斜、斜,胳膊从头上抹过去,第二根指头一扭、一扭!"

"锅耳!"小北低低地叫了一声,两手一下托住了他那又黑又大的手掌,"锅耳,你真好! 你的心真好。"她握紧这手掌摇动着,最后又伸手抚弄他那蓬乱的头发。这头发呀,多黑、多粗,一根根硬得像小铜丝儿。不知多少天没有洗过了,灰尘掩去了它的光泽,看着像一蓬茅草……她小心地抚弄着,像怕惊醒了他香甜甜的睡梦,一下一下,轻轻地。她从这头发中拣掉一片小草屑、两块小石头渣儿……

锅耳急促地喘着气,鼻孔张得老大。他用两手牢牢地抓住了小北的手,使劲地按在自己的脸上……"小北呀! 你站着、坐着、躺着;你哭、你笑、你骂人……你怎么着都好! 我不敢说:你二十三岁了,你跟了我不行吗? 我保证一辈子里面天天都和你好!"

小北轻轻地抽出了手掌。她望着锅耳,摇摇头。

"不行吗?"

"嗯。"

"你杀了我吧!"锅耳身子摇晃着说。

"我不杀你——我永远记住你,走到哪里都说你是好人!"

小北说着站起来。她望着碧蓝碧蓝的天空,深深地呼吸了一口。她的目光好像要透过那极其遥远的蓝天,望到另一个世界里去……她声音低缓地说:"锅耳,你好,可我心里的对象还不是你——我做不成你媳妇啊!也许是我的心太高了,我要嫁给什么样的,连自己也不知道了,反正我不想在河边上找人。你知道我要跳舞的,我迟早要离开梨园。"

"能离开吗?"

"能……"

"注定了要离开吗?"

"注定了……"

锅耳低下了头。不知停了多长时间,他才抬起头来,目不转睛地看着小北。他大概要记住小北到底是多么美丽一样。看了一会儿,他赞叹道:"小北,你长得真好看哪!"说完就转过身子,一晃一晃地走了。他的脚步蹒跚着,好像大病了一场,样子疲倦到了极点。

锅耳走了。

小北整整三天没有心思跳舞。

秋水从上游流下来,芦青河的浪头慢慢增大了。

小北有一次看到好多人都捉到了鱼,晚上回村就特意去告诉锅耳说:"很多很多鱼。"

锅耳于是就捉到了很多鱼。他送给小北两条,小北没有要。她告诉他:"你应该积点儿钱了。集市上鱼很贵。"锅耳木头人似的点头附和:"鱼很贵。我应该积点钱了。"

真正的秋天来到了。梨园里开始有了梨的香味。

芦青河继续涨水,那"哗哗"的流水声直传出老远老远,河岸上几个村镇都在听它的声音。有水就有鱼,水大鱼也大。会水的、有一套捉鱼本事的,听到"哗哗"的水声就笑。

锅耳只默默地捉鱼。

他捉了那么多鱼,鲢鱼、红鲤、大头鱼……人们都羡慕起他来。他差不多每个星期都要去镇子上卖两三次鱼,卖不完,就破了鱼肚晒成鱼干。有一天他从镇子上回来,一路上兴冲冲地跑着,满面红光,额头上挂着一颗颗汗珠。他直跑到梨园里,老远就呼喊起来:

"小北! 小北……"

小北走了出来。锅耳上气不接下气地用手一指河西:"镇子上,真……真家伙来了!"

"什么'真家伙'呀!"小北急了。

锅耳跺跺脚:"省歌舞团呗! 路过这儿的,明天开演……"

"真的?"小北一扯锅耳的衣服,"走呀,去镇子!"

锅耳往后仰着身子:"明天! 明天!"

第二天一早,他们去了镇子。芦青河上的小木桥夜里被冲散了,他们是渡过齐胸深的河水去的……整个的一天,小北高兴得差不多把什么都忘了。她从剧场里走出来,心却留在那儿了。锅耳说什么她也听不真,只笑着"嗯"一声。一路上,她的眼睛老爱望着那天上游来游去的白云,大概她这会儿的心思也像白云那么高。

睡了一夜,小北早上醒来还在想着那绰约的舞姿。她约锅耳再去一次,锅耳说:"我看她们跳得还不如你……你自己去吧,我送你过河!"

锅耳把她送过了河。她藏在对岸小树林里,换上一个花塑料兜里的干衣服,一个人奔向镇子去了……

锅耳在河里捉鱼,到半下午,再游到对岸接回小北。小北脸色红红的,显得很激动。锅耳问:"跳得就是好吗?"小北点点头:"我第一遭看到! 我都不信人间有这么好的舞蹈……"锅耳惋惜地搓搓手掌:"我看还不如你的。"小北摇摇头:"你不懂啊,锅耳……"

这天,锅耳正在河里甩旋网,突然觉得浪头大得站都站不稳,于是就收起了旋网。可是他刚离开河心不远,看到上游浮来一丛树棵儿,那树棵上翘起的一根树枝上,挂了一个花花绿绿的东西……锅耳游上前去,摘下一看,见是一个漂亮的塑料兜儿!

锅耳瞪大了眼睛:他认出这是小北的!

他的心"嗵嗵"地急跳起来,握塑料兜的手都颤抖了。他盘算了一下,心中猛然一动:今天是歌舞团在镇子上的最后一场演出了,小北会不会一个人奔向镇子呢? ……锅耳焦急地望了一眼混浊的、卷起一道道巨浪的河水,嘴里不知呼喊了一句什么,急急地奔向河岸,又向着梨园跑去了。

梨园的人告诉他:小北今天没来梨园。

他又跑回村子,村里有人说亲眼见小北向河岸那儿走去了。

锅耳疯了一般往河岸跑去,手里紧紧握着花塑料兜儿。跑着跑着,锅耳眼里流出了泪水……芦青河水"呼呼"地响着,那河水涨到了堤腰,河面一下子宽了好多!一排浪头滚过去,接上又是一排新的浪头,整个河道都被霞光映成了一片血红的颜色。锅耳站在河堤上,嘶哑着嗓子喊道:

"小北!小北——"

没有回应。没有小北了。

就像丧失了魂魄一样,锅耳摇摇晃晃跑开老远,最后竟痴痴迷迷地坐在了一块半浸到水中的石头上。

水浪击着石头,溅起的水沫盖了他一身一脸,他像毫无察觉似的一动不动……他只紧紧地盯着浪涛翻滚的河面,盯着绵长的河岸。

不知过了多长时间,也许是锅耳看花了眼,他总觉得对岸那片小丛林边上,有一个熟悉的影子在徘徊!他向对岸游了过去。

他上了岸。影子躲进了小丛林里。

"小北!小北!"锅耳木然地向前追去,恍恍惚惚地喊了两声。

那个影子从小丛林里慢慢地走出来,披了一身橘红色的霞光。

啊!霞光勾勒出一个多么美丽、多么熟悉的剪影啊!锅耳认准她就是小北,踉跄着扑了过去,连声大叫:"小北!小北!"

果真是小北。

锅耳承受不住这巨大的惊喜,差点儿晕倒……

小北告诉锅耳:她在过河时被冲走了塑料兜儿;她是怀着新的希望,找歌舞团投考去了!她在后台看到了谁?看到了七年前那个女首长！她现在转业了,是省团的导演。她当时高兴得差点昏过去,几乎是扑到了女首长的怀里……女首长试了她的腰、腿,试了她的韧带,又让她做几个小品,最后女首长惋惜地摇摇头,告诉她不要再练了,已经完全没有希望了。七年的农村生活,七年来没有一个人为她辅导,她如今二十三岁了……总之,她这会儿才明白过来:她已经没有任何希望了……

锅耳听到这儿,"呜呜"地哭了起来,他说:

"咱恨她吧！"

小北望着他,摇摇头:"不,是她最先发现了我。"

锅耳抬起红肿的眼睛说:

"我还以为你……淹死了……"

小北的嘴角挂着一丝淡淡的冷笑。她挺着丰满的胸部,昂头看着河对岸那片浓绿的、无边无际的树木,自语般地说:

"爸爸淹死了,他的女儿就淹不死了。她会好好活下去呢！"

河对岸有人在呼喊他们。小北一下子就听出了母亲的声音,她扯一下锅耳的手,迎着河水走去了。

他们在落满霞光的美丽的河水里游泳了。

1982 年 11 月写于济南

泥土的声音

白　雾

雨停了,田野里生出一片淡淡的白雾。

陆明挽着裤腿,踏着芦青河堤向前走,两腿被草叶上的水珠涂得水淋淋的。他望着乳白色的雾幔,用力地呼吸着。

雨后,空气中有一种甜丝丝的味道。

他已经好多天没有回艾子口了,今天却在半路上淋了雨!进了村子,来到父亲门前,见那门虚掩着,就进去寻了一件干衣服换上。屋里没有人。他想父亲大概是冒雨割猪草去了——他自己这会儿心上热燥燥的,也很想到野外走走。

这么想的时候雨就停了。他踏上了河堤……

前边不远,一条靠堤的沟岸上,有个人光着膀子,抱着手蹲在那儿,一动不动。陆明走到近前,才认出是光棍二拙。雨水将沟底的泥鳅冲出来了,他正用一个破了帮的篓筐堵泥鳅,见了陆明,笑嘻嘻站起来。他用手把胸脯上的一块泥蛋拂掉,说:"噢哟,陆局长……"

陆明提起那个倒放在水中的柳筐,只见已经上了不少泥鳅了。

"油里炸,油里炒,泥鳅一件宝!"二拙说了句顺口溜。

陆明把篓子放好:"你有闲心捉泥鳅了,老天爷净凑付懒汉。这回你这地不用浇了! 对面那片是谁的?"

二拙摆摆头:"二斗老婆的。嘻嘻,那个蒿草呀……"

陆明拍死了二拙脊背上的一只牛虻,向前走着说:"你地里的蒿草也不少呀。"

二拙目送着他的背影,没说什么。停了会儿,他突然唱歌似的喊道:"做人不能比,越比越悲凄……"

陆明没有回头,笑了。

当年艾子口村里出了三个初中生:陆明、王树芳、二拙。他们好得像兄弟仨,人称老大、老二、老三。后来陆明考上了县师范,毕业后先教书后从政,最后当了副局长。王树芳和二拙都回村务农。王树芳后来当了村头儿。

二拙在学校专攻语文,回乡务农惜力,弯不下身子,听说"作书"能发横财,于是就作起书来。可是好多年也没见成功,才不得不改弦易辙,做起了小贩。一年上他去找一个寡妇,被抓住游了街,从此也就每况愈下了。二拙编了一段关于他们同学三人的顺口溜:"做人不能比,越比越悲凄。老大当局长;老二喜洋洋;老三不争气,是个大流氓……"

他刚才喊的,就是这段顺口溜的开头两句。

二拙印象最深的,莫过于陆明当副局长——当时二拙正是写书失败,潦倒落魄的时候。

342

其实陆明早已不是副局长了。他先后在十几个乡镇做过头儿，几乎转遍了全县。艾子口是他的老家，这里地处海滩平原，自然条件好，农业全国有名。但近来推行责任制、分田，却遇到了极大阻力！上级考虑再三，决定在关键时刻派他回老家来干……

陆明回来了。他竟发现自己村——艾子口的土地分得最早，也最坚决！这儿的负责人就是王树芳。他在心里感激老同学了，暗暗寻思：以艾子口为典型，工作铺开就不难了！

也许高兴得太早。一天，文书老陈递过来一沓子信件，他粗粗一翻，都是来自艾子口的告状信——告王树芳、骂分地！

陆明一阵惊愕。他有些茫然了。今天下午，他索性把这些信件装到一个黄挎包里，来到了艾子口……

雾气漫开来，高粱、芦秆，半腰上都有白蒙蒙的一道儿……

他站在堤岸上四下望着。不远处的雾气里活动着一个黑影，传来一阵"吭吭"的喷气声、喘息声……陆明听出那是父亲，就赶紧迎上去。

父亲老砘扛着一个老大的草捆，从雾气里钻出来。他把头从下边伸出来看了看儿子，"哼"了一声。陆明要接过草捆，老砘拒绝了，他们一块儿沿着河堤向村里走……天上的云块儿活动了，雾气变得稀薄，一块块湛蓝的天空显露出来。老砘不时费力地把头从草捆下探出来望一眼天色，又低头看着自己的光脚掌"啪嗒啪嗒"拍着湿润润的地面，含混不清地咕哝一句什么……他无意中瞥到了陆明身上穿的衣服——一件对襟儿青褂，赶忙站住了，"嗯"一声："你从哪儿穿上的？"

"从你屋里。半路上淋了雨……"

"啊呀！是我出来割草忘了锁门——你没有顺手锁上?"老砘喊起来。

"没有啊!"陆明一下给弄蒙了,望着父亲。

老砘"噗"一下抛了肩上的草捆,两只大手拍着腿:"这怎么了得,可别遭了贼!……"腰一弓,急匆匆向村子跑去了。

陆明有些惊奇地瞅着渐渐远去的父亲。老人已经跑不快了,身子奇怪地向一边斜着,两只大手就像要捕捉什么,伸开来,在身侧抖动……他直到看不清了,才弯腰扛起草捆儿。

沉重的草捆儿每走一步,都有些稀稀的泥浆滴下来,滴到脖颈里,使人不堪忍受。陆明简直弄不明白父亲是怎么把这么大的草捆儿放到肩上的……

晚上的会

这个夜晚,陆明要去参加艾子口的村民会。吃过晚饭,时间尚早,他斜倚在父亲东屋的炕壁上抽烟。抽了一会儿,他想起什么,就拖过身旁那个黄挎包……

陆明不知把这些来信翻过多少遍了。有的信写在公用信笺上,有的是半个巴掌大的糊窗纸,还有的是撕下的小学生田字格本……不管是什么纸,差不多上面都有一两处被笔尖划破的地方,可以想象得出笔杆在他们手里是多么费力而笨拙,就像耕作一样用力。陆明从来没有怀疑写信人的品格。他只是搞不明白! 他突然不理解自己的乡亲了……

门板被人推响了。陆明抬头看到了进来的王树芳,知道是来喊他开会的。

王树芳并不急着走。他坐在了炕沿上,卷好一支喇叭烟,看了看陆明正往挎包里塞的告状信,苦笑了一下。

"看看吧,这就是咱村的人——软硬不吃。地分给他们了,他们又骂人……会上你讲讲吧。"王树芳看着陆明。

陆明没说话。他知道老同学想让他在会上表示一下"强硬态度"——他可不想。在别的地方,他也许会那么做,唯独在艾子口不行……

这时街上传来一阵女人的哭叫声。王树芳说:"二斗妈妈又跟儿子吵架了……唉,都是为几个钱……"

"你们应该调解一下啊!"

"清官难断家务事……"王树芳叹了口气,摇头。他们站起来,该去开会了。

……这个会开得真窝囊!

开始王树芳讲分田、提留一搭子事,台下乱哄哄的,人们只三五成群地围着一根火绳吸老旱烟……陆明心里很不是滋味。轮到他讲话时,他突然发现台下的角落里站起一个人来。

这人一直面向台子坐着,这时正费力地转过身去,端量着一场黑压压的人。陆明认出是父亲老砘——老人的腰弓得十分厉害,为了看得远一些,正使劲仰拧着脖子。老人咳了一声,喊:

"听听我儿讲些什么吧……"

这声音低低的,沙哑得很厉害。奇怪的是所有人都马上不说

345

话了,把脸扭向了台子。

陆明心里涌过一股暖流……他讲话了,语调不像以往那么昂扬、流畅,不知怎么总是磕磕绊绊的。他说他是来跟乡亲们商量一件事的,商量怎么搞……他最后从黄挎包里掏出了那沓告状信。他要择几封读一读。

场子静了。人们对听信似乎很感兴趣。

读完了,人群一下子乱起来。艾草火绳的白烟颤动着向上升去,那是一双双握火绳的大手在抖。大家议论着,粗粗的嗓门、低低的细语。无论如何可以看出群众是兴奋的。艾草火绳的白烟颤悠悠向上飘去,那么轻松自如。

王树芳不知怎么有些得意。他坐在小白木桌儿旁边,不慌不忙地吸喇叭烟。他看看陆明,又看看一场嘈杂的群众,嘴角挂上了不易察觉的笑意。停了会儿,他突然站起来,喊了一声什么。台下的人谁也没有听清,大家看着村支书奇怪的样子,一下子愣住了!

陆明吃惊地看着王树芳。

王树芳举在耳边的那只手摇晃一下,说:"偷偷写信的人,那不算好汉!干脆点儿,当着上级领导的面,赞成分田的,就举手!"

陆明叹了口气!他想阻止,又觉得不得当,两眼不由自主向台下望去。

黑压压的一片群众,不说一句话……大家都一动不动。艾草火绳直直地冒着白烟。

不知停了多长时间,有一个人在台前活动着身子,很费力地把腰往上弓着,一下子站了起来。他的腰已经伸不直了,这时却用力地挺着,希望站得更直一些。他不说话,只把那只粗大乌黑的巴掌从袖口里伸出来。

终于有了一个举手的!陆明用手遮住眼前的灯光望去,看清了是父亲老砘!

王树芳瞟了老砘一眼。

一个、两个……台下慢慢有了举手的。不一会儿,那竖起的手臂看去像一片树林。最先举手的老砘笨重地转回身子,望了望,又转过身来。

王树芳瞟了陆明一眼,耳旁的手放了下来……他有些迷茫地看看陆明,这时两手按在桌面上,一字一顿地说:

"那么,不赞成的也举手!"

没有人举手。人群里又一阵沉默。

陆明深感宽慰地看着台下的群众,心里有说不出的感动。但停了一会儿,人群里又有人伸出了手掌,一个、两个……又几乎是所有的人都伸出了他们的手!陆明特别注意到台前的父亲老砘,这时正像上次那样,使劲地挺着腰,用力地举着他那个小蒲扇一般大的、又粗又黑的巴掌!

这个会开得真窝囊!

夜游神

开会的人都走光了,陆明还站在那儿出神……空空的场子里留下了一些土块和砖头,都是开会的人搬来坐的。他想艾子口的人也真怪,净弄些这东西坐!

陆明今晚稍微有些愤怒——这是他对乡亲们第一次感到愤怒。怎么可以两面都举手，这简直是胡闹了！

台子近前的角落里，有人在动。陆明仔细端详一会儿，才看出有人盘腿坐在黑影里吸烟。那人把身子扭过来，是父亲！老砘一双混浊的眼睛瞪着儿子，嘴里含混而沙哑地说了声："回家呀！"

原来他在这儿等。陆明心里热乎乎的，可看到那只握烟锅的手，又立刻升起一丝气恼。他有些失望地看了父亲一眼。

父亲站起来，咕哝一句："回吧。"

月亮很圆、很亮，已经升起很高了。秋夜里稍微有些寒冷，陆明把身上披的衣服穿起来。老砘领着儿子沿一道巷子往回走，不说一句话。

穿过场院时，他看到高高的麦草垛前围着一群人，还有些小火头儿一明一灭。老砘警觉地瞪大眼睛，对儿子说："瞅瞅去！现在不比过去那么规矩了，前几天夜里场上的石砘子都被人偷走了……"这使陆明突然明白那天父亲为什么抛了草捆向家里跑。

草垛旁全是些孩子，他们沿着垛子跑、跳，那些火头儿是他们叼的烟卷。其中一个孩子正说着顺口溜，旁边的听了直笑，学着他喊一遍："……又分地，又分田，一下倒退十几年！""牛站栏，人拉犁，豆大汗珠往下滴！"

老砘在月光下猫着腰辨认这些孩子，抢上一步，扯掉他们嘴里的烟卷，喝道："场上抽烟，烧了草垛，抓你去公安局！再胡念顺口溜儿，我拍你耳刮子！"他举起那个大巴掌，高悬在几个孩子头上。月光下看去，这个巴掌又大又硬，手指弯弯的，像个铁叉子。孩子中有的"哇"一下哭出来,接着都跑散了……

陆明呆在那儿,身子微微发颤。他盯着父亲,声音有些艰涩:"这些顺口溜儿,孩子们编不出来……"

"还不是二拙,这个熊东西!"老砘狠狠地骂了一句,接着告诉:

"你当他说什么?那天王树芳到上边开了个会,晚上回来硬是分地,群众不干,他就硬拧。拖拉机卖到南山里去了,牲口也卖!过去种地是机耕、牲口耕,今天都是用镢头刨,用膀子拽绳子犁!群众说:这不是要退回单干了?王树芳不但不给乡亲们讲清楚,还说:'退回又怎么?找上级!'唉,也不怪二拙骂他!"

陆明若有所思地点点头。

老砘往前走:"二拙嘴贱,毛病到死也去不掉!他这张嘴……"

"不能轻看这张嘴,他搅乱了人心……"陆明深望着月光下黄蒙蒙的一片房屋。

老砘不往前走了,两腿像被钉在地皮上。他看着儿子,愤怒地"哼"了一声,吼道:"是二拙搅乱了人心?是你们,是你们这号乱分乱卖!哼!"

陆明生来第一次这样粗暴地对待父亲,也几乎是吼叫般地说:

"那你为什么还要举手赞成?!"

"我为什么?我为什么?……哎呀!哎呀!……"老砘"啪"一下扔了烟锅,气得两片嘴唇颤动着说不出话来。他停了一会,拾起烟锅,上前一把攥住陆明的手腕子,发狠地说:"你这个一乡里的头目,你跟我走!今夜好月亮,你跟我走!"

陆明惊呆了,不知如何是好,使劲往后仰着身子。

老砘严厉地命令道：

"跟我走！"

他抬头看了看父亲那双眼睛，向前走了。

夜深下来，每一个窗口的灯火都熄灭了。静静的街巷里，偶尔传来一声小孩子的啼哭。月光下的房屋、小巷都像蒙上了一层薄薄的纱。他们在巷里走着，谁也不说一句话。走着走着，突然老砘站住了，说："你看看吧！"

陆明抬起头，不解地望一眼父亲。

老砘用烟杆儿向前划一下说："你看这幢房子盖得怎样？"

陆明这才注意到：在一排排低矮的小草房中，矗起着一座高大的新房。嗬，这房子盖得真够体面，绰绰五大间，两侧还配有宽敞的耳房；房子后面是一个青砖到顶的平台！再看那做工：石缝凿得精细，石头全是青硬黑亮的海岛石；瓦片匀匀的，像鱼鳞；屋脊又直又平，像巨蟒的长躯，脊的两端，只差两个翘起的龙头了！……

"谁的新屋？"

"谁盖得起——王树芳的！"老砘握紧了儿子的手腕子，问，"你看清细了吗？"

"看清细了。"

"再往前走！"老砘扯了一下儿子，又往前走去……前面不远，有一个油得黑亮亮的大板门，板门里面的正屋，是洋式结构的平顶屋，墙皮上的水涮石英石在月光下闪闪生辉。老砘说："这是上边另一个头儿，他在咱村里落户。"

他们最后又转到了那个场院上。老砘从草垛上抽一把麦草坐了,大口地喘息着:"你问我为什么举手赞成分,就为这! 就为这!"

陆明没有说话。

"你看看吧,这么多年了,群众还住小草窝窝屋! 有人倒是盖起了高房大屋——他们偷了吗? 没有! 他们抢了吗? 没有! 他们见了人说话还笑嘻嘻的——那么东西是哪里来的? 还不是从大队里捣鼓出来的! 俗话说:'旮旯里做事不怕人,就是瞒不过夜游神!'——大伙儿心里是明镜呀,知道那反正是他们的汗珠子变的!"老砧说得太急促,喘得更厉害了。

陆明没有说话,低头瞅着自己的一双脚。

"也不光头儿! 有些人就是懒了,滑了性子,不肯用真力气了。一个锅里舀糊糊,胳膊长的撑死! 本分庄稼人凭力气过日子,还不如分开干! 让村头儿也土里刨食! 我就为这个举手! ……"

秋风起了。草垛被吹得"刷刷"直响。

两颗心被什么东西压着,说不出话。停了不知多长时间,陆明才小心翼翼地问:"爸,那你为什么又举手反对呀?"

"我不信分地就该着这么个分法。你们这号搞法,哼,我害怕!"

老人说着站起来:"你看看村里那些好地吧! 都分给村里头头脑脑的亲戚朋友了。村作坊也分了,等于白送一半,到头来他们再把好处分一些给村头儿! 这一来可好了,村头儿更有了钱柜子! 一般庄稼人没有办法,只好死抠那点土。你看看我这个腰,再也直不起来了;这双手,没有一根指头握得拢,这生生是累的! 集体没有了大机器,眼下农户又买不起,下种、耕地……什么都得我这双手去做呀,当锄头,又当犁子。我活不了多少年了。过去地里引芦青河水的渠道全被各户扒掉了,有的机井一时用不上也填了,我真担心大旱年间再饿死人!我记得那年,六丈深的井筒不见水,街口路边上到处是死人。人到了什么时候也要吃粮食,天什么时候都有大旱!这些有人去管吗?"

陆明站起来,把父亲一双石块般沉重的大手端到眼前。他轻轻地抚摸着这僵硬的、向一边弯扭着的手指,抚摸着那一个个粗大的骨节,一汪泪水在眼眶里旋转起来⋯⋯

负　责

这天早晨,陆明刚刚睡醒,就听到街上传来一阵吵闹声。他刚要下炕,父亲老砷跳进来说:"你还睡哩,如今真是各顾各了,桂花婆婆和她儿子都打起来了⋯⋯"

陆明赶紧跑上了街头。

原来桂花婆婆一大早去跟儿子要钱,吵了起来,二斗往外推她,她不巧撞到了门框上,撞破了头⋯⋯陆明来到街口上,好多人已经围在那儿。他们见了陆明,都用一种冷漠的眼光看着他,好像他也参与了打架似的。就连陆明自己也隐隐约约觉得好像该负什么责任似的⋯⋯

陆明仔细做了调查,决定亲自来严肃地处理这件事!离开人群时,他看到父亲一个人站在路口上,正默默地吸着烟,一动不动地望着他。

那双混浊的眼睛有些怕人,陆明绕过父亲走开了⋯⋯

在村办公室,王树芳一个人闷闷吸烟,见陆明走进去,摊摊手掌说:"你看,打打闹闹,净这些挠头乱子……"

陆明没有做声,他也掏出一支烟点上。他吸着烟,像自语:"这几天来,我一直在想,那些反对分地的头头脑脑为什么到后来常常变得特别积极……"

王树芳扔了烟蒂,说一句:"他们想通了嘛!"

陆明吐出一口烟,眼睛仍盯住一个地方:"是啊,他们想通了,想出对付这个的办法来了!"

王树芳意味深长地笑一下。

"他们办法很多,"陆明用力地揉灭了手上的烟,"比如说在承包项目上捣鬼,自己千方百计先把腰包装满!再比如乱分乱卖,他们也正好在乱中占便宜,群众一骂就往别处推……"

王树芳瞥他一眼:"说得真玄!"

"一点也不玄。眼下的艾子口就有大部分水利设施被破坏、大型机械被卖掉……这些就发生在你的眼皮底下!"

"我知道你是怎么揣摸我的,尽你想去。干工作不能按着尺寸一丝不差。我的体会就是放手大干,再不能束缚群众手脚……"王树芳说着笑起来,"过去费了不少劲儿,就为了替农民负责。三十多年了,这个包袱太重了,这个责是负不了啦,干脆就分地,让农民自己去养活自己……"

陆明斜了他一眼。他面孔红涨:"好'聪明'!你就这样放手大干了?"

"可艾子口人都反对……"

"恰恰相反,他们是反对有人浑水摸鱼!"陆明的声音高起来,简直像跟谁吵架,引得窗外围了一群孩子。他朝外望了望,发现自己太不冷静,便坐下来,倒了一杯开水。

王树芳望着他:"可村里总有人拼命反对——这也是事实……"

陆明点点头:"我看也不过有那么一两个人……"

"二拙吗?"

"二拙是傻子! 有话全在嘴上了。真反对的才不这样哩。他越反对就做得越'积极',故意做过了头,惹得群众起来反对——还有,等琢磨出新办法了,一切又与过去一样了,那就用不着再反对了! 老同学就是这样的聪明人!"

王树芳划火点烟,手抖了一下。

……

陆明从村办公室出来时,各家的烟囱正冒起了又直又长的炊烟。他在一个小巷子里遇到二拙扛着铁锨往前走,手里还提着一个干粮篮儿。二拙说他是浇地去的,和邻居合伙租用了外村一台小机器车水。陆明拍拍二拙的肩膀说:"我们一起去吧。"二拙点点头。

在一片墨绿的烟棵儿边上,二拙铺了一层绿草秆,然后一仰身子躺下来,说:"水头儿一时半晌过不来,躺下等吧!"陆明挨着他躺下了。他把干粮篮儿打开,一股香味儿飘出。陆明一看,原来是窝窝头和油炸泥鳅! 二拙自己捏几个泥鳅吃起来,又捏几个给陆明。

天空出了星星。

烟田里很静。除了他们吃泥鳅的声音,还不时传过一阵若有若无的声音。"沙沙"、"咕咕"、"咔咔"、"嗞嗞"……说不上是什么在响。这些奇怪的、细小的声音响在四周,只有把脑袋转一下,让耳朵靠近地面才听得清。

"二拙,这两年日子还顺吧?"

二拙翻个身:"做人不能比,越比越悲凄……怎么说呢?大家一天吃三顿饭,咱也没饿着。"

"你觉得这样分了地好吧?"

"凭力气吃饭,咋个不好?不过上级整天光吆喝'弄钱',弄得人心烦躁躁的,还老得提防坏人——坏人见钱眼开花,去年我的烟叶还没收就叫人偷了去……"

陆明心里沉了一下。

二拙一边咬着泥鳅还在咕哝:"……合理吗?有人过去用集体的东西买了熟人,如今发财门路也宽!村头儿每年有几千元补助,公事愿管就管,不愿管就算……合理吗?"

陆明没法回答。

四周又传来那种莫名其妙的、若有若无的声音。他想:这也许是土地在响呢。

二拙嚼着泥鳅,翻一下身:"水快来了……"

1983 年 2 月写于济南

355

草楼铺之歌

　　两年前，芦青河边的果园每年都要丢失好多果子。主要原因是园中有条通海大道，无数人早早晚晚就踏着这路去买鱼、去赶海、去洗澡……果园里每年都派几名身强力壮的小伙子护园，但最后苹果还是"在劫难逃"。有一天，果园领导领来了一个笑眯眯的老头儿，向人们介绍说："以后，他就负责看园子。"

　　人们都认识这个叫"二老盘"的人，并且都知道他是个极有意思的人：爱唱戏，一高兴就唱起来，那曲调和词儿常常是随口编来，想到哪里唱到哪里。可他能看好园子吗？

　　二老盘也知道人们不大信得过他。他只不吱声，当时让人帮忙抬来四棵高大出奇的杨木竖在果园正中，然后在顶端搭起了一个草铺子。他说这叫"草楼铺"——看园子的人就应该住在草楼铺上。最后他让领导给配个助手。领导说："我们有果园民兵，你挑最强悍的。"他摆摆手："看园子是轻松活儿，最弱的就中。"领导想了想，说出了"常奇"两个字，大家立刻"哄"的一声笑了。

　　常奇十八九岁，长得十分瘦弱，脸色黄黄的，身材也极为单薄，侧着看去就像一扇破败的门板。更有趣的是那双眼睛：看起东西来，那有些歪斜的左眼总要执拗地瞥到一边去。当人们嬉闹着将他从人堆里推搡出来时，他就那样呆呆地站着，像做下什么错事似的低头掐弄着手指，只偶尔抬头瞅一眼二老盘，那左眼却总要歪到高高的草楼铺上。大家又笑了起来。一个叫"老憨"的青年这时不知从哪儿捡来一条绿色的大豆虫，一下放在了他蓬乱无光的头发上。常奇的肩膀本能地往后缩一下，然后伸手把豆虫拂掉了，也不吱声。

二老盘把那只粗大的手掌按在他瘦瘦的肩头上，说了句："上楼吧，小伙子！"两人便"吱嘎吱嘎"地踏响了木梯，登上草楼铺。

一圈儿人围在下面看着，就像在等待一件即将发生的神奇事情，久久不愿散去。但见他们在上面也只是稳稳地坐着，最后只好失望地离去了。

常奇在果园做了几年活，还是第一次登这么高。他望到果园的边缘了。他看到那条通海的大路原来是从园子南边的一个角落里伸延出来，又在园子中间——那片山楂树那儿拧了几下身子，穿出最北边的几排梨树远去，奔向大海了……二老盘也看了一会儿，然后就动手铺一块草荐子，嘴里咕哝说："这叫'站在草楼铺，放眼全果园'！抬头一望，老大一块园子就像铺在胸口上一样，是吧！是吧！"他说着就唱起来，"好一派北园——风光——"可是常奇好像什么也没有听到，只是弯着腰帮忙铺草荐子……

渐渐，那些总想从果园里占点便宜的人，知道他们遇到怎样的敌手了：有人若无其事地在月色朦胧的路上走着、走着，阵阵梨香

357

扑鼻,他忍不住猛一伸手去抓路旁的枝丫——可就这时,那一串梨子突然显得耀眼夺目,原来从草楼铺上射过来一道强烈的手电光束,同时便听到二老盘的高声吆喝:"伙计,我给你照着亮儿,别让树枝捅了脸!"有人偷偷地钻到林子深处,先坐在树下喘息一会儿,然后从裤腰里拖出一条细长的布袋——这会儿一边的树杈上会突然蹦下一个人来,正是常奇,有些畏惧地站在那儿,默不作声,只是那双略显歪斜的眼睛翻动着,不时地向他瞅一下,再瞅一下……

总之,在他们登上草楼铺一年多的时间里,果园再也没有遭受大的损失,同时威名大振,远远近近都知道河边果园有一个草楼铺了。

但也有些小的损失。这是因为二老盘过分地喜欢和相信读书人。离果园不远是乡村小学,有个姓郭的老师常来草楼铺上玩耍,少不了吃些果子。郭老师是县广播站的通讯员,大家从喇叭里听到他的名字,都知道他是个"写书"的人,了不得哩! 二老盘对读书人从来都是无比敬畏的,他见郭老师进了园子,老远地就喊:"瞎呀! 赶紧上草楼铺呀! 你不知道上边有多么风凉……"

郭老师上了草楼铺。他戴着一副近视眼镜,看人的时候总要先把脖子仰起来,然后再向着要看的方向拧过去。二老盘觉得被这样看一下也是光荣的。他嚷着:"常奇,常奇! 摘果子去! 摘果子去!"

常奇不做声,身子一扭,趴在铺沿上,一出溜就下了梯子。他真是爬得娴熟了。不一会儿,他就抱来了果子,于是郭老师拣个最鲜最大的吃起来。二老盘出于礼貌,也陪着吃一个,并对常奇说:

"吃!"常奇瘦削的小手在宽大的袖口里摆动一下,然后异常谨慎地伸出来,摸在一个最小的苹果上……

有一次郭老师看到柱子上挂了一把二胡,问:"会拉吗?"二老盘不好意思地笑笑:"哪里! 我不会,我喜欢这东西。"郭老师于是取过来,调了弦拉起来。

常奇抬起了眼睛,直盯着两根震颤的弦。

二老盘笑眯眯地站起来,头随着曲调一点一点,然后竟放开嗓子唱起来:"……说起我二老盘哎,不忘八零年。就是这一年,我进了大果园。搭起了草楼铺,我说话就算数……"

常奇注视的是两根琴弦,但略显歪斜的左眼却像是盯住了二老盘。二老盘于是唱道:"小常奇你莫看上了瘾,下楼看有没有做贼的人……"

常奇正听得入迷,突然觉出末两句唱词是针对他的,于是赶紧下了草楼铺。

奇怪的是,郭老师和二老盘竟也能合到一个节拍上。唱罢,郭老师笑了,二老盘也笑了。二老盘在一边端量着,特别注意观察郭老师的那个脑袋——他想,这脑袋也真是奇特,能写书! 他试探着问:"郭老师,你咋就能写那多……拿去广播呢?"

"哦哦,"郭老师用手扶了扶眼镜,"这主要是配合形势的……抓准'主题思想儿'……总之,讲不清楚的。"他很客气地笑了笑。

郭老师是草楼铺上的常客了,二老盘总是欢迎他,他也总是吃掉一些果子。

一年之后,果园被几十个有胆气的人联合起来包产了。二老

359

盘扯着常奇的手去辞职,可人家立即阻拦说,他们包下果园,是连草楼铺、连二老盘和常奇一块儿包下了的,今后两个人的工钱就在果园里出,让他们回草楼铺去。

二老盘于是扯上常奇的手,重新回到了草楼铺。

常奇干什么都跟在二老盘的身后,不声不响的。二老盘问他什么,他要不只点点头,要不就只是摇一摇头罢了。二老盘端量着他,不解地说:"奇怪!我在你这个年纪,爱说爱笑,高兴了就蹦几下。你这孩子……倒是好孩子,就是……唉唉,也许有什么病吧?"说着把他的胳膊拉起来,挽起袖子用手捏了捏,失望地说一声,"这胳膊太细了,这不是男子汉!"

但有一次上草楼铺,常奇登在前面,二老盘看着常奇肉鼓鼓的小腿一屈一伸,就伸手轻轻砍了它一下。奇怪的是它就像没有知觉一样,依然一伸一屈地往上登去……二老盘愣住了,上了铺子,一把拽过常奇的腿脚,用手按一按,发现腿上全是结结实实的肌肉。他笑了,接着用力捶了常奇一下,喊道:"嗯,对,这就是男子汉的筋骨!你硬是练就的,草楼铺、大树,翻上来爬下去,这就生了一腿硬硬的肉……"二老盘高兴极了,从口袋里摸出烟锅点上,吸了几口,又磕掉,又摸了摸常奇又细又软的胳膊,说:

"上身还不行——不是男子汉:那是没有练成。等我闲下来教你'功夫'吧……"

常奇一直默默地坐在那儿,这时眼睛一亮,说:"你会……'功夫'?"

"看着!"二老盘从草楼铺上站起来,将烟锅插在腰上,然后两手在胸前架起来,左腿使劲地弓起……

"这就是吗?"

"就是!武松也有过这一招。"二老盘说完收回姿势,重新坐下来吸烟了。

常奇把身子倚在柱子上,轻轻地将眼睛眯起来。他在想心事。没有人知道,他的心事最重呢。他常常一个人找个僻静角落坐下来,让暖融融的阳光照耀着,开始想他的心事了。

常奇的爸爸是个哑巴,有一年打派仗,被一方拉去做证人,由于没有比划清楚而引起了混乱。两军对阵时他给伤了,不久就死了。常奇刚刚五岁,母亲一个人把他拉扯大了。他从小虚弱多病,也读不好书,就索性早早来果园里做活了。在果园里,他一说话别人就笑,于是就常常闭着嘴巴。有人开心了就过来弹他几下脑壳,而且还说:"西瓜熟了,西瓜熟了。"他在心中积攒着愤怒,有一次终于伸手抵挡那两根伸向脑壳的手指了,结果是被对方揪住衣领,只轻轻一拎就提离地面,大家哄笑了一场。

常奇这会儿想的是:我学会了"功夫",绝对不欺负人的,我只用它护身!

这天郭老师又来了。二老盘带着深深的忧虑,指着常奇问他:"你说他为什么长这么弱呢?"

郭老师看着常奇,摇摇头:"在果园里工作,维生素倒不会缺的。也许……你以后多吃些肉吧,比如用猪腿烧汤喝。"

二老盘坚信不疑地重复一遍他的话:"你以后用猪腿烧汤喝!"

常奇点点头。

果园里吹着徐徐的南风。夏末的夜里，那风都是香的。蝈蝈、土促织、绿壳儿……叫得十分欢畅。它们有它们的世界，它们有它们的歌。月亮被云朵擦拭得更亮了，星星像些瞌睡的眼睛，一颗一颗暗淡下来，渐渐变得稀疏……

二老盘和常奇静静地仰躺着，倾听夜的声音。二老盘翻展了一下身子说："和你在一块儿少好多意思——你不爱说话，我不说你也不说，这是一种毛病！"

常奇也像二老盘那样翻展了一下身子，就这样代替了说话。

二老盘又说："会讲故事也好，你也不会讲故事。"停了会儿，他突然坐起来，像是想起了什么重要的事情，问道，"你会笑吧？我怎么从来没听见你笑？你笑笑我听！"

常奇往铺柱那儿移动了一下身子，没有吱声。

"你笑，就这样——"二老盘夸张地张大了嘴巴，"哈、哈、哈、哈！"

"哈、哈、哈、哈……"常奇照着样子学，但声音微弱。

"哈哈哈哈……"二老盘不禁大笑起来，声音在林子里传出好远，震荡着夜间的空气，直到他笑够了时，又伸手去拨弄挂在柱子上的一个小袖珍收音机。收音机嘶嘶哑哑地不成调，一会儿干脆不出声了，他用手拍打两下，竟又重新响起来。二老盘兴致勃勃地道："也怪，收音机这东西天天听，我就闹不明白它怎么能说、能唱！你知道吧，常奇？"

常奇嗫嚅着："有电台……"

"什么是'电台'呢？"

"不知道……也许一个大水泥台子,上面有铁,有电……"常奇费力地解释着,"收音机里的声音,都是从台子上射过来的。"

"怎么就能射过来呢?"

常奇反问:"你见了灯塔,眼一眯,它就怎么样呢?"

二老盘用力地回忆着,然后说:"那光'刷'一下,射过来了,射进了我眼里……"

常奇说:"对,电台就是那样,不过射来的'光'你看不见,也不是射进眼里,是射进这个匣匣里……"

二老盘一下把常奇拉起来,嚷道:"你把聪明装在心里呢——你只是不说!哎呀!以后就这样,这样就是个男子汉啦!"

从他们登上草楼铺以来,这个夜晚是他们交谈最多的一次了。

天亮以后,二老盘出去买来几只猪蹄。他在草楼铺下边烧了一小锅汤,看着常奇喝下,说:"你身上就缺这个东西!"

这天晚上,二老盘还想和常奇谈谈"电台"的问题,但总也没有成功,原因是通海大路上的人太多了,那"吱嘎嘎"的大车声、"丁零零"的自行车铃声,还有吱吱喝喝的呼喊,使他们不能安稳下来。他们老得用六节电池的手电筒往下照射。二老盘喊一声:"探照灯!"常奇就赶忙伏在铺上,按一下电钮儿。二老盘说:"也怪,怎么夜间赶海的人就一天多似一天哩?"

常奇摇摇头:"是贩鱼的……到南山,一次挣七十块钱……"

二老盘咬咬嘴唇:"发财的路子,苦路子,到南山一百五十里,天亮要赶到……苦路子!"

停了一会儿,常奇说:"邻居家的老憨,果园解雇了他,就专干这个。挣了钱,买来一个电视、一个录音机。他家的声音老传过来。妈妈说:'你若强壮,你也挣来哩。'……"

二老盘不做声了。他们从高高的铺子往下望着。这条路如今倒陌生起来了。人像穿梭一样多,常有轻骑车跑过,马达"突突"地响着,前头昂着一只雪亮的眼睛,像风那样一吹而过……

二老盘看着,神往地说:"这真是男子汉做的活儿! 唉唉,可惜我现在老了,一夜蹬车子走不了一百五十里,再说扔下园子我也不放心……不过这真是男子汉做的活儿!"

常奇把一条布单拉到头上,像要睡觉的样子。

二老盘推他一下:"你敢不敢跑他一趟南山?"

常奇的头在布单里摇着:"……我会被挤死、踩死。"

二老盘捏捏他露出布单的那只纤细的胳膊,不做声了。

天亮后,二老盘又烧好了一小锅猪蹄汤。常奇喝过之后,二老盘问他:"强壮些了没有?"常奇像过去那样抹抹嘴巴,说:"嗯。"

近几天二老盘总是显出很高兴的样子。他常站在高高的草楼铺上唱歌,胡乱编一些奇怪的曲调和词儿……几天之后的一个傍晚,他突然出了园子,半晌才回来,还推了一辆样子很笨重的粗架子自行车来。他对常奇说:"别看它模样不强,可能装三百斤货!我年轻时用的,如今归你了……"

"我……不要。"常奇盯着自行车,往后退开一步说。

二老盘像是没有听见,只是说:"天傍黑,你装上鱼,跑一趟南山。"

"老盘叔! 我……我不哩,我不会做买卖,我怕……"常奇差不多在哀求了。

二老盘气愤地看着他，突然上前把车子一脚踢倒，说："你白吃了猪蹄！你成不了个真男子汉！你再不用登这草楼铺……"

常奇惊惧地看看二老盘，坐在沙土上，无声地哭泣着。最后，他终于站起来，扶起车子，抬起头来说："我跑一趟！"

天要黑了，一阵阵渔号子从海边传过来。常奇要走了，二老盘从铺柱子上解下一根布溜儿，结结实实地给常奇把腰扎起来，又用麻绳给他拴了裤脚，说："这就叫'武装'！"接着最后嘱咐一声，"走过园子时，你拉响铃子——我的铃子我听得出……"

常奇走了。二老盘在草楼铺上等着。

一个多钟头之后，那喧嚷的路上果然传来了他熟悉的铃声——那是"嘎啦啦啦……"的一声长鸣！二老盘一个高儿从铺子上蹦起来，高声吆喝着：

"装了多少？"

"七十。我跟老憨哥一起走……"

常奇将铃儿拉得很响，这声音在喧闹的路上显得十分特别。

二老盘笑了。他迎着吹来的南风站着，把搭着的衣衫从肩膀上拉下来，举在手上唱道：

天黑路不清，

上坡下坎你慢慢蹭。

买卖人，鬼精明，

小常奇你可要——看准秤星！

……

他把衣衫举着,像一面旗帜在风中抖动……直到那铃声越响越远,再也听不见的时候,他才把手臂放下来。

小常奇走了,进了南山。南山——从草楼铺上看去,是天边上那一长溜儿黑黑的影子。二老盘年轻时进过南山,他知道那一长溜儿黑影,实际上是由一座又一座高高的大山叠成的,道路就在这山间拐来拐去,上上下下的,有的紧挨着深不见底的山涧……二老盘在草楼铺上替常奇忧虑起来。

常奇两天没有回来。这段时间郭老师来了一次,样子显得很疲惫,对果子也不像过去那样感兴趣了。二老盘问他怎么了,他说正写一篇广播稿子,难的是没有"主题思想儿"……

第三天上,该是常奇回来的时候了。二老盘很早就烧好了一锅猪蹄汤。直到天快要黑的时候,常奇才推着车子来到果园。他见到草楼铺,立刻就扔下车子,跌跌撞撞爬了上去,任二老盘怎么喊也不应声。他很快在铺子上睡着了……二老盘坐在他身边看着,他那细细的胳膊从宽大的袖口里显露出来,上边粘着凝固了的血痕!二老盘惊讶地给他解开衣裳,发现了十几处跌伤……二老盘难过地自语说:"天黑路不清,上坡下坎你要慢慢蹬……"

常奇在草楼铺上一声没哼,睡了一夜。

醒来时,他看到身边的二老盘,一下子哭了起来。二老盘大喝一声:

"不准哭!"

常奇不敢再哭。他从衣兜里摸出了七毛五分钱递到二老盘手里。

"挣来的钱吗?"

常奇点点头。

二老盘把钱放进他的手里说:"全都交给你妈妈,一分也不能缺!"

常奇说:"老盘叔,我……再不进南山了……"

二老盘把头转向一边,吸着烟锅说:"看看再说吧……"

一连几天过去了,常奇每天都喝二老盘烧的汤。他身上的伤完全好了。一天傍晚,二老盘又从铺柱上扯下那条布溜儿,要帮着常奇扎腰。常奇惊恐地大喊一声:

"我不进南山! 不进南山! ……"

二老盘喝道:"南山没有虎! 你是男子汉!"

他说完便缠好布溜儿,推推搡搡地将常奇带到草楼铺下,说一声:"出发!"

常奇一动不动,瘦小的身躯硬硬地挺着。他望着二老盘,一双眼睛圆圆地睁着,那目光不知是愤怒,还是惊恐,只是圆圆地睁着,晶亮晶亮的。二老盘还是第一次看到这样一双眼睛,不知怎么想到了黑夜中的两点磷火,不由得吸了一口冷气,往后退开一步。

常奇望着他,突然射过来两道仇恨的目光,声音沉沉地呼喊了一声什么,接着狠狠一跺脚,推起那辆异常笨重的车子,向着大路跑去了……

二老盘愣愣地站在那儿。

一个星期又一个星期过去了,常奇一直没有回来。二老盘有些焦急,回村问过他的妈妈。老人说:"他走时来家一次,说不让我挂念,他在外日子要多些……"

二老盘在路口上拦问过几次,但都说没有见过常奇。

几个月过去了,这是多么难过的几个月呀! 一天黄昏,二老盘正在草楼铺上歇息,突然听到果林深处有人大声呼喊他的名字。二老盘一愣:这声音又熟悉又陌生啊! 是常奇吗? 不,常奇没有这么高的嗓子。他急急忙忙坐起来,立刻就看清了——常奇! 他差不多是直接蹦下草楼铺的,跑上前去,老远就张开了手臂……

两个人都很激动,大口地喘息着,最后一块儿登上了草楼铺。常奇刚坐下,马上就掏出了一个崭新的袖珍收音机,又掏出一个样式新颖的打火机……二老盘把这些东西统统推开,只着急地说:"我快急死哩! 我真怕你不回来啦! 快说说,这几个月你到哪去咪?"

常奇神色淡淡地应了一句:"我还是卖鱼。在南山……"

"我怎么就没有拦住过你呢?"

常奇抹抹鼻子说:"我半夜起程,改抄一条近路。"

二老盘没有说话,只兴奋地盯着他。常奇的脸显得更瘦小了,那皮肤几乎是紧绷在骨骼上,嘴唇稍有些歪。仔细端详,才发现嘴角上方新结了一个疤痕。眼睛,多么奇怪的眼睛啊,眯成一条缝,从缝隙里放出两道陌生的光,那光似乎表明他再不能够驯顺,也永远不打算跟谁妥协。不知怎么,这目光使整个瘦弱的身躯都透出一股野性。二老盘在心里说:"了得! 这孩子也许跟山坳中的虎狼打过一架……"他声音颤巍巍地问：

"常奇，如今山里还有野物吗？"

常奇依然眯着眼睛，不解地瞥了他一下。

二老盘越发小心起来，补问道："我是说……有没有虎狼……"

常奇摇摇头，躺在了铺子上。

"说说吧，为什么这多天不回草楼铺！"二老盘见他像过去一样蜷曲在铺子上，这才转过神，大声问道。

"在山里，我不知跌了多少跤，也被同行们揍过，身上挂满了伤，可兜兜里还是空的。我想，我不能就这样见老盘叔！"常奇盯着铺顶说。

二老盘听到这里，突然俯身抱起了常奇，喊道："这是'男子汉'！"

常奇轻轻地用手拨开他的胳膊，坐起身来。二老盘觉得那手腕有股钢劲，攥住一看，只见皮肤上瘢痕累累，握一把，硬实实的！他兴奋地拍打了一下，说："这也是'男子汉'！"

常奇告诉他："我一直和老憨在一起。他真有拼劲，车子上绑着二百五十斤鱼，能一口气蹬一百五十里。我在路上央求他：歇歇吧，歇歇吧！他听也不听。我就咬牙跟上去。到了山里，我再也没有力气了，躺在树荫下歇一会儿，老憨一下就跑没了影儿——他怕我争他的买卖……"

"老憨心硬！"二老盘插一句。

"是心硬！他只记得发财了。"常奇两手抱起头来，靠在了铺柱上，说，"我不止一次看他在秤杆上做手脚，欺骗山民。你不知道山

369

民有多诚实,他们看见秤杆高高的就笑……有一次我实在看不下去,就在他身后用手对山民指了一下——也巧,正赶上派出所的民警路过这儿,罚了他的款,罚得也真狠哪!"

"哟……"二老盘不知怎么,听到这儿用力吸了一口气。

"……老憨在路上追到我,两眼血红血红,对我说:'小常奇,我一不揍你,二不让你赔钱,只在今天告诉你,你若是再出来卖鱼,让我碰到,我就折断你那根贱气的手指!'……"

二老盘轻轻地喘着气。他知道这个老憨,也许真会折断常奇手指的!

两个人都不说话了。秋风吹到草楼铺上,发出"沙沙"的响声。啊,秋风真有些凉了。芦青河"呜呜噜噜"地流着。远远近近都是一片低沉的、神秘的呜呜,这是秋天原野上的声音。常奇靠着铺柱坐着,二老盘闷闷地吸着烟,两人都像在倾听这秋夜的声音。停了一会儿,常奇突然掀了身上包裹的布单子,说:

"老盘叔,您教我'功夫'吧!"

"这……"二老盘犹豫了一下。

"我学得会的!"

二老盘吸着烟锅,不声不响地吸着。他磕了烟灰,往铺下走着,说:"我到园里瞅瞅去,瞅瞅去……"过了一会儿,他重新上了铺子,手里拿着三两个被风吹落的果子。他坐下来,望了一眼常奇,压着嗓子说:"在路口那儿的大石榴树下,我看到一个黑乎乎的影子……像熊一样……"

常奇怕冷似的重新将布单围到了身上。

二老盘细声细气地说："真的,像熊一样……它蹲在那儿,见了我,一动不动……"

停了一会儿,像有什么在催促他一样,二老盘又不声不响地下了草楼铺。他回来的时候,手里还是握了些果子。他将果子轻轻地放到一个角落里,然后拿起了烟锅,小声说道："我又看到了那个黑影,粗粗的身子,像熊……"

常奇自语般地应声："那是老憨。我知道,他要等我推着车子走上路口时,狠狠教训我一顿呢!"

二老盘惊恐地磕了烟锅,直直地盯着常奇,问:"真的吗? 我赶跑他!"

"你赶不跑。你还不知道他的脾性。他做得出来。"常奇阻止说。

二老盘不做声了。

天亮以后,二老盘用一根麻绳将自己的腰捆了,将常奇领到一棵大李子树下,教起了"功夫"。他像过去那样将胳膊在胸前架起来,然后把腿使劲弓起。他解释道:"你猛一放开胳膊时,打倒的是两边的人;你往前一踢时,打倒的是前边的人——这样能抵挡三方的歹徒,只是不要让人从后面赶上来……"常奇说:"我对付的只有老憨一个。"二老盘立刻将胳膊拉到身侧,双拳紧握,说:"那就这样……不过,握拳时不能把拇指立在指缝里,那是伤人的一招……"

常奇一样一样记在心里。

十天之后的一个傍晚,常奇有些呆不住,推上车子就要走出园子。二老盘上前拽住了车后座儿，说："你还是不去的吧！你家也不短那几个钱，怕要出事的……"常奇执拗地说："我也不为那几个钱。我是想，这么宽一条路，怎么能让一个老憨堵死！"

二老盘拽车后座的手并未松开，嘴里重复着刚才的话："我看你还是不去的吧！"

常奇两眼望着林木深处，坚定地说："要去！再说，我也跟你学了'功夫'……"

"恐怕不顶事的呀！"二老盘这样说着，却慢慢地松了手……他一个人蹑手蹑脚地走近那棵大石榴树，凝神瞅了瞅，并没见那个黑影。他想也许老憨的拗劲早过去了，心里轻松了不少……最后，他陪着常奇走出了园子。在路口上，他嘱咐常奇说：

"也只得由你去了。小常奇，卖了鱼，快快转来吧！"

一句话出口，二老盘倒觉得眼睛涩涩的。他赶紧转过身去，一边说："上车吧，上车吧……"

常奇走了。

二老盘再也无心唱歌，整日闷闷地呆在草楼铺上。

有一次郭老师来了，他一个人抓起二胡拉了一段，然后皱着眉头问："小常奇呢？"二老盘说："贩鱼去了。"郭老师长叹一声，说："唉唉，这年头怎么了得，连小常奇也知道贩鱼……"二老盘听了，气上心头，恼恨地顶一句："小常奇怎么就不能贩鱼？你当那还是'伟人'才能做的事情！"一句话出口，他又觉口气太硬了些，忙笑嘻嘻地补说一句，"郭老师，你，找到'主题思想儿'那东西了吗？……"

郭老师摇摇头，没有说话。

七天过去了。二老盘渐渐不安起来。一个夜里，他梦见老憨一只手抓起小常奇，"啪"一下扔进了深不见底的山涧里……醒来后他难受极了，真后悔不该让常奇走掉。第八天常奇还没有归来，他心头升起一种不祥的预感，再也坐不住了，终于让人代看了一会儿园子，到龙口镇买来了一包刀创药。

第十天上，常奇回来了。

二老盘惊讶地盯着他，差不多都要认不出了！他浑身的衣服都撕成了条条，胡乱用一根葛藤束着。从撕裂的缝隙里，可以看到身上深深浅浅的疤痕。眼眶上有一个乌紫的印记，半边脸都好像浮肿了。人更瘦了，脖子显得又细又长，喉结突出着，使人能马上联想到一只褪了毛的鸡。但那神情却不像只斗败的公鸡，倒像只刚刚厮杀完毕的雄鹰……二老盘的胡子颤了颤，问：

"赢了吗？"

"起码没有输。"

二老盘扯起他的手："草楼铺上说！"

常奇半躺半卧地倚在了铺柱上，挡过了二老盘递来的刀创药，说："……进山第二天，在山口上遇到了老憨。他放了车子就走过来。我说：'讲理嘛！'他点点头，上前就折我的手指。我一挡，他照准我的眼打了一拳。这一拳打得太狠了，我立刻趴下了。他趁势扑上来，用脚狠狠踢我。踢到第十下的时候，我一下子跳起来，架起了拳头……"

"你用了'功夫'吗？"二老盘瞪起眼睛问。

373

"没有……他又把我打倒了。我就抱住他,死也不放开,咬着牙,和他紧紧拧到了一起。我心里想:没有谁好欺负。我们滚、打、踢、咬,从路口的茅草窝滚到荆棘棵里,又滚到跟前的小松林里。我想:只要不让他离身,他的威风就使不出。他用腿狠命地顶我的肚子,我不止一次觉得肠子就要被压断了。我伸出十根手指,把手指抠进他的肉里去。我们拧在一起有一个钟头,谁都知道先软下来就完了。有一回我看见他腮帮的肉在发抖,就想:再撑一会儿他就没力气了。谁想到他突然像牛一样吼了一声,接上把两个老大的拳头并到一起,'嘭'一声猛击在我脸上!我带着满脸血花,也不知吼了些什么,我吼得比他响,两手抱紧他,撕、踢,还动用了牙齿。半个钟头以后,老憨抱我的手松动了,滚到一边歇了一会儿,然后吐了口带血的唾沫,一歪一歪地连爬带走离开了……我想站起来,可怎么也动不了,像瘫了一样……"

二老盘一只手按在铺柱上,两眼向很远很远的地方望去,一句话也没有说,两行泪水顺着两颊滚落着……

这个夜晚,二老盘是紧靠着常奇睡去的,他不断用一双温热的大手抚慰着常奇瘦小的身体,几次流下泪来。天亮时分,他早一些醒来,就一动不动地在霞光里端详着常奇的睡态,看着那好看的圆脑壳。不一会儿常奇也醒来了,一睁眼就说:"老盘叔,昨天忘了告诉你件大事:山里几个老主顾要与我联合,在当地开个鱼摊呢……"

二老盘惊讶地说:"那可是桩大事!"

"我想,也别太小气,要干,就索性开个店铺!下次去南山,我要商量定这桩大事。那要从政府开营业执照的……货源要足壮，老憨若不记仇，我准备把他也联上……"常奇望着远方说。

二老盘一愣，转脸盯着常奇的眼看了一会儿，伸出大手握住了他的肩膀：

"你真正长成了一个好人，长成了一个男子汉！"

几天后的一个傍晚，常奇跨上那辆笨重结实的车子走了。海风从北边吹来，当他满载南去时，将会是顺风得意的……郭老师又登上了草楼铺，一个人闷闷不乐地拉着二胡，曲调凄凉压抑，在秋风里飘出好远。二老盘和他合不到一个拍子上，也就不唱。他问："还没有找到那个'东西'吗？"郭老师摇摇头，问："常奇又贩鱼去了吗？"二老盘点点头："成个好人！成个男子汉——用这做你的那东西不行吗？"郭老师苦笑一下，摇摇头。

这时候，从喧嚷的大路上传来一阵脆响的铃声，"嘎啦啦啦！嘎啦啦啦！"……

二老盘顾不上和郭老师说话，立刻站起来，高声唱道：

> 天黑路不清，
> 上坡下坎你慢慢蹭。
> 买卖人，鬼精明，
> 小常奇你可要——看准秤星！
> ……

铃声断了一瞬，大概拉铃人正在倾听这草楼铺的歌声，但紧接着,铃声又响起来了,由远而近,又由近而远……

夜色茫茫,那远山在天边上显现出一溜儿黑影,那点点星辰使夜空变得更加神秘而空旷了。二老盘站在高高的草楼铺上,还在倾听那远去的铃声。他十分兴奋,这时突然把胳膊在胸前架起,将腿用力弓着,对低头冥思的郭老师说:"喂,这是'功夫'!"

1983 年 4 月写于济南

秋雨洗葡萄

露水在葡萄叶儿上睡了一夜,天亮时趁着一阵微风往下溜了。"沙、沙",滴下来像雨一样。茅屋前的一棵大葡萄树下卧着一条狗,水珠打在了它的睫毛上。这会儿,它不情愿地撑起身子,打了个哈欠,然后眯着眼睛望了望四周。

四周全是葡萄树。

紫黑色的葡萄穗儿从架子上垂吊下来,每个圆圆的颗粒都挂着露珠,闪着亮儿,像眼睛一样。架子的间隙都被藤蔓爬满了,纠扯着,织成一面面网。小鸟儿在网眼里钻进钻出,欢快得直叫。这时候,有个黑瘦的老头儿伸手拨开几条藤蔓走出来,一群小鸟就"呼啦"一声飞光了。

那条狗看见了老头儿,兴奋地活动了一下身子。它好像在笑。

"大青!"老人喊了狗一声,跺了跺湿漉漉的鞋子,"你看见老得了吗?"

大青仰脸望着他,频频摇动着尾巴。

老头儿在葡萄树下的一块干土皮上坐了,不声不响地掏出了烟锅。狗总爱往前凑,老人吸一口烟,徐徐地迎着它吹去,于是它失望地走开了……太阳刚开始露脸,一片片红霞染透晨雾,从葡萄叶儿里筛落下来。刚刚吹过一阵的风也停歇了,四周变得安静起来。一只蚂蚁在跟前爬着,老头儿伸出熄灭了的烟锅围着它划了一个圆圈。他重新装满了一锅烟末又吸起来,吸着吸着那烟杆儿被紧紧地咬住了。他睡着了。

大青小心翼翼地走上前来嗅着,当凑近那个烟锅时,立刻发出"费、费"的喷嚏声。

不远处又有人走过来。那是个二十多岁的青年。他长得又高又细,走路的样子也很怪:迈一步,腰就要拧动几下,好像他那过分细长的腰承受不住上身的重量似的。他的脸也很长,仔细端量起来,那下巴好像还有点歪。

到了茅屋下,小伙子喊了一声:"铁头叔!"

老头儿仍在葡萄树下打盹儿。

小伙子上前搡了他一把:"回茅屋睡呀……"

"是老得吗?"铁头叔睁开眼睛咕哝一句——他一说话,那杆烟锅就掉到了地上,大青从容不迫地伸出前掌按住了它。

铁头叔拾起烟锅,打了个哈欠说:"唉唉,这帮赶夜海的,让我们爷儿俩熬了一宿——'海上收螃蟹,园里丢葡萄',到什么时候海里的螃蟹被人网光了,我们看葡萄园的人也省心了!"

铁头叔刚被扶进屋里,又睡着了。老得静静地坐在一张小白木桌前,样子很疲惫。

窗户纸被太阳映成了一片红色。屋外,有只小鸟在欢快地叫着。

他从抽屉里摸出一沓纸片,又从口袋里掏出半截铅笔,把铅笔头儿吮在嘴里,紧皱着眉头四下里望望,然后用力地在纸上写了:"窗户纸被太阳映得通红/屋外有小鸟叫了一声……"

铁头叔打着呼噜,在床上翻了一下身,又"哼哼"了一阵。

老得歪头看看铁头叔,接着写上去:"铁头叔许是累了/翻动着,嘴里发出'哼哼'……"

纸被铅笔戳破了。老得兴奋地瞅着自己刚写下的两行字。他看着看着站了起来,把两只大手握成了拳头,放在身侧用力往下按着,"嘿呀嘿呀"地叫着,嘴巴乐得张开来……当他再次转身看着那沓儿纸,看着刚写下的那几行字时,就像不认识似的,两眼惊骇地斜睃着。

门板被谁"咚"地踢了一脚。

老得正陷在沉思里,一惊,半截笔头掉在桌上了。

一个姑娘脆生生的声音在外面喊:"东方红,太阳升……还死睡吗?"

老得赶忙藏了纸笔,把门拉开了。他堵在门口,双手背过去又把门带过来,看着喊叫的姑娘笑了:"是王小雨呀……"

王小雨咬着嘴唇。

姑娘身后支着一辆精致小巧的凤凰女车。她自己也娇小玲珑,像只小凤凰! 她穿了件淡黄色的风衣。脸很白,眼很大。她的眼睛才真正像葡萄——不过只是像这早晨的葡萄,乌黑、闪亮、颗粒上附一层浅淡的水……

王小雨说："你看什么？你个'水蛇腰'！"

"'水蛇腰'是骂人。"老得说。

王小雨笑眯眯的："就是骂人啊。嘻嘻，一个'水蛇'，一个'铁头'，只知道死睡、烂睡！我爸爸说了：'现在是三十六户包种下这片葡萄，你们看葡萄园的也得勤快起来！'"

"刚刚守了一夜，还不算勤快吗……"

王小雨把身子仰靠在车架子上，把车铃儿"丁零零"地拨响了，打断他说："睡了一夜嘛！看你两个眼：睡得贼亮贼亮！"

"诬赖好人伤天理哩——我熬一夜真困呀！哎呀这眼……"老得说着用手搓开了眼睛。

王小雨"咯咯"地笑了起来。

屋里躺着的铁头叔惊醒了，向着外边大声喝道："老得你个贼气东西，回屋里给我睡觉！"

老得听到喊声，顺从地把腰一弓，用后背撞开了门扇儿，"梭溜"一下钻进去，又在里面上了闩。

王小雨两手拍打着门板儿说："好！我从外边给你们顶上木棍，让你们想出来也不行！"她脸上红扑扑的，骂铁头叔，又骂"水蛇腰"老得，但最后并没有顶上木棍，只是用脚使劲踢了一下门板，推起自行车到茅屋的隔壁去了。

老得爬到炕上，轻轻用被子蒙住脑袋。铁头叔坐起来点了一锅烟，望了一会儿老得在被子下面拱动细长的身子，突然问了句："你今年多大了？"

老得的身子一动不动："二十七嘛。"

"以后不准你嬉着脸往前凑。"

老得没有应声。铁头叔咕哝了一声："小心王三江砸破你脑壳……"

王三江是小雨的爸爸，当过生产大队长。责任田承包时，他联合起三十六户包下了这海滩葡萄园。铁头叔和老得因为一直护葡萄园，这会儿就被三十六户挽留下来，报酬由各户均摊。王三江是芦青河边上有名的能人，城里的酒厂、农药厂，所有与葡萄园有关的单位他差不多都有朋友！葡萄卖了大价钱啦，最难买的硫酸铜农药成车地拉回来啦……王三江背着手在葡萄架下走一走，三十六户都用感激、敬佩的目光注视着他。

王小雨初中毕业了，没有考上高中，一时又找不到合适的去处，王三江就让她在葡萄园里做了会计。这里哪需要什么专职会计啊！她没事就织毛衣。织花的、条的，最新式样的她都会。织烦了的时候，她就到园子里挑一两串葡萄吃，再不就到海边上看小伙子拉网。她清闲自在，变着法儿打扮自己。三十六户里没人敢和她攀比，见了面倒常常要夸一句："小雨真俊！"

铁头叔此刻吸着烟锅，不知怎么想到了小雨那双特别弯、特别细的眉毛，心里感到一阵奇怪。他想了一会儿，突然明白过来是描的，心里不由得骂了一句……他磕了烟锅，闭上眼睛睡觉了。

太阳升到杨树梢的时候，铁头叔才醒过来。他一睁开眼睛，就见到一片片葡萄叶儿、一串串葡萄，都清清楚楚映在窗纸上，像一幅画。老得早醒来了，正伏在桌子上写字，肩膀上的骨头一动一动,很用力气呢。铁头叔闭着眼睛,连头也不抬,只喊一声:"念一念我听!"

老得两眼放着晶亮的光,念道:"窗户纸被太阳映得通红/屋外有小鸟叫了一声/铁头叔许是累了/翻动着,嘴里发出'哼哼'……"

铁头叔依然低着头,连连说:"好!写得好……我'哼哼'唻,我知道!"

老得的脸马上涨红起来。他嗫嚅着:"我抄下来吗?"

"怎么不抄下来?!"铁头叔说着从枕头下取出一个大牛皮纸信封,"抄下来装里边吧,攒成几篇儿,再一起捎走……"

门外边,大青愉快地叫着。上工的人们忙碌着,葡萄架下不断传来一阵阵说笑声。铁头叔抓了几把绿豆,开始为做活的人烧汤了。

王小雨两手抄在裤兜里,站在门外向里望着。她听到老得一边烧火一边和老头子说话,一口一个"铁头叔"地叫着,觉得十分有趣。她喊道:

"老得,你知道他为什么叫'铁头叔'吗?"

没人理她。

"告诉你吧老得:他年轻时管葡萄园,半夜里被狼咬了,等赶跑了狼,头上只留下几个湿乎乎的狼牙痕儿。瞧,不是'铁头'吗?哈哈,真笑死个人!"

老得翻翻眼珠,疑惑地瞅了瞅铁头叔那满头花发。

铁头叔脸色通红,上前一步,狠狠地把门关上了……

二

第二天早上,铁头叔和老得正准备回茅屋歇息时,突然有人用自行车送来了两筐儿鲜活的螃蟹。

送螃蟹的人卸下筐来,说了句:"煮到锅里便是,停会儿王三江要用……"说着骑上车子走了。

老得伸手捏了捏一条肥肥的螃蟹后腿,笑着说:"真怪,我今早上一点也不困……我去抱柴草了。"

铁头叔没有吱声,弯腰将螃蟹搬到屋里去了。

螃蟹很快煮熟了。老得揭开锅盖,伸手要取。突然,一个高大的身影堵在了门口,大着声音说:"慢,先到园里摘几串葡萄来,要黑紫的!"

来人正是王三江。

老得双脚踩住灶前的一沓子草叶,身子轻巧地往后仰拧过来,顺势把手收了回来。他不吱一声,在屋里取个柳篮儿,出门去了。

王三江递给铁头叔一支香烟。铁头叔接过来,用手扳下过滤嘴,然后吸了起来。王三江看着锅里腾起的蒸汽,说:"今年的葡萄好成色,估计是个发财的年头。"他说到这儿瞅了一眼铁头叔。铁头叔正盘腿坐在灶前的一个草墩上,眯着眼吸烟,一只手搭放在脚背上。

"老得这孩子怎么样呢?"王三江突然问了一句。

铁头叔摔了烟蒂:"呱呱叫。"

"活计怎么样呢?"

铁头叔闭上眼睛："呱呱叫。"

王三江再不做声了。停了会儿他咕哝道："现在不是过去了，现在的葡萄园是三十六户包种下的，可不能养个闲汉——你铁头叔看管他吧。"

铁头叔取起一个大铁笊篱，把热腾腾的大红壳螃蟹捞到泥盆里。

院子里有人说话，大青在蹦跳，它身上的锁链甩得"哗哗"直响。铁头叔往外望了望，见老得摘好了葡萄，正和王小雨一块走着。王小雨一边走一边往嘴里填葡萄粒儿，有时把葡萄皮吐到老得身上，还说："吃葡萄不吐葡萄皮，不吃葡萄倒吐葡萄皮！"老得笑眯眯地问她："闻到螃蟹味儿了吗？"

王三江跨出门说："端到隔壁里去——螃蟹也端到隔壁里去。"

王小雨就在隔壁办公。她用姑娘的巧手打扮了一间茅屋。那里面有几本电影画报，有一盆花。窗户是暗花玻璃镶成的，上面贴了一条纸剪的金鱼。靠北墙的地方有一张床，小雨偶尔在这里过夜……老得端着葡萄走到门口，不眨眼地望着。王小雨伸手将柳篮儿夺下来，迎着他堵在了门口。

老得的视线被王小雨挡住了，于是他只看王小雨了。

"老得！回来睡觉！"

铁头叔嗓门粗粗地喊了一声。老人就站在屋前的葡萄树下，瞪着一双恼怒的眼睛……

他们回到自己的茅屋里睡觉了。老得醒来时，两眼有些发红。他揉搓着眼睛，跌跌撞撞走到小白木桌儿前，又在抽屉里摸索纸和笔了。他听到隔壁里好多人在说话,声音很杂,像是在喝酒。他还听到远处的园子里,有谁在唱歌。他没有动,只是用嘴吮着铅笔梢儿,吮一会儿,就在纸上添几个字。太阳升起很高了,门缝里闪进一道金黄色的光。老得写了一会儿,猛地站起身,接着大声朗读起来:"……太阳升起来了/看园子的往回走了/透过葡萄架儿看天/红云彩一片一片……"

铁头叔坐了起来,身板笔直地向前挺着。他直盯盯地瞅了一会儿老得,然后问:"一片一片吗?"

老得点点头,一脸肯定的神色。

"一丝一丝!"铁头叔说。

"一片一片!"

铁头叔摇摇头,他踏上鞋子,走到桌子跟前,从抽屉的最里边摸出一个老大的牛皮纸信封说:"这一篇儿不能往里装的。"

老得绝望地看着铁头叔。他又一次揉了揉发红的眼睛,说:"我不知看了多少回——真的啊铁头叔。"

"不能往里装的。"铁头叔随手把那个大信封儿掖到了自己枕头下边……

院子里的喧闹声大了起来。铁头叔和老得吃过早饭,就牵着大青到园子里去了。

大青极其自豪地看着路旁的一切:葡萄架儿、停在架子上的小鸟、做活的人们……它遇到一个熟人,就把爪子往上一扑,嘴里发出一声顽皮的"费"。铁头叔常常要停下来跟上年纪的人说话,并在说话之间给对方吸他的烟锅。老得这时候长长的腰身一弯一扭,显得极其活跃,他总爱找姑娘们说话。有几个男青年对着老得的背影大笑,喊着说:"老得啊,你还不写'诗'吗?! 你是有名的'大诗人'啊。"老得头也不回,只兴奋地扭动着身子,向前走去……

他们走到一条僻静的、由葡萄蔓搭起的长廊里。老得说:"铁头叔,往上看,云彩不是一片一片吗?"

铁头叔郑重地把大青拴在了一个石柱子上,然后走到老得身旁,嘴里咕哝着:"一丝一丝嘛……"

"你往红云彩那儿看,从葡萄空儿里!"老得说。

铁头叔躬下身子,两手按住腿,然后往上望去。一簇簇碧绿的叶片被微风吹开几道缝儿,那一片一片红色云霞就从那里显露出来。浓浓的香气在弥漫着,这香气好像不是来自一串串的葡萄,而是那绚丽的云霞。铁头叔看了一会儿,转过身来,认输地说:

"是一片一片……"

正在这时,大青突然愤怒地向着一个方向狂吠起来。

原来是三五个面孔生疏的男人在几排架子后面摘葡萄,每人的塑料提兜都快塞满了。他们正摘着,这会儿猛抬头见到一条凶猛的猎狗,就"呀呀"地惊呼起来。铁头叔喝道:

"住手! 先跟我到茅屋去!"

老得接上喝道:"快走快走,不走放狗!"

他们之中有人冷笑了几声。有个戴墨镜的人解释说:"别误会,你们王队长知道的……"

大青瞪起了一双威严的眼睛,嘴里发出了令人恐惧的、低沉的"呜呜"声,那两条粗重的前腿硬硬地按到地上,脊上的毛竖了起来。

那几个男人不约而同地退开几步,将身子抵住了葡萄架儿。

这时候,王三江和女儿不知从哪儿转了过来。摘葡萄的人一见,便求救似的喊起了"王队长"。王三江的脸色通红,两眼布满血丝,嘴里喷着酒气骂道:"瞎眼不! 这是县果品公司的朋友! 简直是吃饱了饭没事做,牵上狗咬人……"

王小雨笑指着两个看园人对那几个男人说:"他们一个'铁头',一个'水蛇腰',嘻嘻……"

铁头叔盯着王三江,不紧不慢地说:"我看了十几年葡萄园,能是个瞎眼吗?"

王三江暴怒地跺了一下脚:"那是浑水摸鱼,吃大锅饭! 现在葡萄园归三十六户了,是我王三江挑头儿……"

"我给三十六户睁着眼睛! 我不是瞎眼的人!"铁头叔说着一抖大青的铁锁链,愤愤地转身走去。老得也紧跟上走去了。

他们走开老远,还听到王小雨在背后脆生生地骂着:

"铁头——水蛇腰——"

整整一天,铁头叔气得很厉害。他不愿活动,只坐在床上出神。老得也不说话,抱柴草、淘米,里里外外忙活着。傍黑的时候,老得端给铁头叔一碗饭,铁头叔接了,放在一边问:"老得,你说,我们是给谁看葡萄园呢?"

"给三十六户,给咱自己。"老得肯定地说。

"嗯。"铁头叔把碗捧起来,大声说了一句,"吃饭!"

王小雨不知什么时候从园子里转了回来,从门口看到他们两

387

个在吃饭,就拖着长声骂了句"铁头水蛇……"。她刚要再说什么,突然老得"砰"地放了饭碗,一个箭步出去,高高地伸出巴掌说:"再骂,我照头就拍!"

王小雨被这突如其来的怒喝吓住了。她闭住了嘴巴,看了看老得那只被炭灰染黑了的巴掌,然后一扭身跑开了……

他们继续吃饭。隔壁,传来了王小雨的哭声。

铁头叔从枕头下抽出那个大牛皮纸信封,端量了一会儿说:"放进去吧——是'一片一片'。"

"可以邮走了吗?"老得的眼睛闪着亮。

"邮走! 邮走!"铁头叔干脆地说。

三

铁头叔和老得牵着大青,在向葡萄园边的路口上张望……

这是一条刚能跑得开一辆马车的土路。路面硬硬的,上面有两条深深的车辙印。它们从一片墨绿的树林那边弯弯曲曲地延伸过来,穿过葡萄园向北、向大海那边爬去了……两年前,老得扛着一条破旧的花毯子,就是从这条路上走进了葡萄园的茅屋。

那时候他刚刚初中毕业,被打发来和铁头叔做伴看葡萄园。铁头叔孤单了一辈子,做伴的只有这些葡萄树和大青,来了老得,高兴得不知怎么才好。他从心里喜欢读书人。老得晚上读诗,铁头叔兴劲上来,就大声地呼应道:"'……卖盐的,喝淡汤;编席的,睡光床;淘金老汉一辈子穷得慌!'"老得受学校一个语文老师的影响,总把写满字的几张纸装到一个大信封里寄走。铁头叔对此极感兴趣,亲自到海滩上捡来一些牛皮纸片(那是建渔房子时剥下的水泥纸袋),放到膝盖上仔细地理去皱纹,糊成一个又一个标准美观的大信封儿。他说:"写吧! 从葡萄园里往外寄,寄进北京、南京!"

这些天,他们和大青常来路口上,眼巴巴地瞅着那路上缓缓驶过的牛车。偶尔有一辆绿色的轻骑驰过,可惜太快,只在他们眼前一闪就不见了。

王小雨最近很想再骂铁头叔和老得——特别是想骂一下老得。她明显地感觉到喉咙有些痒。但她记起老得那只被黑炭染成墨色的巴掌,只得忍耐一下。她突然觉得无聊起来,在葡萄园里转、去大海滩上看拉网的,都觉得没甚意思了。她越来越感到隔壁的两个人出了什么事情——为什么老是不安地往路口上跑呀? 她注意观察了老得,觉得他的腰也不像以前那么肆无忌惮地扭动了,而是微微向前弓去,显得小心翼翼……她常常尾随他们走出老远。每当她蹑手蹑脚地绕过小路、攀过一道一道的葡萄架儿追上他们,她的心就异样地搏动起来。

时间不知不觉地溜过去。葡萄园里的葡萄差不多全都变得黑紫了。这期间,王三江常常来园子里走几遭。随着葡萄的成熟,好像他的脾气也增大了。他常常埋怨人们在园里做活不卖力气,有时都要骂出来。有一次他看到一个女人带上孩子来园里做活,就变了脸色说:"想带孩子来吃葡萄吗? 也不睁开眼看看,如今是三十六户包种的,老皇历翻不得!"说得女人伏在葡萄架子上哭了半天……

第一批葡萄卖了好价钱。果品公司来人试验葡萄糖度,说这片葡萄园生出了最甜的葡萄!王三江后来笑着对大伙说:"'糖度'这东西,我说高就高的……"王小雨跟在父亲的身边走着,她学着他的语调说:"我说高就高的……'糖度'这东西……"

大家用敬重的目光看着他们。有人常在这时候咕哝一句:"小雨真俊!小雨快上电影了!"

小雨最近倒是生活得极有兴味。她一次一次跟着铁头叔和老得到路口上去,总觉得一次比一次接近谜底。一天黄昏,她终于看到一辆绿色的轻骑突然停在他们身边,交出一个大大的信封儿!她的心"噗噗"地跳起来,眼睛眨也不眨地望过去——老得焦急地就要撕开,却被铁头叔用手挡住,然后拿过来揣到腰里,向回走去。两个人都兴冲冲的,脸色通红……小雨看得真切,直盯着他们穿过一排又一排葡萄架儿,进了茅屋。

茅屋的门随即死死地关上了。王小雨从窗纸上的一个小洞眼儿往里望着。她看到铁头叔用剪刀剪开信封口,取出一卷纸来,纸卷儿抖落了一下,掉出一张薄薄的小纸片,于是两个人立刻抛了信封、抛了纸卷,一齐去看那张小纸片……

这天晚上,小雨睡在办公室的木床上,想来想去睡不着,于是她干脆开了门走到院子里。天上,月牙儿弯弯,星星诡秘地眨着眼睛。她轻轻地走动着,抬头瞅一眼他们那个黑黑的,但刚刚泄露了一点秘密的窗口,不由得感到一阵快意。她不知怎么想起了那么一首歌,就用尖尖的声音唱道:"吐鲁番的葡萄熟了,阿娜尔汗的心儿醉了……"

铁头叔和老得这时候正守在葡萄园里。

他们都偎在一件蓑衣里。老得总瞅着铁头叔在黑影里一明一灭的烟斗。停了一会儿，铁头叔磕了烟锅，说了句："看出来了吗？他们相不中你的诗，却挺看重你哩，回给你的信，都是用机器印的。"

老得认真地听着，点点头。

"那么着，"铁头叔又装上一锅烟，"他们以后就用这印信的机器，印出你的诗来哩……"

老得笑了，突然他又懊丧地低下了头。远处，传来小雨那尖尖的歌声。这声音在静谧的夜空里播散开来，使老得不知怎么从中听出了一丝儿悲凉的意味。他已经不知是第几次接到退回的诗了，心里沉沉的。他不明白小雨为什么黑夜里唱起了歌儿，他甚至觉得这不是什么好兆头。

铁头叔这时候蹲得累了，就将蓑衣铺到地上，然后一仰身子躺下来。老得也学他的样子，展开那件破了一块的蓑衣。两个人一时都不愿做声。停了一会儿，铁头叔伸手捶打起自己的腰来，声音低缓地说："我这几天突然觉得有些老了……真的，是突然觉到的。我觉得脉管里的血再也不愿往前赶路了……"

老得默默地从枝叶间隙里望着一颗颗星。

"我看了一辈子葡萄园，整夜地守在葡萄树下，瞌睡来了，我就拿烟锅把它赶跑。年轻气盛，血流得也快，后来一夜一夜熬，血变稠了。"铁头叔说着翻了个身，把脸转向了老得，他接着说下去，"我没有媳妇，也没有孩子，心里就惦着这片葡萄园。我离开葡萄园会病的,我嗅惯了园子里这股味儿……年轻时候看园子,园主打骂我,我忍了。可解放这多年了,性子变刚了,有人再对我粗声粗气地说话我就受不了!"

一滴露水滴在老得眼上,老得用力地抹去。

"王三江以为还是过去呢!他对人太凶了。"铁头叔说到这儿愤愤地坐起来,"他当大队长那会儿,用集体的东西拉上了老关系,生出门路来,如今还想靠这些让三十六户供养他一家哩!也许有一天我要离开这园子,这几天就老想这个……"

"铁头叔……"老得叫了一声,紧紧地攥起了老人放在身旁的那只手。他觉得身上一阵发冷……

四

秋天过去一半了,第二批葡萄也开始变得乌紫了。

这段时间,老得又捎走了一个大信封儿。

铁头叔和老得又常常站到路口上了。强烈的好奇心驱使着小雨,使她长时间焦躁而迷茫地望着一老一少站在霞光里的身影……

有一天,她一个人来到路口上,正赶上一辆绿色的轻骑停下来。邮递员见她是葡萄园的,就交给她一个大信封儿,让她转交老得。小雨的心激越地跳动起来。她捏紧了信封儿,飞快地跑到了一个葡萄架下,急不可待地撕了封口……啊啊,还是那样的一卷纸,还是那样的一个纸片片。小雨觉得好笑极了——那纸片片上还跟老得叫"同志"!"水蛇腰"还是"同志"吗?她看完纸片片,又念那纸卷上一行一行的字儿，念着念着就笑了。她做梦也想不到呀，他的腰一扭一扭的，总也挺不直，可他的字儿一行一行倒写得这么直呀！小雨一手扳着脚丫丫玩儿，一手把纸片片擎到高处看着……最后，当她把纸片片全都装好时，却发觉拆得太慌急，信封已经撕下了一大块！怎么转给老得呢？小雨急得头上渗出了汗珠，不知怎么才好。停了一会儿，她终于想出个完美的办法，于是扒开了葡萄根部的土，把那个大信封儿埋了起来……

几天之后，王三江来葡萄园了。他先在园子里转了一会儿，然后把老得从睡梦里叫起来。老得走出门来，揉着眼睛叫了声"王队长"。

王三江端量着他，讪笑着："哼！还写诗？今后有力气到园子里去使，三十六户不能养个闲汉……"

屋子里响起铁头叔严厉的声音："老得，回来睡觉！"

王三江听了，脸立刻憋得紫红。他盯着茅屋的门板，声音沉沉地说："铁头，我今天跟你也有话说！"

"我这会儿瞌睡。"

王三江鼻子里"哼"了一声，伸出那个肥大红润的手掌，"噗"的一声推开门板，站到了铁头叔的床前。

铁头叔看也不看，只是眯着眼，很均匀地喘着气。

"你也算葡萄园里的老人了，跟老得在茅屋里闹腾什么！现在是红着眼拿钱的时候，谁也得抖起精神干正事！"王三江盯着铁头叔，嗓门粗得吓人。

铁头叔的眼睛慢慢睁开了一道缝，一道骇人的光芒从这缝隙里闪射出来："闹腾些什么,你也配问?"说着他坐起身来,愤怒地大叫了一声,"你也来问这个!哎呀!哎呀!老得啊,他也来问这个!"

王三江惊讶地瞪着他,接着暴怒地跺开了脚,说:"告诉你吧铁头,我是可怜你个孤老头子,才让你留下来看园子。我现在一句话,你就得回去种田。你别不识时务!"

铁头叔笑了。他说:"我是给三十六户睁着眼睛!现在不是过去,今后谁也不会白白供养着谁!我看了一辈子葡萄园,在园子里死了三遭,又活过来三遭,我还用你可怜?!赶明儿我在这茅屋睡足了觉,自己打起铺盖卷儿会走!"

王三江气得嘴唇颤抖着,连连说:"好!好!这是你说的,好!"一边念叨,一边转过身,一甩袖子走了。

老得愣愣地站在那儿。铁头叔喊了他一声:"还不睡吗?睡觉!"

五

王小雨站在窗外什么都看到了。她心里有些后悔:不该回家告诉老得写诗呀!这一天,她一直把自己关在屋子里。她有些害怕见到隔壁的两个人。

铁头叔开始收拾自己的东西、打铺盖卷儿了。老得在一边默默地看着。他不知劝说了铁头叔多少回了,但老人只是摇头……老人从枕头下取出一整沓儿方方正正的大牛皮纸信封,说:

"这些够你用上一阵子了,用完的时候,我再为你做……"

老得用手摩挲着信封,从中拣出几个鼓胀胀的,取出纸片儿对在眼上看着看着,不由得念出了声音:

"窗户纸被太阳映得通红/屋外有小鸟叫了一声……"老得忽然哭了。

铁头叔搬动被子的手抖了起来,他直直地瞅着老得。

泪水无声地在老得脸颊上流着。他呜咽着念下去:"铁头叔许是累了/翻动着,嘴里发出'哼哼'……"

铁头叔的手颤抖着伸到衣兜里,摸出了烟锅。他吸着、吸着,突然站起身来,上前"啪啦"一声拉开了屋门……啊啊,一阵香甜的风从葡萄架子深处涌来了,鸟的欢叫、人的喧哗,都伴着秋风涌来了!阳光,透过密密的葡萄藤蔓,带着整串的紫红和叶片的碧绿,花花点点落在门楣上,落在人的脸上。大青以为茅屋的主人要出来了,它兴高采烈地跃动着,绕着葡萄树转了一圈,又转了一圈,"呜费呜费"地叫着……铁头叔眼角添上了晶亮的东西。

王小雨蹑手蹑脚地走来,她盯着那个打好的行李卷儿,难受地咬了咬嘴唇。她倚在门框上说:"铁头叔,你别走了,我在这茅屋里会害怕……"

老得愤愤地顶了一句:"你还怕吗?你有你爸哩!"

铁头叔看了小雨一眼,叮嘱老得说:"好好为三十六户看园子,用劲儿写那诗。以后,置杆新猎枪吧。我走了,你得好好照看大青,不要动手打它——这是条好狗……"

老得说:"放心吧铁头叔,我用劲儿写,我好好看园子。我……我等到了那个大信封时,就立刻去告诉你,还是由你拆封口……"

小雨听到这里,那双黑葡萄似的眼睛,突然像蒙上了一层潮湿的雾气,她抽抽搭搭地说:"等不来了——大信封儿,我、我撕开了,埋在葡萄树下……"

老得和铁头叔都愣住了,他们怔怔地看着小雨。小雨用手抚摸着门框,说:"真的,埋在葡萄树下……"铁头叔站起来痛惜地拍打着膝盖说:"哎呀!那是诗!你怎么把诗埋到土里去了……"

……这个夜晚,老得再三恳求,铁头叔才没有离去。他们一块儿躺在了茅屋里。老得想,铁头叔正在气闷头儿上,也许过了这一阵子会留下来的……他这样想着,就睡熟了。

半夜时分,老得被一阵"哗哗"的雨声惊醒了。他坐起来,下意识地伸手去触摸身旁的铁头叔,却摸到了一片光光的苇席。他的心立刻"怦怦"地跳起来,两手颤抖着划亮了火柴——茅屋里,铁头叔和他的东西都不见了,只留了下那件崭新的蓑衣。一切都收拾得比过去干净了、好看了,小桌儿上,是那沓儿大牛皮纸信封。这会儿正是午夜,整个葡萄园都是一片"淅淅沥沥"的雨声……

天亮了,上工的人们顶着雨水来了。人们来到茅屋里去避雨,却怎么也找不见茅屋的两个主人了。有人听见园子深处有大青的吼叫声——叫得十分难听,像在哭泣,于是就跑了过去。

他们在一棵老葡萄树下找到了身披破蓑衣、怀抱新蓑衣的老得。他眼上挂着泪痕,像是着魔了一般坐在那儿,一动不动,任凭大青围着他呼唤……大家不知这是怎么了,上前扶起他来,将他扶到了茅屋里。

都以为老得是病了。有人抓一把绿豆,开始自己动手烧水了。

这时候,有几个年轻人正新奇地抚弄着桌上那沓儿大信封,突然发现了一张写满了字的纸片片。有人拾起来一看,见是老得新写下的一首诗,便声音颤颤地念道:

"……王三江这人忒凶/铁头叔冒雨走了/茅屋里挂着他崭新的蓑衣/这里,只剩下我和大青……"

满屋里的人都屏住呼吸听着,他们一下子什么都明白了,都抬起头怔怔地望着老得。小茅屋里静极了……不知停了多久,有人愤愤地说:"葡萄园是我们三十六户的,又不是他王三江一个人的!"有人说:"如今最值钱的还是汗珠子,再不用怕谁凶!"

老得两手抱膝坐在炕上,泪眼定定地望着一个角落。他好像全没有听到别人的议论。

雨,"哗哗"地下着。秋天的雨啊,正细密地、不停地洗刷着期待收获的原野……

1983 年 4 月写于济南

附:短篇小说总目

1973 年

木头车

1974 年

槐花饼

1975 年

小河日夜唱

花生

战争童年

夜歌

他的琴

1976 年

钻玉米地

1982 年

女巫黄鲶婆的故事

声音

山楂林

拉拉谷

生长蘑菇的地方

夜莺

踩水

紫色眉豆花

第一扣球手

猎伴

小北

1983 年

泥土的声音

草楼铺之歌

秋雨洗葡萄

一潭清水

挖掘

胖手

篝火

灌木的故事

秋林敏子

402

1995 年

致不孝之子

1997 年

仙女